Moonstruck Madness
by Laurie McBain

美しき盗賊と傲慢な公爵

ローリー・マクベイン
草鹿佐恵子=訳

マグノリアロマンス

MOONSTRUCK MADNESS
by Laurie McBain

読者のみなさんへ
愛情と感謝をこめて

主な登場人物

サブリナ・ヴェリック――侯爵の娘。ボニー・チャーリーという名で強盗を働く。
ルシアン・ドミニク――キャマリー公爵。
メアリー・ヴェリック――サブリナの姉。
リチャード・ヴェリック――フェイヴァー伯爵。サブリナの弟。
マーガレット・ヴェリック――サブリナのおば。
ジェームズ・ヴェリック――レイントン侯爵。サブリナの父。
テレンス・フレッチャー――イングランド軍の大佐。
ジョン・テイラー――ボニー・チャーリーの仲間。
ウィル・テイラー――ボニー・チャーリーの仲間。
パーシー・ラスボーン――ルシアンのいとこ。
ケイト・モーペス――ルシアンのいとこ。パーシーの双子の姉。
ブランチ・ディーランド――ルシアンの婚約者。

美しき盗賊と傲慢な公爵

紋章の誇り、権力の栄華、
美や富が与えしものすべてを
避けがたき時間というものが待っている。
栄光の道が向かう先は墓場でしかない。
——イングランドの詩人トマス・グレイ

序

一七四六年
スコットランド、カロデン・ムーア

北東の風に乗って、早朝の丘から眼下を眺める者たちにみぞれが降り注ぐ。いくら身を寄せ合っていても、冷たい雨は体を包むマントに染みこみ、肌を濡らす。少し離れた斜面の下には、ヒースに埋もれるようにうずくまるひとりの人間がいた。

サブリナ・ヴェリックはケープの前をかき合わせ、ぞっとしながら目の前の光景を見つめていた。灰色の広い荒野の中で、戦場だけがくっきり色鮮やかに浮かびあがっている。青、黄、緑など色とりどりの軍旗が、赤い軍服をまとったイングランド軍の大隊の上ではためき、イングランド国旗は大胆にスコットランドの空になびいていた。

サブリナは顔をあげて冷たい雨を顔に受けた。遠くから単調な太鼓の音が響いた。それに合わせてイングランド兵が、さまざまな氏族《クラン》の明るいタータン柄の肩掛け《プレード》目指して行軍する。真下に、堂々とクランを率いる祖父の姿が見えた。鷲の羽根を飾った縁なし帽がもじゃもじゃの眉の上に斜めにかかった、粋な姿だ。タータン柄の上着とキルトは雨に濡れ、青色と赤色が黒ずんで見える。だが左肩でプレードを留めている銀と煙水晶のブローチは、いまなお燦然とした輝きを放っている。祖父は幅広い両刃の剣《クレイモア》を抜き、威嚇するように体の前で振り回していた。颯爽とした長身の祖父の後ろでは、家来が攻撃の合図を待っている。血まみれの布で縛られた、焼けた木の十字架が、地面に斜めに立てられている。兵が呼び集められたあと、いまは静寂がその場を支配していた。

不気味なバグパイプの音が空中に漂う。それとともに獰猛なハイランダーたちは敵に向かって前進した。イングランド兵の光り輝く銃剣に立ち向かうように、重いクレイモアで空気を切り裂く。

しかし、敵のところまで行き着けたのはほんの少数だった。轟音とともに砲弾が飛びこんでくると、さっきまで勇猛な男たちが立っていたところには、切断された人体だけが残された。

最初の砲弾でクランの半分がやられたのを見て、サブリナは恐怖の悲鳴をあげた。砲撃を免れた者たちも、一定の間隔を置いて絶え間なく発射されるマスケット銃の前にばたばたと倒れていく。波状攻撃を受けて、男たちは死に、クランは破滅に向かった。虐殺の現場を見つめるサブリナの喉に苦いものがこみあげた。麻痺した心に映るのは赤い色のみ。緋色の軍服、血塗られた剣、そして真っ赤に染まったヒース。イングランド兵もスコットランド兵も横たわって死んでいる。いまとなっては敵と味方の区別もつかない。彼らは血で血を洗う戦いの犠牲となって、ひとかたまりになって倒れていた。

サブリナは目を細めて、兵の中に祖父の姿を捜した。地面でもつれ合う無数の者たちの中にいないことを祈りながら。祖父はどこだろう？　クランのみんなは？　彼女はヒースの中に身をひそめたまま、必死にクランのタータン柄を捜し求めた。背後から響いた悲鳴を聞いてふと振り向いた彼女は愕然とした。イングランド兵たちがそうっと坂をのぼって、丘の上から眺めていた少数の人々を銃剣で突き刺そうとしている。恐慌に駆られて必死に四方八方へと逃げる彼らに、兵士は襲いかかり、目の前のあらゆるものを容赦なく切り倒している。サブリナは身じろぎもしなかった。動けば自分も同じ運命をたどることになる。

無言で戦場を見つめていたとき、ちらりと動くものが目に入った。兵士の小集団が、無残な敗北の戦場を逃れて、味方や敵の切り刻まれた死体のあいだを通って後退してきたのだ。三人が祖父を運んでいる。生き残った者たちは足を引きずり、剣を掲げて背後からの攻撃を防ぎながらあとにつづいた。

荒野から逃げているのは彼らだけではなかった。戦いは敗北に終わった。それぞれのクランは残った仲間を集めて、人目につかない谷や湖に避難し、岩だらけの丘や荒涼たる原野に切りこむ深い峡谷に身をひそめようとしている。

サブリナはそうっと隠れ場所から出ると、仲間を追って走り出した。まるで悪魔に追跡されているかのように、死にもの狂いで駆けていく。やがて息は切れ、足は鉛のように重くなった。それでも仲間のあとについて狭い谷間を抜け、曲がりくねった坂道をのぼった。そのうち殺戮の行われた荒野は見えなくなった。頭の中は真っ白になっている。狭い道をたどっていくと、土と石でつくった粗末で小さな建物が前方に現れた。

「通してちょうだい」と見張りに言う。見張りは扉の前に立ちふさがり、血だらけのクレイモアを挑むように掲げてサブリナの行く手をさえぎった。

「だめだ、小娘、通すわけにはいかん」男はゆっくりと言った。青い目はいまだにショックで曇っている。顔は耳の横から流れた血で黒ずみ、傷口は髪の毛と同じ赤褐色の乾いた血に覆われている。

「わたしは領主の孫娘よ。祖父に会わせて！」サブリナが声を荒らげて傷だらけの見張りを押しのけると、相手は素直に従って、のっそりと横にどいた。

ひと部屋しかない小屋に足を踏み入れるやいなや、サブリナはぴたりと立ち止まった。部屋の中央では泥炭の焚き火が弱く燃え、そばに老女がしゃがみこんでいた。すりきれたショールを痩せた肩に巻きつけて、火の上につりさげられた錆だらけの鉄鍋をかき回している。

サブリナが中に入ると、煮こんだ羊の胸の悪くなるほど甘ったるいにおいが漂ってきた。

そこは静かだった。不気味な、あたかもすべての人間が死んでしまったかのような静けさ。

サブリナが部屋の奥まで行って祖父の横にひざまずくのを、彼らは黙って見守った。サブリナは傷ついた祖父の体を見て嗚咽をこらえた。祖父は苦しそうに、痛みに胸を震わせゼイゼイと奇妙な音を立てて息をしている。

「ああ、お祖父様、やつらになにをされたの？」サブリナはすすり泣きながら、祖父の口角からしたたり落ちる血をケープの端でぬぐった。

「ブドウ弾だ」語気鋭い声がした。

サブリナが見あげると、祖父の向こう側で身を屈めている男のぎらぎらと燃えるような目があった。血の気のない顔の中で、色があるのはその目だけだ。彼女を見つめる瞳には狂気の光が宿り、心の底からわきあがった憎悪があふれ出ている。

「何千本ものナイフを突き立てるみたいなもんだ。撃ちこまれた弾が、体を切り裂いて、わしらをぼろぼろにする」彼は苦々しく言って、そこらじゅうに散らばる錆びた鉄釘や鉛の玉を指さした。そのいくつかには、ちぎれたタータンの断片がくっついていた。

「なにが起こったかわからないうちに、体がめちゃめちゃにされちまう」男は眉間にしわを寄せて祖父を見おろした。「領主様までやられちまって」まだ信じられないかのようにつぶやく。彼は自らの血みどろの手を見て、痙攣を起こしたように震えながら指をこすった。

「だけどやつら、わしのバグパイプは壊さなかった。わしは毎晩あなた様のために演奏しますぜ」彼は領主に約束した。「誰にもこのユアン・マッケルデンは止められない」

サブリナは半ば狂ったかのような男を警戒の表情で見つめた。そのとき震える指に手をつかまれた。見おろすと、祖父の目が開いている。彼女は冷たい指を握りしめてあたためようとしながら祖父の顔を見つめた。なんの感情も見えない顔。自分が眺めているのが死に際の顔であることを彼女は悟った。しかし祖父の目は、なにかを訴えようとしているようだ。サブリナが身を低く屈めると、祖父の唇が開いた。

「丘からおりたのが間違いだった。見通しのいい場所で戦うのは愚かだ。羊みたいに殺される」いつもはきれいな英語を話す祖父だが、いまのささやき声にはきつい訛りがあった。

「お願い、お祖父様、なにも言わないで。お城へ連れて帰ってあげる」

サブリナは無言でたたずむ男たちを見やった。ほんの五、六人しかいない。彼らはどうしてなにもせずに突っ立っているのだろう、と彼女は憤った。

「なんとかしてよ！　わからないの？　お祖父様は死にかけているのよ」涙が頬を濡らす。昔はあんなに誇り高かった祖父が、いまは自らの血にまみれて力なく横たわり、身を震わせている。祖父の指が突然痛いほど力をこめて彼女の小さな手を握ったので、サブリナは思わず顔をしかめた。

「言っておかねば。こうなることはわかっていた。それでも戦わねばならなかった。おまえは逃げろ」祖父は咳きこみながらも言葉を絞り出した。口から血がたらたらと流れる。

サブリナは唇を噛んで気持ちを落ち着けようとした。「お祖父様をここに残していけない」

「おまえにはわしを助けられん。わしはもうすぐ死ぬ。お願いだ、かわいいサブリナ。スコットランドから離れろ。湖に船がある。それに乗って安全なところへ行け。孫息子を連れて逃げてくれ。あの子の財産――受け継ぐべき遺産。クランのため、そして――」彼はまたしても咳きこんだ。顔は蒼白となり、体がぶるぶる震える。

「いやよ。逃げないわ」サブリナは涙にむせながらも、小さく硬い声できっぱりと言った。

「おまえは忘れている」祖父はささやいた。「おまえには半分イングランドの血が入っている。無事にここを離れられる。おまえがここにいたことは誰も知らない。わしは、おまえを逃がすと決めていた。だから逃げろ。血のつながった者を全員道連れにする気はない」

「誰か来ます！」見張りが扉の向こうから警告の声をあげると、黙りこくっていた男たちがにわかに活気づいた。次から次へと扉をくぐって外へ出る。死ぬ前に復讐を果たそうと、最後に一度クレイモアを振りあげて。

「時間がない」領主はほとんど聞き取れないほどかすかな声で言った。「もう遅い。サブリナ、聞いてくれ。隠したのだ、あのそばに――」全身が痙攣し、喉が詰まって顔が紫色になる。

「お祖父様」どうか死なないでと願いながら、サブリナはささやきかけた。

「秘密を教えねば……にせもの……教会……糸……金……金の糸」

老女が体を前後に揺すってむせび泣きはじめたので、サブリナはぱっと顔をあげた。扉の向こうから銃声や叫び声が聞こえてくる。また戦いがはじまったのだ。

「お祖父様」そう呼びかけたが、灰色の目がもはやなにも見ていないことを悟って口を閉ざした。祖父は死んでいた。サブリナは亡骸の上にうずくまり、絶望の涙を流した。

「ああ、お祖父様、どうして？　どうしてなの？」祖父の胸から顔をあげ、指でやさしく目を閉じさせて、柔らかな唇で頬にキスをする。硬く冷たいものが手に触れたので下を見てみると、握りの部分がかぎ爪のように曲がった拳銃が祖父のベルトからぶらさがっていた。サブリナは急いでそのハイランド式拳銃を一挺取りあげ、手のこんだ細工を施した銀の短剣を祖父の腰から外した。ボディスの中にしまうと、鋭い刃に肌がちくちくした。

扉が大きく開いたのに気づいて後ろを向く。するとマッケルデンが倒れこむように入ってきた。彼はぴしゃりと扉を閉めてサブリナに駆け寄り、怯えた様子で自分に拳銃を向けている彼女を見おろした。

「亡くなった？」静かに尋ねる。

「アイ」サブリナは反射的に、祖父がいつも使っていたスコットランドの方言で答えたあと、ゆっくり立ちあがった。「祖父を剣と拳銃と一緒に埋葬してくれる？　さびしくないよう……」墓に入った祖父の姿を想像すると、それ以上言葉が出なかった。

「アイ、ちゃんと埋葬します。領主様の土地に」マッケルデンはむっつりと言った。「やつらが禿鷹みたいに領主様を丸裸にして冒涜するのは許しません。わが領主様を」

外から戦いの音が聞こえて、サブリナは戦慄を覚えた。どちらが勝っているのだろう。老女の泣き声が耳の中で警告のように響く――でも、どこへ逃げればいい？　逃げ道もないまま閉じこめられてしまった。

彼女は手に握った拳銃の感触を確かめた。殺される前に敵を殺せるだろうか。やつらは、ほかの人々にしたように、彼女も捕虜にして拷問にかけるのか？　そのとき突然、マッケルデンが彼女を部屋の隅へと引っ張っていった。粗削りの木のテーブルとすりきれた羊毛の敷物を横にやり、床に膝をついて壁にはまっているいくつかの大きな石をどけると、横の壁に小さな穴が現れた。

「急いでここを抜けて松の木のところまで行くんです。木に沿っていったら城に出ます」マッケルデンはサブリナを穴へ押しこんだ。

サブリナは振り向いて祖父の遺体に目をやり、別れの言葉をつぶやいた。「あなたは来ないの？」

彼は立ちあがってぴんと背筋を伸ばした。「領主様を放ってはいけません。わしがどこへ行ったのかと心配なさいます」当然のように言った。

サブリナはうなずき、身をよじって狭い穴を抜けた。冬に備えて乾燥させて積みあげてある泥炭の山の裏を這っていき、用心してまわりを眺めた。遠くの荒涼とした丘に沿って立つ松の木が見える。

出し抜けに、地面を揺らすほどの大きな音が響いた。マッケルデンが悲しみにむせぶバグパイプの演奏をはじめたのだ。高低差のある甲高いバグパイプの音に、ほかの音はみなかき消された。サブリナはきちんと積まれた泥炭の山から急いで離れ、松の木の陰に隠れた。苦しい思いで丘をのぼっていくときも、悲愴な音色は耳に届いていた。ちらりと後ろを見たとき、彼女は悲鳴をあげそうになった。赤白の軍服を着たイングランドの兵隊が小屋を取り囲み、それ以外の兵は、なんとか丘の斜面まで逃げていった数人の男たちを追っている。

サブリナは足を滑らせてしまい、音を立てて地面に倒れこんだ。一瞬息ができなくなる。ようやく立ちあがって岩に寄りかかり、目を閉じて冷たい空気を深く吸いこんだ。肺が焼けるように熱いのを感じつつ、呼吸を整えようとした。

人の気配を感じて、彼女はびくりとした。冷や汗が出る。ゆっくり目を開けると、つややかな黒い長靴が見えた。視線をあげていき、白い膝丈ズボン《ブリーチズ》、赤い上着、抜かれた剣、そして男の顔をとらえた。

サブリナの大きく開いた目はその顔に釘づけになった。恐怖で唇がわななく。

兵士は剣をさやにおさめ、斜めに帽子をかぶった頭を横に振った。「子どもか。まだ小さな女の子じゃないか」ひとりごとのように言う。洗練されたなめらかな口調を聞いて、サブリナの身を震わせていた恐怖は薄れていった。

「きみに危害を加えるつもりはない。こんなところでなにをしているんだ?」彼の声は命令することに慣れている人間のものだった。目を細めたときはじめて、男はサブリナが握っている拳銃に気がついたらしい。

サブリナはそわそわと唾をのみこんだ。「お、お祖父様は、領主よ。あの小屋で死んだの」指を引き金に巻きつける。

「なるほど」男は軽く答えた。緊張はしていないようだ。「拳銃をおろしたらどうかな。そんな小さな手には重すぎるだろう」

「その体に風穴をあけてやる」サブリナは声を震わせ、赤い軍服に包まれた胸の中央に銃口を向けた。

「そうしたいだろうね。だけどわたしを撃っても、お祖父さんは生き返らないぞ。わたしはお祖父さんが戦うところを見た。勇敢な人だったが、重傷を負っていた。長く苦しまずに死ねてよかったんだ」

男は眉をひそめて、上を向くサブリナの顔に目をやり、彼女が現実に存在することを確かめるかのように、手をあげて触れようとした。

彼が手を伸ばしてくると、サブリナはあわててあとずさった。男を見つめているうち、憎悪が血に乗って全身を駆けめぐっていった。この赤い軍服姿の背が高い男は、彼女が軽蔑し恐れているものすべての象徴だ。祖父のぼろぼろの体が脳裏に蘇り、彼女は小さく苦しげな悲鳴をあげて引き金を引いた。

耳をつんざく轟音が空気を切り裂く。その音と、手の中で拳銃が激しく跳ねあがったことに、サブリナは仰天した。男は、発射の直前の彼女の顔に憎悪を見て取ったのか、銃身を押しのけていたので、銃弾は誰に怪我を負わせることもなく松の枝の隙間を縫っていった。

「逃げろ。家族のところまで走っていけ。わたしがきみを逃がしたことは神しか知らない。さあ、急ぐんだ！」男はぽかんとしているサブリナに怒鳴りつけた。彼女は不意に我に返り、身を翻して走り出した。ケープを足首にまとわりつかせながら。

テレンス・フレッチャー大佐は松の木の下で、消えゆく少女の後ろ姿を無言で見送った。彼女の大きなスミレ色の目をしたハート形の顔は、この世のものとは思えないほど美しかった。戦いのさなかにこんな純粋な美を発見するとは、なんという皮肉だろう。

唇を引き結ぶと、大佐はもと来たほうに戻っていった。

「ほかにハイランダーを見つけましたか？」ひとりの兵が呼びかけながら丘を駆けのぼってきた。男の目は興奮で光っている。銃剣からは血がしたたっていた。

「いや、軍曹。ここには誰もいなかった」大佐は素っ気なく答えると、兵とともに小屋へ向かった。

彼は殺戮現場を見渡した。死んだ者、死にかけている者は助けようがない。しかし自分の指揮下では、決して略奪や無実の者の虐殺を許さないつもりだった。中からバグパイプの悲しげな旋律が響いてくるのに気づくと、彼は小屋に火を放とうとしている兵士を止めた。

「丘へ逃げた者を追え」と命令して彼らを小屋から引き離す。

横にいた軍曹はぺっと唾を吐いて大佐をうかがい見た。「領主の死体はどうするんです？やつらはいつでも着飾っていますぜ。ほかのやつらに領主の装飾品を取られたら悔しいじゃないですか」

「略奪ならほかの敵からするんだな、軍曹。領主は手厚く葬る。わかったか？」

「はあ」軍曹はぶっきらぼうに返事をした。「でも、城はどうします？　この辺の山中にあるはずです。敵の砦は全部破壊しろという命令でしたよね？」

「ああ、そういう命令を受けている。我々の地歩を固めるために必要なことは行う。たとえそれが城を破壊することであっても」大佐の答えに軍曹も満足したようだった。

テレンス・フレッチャーは足早に離れていく軍曹を見ながら、やれやれと首を振った。こういう連中になにを期待できるだろう？　ほとんどは下層民だ。貧しく教養のない雇われ兵たち。連中は命令に従い、くずのように扱われ、ほんのわずかな給金しか与えられない。手の届くところに富があり、飢えで腹を減らしているとき、彼らが奪えるものを奪おうとしたがるのは当然かもしれない。

荒涼たる丘や頭上の灰色の空を見るにつけ、彼の中ではイングランドに戻りたいという思いがふくらんでいった。こんなうらさびしいスコットランドのハイランドには、もういたくない。ここは時間が止まったような場所だ。男たちは依然として、三百年前の先祖と同じような戦い方をしていた。いま、彼らの生活は破壊されようとしている。愚かにも、若僭王《ヤング・プリテンダー》――愛情をこめてボニー・プリンス・チャーリーと呼ばれる――チャールズ・スチュアートを支持したために。長くつづいたスチュアート王家のジェームズ二世は十七世紀に権力の座を奪われたが、その後継者たるチャールズは、ジャコバイトと呼ばれるスコットランド人たちの支持を受けている。そして現在大英帝国を治めるハノーヴァー朝の国王ジョージ二世から玉座を奪おうと、むなしい努力をつづけているのだ。

背の高い松の木を眺め、小屋の中から流れてくる不吉なバグパイプの音を聞くフレッチャーの脳裏に、ふたたび美しい少女の顔が蘇った。あの子はどうなっただろうか。その顔は一瞬にして彼の記憶に刻みこまれていた。決して忘れはしないだろう。

「急いで。お願いだから早くして」サブリナはおばをせき立てた。「いますぐ出発しなくちゃいけないの」

「でも、アンガスはどこ？　ここにいるはずなのにねえ」おばはレースで縁取った美しいハンカチを丁寧に畳みながら落ち着いて答えた。「急ぐのは嫌いなのよ」小さな声でぶつぶつと文句を言う。

「お願いよ、マーガレットおば様。今回だけは急いでちょうだい」サブリナは懇願したが、相手は数少ない持ち物をゆっくりと慎重に詰めつづけている。おばの白髪交じりの黒い髪を覆う白いレースの縁なし帽のてっぺんは、ふくらませて糊づけされ、後頭部でぴんと立っていた。

サブリナは苛立ちながらも、しかたなく肩をすくめた。マーガレットおばは姪にほほ笑みかけた。その表情はやさしく、青い目は夢を見ているようにぼんやりしている。

「ホブスには絶対に、縫い物に手を触れさせないの。あの人はきちんと荷造りできないもの。それに、わたしは縫い物を手放さないから。レディは決して指を遊ばせていてはいけないのよ」おばは説明しながら残りの持ち物を集めて、つづれ織りの袋にしまった。

「サブリナ！」声とともに、幼い男の子が息を切らせて飛びこんできた。「用意はできたよ。メアリーはもう下で待ってるんだ」

「マーガレットおば様が階段をおりるのに手を貸してあげて。あとのことはわたしがするから」サブリナはおばに非難の目で見られながらも部屋から走り出た。

宴の間のすり減った石段を駆けおりる。石の壁には、クランの過去の栄光を示す盾や武器が重々しくかけられている。大きな石造りの暖炉に火はなく、長い架台テーブルの上に食べ物は置かれていない。戦いに出なかった使用人たちは、山中の小作地にある家族のもとへと逃げていた。おばのメイドであるイングランド人のホブスだけが彼らに付き添って小船に乗り、海岸に向かうのだ。そこで一行は、彼らを安全な地に送り届けるべく待っているフランス船に乗りこむことになっている。

背後から、マーガレットおばをなだめながら階段をおりるリチャードの声が聞こえてきた。階下の玄関広間では、姉のメアリーが青白い顔に涙を浮かべたままそわそわと歩き回っていた。

「ああ、やっと来たのね、サブリナ」メアリーはうれしそうな声をあげた。おばとリチャードがすぐ後ろから来るのを見て、ライトグレーの瞳に安堵が浮かぶ。「もう来ないのかと思ったわ。急がなくては。イングランド兵が来る前に。ねえ、マーガレットおば様、急いでくださいな」おばはまたもや立ち止まって荷物を確かめていた。

「大丈夫よ、メアリー。わたしたちは生き延びられる」サブリナは姉を安心させようと穏やかに言った。

「お祖父様もそう思って戦場に行ったのよ」メアリーの美しい顔に不安がよぎった。

「知っているわ。わたしもそこにいたもの」サブリナは悔しそうにあたりを見回した。城はどうなるのだろう？　イングランド軍は、戦争がはじまって以来多くのハイランダーの家を焼いてきたように、この城も焼き払うのか？　最後にもう一度古い城を見渡したとき、麻痺していた心に感情が戻ってきた。いまや祖父の顔は記憶の中にしか存在しない。ハイランドでの生活でつくった数多くの思い出とともに。

「サブリナ！」メアリーが呼びかけた。一行はすでに二頭のシェトランドポニーに引かれた小型の荷車によじのぼり、やきもきしながら待っていた。荷物を詰めた鞄は前の荷車に積まれている。彼らはこれから、狭く岩だらけの曲がりくねった道をたどり、谷を通って湖に向かう。湖からは、夜を徹して小船で川をくだり、北海に出て、彼らを待っている船に乗りこむのだ。

生あるかぎりは用心せよ、
人を外見で判断しないように。
――フランスの詩人ジャン・ド・ラ・フォンテーヌ

1

一七五一年
イングランド

黄色い光が真っ暗な夜の闇を細く貫いた。その強い光を漏らした分厚いビロードのカーテンの隙間からは、あたたかな照明が灯ったにぎやかな部屋の内部がほの見える。金箔張りの壁はよそ者を寄せつけない。その壁に囲まれているのは、寒々とした外の世界には無頓着な孤立した空間だ。

漆喰塗りの高い天井から異国の鳥、花、智天使たちに見おろされながら、紳士たちは散らかったダイニングテーブルのまわりで笑って酒を飲んでいた。グラスにはポートワインやラム酒がなみなみと注がれている。食欲は、さっき心ゆくまで食べた食事によって満たされていた。

「あれは反逆ですな」マルトン卿が声を張りあげた。「伝統にまったく敬意を払っておりません。チャボの集まりですよ、あいつらは」

「なにが反逆ですか？　またスコットランドのジャコバイトですか？　あの未開人どもはとっくに一掃したと思っていたんですが」

「いやいや、スコットランド人の話ではありません。かつらですよ！　かつらです、諸君、かつらのことですよ。生意気な若造どもは、ずうずうしくも、かつらなしですまそうとしておるのです。地毛をむき出しにして歩き回っておるのですよ」マルトン卿は喉を詰まらせた。肩までかかる髪粉を振った巻き毛の下で、顔が真っ赤になっている。

「かつらをかぶらないですと？　なんと野蛮な。その連中の名前を教えてください、うっかり食事に招待してしまわないように」かつらをかぶった別の男が鼻を鳴らした。

「できれば公爵に頼んで、そいつらに説教してもらいたいところです。とはいえ、公爵のかつらもどうです。かぶっていないのとほとんど変わりません。あまりにも質素です。あれでは説教していただけそうにありません。頭を剃りもしておられないらしいですぞ」マルトン卿は内緒話のように言ったが、その声はテーブルの半分の者たちに聞こえるくらい大きかった。「わたしは剃っていますぞ。そのほうが、かつらがきちんと合うし、ノミにたかられる心配もありません。公爵に若い連中を諭していただきたいところなんですがね。彼が道楽者をこっぴどく叱りつけるのを見たことがあります」彼は話題の人物を意味ありげに一瞥したあと、手で口を隠してそっと付け加えた。「あの頬傷はどこでついたのでしょうな？」

彼らは公爵と若者との対決の様子を想像してクスクス笑い、生意気な若者が公爵の手にかかったらどんな運命をたどるかについて話し合った。

「これはものすごい名誉ですぞ」マルトン卿はとなりの男に言った。「公爵においでいただけたのは。めったにこちらのほうにはいらっしゃらないんですが、わたしがちょっと土地を売りに出したら、公爵は真っ先に、そこをご自分の目で見たいとおっしゃったのです。そういう問題は公爵自ら扱われるそうです。ちょっと変わった方ですな」子どもを甘やかす親のような目で公爵を見る。

キャマリー公爵は彼の説得力に関して憶測が飛びかっていることなど意にも介さず、退屈そうにグラスに残った酒を眺めていた。どうして宿屋に泊まらずマルトンの招待を受けてしまったのだろう。こうした田舎の晩餐会がどれほど退屈なものか、すっかり忘れていた。なにしろもてなし役がマルトンだからな、と彼は皮肉めいた笑みを浮かべた。

「なにがそんなに面白いんです、公爵閣下?」放蕩でやつれたニューリー卿がいぶかしげな表情になった。

「ちょっと思ったことがあってね、ニューリー。それだけだ」公爵のかぎ鼻の顔に浮かんだ笑みが束の間大きくなると、顔の左側の高い頬骨から口の端まで延びる細い傷跡が少し歪んだ。その傷跡は彼の顔に不吉な影を投げかけている。濃いまつ毛に縁取られた目は半ば伏せられ、顔にほとんど表情はない。嘲るようにちらりと人を見る目からは、なんの感情も読み取れなかった。

「約束は覚えていらっしゃるでしょうな？　先日あなたに巻きあげられた決闘用拳銃二挺を取り返すつもりですよ。いままで持った中で最高のやつなんです。コルベというドイツ製の銃でね。あなたと勝負するべきじゃなかった。あなたはものすごく強いか、ものすごく運のいい方なんでしょうな」ニューリー卿はぶつぶつ言いながら細い腕をあげて、痩せこけた顔の上で斜めになっているかつらを直した。

「運ではなく技術だ。有閑貴族にとって、賭けの腕を磨く以外にすることがあるかな？」公爵は物憂げに言った。

「それから若い娘《レ・ジュンヌ・フィーユ》たちを落とす以外に？」ニューリー卿はにたにたして、ほかの者たちに向かって大きくウィンクをした。

「その技を伝授してほしいものですな、閣下」誰かがそう言って高笑いをする。

「ああ、わたしにも愛を《ドネ・モア・ラムール》」別の男が芝居がかって言い、チュッと音を立てて自分の指にキスをした。

「となりの部屋にいる奥さんに聞かれないようにしたほうがいいですぞ」マルトン卿がテーブルの向こうから大声で言う。「でないと、まずいことになるでしょうな」

誰ひとり、隙間風に吹かれたかのようにビロードのカーテンがほんのわずかに動いたことには気づかなかった。不審の念を抱いた者もいなかった。カーテンの裏から覆面をかぶった人間が現れるまでは。

「紳士諸君、急に動いたりしないように。おとなしく手をテーブルの上に置いていれば、わたしもあなたたちを殺さずにすみますから」覆面の人物は片方の手に銃を持ち、もう片方の手で細い剣を巧みに操って指図した。銀色の組紐飾りをつけた黒いフロックコート、銀のブロケード織りのベスト、黒いビロードのブリーチズを身にまとい、堂々と立っている。胸にかかった鮮やかな赤と青のタータン柄の肩帯は、煙水晶のブローチで純白のストックタイに留められている。重そうな長靴は膝の上まであり、角ばった大きな踵の上では拍車がジャラジャラ音を立てた。斜めにかぶった帽子には、反りあがったつばに一本の鷲の羽根が差されている。顔の上半分は黒いクレープ《ちりめん》織りの覆面で隠されているが、ふたつの穴からのぞく目は、集まった客たちを憎らしげに見つめていた。

　マルトン卿はびくりとして座ったまま背筋を伸ばした。幅広の顔に驚愕の表情が浮かぶ。呆然とつぶやく声が部屋のあちこちから聞こえた。みな一様に狼狽と怒りの交じった表情になった。ただひとりだけが、ゆったりとくつろいだ様子で椅子に座っている。彼の腹立ちを表すのは、頰の傷跡が引きつれて白くなっていることだけだった。

「賢明ですね、紳士諸君」みなが命じられたとおり動かないでいるのを見て、強盗は小さく笑った。「さて、貴族連中が浅はかな間抜けだと言ったのは誰でしたっけ？　お詫びしますよ。今夜あなたたちは、少しばかり知性を示してくれました」

「どうしておまえは――」マルトン卿は怒りに駆られて立ちあがったが、カーテンを引いた別の窓から入ってきた大男の登場に口をつぐんだ。巨漢は両手に二挺の拳銃を構えている。さらにもうひとり同じくらい大柄な男が、大男の強盗の後ろから姿を現した。最初の男がやけに小さく見える。ふたりの大男も同じく覆面で顔を隠していた。革のブリーチズと革のベストの上から黒いフロックコートをはおり、膝から下は大きな長靴に包まれている。

「はい、閣下、なにをおっしゃっていたんです？」ひとり目の男は穏やかに尋ね、ぐったりと座りこんだマルトン卿を見て楽しそうに笑った。

「ただではすまないぞ、ボニー・チャーリー、こんなことをしたら縛り首だ」マルトン卿が腹立たしげに言葉を吐き捨てると、強盗の名を聞いた客たちは驚きに息をのんだ。

「そのためには、まずわたしをつかまえる必要がありますよ。だがイングランド人は、弁が立つわりには実行が伴わない」

「豚野郎め。これは狼藉だ」ニューリー卿がうなった。顔には怒りで赤い斑点が浮いている。

「いや……これは盗みです。あなたたち紳士諸君から、ちょっとした飾り物をいただくだけです。青の客間とかいう部屋でうわさ話に興じているご婦人方を怖がらせたくないなら、おとなしく、わたしに仕事をさせてください」ボニー・チャーリーはにやりとした。「ご意見はありませんか？　大変けっこう。わたしの論法に文句はないわけですね」

彼の後ろに立っていた大男が前進して革の袋を差し出した。

「小さな金の指輪、それから時計も」ボニー・チャーリーが命じた。「はい、そう、時計です。それはちょっと派手すぎるでしょう、ニューリー卿。今度はエメラルドのを試してみるといいですよ。そのルビーとダイヤモンドは大きすぎる」

ニューリー卿は強盗の首を絞めるかのように両手を握り合わせつつ、なすすべもなく大男をにらみつけた。彼らはテーブルを回って、それぞれの紳士からひとつかふたつの品物だけを取り、それ以外のものには手を触れなかった。ボニー・チャーリーは食べ物が並んだテーブルの横にやってきて、陶器の皿からペストリーを取って味見した。

「わたしには甘すぎる」袖についた粉砂糖を払いながら感想を述べ、無造作にカウンターに置いていた剣を取りあげる。「さて、なにをお持ちですか？　貧乏人に分け与える宝石や装身具はないんですか？」公爵の横で立ち止まって訊いた。

「ほら、恥ずかしがらないで」ボニー・チャーリーはにこやかに言った。公爵はぎらぎら燃える目で相手を見つめながらも肩をすくめ、小ポケットから金の嗅ぎタバコ入れと金時計を出して手渡した。

「顔に傷のあるこの紳士はとても頭がいい」ボニー・チャーリーは嘲るように言った。「もう片方の頬も同じように傷つけられることを恐れておられるようです」

公爵は歯を食いしばって顎をこわばらせ、覆面で陰った強盗の目を見つめながらゆっくりと言った。「また会うのを楽しみにしているぞ。そのときはわたしの剣で頬以外のところも切り裂いてやろう」低く小さな声だったが、そこに脅しが含まれているのは、聞いた者の耳には明らかだった。

しかし強盗は話し声と同じかすれた声で笑うだけだった。「本当に？」疑わしげに訊く。「あなたたち伊達男は、剣のどちら側を持てばいいかも知らないでしょう。ましてや、どうやって剣を振り回すかも」

「無礼なことを。その言葉だけでも首をはねてやりたいところだ」ニューリー卿が威嚇した。

「本気ですか？　簡単に買えるちょっとした飾り物を取られたくらいで、えらく血に飢えたことを言うんですね。わたしがすべてを奪って、あなたをサテンの椅子の背もたれに縛りつけていかないことを、喜んでください。しかしどうせなら、もっとわたしの首をほしがる理由をつくってあげましょう。そのダイヤモンドのストックタイの留め金がいいですね」ボニー・チャーリーは嘲笑し、剣の先でニューリー卿の胸から留め金を切り取った。

「それから晩餐会の主人であるマルトン卿からは、すてきな銀の塩壷をいただいていきます」

銀の塩壷は公爵の手によって略奪品の袋に入れられた。つづいてニューリー卿の留め金。そのとき公爵の唇はかすかにぴくぴく動いていた。

「笑っているんですね、傷のある友よ」強盗は淡々と言った。「しかし、あなたの留め金も気に入りました……そちらもいただけますか？」

「もちろんだ」公爵の笑みが大きくなる。「なかなかいい趣味をしている。しかし貸すだけだ。いずれ取り返すつもりだから」

「また取引ができるのを楽しみにしていますよ」ボニー・チャーリーはにやっと笑って白く揃った歯を見せた。紳士の言葉に含まれた挑戦的な響きにも、まったく怯えていない。

彼は小さくお辞儀をすると、窓に向かってあとずさっていった。子分たちはまだ客に拳銃を向けている。「さらば《アデュー》、紳士諸君。ご婦人方によろしく」

侮辱するように別れの言葉を投げかけたあと、彼は窓から消えていき、ふたりの大男もすぐさまあとを追った。一瞬あたりが静まり返る。その後ニューリー卿がひどく悪態をつきながら立ちあがりかけ、マルトン卿もつづこうとした。ところが銀色に光るものが飛びこんで、驚いた彼らの顔の前を通っていった。ザクリという音とともに、テーブルの中央にナイフが突き刺さる。

「なんとまあ」マルトンはつぶやいた。またナイフが飛んできて胸に刺さってはいけないとびくびくしながら、ポケットのハンカチを探った。

「アンコールになにをやってくれるのかな」公爵はゆっくり立ってけだるく伸びをした。この奇妙な出来事に遭遇して、不思議なほど気分がよくなっていた。

ぽかんとしていた者たちは公爵に目をやり、ようやく安堵して、てんでにおしゃべりをはじめた。誰も相手の話をちゃんと聞きもしていない。

公爵はなにやら考えこむような顔で、口元には小さな笑みをたたえ、無言で窓の外を眺めた。

「狼藉だ。横暴なごろつきめ。剣を持っていたら刺し貫いてやったのに」マルトン卿は震える手で自分のグラスに酒を注いだ。

「ろくでなしのジャコバイトだ。ブレードを見せびらかしおって。きっと、あのスチュアートの悪党の手先だぞ。民兵軍を召集するべきだ。すぐにやつを追いつめてくれるだろう」

「そうは言っても、現にやつはまだつかまっていない。あの巨漢の手下ふたりを相手にしたくはないね」

夜の闇を見つめていた公爵は振り返り、うわさ話に耳を傾けた。「あの強盗の名前はなんだって？　楽々と追っ手をかわしているようだが」

「ボニー・チャーリーと呼ばれています。ぼろぼろのプレードを肩からかけて、帽子に鷲の羽根を差しているのでね。わたしたちをばかにしているんですよ、ハイランドの野蛮人めが」

公爵は意味ありげにほほ笑んだ。「しかし、話し方やふるまいは完璧な紳士のようだ。不思議だな。いつごろからこのあたりを荒らし回っているのかな？」

「三、四年くらいですかね」ニューリー卿が答えた。「迷惑千万です。時計を取られたのは三度目ですよ」

「それなのに、正体は誰も知らないのか？　顔を見たこともなく、隠れ家も突き止めていない？　なんと親切なやつだ」公爵はつぶやいた。「一度に少ししか奪っていかないとは。あまり欲張りではないようだな？」

「そこが腹の立つところなんです。生意気な野郎ですよ。こっちが着飾りすぎているみたいに感じてしまう」

「人を殺したことは？」

「あると言われても驚きませんけど、はっきりとは存じません」マルトン卿は悔しそうに答えた。

公爵は袖口のレースを引っ張り、無意識に嗅ぎタバコ入れを取ろうとして、それが奪われたことを思い出した。苛立ちを抑えて肩をすくめる。「ご婦人方のところへ行こうか。そろそろ、なにがあったのかと心配しておられるころだろう」

「ご婦人方！　おやおや、すっかり忘れていました」マルトンはあわてて立ちあがった。「事件のことは黙っているべきでしょうな。しかし、どうやって妻に隠しておけるでしょう。あの女はなんでもお見通しなんですよ。さて、行きましょう、待たせてはいけません」

一同がひそめた声で興奮してしゃべりながらぞろぞろ出ていくのを、公爵は見つめた。それからテーブルまで行って中央に刺さったナイフを抜く。柄《つか》を調べ、鋭い切っ先にそっと指を触れ、苦笑いを浮かべながらテーブルに置いて、主人のあとにつづいた。


「ああ、パーティに乱入したときの、マルトン爺さんのでかい顔を見た？」ボニー・チャーリーは楽しそうにクスクス笑った。「それから時計を取ってやったときの、ニューリー卿の表情。あいつから取ったのはいくつだっけ、三個、それとも四個？」

「これで三個目だと思うよ、チャーリー」大男のひとりが真顔で答えた。

「そうそう。この仕事から引退するまでには六個か七個取ってやる。ね、ジョン？」

「そうだな、チャーリー。今夜はあいつらに思い知らせてやったな。ウィルはあの太ったやつを撃つんじゃないかと思ったよ」

「だめだめ、撃つのは禁止」ボニー・チャーリーは警告した。「殺人で訴えられたら困る。人を、とりわけ貴族を殺したら、このあたりに民兵が押し寄せる。いまでも相当危ないのに」

三人は竜騎兵の警備隊が巡回しているであろう道を避け、馬を駆って山腹を進んだ。野生のイチゴやスイカズラの甘い香りが夜気に漂う。彼らは森を通り、キイチゴの茂みや密生した低木の中を抜けていった。すると前方に現れた黒い人影に驚いて、馬が尻ごみした。ボニー・チャーリーは目を細めた。覆面に邪魔されて前がはっきり見えない。人影はこちらに向かってくるように見えたけれど、実は動いていなかった。

「なんだ?」ウィルがそわそわしてささやき、怯える馬の手綱を握りしめた。

フクロウがホウホウと鳴く。三人は用心しながら近づいて、ぶらさがったものを眺めた。

「おい、ネイト・フィッシャーだ」ジョンはオークの節くれ立った枝からつりさげられた人物の正体を見極めた。ネイトの首には縄がきつく巻かれていた。

「死んでる」

「また密猟して、つかまってしまったのか」死人の首にウサギがくくりつけられているのを見て、ボニー・チャーリーが小声で言った。

「ほかにどうすりゃよかったんだ? 家族は飢えてる。こいつには五人の子どもと病気の奥さんがいるんだぞ」ウィルは憤った。

「そのとおりだ。それに、ここはもともと公共の土地だったんだ。ニューリー卿とマルトン卿が乗っ取って禁猟にするまでは。やつはどうすればよかった? 家族が飢え死にするのを黙って見ているのか?」

「わかるよ、ジョン、不公平なことだ。やつらはあっちでぶくぶく太っているのに、ネイトは哀れにも夜中にこんなところでぶらさがっている。家族を食べさせようとしただけなのに。あいつらのポケットを半分ふくらませたままにしてやるんじゃなくて、全部ふんだくればよかった。次はこの埋め合わせをする」ボニー・チャーリーは自らに誓った。「おろしてあげよう。カラスの餌にはさせたくない。ジョン、ネイトの家族はよく知っているね。彼を家に連れていって。今夜の利益の半分は遺族に渡そう」それだけ言うと馬に拍車をかけ、遺体の処理をジョンに任せてゆっくりと森の中に消えていった。

ボニー・チャーリーとウィルは木の生い茂る峡谷を慎重に進んだ。小川のせせらぎが聞こえる。木々のあいだを流れる水音は馬の足音をかき消してくれた。川岸まで来ると、馬を急がせて柔らかな川底を通って対岸へ向かった。馬のひづめで汚れた水は、流れこむきれいな水にたちまち洗い流された。馬は水をはねあげていった。向こう岸から道はしばらく川に沿っていく。川は何度かくねり、張り出す土手の下をくぐる。やがて川幅は広くなって流れはゆるくなり、よどんだ水は湿地帯に流れこんだ。

湿地の中央に硬い地面の小高い丘があり、高い柳の木に覆われるようにして小さな石造りの小屋が立っていた。ふたりは垂れさがる枝に馬をくくりつけて小屋に入った。暗闇の中で立ち止まる。ウィルが手探りで火口《ほくち》箱を出し、火打石と火打金を打ち合わせて火花を起こした。それで火口を燃やし、ポケットから出した短いろうそくに灯した。

家具らしい家具もない粗末な小屋の内部が、揺らめく炎でぼんやりと照らし出される。開いた窓には黒い毛羽織りのカーテンがつるされて、夜に好奇心あふれる目を向ける者たちから見えないよう、漏れ出る光を遮断している。

「けっこうな戦利品だったな、チャーリー」ウィルはクックッと笑いながら、宝石の入った袋の中身をごつごつした木のテーブルの上にあけた。ところが、太い指がエメラルドの留め金に触れたとき、笑みは消えた。「あの顔に傷のある紳士は挑発してほしくなかったな。あの表情は気に入らねえ。あいつは臆病者じゃない。はじめて見る顔だったが」彼は無精ひげが生えかけた顎を撫でながら首をかしげた。

「ロンドンから出てきためかし屋に決まっている。ちょっと田舎の空気を吸いにきたってわけ」ボニー・チャーリーは軽蔑をこめて肩をすくめた。

「どうだろうな、チャーリー。いやな目をしてやがった。それに、あのいやらしい笑い方」ウィルはごつい肩をぶるっと震わせた。「気をつけてくれ——あいつとかかわると厄介だ」

「ただのやさ男さ、ウィル。ああいう都会のしゃれ者になにができる?」強盗は嘲笑した。「香りのついたハンカチでわたしの顔をぴしゃりとたたいて、決闘を申しこむ? まさかね。あいつらは怖くない。だいたい、この数年間、あいつらはなにを成し遂げた? こっちはいまだに自由に歩き回っている。足枷も、首に縄もかけられずに」

ぱっと身を屈め、手袋をはめた手でエメラルドの留め金をすくいあげて、ぽんと空中に放りあげた。「きれいな品物だ。いい値で売れる。持ち主がいい趣味をしていることは認めざるをえない」

「まあね。だけど、やっぱり気に入らねえ」ウィルは頑固に言い張った。

「ちょっとは落ち着いて、ウィル。こんな小さなぴかぴかのものを見て、急に迷信深くなったのかな？」ボニー・チャーリーがからかった。

いつもは陽気なウィルの顔が暗くなっている。「おれたちにとって吉兆だとは思えねえのさ」

「これが高く売れたら、その不吉な予言を思い出すことにしよう。そのときになってもまだ迷信にとらわれているなら、分け前は受け取らなくていい」大男の表情が突然変わったのを見て、ボニー・チャーリーは声を立てて笑った。

「いや、そこまで心配してたわけじゃねえんだ、チャーリー。都会の伊達男のせいで、分け前をもらいそこねるのはごめんだぜ」ウィルは気を取り直し、身長一九五センチの体をまっすぐに伸ばした。

「その意気だ、ウィル。さあ、これからどうするかはわかっているね。ロンドンのミスター・ビッグスのところにお宝を持っていく。ビッグスがお宝を高く売り飛ばす。この前よりはもう少し高い値がつくと思うよ。ビッグスは人をだますようなことはしないだろうから」

「おれとジョンをごまかそうなんて、するわけないさ。やつもばかじゃない。自分の命は大切なんだ。おれたちを裏切りはしないよ」

「なにか耳にしたら教えてほしい。わたしがなにを聞きたいかは知っているね」

「もちろんだ、チャーリー。すぐに知らせるぜ」

「それでいい。今夜はいい仕事だった。さあ、帰ろう」

チャーリーは宝石類をまとめて古い麻袋に入れ、ウィルに手渡した。ウィルはぐらぐらしている壁の石の後ろに麻袋を押しこんだ。太い親指と人さし指でろうそくの芯をつまんで火を消し、ボニー・チャーリーについて小屋を出る。悪い予感は略奪品とともに置き去りにされた。ふたりは歩きづらい湿地を抜け、坂道をのぼって森に入り、そのあと木に覆われた峡谷から離れて、田園地帯へと馬を走らせた。

静かにリンゴとチェリーの果樹園に入り、間もなく塀に突きあたる。塀の向こうは庭園だ。ボニー・チャーリーが馬をおりて石塀によじのぼると、夜気に漂うツルバラの芳香に包まれた。手を振り、ウィルが馬を引いて去っていくのを待って、ドサリと小さな音を立てて庭園側に飛びおりた。スイセンやバラのあいだを通り、家に沿って延びるシャクナゲの生け垣まで行く。生け垣を越え、家の裏に回り、レンガの煙突の横にある奥まった場所へと向かう。レンガに見せかけた木戸を横に引き開けて、そっと家に入った。掃除が行き届いて埃もクモの巣もない短く暗い廊下を進むと、前方に羽目板があった。掛け金を見つけて開け、薄明るい部屋に入る。大きな暖炉ではかすかに燃える残り火があたりをぼんやりと照らしていたが、寄せ木張りの床から立ちのぼる冷気をあたためるほどではなかった。チャーリーは羽目板をしっかりもとに戻した。部屋の中央には大きなオークのテーブルがでんと置かれている。暖炉側の見せかけの壁に開けられた形跡はない。そこから早足でオークの階段をのぼり、狭い回廊を音もなく通って、静かに寝室に入って扉を閉めた。炉床で燃える炎が部屋の内部を照らし出す。彫刻を施したオークのベッドにかかるダークブルーのビロードのカーテンは、隙間風が入ってこないよう閉じられていた。

チャーリーは、ベッドを覆う刺繍入りのシルクのキルティングと、揃いの刺繍入りのシルクで覆われたふっくらした枕を、うっとりと眺めた。折り返されたベッドの上がけの誘惑を無視して、壁にかかった小さな鏡の前に立つ。

「いつもより遅かったのね」ベッドから小さな声がして、ほっそりした二本の足につづいて、白い寝間着に包まれた体が現れた。

ボニー・チャーリーは笑顔で振り向いた。「遅かったけど、十分儲けはあった」

女はあたたかなベッドから出て急ぎ足で暖炉まで行った。そこでは数個の釜が湯気をあげている。「夏でも床は冷たいわね」大きな釜をつかんで熱い湯を浴槽にあけ、もうひとつの釜の湯も加えたあと、冷たい水を入れて調節した。浴槽の横にあたたかなタオルを置くと、つづれ織りの椅子に足を折って座りこみ、眠たげなあくびを噛み殺した。

「起きて待っていなくてもよかったのに」ボニー・チャーリーは黒いセーム革の手袋を脱ぎ、オークの衣装箱にぽんと投げ入れた。武器は箱の底に丁寧に置き、おかしそうに目をきらめかせて覆面を外した。

「あなたが無事に戻ってくるまでわたしが寝られないって知っているくせに」

「実際に姿を見なくても、無事かどうかはわかると思っていたんだけど」チャーリーは笑って言った。覆面の影が落ちていない目は、明るいスミレ色に輝いている。

斜めにかぶっていた黒い帽子も、手袋や覆面とともに箱にしまわれた。チャーリーは細い指で、髪粉を振ったかつらをそっと脱いで箱に入れた。背筋を伸ばして頭を振ると、カールした豊かな青みがかった黒髪が、丈の長い上着の腰のところまで落ちていった。

壁の鏡には、肌がきめこまかくなめらかな、優美な顔が映っていた。小さな鼻はわずかに上を向き、唇は曲線を描き、頬にはえくぼができている。

だぶだぶのフロックコートとベストを脱ぎ、畳んで箱にしまう。物憂げに伸びをすると、白いローン地のシャツが、硬くしまった丸い乳房に張りついた。

いま、さっきまで覆面強盗が立っていた場所にいて鏡に映っているのは、とても美しい女性だった。彼女は今夜の冒険を思い出して頬を上気させ、唇をわずかに開いて、寝間着をまとった人物のほうを向いた。

「あなたにはいつも驚かされるわ、サブリナ」メアリーは椅子の上で体を丸めたまま言った。太く編みこまれた赤い髪は肩にかかり、グレーの瞳はいたずらっぽくきらめいている。「ときどき、あなたが心からボニー・チャーリーの変装を楽しんでいるんじゃないかと思ってしまうの」

サブリナは快活に笑った。「いつもではないけど。とくに、この重いブーツを脱ぐときにはね」疲れた様子で椅子に座り、ブーツから足を引き抜こうとした。

メアリーはぱっと立ちあがって妹に手を貸し、ブーツを持ったまま後ろに引っくり返って笑い出した。ようやくもう片方のブーツも脱いでしまうと、サブリナは柔肌を粗い革から守っていた分厚いウーステッドの靴下をおろして、細い脚と小さな足をあらわにした。きつい

る。黒のブリーチズと長袖のシャツをさっと脱ぎ、豊かな髪を二本の三つ編みにして頭頂で留める。

衣装箱の彫刻を施したふたを閉じたあと、メアリーは部屋を見回して、強盗ボニー・チャーリーのものがなにも残されていないことを確かめた。

サブリナはいそいそと浴槽に入って緊張を解いた。メアリーが入れてくれた甘い香りのバスオイルが体に染みこむ。髪をピンで留めあげていると、まるで小さな子どものようだ。彼女は大きくあくびをした。

「これが毎晩じゃなくてよかった。いつもこんなことをしていたら、わたしは朝食のテーブルで気を失ってしまうわ」メアリーはゆったりと椅子に座ったまま、サブリナが入浴を終えるのを待った。

「待っていてくれることには、心から感謝しているのよ。お姉さんがここにいて、おしゃべりできるのはうれしいわ」

「これがどれほど奇妙な生き方か、考えたことはある？　ほかの人みたいな普通の暮らしができたらいいのに」

「この奇妙な生き方のおかげで、わたしたちは普通の暮らしができているの。ほかの人に比べたらとても質素な生活だけど、これでもお金がかかるんだから」

「わかっているわ、リナ。文句を言っているわけじゃないの。ほんとよ。ただ、あなたが撃たれたり逮捕されたりするんじゃないかと思うと、気が気でないの。良心が咎めているだけなんでしょうけど、いつも悪いことばかり考えてしまうのよ」

「気持ちはわかるわ。わたしだって、もううんざり。だけど、どうしたらいいの？　これしか生計を立てる手段はないもの。ほかに手立てはある？」

メアリーはサブリナの顔を見て束の間ためらったあと、しぶしぶ答えた。「まあ、しかたないわね。あなたは性悪な小悪魔よ、リナ」

「メアリーったら！」サブリナは怒ったふりをして、笑いながら姉に水をはねかけた。「もちろん、マルトン卿とニューリー卿が剣を突きつけられたときの顔を見て楽しんでいることは認めるけれど」だが彼らのことを思ったとき表情は暗くなり、サブリナは怒りに任せて石鹸のついたタオルをぎゅっと絞った。

「どうしたの？」メアリーは妹の顔を見て心配そうに尋ねた。

「今夜、森でネイト・フィッシャーを見つけたの。密猟しているところを見つかったらしくて、縛り首にされていたのよ」

「うそ」

「本当よ」サブリナの声が険しくなる。「ここへ来たばかりのとき、わたしたちがこのあたりの人みんなを嫌っていたのを覚えている？　わたしの目にはみんな同じに見えていたし、嫌いだと思った。だけど、みんなを知るにつれて、それはだんだん変わっていった。どこにいても、人は同じようなものだとわかってきたわ。貧しく恵まれない人々は飢え、そんな人たちをいじめる金持ちは平気な顔をしている」

「実はね、リナ」メアリーは正直な気持ちを口にした。「わたしはここが好きになったの。ずっとここにいたいわ。スコットランドには戻らないわよね？」

サブリナは残念そうに首を左右に振った。「戻ってもなにもないもの。いまはここがわたしたちの家よ、メアリー」

メアリーはほっとして笑顔になった。「あなたがそんなことを言ってくれるなんて、思ってもいなかった。わたしは昔からこの家が好きだったわ。とりわけ、お母様が生きていて、わたしたちが小さかったころは。ここの果樹園で遊んでリンゴをこっそり取ったのを覚えている？」

サブリナが笑う。「ええ、よく覚えているわ。わたしはあれから改心していないみたいね。このヴェリック・ハウスに戻ってきた最初のころは、昔のことを考えたくなかった。憎悪と復讐しか頭になくて、昔の楽しかったことは思い出したくなかったの。だけど十七歳になって、人生について違った見方ができるようになった。小さかったときより、もっと客観的に。それでいまは、思い出も現在も同じように受け入れられるわ」

「そうなるまでには、かなり時間がかかったわね」

「なにしろ、最初はなかなか歓迎してもらえなかったでしょ？　侯爵の事務弁護士は、わたしたちが事務所になだれこんだとき、自分の目を信じられなかったでしょうね。たぶんあの人、生まれてはじめて言葉を失ったのよ。きっと侯爵は、自分に子どもがいることを伝え忘れていたんだわ」

「絶対にお父様と呼ぶ気はないの？」

サブリナは姉をじっと見つめた。「どうして呼ばなくちゃいけないの？　あんなやつ、わたしたちにとって父親でもなんでもない。自分の世継ぎであるたったひとりの息子に会ったこともないのよ。わたしとしては、あいつには裕福な伯爵夫人《コンテッサ》と一緒にずっとイタリアにいてほしいわね。むしろ外国にいてくれて、こっちは幸運だった。あいつがわたしたちを喜んで受け入れてくれたと思う？　親らしいことなんて、なんにもしてくれなかったやつよ」

サブリナは辛辣に笑った。「もし維持費や税金を払う必要があったら、侯爵はこのヴェリック・ハウスを売り飛ばしていたでしょうね。それにわたしが違法行為に手を染めていなかったとしたら、みんな債権者監獄に入っていたはずよ。ここへ来た最初の年、誰からも援助を受けられないまま必死に生き延びようとしていたときのことは、忘れていないわ」

そう、イングランドでの最初の年のことは、決して忘れられなかった。祖父が亡くなったのは五年前。あまりに長い月日がたったので、自分が本当にスコットランドに住んでいたのかどうか、わからなくなることがある。そんなとき、彼女は悪夢を見た。血に染まったヒースとタータン、湿原での死と恐怖のにおい。あのときの光景が夢の中で蘇った。目覚めたときには恐怖で喉が詰まり、全身汗びっしょりで、息は苦しく、体はどうしようもなく震えているのだ。

あれだけ昔のことなのに、夢は鮮やかだった。彼らはハイランドの破壊に背を向けて逃げてきた。無残に殺された男、女、いたいけな子どもたち。略奪され、燃やされた家々。サブリナはときどき、城はどんな運命をたどったのだろうと考える。

サブリナたちは無事イングランドに到着した。といっても、マーガレットおばとメアリーは、荒波にもまれてひどい船酔いに苦しんでいた。幼いリチャードは状況がよくのみこめず、ふてくされていた。そしてサブリナ自身は憎悪にあふれていて、ヴェリック・ハウスまでの道中、御者や宿屋の主人にその気持ちを隠すこともできなかった。

ヴェリック家の古くからの邸宅は、無人で荒れ果てていた。父親である侯爵は、いまから十年前にスコットランド人の妻が死んで以来子どもに会いもせず、この家を見捨てて、もっと洗練されたロンドンの生活といった楽しみにふけっていたのだ。

だが、サブリナたちが強い決意を抱いて懸命に働いたおかげで、この二百年間ほとんど変わっていないエリザベス様式の狭い領主館は、住みやすい家となった。高い切妻屋根、落ち着いた感じのレンガ、縦仕切りの入った窓が、雑草だらけの庭や果樹園、長年耕されていない畑を見おろしている。玄関広間では、手のこんだ彫刻を施したオークの羽目板や帯模様の天井が訪問者を歓迎していた。細かな模様の入った壁のタペストリーの状態はよく、少し蜜蝋を塗るだけで古いオークの家具はぴかぴかに光った。

最初の夏はまだ金があったので、快適に生活できていた。ところが冬が近づくとともに困難が訪れた。マーガレットおばは風邪を引き、熱と咳とで寝こんでしまった。メイドのホブスが手際よく看病したものの、日に日に治療費はかさんでいった。食料の請求書も毎月増える一方で、とうとう一家は食事を減らさざるをえなくなった。

侯爵は何年も前に金目のものは売り払っており、家には最低限の必需品しか残されていなかったから、たとえ売ってもほとんど金にならなかっただろう。

隣人たちが、半ば礼儀から、しかしたいていは好奇心から、長く不在だった侯爵の家族をひと目見ようと訪れるようになると、サブリナの怒りはいや増した。彼らは身を飾り立て、豪華な馬車でヴェリック・ハウスに乗りつけて、貧乏な彼らに自らの豊かさを見せつけた。優雅にお茶を飲みながら、ぼうっとタペストリーを縫いつづけるマーガレットおばを見て、扇で口を隠して笑う。そして、彼らをもてなそうとする不器用な若い女主人を子ども扱いする。涙に暮れるメアリーを見るたびに、サブリナのはらわたは煮えくり返ったのだった。

村人は貧窮していた。密猟に失敗した者たちは手や足を切り落とされていた。家族を養おうとしただけなのに。その不公平をまのあたりにしたサブリナは怒りに駆られて、ついに行動に出ることを決意した。

これは若い娘が簡単に解決できるような問題ではなかった。けれども、ひとたび名案を思いつくや、サブリナは策を練り、どんな将軍にも劣らないほど立派な計画をつくりあげた。なんとも皮肉なことに、その解決方法を提示したのはマルトン卿自身だった。彼は、道が危険なこと、旅人が簡単に追いはぎに遭って強奪されることに愚痴を言っていたのだ。

「まるで、子どもから飴を取りあげるようなものです」ある日曜日の朝、彼は教会のあとでサブリナに怒りをぶちまけた。「ああいう悪党や追いはぎどもが人の持ち物を奪うのは。安全に暮らせる場所はありませんよ」

確かに、強盗に扮するのは簡単そうだ――そのときサブリナはそう思った。

ところが最初の試みはとんでもない失敗に終わった。襲おうとした馬車が止まってくれず、彼女を轢いていきそうになったため、危うく命か手足を失いかけた。

二度目はうまくいき、ルビーのブローチと金時計を手に入れた。初の犠牲者はマルトン卿夫妻だった。サブリナは宝石を売り、年老いた雌馬をもっと足の速い馬に乗り換え、残りで雌牛を一頭買った。

ありがたいことに、たまたまウィルとジョンのテイラー兄弟に遭遇したとき、不運が幸運に変わった。禁猟地で獲ったウサギを肩からぶらさげているふたりと、竜騎兵に追われたサブリナがぶつかったのだ。事情が事情だけに、紹介はあと回しにされた。

三人は木陰に隠れて、兵たちが轟音を立てて通り過ぎるのを見守った。当面の危機が去ると、男ふたりとサブリナはうさんくさげに互いを見つめ合った。

巨漢ふたりが立ちはだかる前で、長靴をはいて青白い顔を覆面で隠した自分が胸を張っていたことを思い出すと、いまでも楽しい気持ちになる。

あのとき、長身のジョンはサブリナを見おろした。彼の麦藁《むぎわら》色の髪は明るい月光に照らされて銀色に輝いていた。

「さて、こいつはなんなんだ？」ジョンは興味をあらわにしていた。

「おれにはスコットランド紳士に見えるけどね、ジョン」ウィルは低く笑った。

「ああ、そのとおりさ、坊主ども」サブリナは傲慢そうに手を腰にあて、かすれた声で答えた。

「おい、ちびすけ、だったら南に来すぎたぜ。もうちょい北へ行ったほうがいいんじゃねえか？　またおれたちに出くわしたくないだろう」ジョンは脅すように言った。

「なあ、スコットランドのちび男、なんだか忙しくしてたみたいだな。どんなお宝をせしめたんだ？　おれたちに面倒をかけたお詫びに、分けてくれないか」ウィルは口を大きく横に広げてにかっと笑った。

せっかくの戦利品をこんな田舎者に取られてたまるかと、サブリナは拳銃に手を伸ばした。だがその前に、相手にぎゅっと体をつかまれてしまった。略奪品の入った小さな袋を調べた彼らは失望の表情になり、彼女の覆面をはぎ取った。そのときの彼らの驚いた表情を見て、うろたえていたサブリナの顔にようやく笑みが戻った。

「なんてこった、レディ・サブリナ・ヴェリックじゃねえか」ジョンは震えあがった。

サブリナは少しのあいだ彼らの狼狽ぶりを見て楽しんだあと、驚くべき提案をした。彼らの力の強さに感心したのと、ただ秘密を知られているよりは仲間に引きこんだほうが得だと思ったからだ。

この決断を、彼女は一度たりとも後悔していない。ウィルとジョンはサブリナたち家族にとって、不可欠な存在となったのだ。ヴェリック・ハウスで働く召使いや庭師を村で見つけてくれたし、十分な収入が得られるまでは地元の商店でつけによって買い物ができるよう取り計らってくれた。

いままでのところは非常にうまくいっている。よすぎるくらいだ、とサブリナはときどき心配になった。

「夜が明けるまでお湯に浸かっているつもり?」メアリーが眠たげに訊いてきた。「プルーンみたいにしわくちゃになるわよ」

サブリナは浴槽から出ると細い体にあたたかなタオルを巻き、暖炉の前で水気を拭き取った。そして寝間着を着て、柔らかな生地を腰のところで引っ張って伸ばした。

メアリーは妹を抱きしめて自分の部屋に戻った。サブリナは衣装箱のふたを開け、剣と拳銃を見つめた。握りの曲がった拳銃にちらっと目をやったあと、手を奥に突っこんで、祖父の短剣を取り出した。銀の柄には凝った飾りが入っている。彼女は慰めを求めて短剣を胸に押しあて、祖父の顔を脳裏に描こうとした。本人は気づいていなかったが、スミレ色にきらめく瞳と微笑を浮かべる唇は、老人のものとそっくりだった。

「わたし、リチャードの面倒は見ると約束したでしょう? だけど、まさかお祖父様も、こんなかたちで面倒を見ることになるとは思っていなかったんじゃない?」

短剣を箱に戻してベッドに潜りこむ。頭が枕に触れるが早いか、彼女は目を閉じて眠りに落ちていった。

ああ、自らの運命も知らずに
小さき犠牲者は戯れる！
災難の訪れには無頓着で
明日以降のことを思いやりもせず。
――イングランドの詩人トマス・グレイ

2

サブリナはうきうきと階段をおりていった。頭にあるのは美しい夏の朝のことだけ。開いた窓のそばでは太い枝に止まった鳥たちがメロディを奏で、バラの香りはそよ風に乗って漂ってくる。

いま着ているのはダマスク織りのドレスだ。ライトブルーのシルクの隙間から、キルティングのような模様が入ったクリーム色のサテンのペチコートがのぞいている。その姿は、ゆうべの強盗とはまったく違っていた。波打つ長い黒髪は頭の上でひとつにまとめられている。ボディスから伸びる首はあまりに細く、ぽきりと折れてしまいそうで、豊かな巻き毛は重すぎるように見えた。金の輪が耳からぶらさがり、また指にも光っている。彼女は首に巻かれた鎖についた金時計を見て、気まずそうに顔をあげた。

「ひどく朝寝坊しちゃったみたい」大広間に置かれたオークのテーブルの中央にかぐわしいユリの花を飾っているメアリーに声をかける。「すごくいいお天気。一分も無駄にしたくないわ」

「そうね。だけど、あなたが計画しているピクニックに出かける前に、帳簿をつけて、シーツの点検をしなくちゃ」メアリーはにっこり笑った。

「メアリーったら、相変わらず現実的。それにしても、お姉さんに隠し事はできないわね。あなたが知らないことなんてあるの？」サブリナは編んだかごから一本のユリを取りあげて、鼻の下に持っていった。

メアリーの笑みが消える。「予知能力なんてなければいいのに。わたしがそう思っているのは、あなたも知っているでしょう、サブリナ。未来は見たくない。怖い。いやな感じがするの。不安だわ」メアリーはいったん言葉を切って考えこんだ。「なにかが起こって、わたしたちがとんでもない目に遭うという、ひどく悪い予感がするの」

「ゆうべなにかを見たのね？　寝る前は、そんなに神経質じゃなかったのに」

メアリーは首を振った。「違うわ、ただ予感がするの——それだけよ。で、なんだかぴりぴりしてしまって」すまなさそうな笑みを浮かべる。

「だけど、たいていなにかが起こるわ、そういう予感がするときは」

メアリーは妹の澄んだスミレ色の瞳を見つめ、珍しいライトグレーの目に涙をためてささやいた。「ああ、サブリナ、あなたの身になにも起こってほしくない」

ユリの花を落としてサブリナをぎゅっと抱きしめる。「あなたはこんなに小さくてかわいいのに、命の危険を冒してまでも、みんなのために勇敢に活動してくれている。あなたが逮捕されるようなことがあったら、わたしは耐えられないわ」

サブリナは諭すように首を振って姉に抱擁を返した。「ばかね。なにも起こらないわ。わたしにはウィルとジョンがいるんだし、お姉さんの予知能力もあるもの。なにが起こるというの？」ばかばかしいとばかりに、自信たっぷりに言う。

「ほら、静かに」唇の前で指を立てた。「昼間はこのことについて話さないって約束したでしょ。使用人に話を聞かれたら困るわ。それに」朝の空気を満喫するかのように両腕を広げた。「こんなに気持ちがいいんだから、いますぐ起こらないことについて思い悩むのはやめましょう」

メアリーは降参して赤毛の頭を振った。「負けたわ。あなたが魅力を振りまいたら、誰も抵抗できないわね」彼女はユリの最後の一本を飾り終えてできばえを確かめた。そして満足すると、サブリナに向き直った。

「食事にしましょう。おなかがすいているでしょう」

「飢え死にしそう。どうしてこんなに食欲があるのかしら。きっと、行動をともにしている仲間に関係あるのね」サブリナは無邪気に言って目をきらめかせた。

「サブリナ、あなたって本当に、どうしようもないおてんばね」メアリーが笑う。食事室に入ると、ふたをした皿が並んだ食器台から妹に食べ物を取り分ける。

「あなたがこんな朝早くからこれだけ食べているのを見たら、上流社会のご婦人はぞっとするでしょうね」メアリーは卵とバターつきトーストの載ったサブリナの皿にソーセージを追加し、自分には小さな皿にパンとバターだけを取った。

「夜中に馬に乗ってそこらじゅうを駆け回ったあと、少しのパンとバターだけで満足できる人がいたら、お目にかかりたいわ」サブリナはソーセージを食べて熱い紅茶をすすった。

「今朝は外出するつもり?」

「家の用事がすんでからね。ミセス・フィッシャーのところにお悔やみに行くわ。卵を何個かとチーズとビーフパイを持って」

「たぶんミセス・テイラーは、ゆうべのうちにウィルから話を聞いて、お手伝いに行っているでしょうね。毛布をあと一枚か二枚持っていってあげたほうがいいわ。ミセス・フィッシャーは病気なの」

「わかった。できるだけのことはするわ」メアリーは収納戸棚の中身を頭の中で思い起こした。

「あなたたち、ここにいたのね」マーガレットおばがぶらぶらと食事室に入ってきた。「紅茶をくれるかしら、メアリー」

彼女は向かい側に腰かけて、サブリナの皿を不審そうに眺めたあと、礼儀正しく顔を背けた。

「ありがとう。ねえ、あれはどこへ行くのかしら?」おばはぼんやりと訊いた。

「なにがどこへ行くですって、マーガレットおば様？」メアリーは訊き返しながら、小さく切ったパンにバターを塗り、おばの前に置いた。おばの視線をたどって外に目を向けたけれど、見えるのは庭で咲き乱れる花だけだった。「どれも美しく咲いているわ。今年はナデシコが格別にきれいね」

「ええ、本当にね、すてきだわ」おばは笑顔になり、サブリナのほうを見て言葉を継いだ。「青はとってもよく似合うわね。だけど、その下品に盛った食べ物はどうするの？　ほんの少しを優雅にかじるだけにしなくては。レディたる者、どれだけおなかがすいていても、空腹だというのを人に見せてはいけないわ。おなかをすかせたまま食事を終えるべきなのよ。そういえば、ねえ、もっと香水がほしいの。アクアメリスがいいわね。ほかのではだめよ。それから、ジェノアの石鹸をもうひとつお願い。藍色とスミレ色のどちらがいいと思う？」

おばは心配そうな表情になる。

サブリナとメアリーは辛抱強く互いを見かわした。マーガレットおばの思いがとりとめなく漂っていくことにも、いまではすっかり慣れている。

「スミレ色がいいわ、おば様」サブリナは反射的に答えた。

「そう思う？　ええ、それがいいわね」おばはつぶやいて、なめらかな額にしわを寄せた。「だけど、よく考えなくては。あわててはいけないから」

彼女は優雅に立ちあがり、愛情をこめてサブリナの頭をぽんとたたくと、ふらりと出ていった。紅茶は手をつけられないまま残されている。

「大好きなマーガレットおば様」メアリーはため息をついた。「いったいなにを考えているのかしら。前はここまでぼんやりしていなかったのに」

「昔から夢見がちで上の空だと思っていたんだけど」サブリナは料理をすっかり平らげて丁寧に口の端を拭いた。

「そうかしら。きっと報われない恋と関係があるのよ」メアリーは悲しげに言った。

「報われない恋？　ばかみたい」

「サブリナ！」メアリーは驚愕の表情になった。

「なにか悪い？　振られたからって正気を失うなんて。そこまで値打ちのある男がこの世にいるわけないわ。わたしならまずそいつの死刑執行令状に署名して、自分の剣であの世へ送ってやる」サブリナは笑い飛ばした。

「あなたったら、ときどきとんでもないことを言うのね。笑うべきか救済を求めて祈るべきかわからないわ。お祖父様はよくあなたのことを、なにかに怒った湖の人魚が復讐のために置いていった子どもみたいな気がすると言っていたわ」メアリーはときおり不安になるのだ。サブリナは喜怒哀楽が激しい。あまりにも激しやすく、怒りっぽく、しかも、いったんこうと決めたらてこでも動かない頑固者だから。

「古代の神マーキュリーに、わたしの足の速さが衰えないことを祈ってちょうだい。まだオリュンポス山の神々のところへ行く気はないから」

「というより黄泉の国だろ、リナ」少年の声が割りこんだ。「堕天使の行き先はそっちだよ」

サブリナはリチャードをにらみつけ、メアリーは黙って首を振るばかりだった。

「あなたとはそこで会いましょう、ロビン・グッドフェロー（英国民話に登場するいたずら好きの小妖精）」サブリナは笑顔で言い返した。

「なにを言ってもサブリナには勝てないや」リチャードはぶつぶつ文句を言いながら、パンを一枚取ってたっぷりバターを塗った。「毒舌家の女は男に好かれないんだよ、リナ」

「ええ、よくわかっているわよ、ディッキー（リチャードの愛称）」

リチャードはほほ笑んだ。十歳という年齢にしてはおとなびて見える。赤い髪は苛々とかきむしったかのように乱れ、青い目の下にはかすかにくまができていた。「間抜け女よりはましだけど。間抜けには耐えられない」

「また本を読んで夜更かししたの？」サブリナは尋ねた。

リチャードはむっつりと唇を引き結んで、皿の横に落ちた小さなパンくずを拾おうとしていた。「リナが出かけてると、寝られないんだ」

メアリーは紅茶にむせ、狼狽して大きく開いた目でサブリナを見あげた。だがサブリナのほうは平然として、うつむいたリチャードの頭を見つめている。

「わたしがどこに出かけているというの、リチャード？」静かな声で問う。

するとリチャードは顔をあげ、目をぎらつかせてじれったそうに答えた。「訊くまでもないだろう——ボニー・チャーリー」

メアリーははっと息をのんだ。なにか言おうと口を開きかけたが、サブリナは首を振って止めた。

「へえ」リチャードは言葉をつづけた。「否定しないの？」

「しないわ。否定するのはばかばかしいでしょ？」

「うん、そうだね。ぼくはばかじゃないし。この何年かのあいだ、なにが起こっていたかぼくが知らないと思っていたの？」ちらりと背後を確認して声をひそめる。「自分の姉が夜中に強盗の格好をして馬を乗り回すのを、ぼくが喜ぶとでも思っているの？　ぼくの家庭教師に払ったり、テーブルに置く食べ物を買ったりするお金がどこから来るのか、ぼくが考えたことがないと思うの？」

彼がテーブルにドンとこぶしをたたきつけると、皿がカタカタ揺れた。「考えたさ。弁護士を通じて侯爵からの特別な小遣いを受け取っているなんて話、全然信じていなかった。侯爵はぼくたちのこと、なんとも思っていないんだから。ぼくはなんとか手伝えたらいいのにと思っていたんだよ。いままで、ぼくは幼かったし臆病だった。情けない意気地なしだった。馬に乗るのも、銃を撃つのも、怖くてできなかった。こんなぼくが、いったいなんの役に立ってる？」リチャードは怒りに駆られ、椅子を倒して立ちあがり、走って部屋から出ていった。

メアリーとサブリナは座ったまま無言で見つめ合った。

「困ったわね。あの子が知っているとは思わなかった。しかもあんなふうに感じていたなんて。メアリー、信じられないけど、リチャードはもう一人前なのね。あの子はもともとおとなしかったから、おとなになっていたことに気づかなかったんだわ」

「慰めにいくわ」メアリーは心配そうだった。「あの子に自信を失ってほしくないの。どれだけおとなびてふるまおうとしても、やっぱりまだ子どもよ。馬に乗れないからって恥じる必要はないわ」彼女は弟を弁護しようとした。

「いえ、そっとしておくほうがいいと思う——少なくとも、しばらくは。これからは、あの子に隠し事はやめましょう。だけど、あの子に危険が降りかかるようなものには参加させないわ」

メアリーは赤毛の頭を上下に振って賛意を示した。「みんなが絞首台からぶらさがることになったら困るもの」

彼女はエプロンのポケットから一枚の紙を出して家事の内容を書き出した。一心に考えているようだ。サブリナは姉の明るい赤毛の頭をほほ笑ましく見つめた。メアリーの身にはなにも起こさせない。サブリナはだめだ。これほど善良で高潔な女性を絞首台に追いやることはできない。サブリナは唇を噛んで疑念の波に身を任せた。自分はみんなをなんということに巻きこんでしまったのだろう？　縛り首になるべき人間がいるとしたら、それはサブリナにほかならない。

すてきな午後だと思いながら、サブリナは色とりどりの庭をちらりと見やった。ナデシコ、カーネーション、ニオイアラセイトウなどが、香り高いスミレ、スイートブライア、野生のタイムなどとともに乱れ咲いている。スイートピー、スイカズラ、ジャスミンは背の高い木に花をつけ、スイセンやマリーゴールドの黄色や金色はチューリップやオダマキのピンクや赤と交ざり合って地上を這っている。サブリナは目を閉じて静寂に耳を澄ませた。ハーブ園にある巣箱で忙しく働く蜂のブンブンという音が聞こえてきた。彼らは近くに生えたローズマリー、ラベンダー、セージ、マジョラムからせっせと蜂蜜を集めている。ここはとても安らかで平穏だ。高い石壁の向こうにある世界とはかけ離れている。

「食べ終わったの、リナ？」メアリーは空の皿を集めて、大きな編みかごに戻していった。リチャードはローストチキン、ハム、酢漬けのサーモンの残りを、ピクニックの分け前を辛抱強く待っている垂れ耳で白黒のスパニエルに投げてやった。スグリのタルトとカスタードプリンはとっくになくなっていたが、残りの果物とチーズは包み直され、空になったレモネードの容器はしまわれた。

サブリナは自分のレモネードをごくごくと飲み干して、空の食器の山に加えた。「とても楽しかったわ。たまにリラックスしてぼんやりするのもいいものね」けだるく言って腕を頭上に伸ばしたが、スパニエルの一匹に柔らかく湿った舌でなめられたので、笑って顔を隠した。サブリナがふざけて、長くつややかな毛を笑いながらくすぐってやると、犬は転がり、もっとしてほしそうに足をあげた。

「毎日がこんなに楽しかったらいいのに。だけど」メアリーは残念そうに付け加えた。「どんな楽しみにも終わりは来るのね。まだ帳簿つけも残っているし」芝生に長く差しはじめた影を見てため息をつく。「マーガレットおば様、中に入りましょうか？」

「ああ、そうね。この庭の眺めを刺繍しなくちゃ。この明るい色をぜひ残しておきたいわ。それから、酢漬けのサーモンはちょっと塩辛かったわよ」おばは散らかった糸を急いで集め、常に二匹のスパニエルとともに携行しているつづれ織りの大きな袋にしまった。

「そのタペストリーはいつできあがるの、おば様？　もう何年もかかっているでしょう」サブリナはおばの腕に自分の腕を絡め、犬を従えて家に向かった。「絶対に見せてくれないのね」

「いずれね、あなた、いずれ」おばは上の空で答えた。

庭の勝手口から家に入ると、一行は執事に呼び止められた。執事は客間の扉を閉めたところだった。

「お客様です、レディ・マーガレット」彼はうやうやしく言ったが、顔は指図を求めてメアリーのほうに向けていた。

「誰なの、シムズ？」メアリーはドレスに草のしみがついていないか確かめ、ひだ飾りのついたレースの袖を肘のところで引っ張って伸ばした。

「マルトン卿とニューリー卿です」執事は硬い声で答えた。礼儀正しい表情の下に、訪問客ふたりへの嫌悪感が見え隠れしている。

メアリーはいぶかしげにサブリナを見た。サブリナは肩をすくめ、淡いブルーのシルクのスローチハットの垂れた広いつばを、興味深そうにつりあげた眉にかかるよう、ちょっと粋に傾けた。

「どんな用か訊いてみましょう。行くわよ、メアリー、マーガレットおば――」だが、おばは犬を従えて階段の上に姿を消していた。彼女がそこにいたことを示すのは、一本の赤い糸だけだった。

サブリナはリチャードに向き直った。「一緒に来たい？」真顔の少年に訊くと、彼はぱっと目を輝かせてうなずいた。

「お願い、リナ」熱をこめて言う。

「メアリー、リチャード」サブリナはふたりと手をつなぎ、三人で予想外の客に挨拶するため客間に向かった。従僕が開いて支えている扉から部屋に入る。

「ああ、レディ・メアリー」マルトン卿は大声をあげ、サブリナとリチャードにうなずきかけて、メアリーが差し出した手に向かって頭をさげた。「お目にかかれて光栄です」

「こちらこそ光栄ですわ」サブリナは小声で言って、彼と目を合わせてやさしくほほ笑みかけた。

「いやはや、レディ・メアリー、妹さんは日ごとに美しくなられますな、あなたと同じで」

「同感です」ニューリー卿は愛想よく言うと、サブリナのスミレ色の瞳をじっと見つめた。

「我々はもっと頻繁にこちらのレディにお会いするべきだな、マルトン？」

「そのとおりだ。もちろん、エスコート役を務める男性がおらず、付き添いがおば様だけとあっては、あなた方が出歩きにくいという事情は理解しておりますよ。そういえば、すてきなおば様はどうしておられますか？」マルトンはおずおずと尋ね、マーガレットの突然の出現に驚かされるのを予期しているかのように、そっと部屋を見回した。「おば様のことは、あなたのお父上と暮らしておられたときから存じあげております。言うまでもなく、おふたりとも、わたしより少々年齢が上でしたが」彼はあわてて付け加えた。

「マーガレットおばはすこぶる元気ですし、わたしや妹より年上には見えませんわ」メアリーは笑顔で言った。「どうぞお座りください。飲み物はいかがでしょう？」気は進まなかったものの、元来礼儀正しいメアリーはそう誘わざるをえなかった。

サブリナの渋い顔を見ないようにして、彼女は慎ましやかに袖つきの長椅子に腰をおろす。「リチャード、ベルを鳴らして従僕を呼んでちょうだい。上等なニワトコのワインがあったでしょう？」

「それとも、レモネードかジンジャービールでも」この紳士たちができればブランデーをほしがっているのを承知の上で、サブリナは言い添えた。

「いえいえ、どうぞおかまいなく」マルトン卿は大きな笑みをたたえて言ったが、そのあと真顔になって訪問の目的を切り出した。椅子から身を乗り出し、内緒話でもするようにそっと言う。「残念ながら、我々がうかがったのは、非常に深刻な問題についてお話しするためなのです」

「まあ、なんだか怖いわ」

「そうでしょうとも、レディ・メアリー」マルトン卿は警告するように言って巨体を椅子におさめたが、剣や、先端が金の杖が邪魔になって、脚を組むのに苦労した。

「我々は忠告にまいったのです、ご婦人方」ニューリー卿は慎重に話しはじめた。「あなた方を怖がらせたくはないのですが、我々はいま、途方もない危険に直面しております」

「まあ大変。どんな危険ですの？」サブリナが声をあげた。

「ゆうべ、わたしは屋敷の晩餐室で、数人の友人とともに拳銃を突きつけられ、ものを盗まれたのです！」マルトン卿は激しい口調で言った。顔は真っ赤になっている。

「盗まれた。なんとおぞましい。ご冗談でしょう。誰がそんなことをするのですか？」メアリーは消え入りそうな声で尋ねた。

「ボニー・チャーリーです」ニューリー卿が吐き捨てるように言った。薄い唇をめくりあげ、歯をむき出して。

リチャードは息をのんだ。長椅子で静かに座ったまま、この知らせに驚いたというふりをしているサブリナの優美な姿を、少年は感心して大きく開いた青い目で見つめた。

「まあ、ひどい。そんな者の首ははねるべきですわ」

「わたしもまったく同感です、レディ・サブリナ。無礼にもほどがある。で、我々が来たのもそのためなのです。あなた方ご婦人は用心して、身を守れるよう準備しておかねばなりません。屋敷を守るために、屈強な従僕を雇っておられますか？」

「もちろんですわ。大柄な地元の男性を数人雇って従僕の仕事をさせております」

「それでも十分かどうかわかりませんが。やつらはまるで怪物でしてね。やつの子分は身長が優に二メートルを超した輩です。それからボニー・チャーリー本人も、少なくとも一八〇センチはあり、わたしが遭遇した中で最悪のごろつきです」

「あらあら、少なくとも一八〇センチですって？　恐ろしいですわね」サブリナはほうっと息を吐いた。「ねえメアリー、わたし、怖くて眠れそうにないわ」

「お嬢さん」ニューリー卿は同情するように言って身を寄せた。「恐れることはありません。やつはこれまでに誰も殺したことはないはずです。それに、巡回のために竜騎兵をもっと増やしてもらうよう要請しています。わたし個人としても、あなたの安全をお守りします。一週間もしないうちにその悪党を縛り首にするとお約束しましょう。今回、やつは調子に乗りすぎました。人の家にずかずか入ってくるとは、あまりにも野蛮です」

「わたしたちの身を案じてくださって、ご親切痛み入ります。でもわたしたちは安全だと思います。質素な生活をしておりますので」メアリーはそう言ったあと、無邪気そうに付け加えた。「この家には、その強盗がすでに持っていないものはなにひとつないと思いますわ」

「なんと謙虚なお方だ」マルトン卿が言った。「さて、これ以上お邪魔しますまい。我々はただ、あなた方が誇張したうわさを耳にされたときに備えて、真実をお知らせしたかったのです。それに、警備が補強されるということも」

「ありがとうございます。安心しましたわ。お気遣いには大変感謝しております。そうよね、サブリナ？」

「本当ですわ。強盗の風采を聞いたときは怖いと思いましたけれど、竜騎兵の話は興味深く聞かせていただきましたし、これで心が休まります」

「よき隣人として、事実をお聞かせするのは我々の務めです。それに美しいご婦人方をお訪ねできるのは光栄です」マルトン卿の言葉を合図に、彼らはあたたかく別れの挨拶をかわした。

扉が閉まると、きょうだいはしばらく沈黙を守った。やがてリチャードが我慢できなくなり、細い体を震わせて笑い出した。

「最高。ニューリー卿に時間を尋ねればよかった」サブリナは顎のリボンをほどいて帽子を脇に放った。

「本当ね」メアリーはレースで縁取ったハンカチで目をぬぐった。「でも、あの人たちを見くびってはいけないわ。いくら賢くないといっても、まるっきり鈍いわけでもないでしょうし」

「ただのおしゃべりよ。たとえ自分の命がかかっていたとしても、秘密を守れないの。あんなふうにしゃべりまくっているのなら、ウィルとジョンは居酒屋であいつらの使用人からいくらでも話を聞き出せる。使用人はうわさ話が好きだもの。こちらは確かな筋からの情報を引き出せるわ。竜騎兵が動くときはマルトン卿に相談するでしょうし」

リチャードはあからさまに感心してサブリナを見つめた。顔は興奮で上気している。「今度はいつ行くの、リナ？　ぼくも一緒に行っていい？　おとなしくしているって約束するから」彼は希望をこめて懇願した。

だがサブリナは首を横に振った。「その話をするつもりはないわ。それに、あなたはここにいなくちゃ。万が一わたしの身になにかあったら、メアリーとマーガレットおば様はどうしたらいいの？　あなたが頼りなのよ、ディッキー」

「なにも起こらないよ」リチャードはサブリナの前にひざまずいて腰にしがみついた。「絶対になにも！」

サブリナは弟の頭越しにメアリーの目を見つめ、姉はなにを見ているのだろうと考えた。しかしメアリーは妹の目に浮かんだ疑問には答えず、あきらめ顔で首を横に振った。悪いことはなにも起こるはずがないというように。彼らの計画を妨げることはなにも。サブリナとて、なにも起こさせるつもりはなかった。なにものにも、誰にも、自分たちの生活を脅かさせはしない。彼女はそう心に誓った。

不遜な悪い男だ。
――イングランドの詩人エドマンド・スペンサー

3

キャマリー公爵は両開きの扉にぐったりともたれかかり、のんきに踊る人々を見ていた。最初のゆっくりとしたメヌエットでは、男女が頭をさげたりすれ違ったりし、パートナーたちは近寄るたびに相手を挑発するように戯れた。やがて音楽はもっと陽気な二拍子のブーレとなり、つづく三拍子のクーラントでは人々は走るような急激なステップで息を切らせた。

「ダンスに参加しないのかい、ルシアン？」サー・ジェレミー・ウィンターズは、お仕着せ姿の従僕が差し出したトレーから、あふれんばかりにシャンパンが注がれたグラスをふたつ取り、ひとつを公爵に手渡した。

「で、足を踏まれる？　ごめんだね」赤い顔をして汗びっしょりの紳士がよろよろと通り過ぎていく横で、ルシアンは皮肉をこめて答えた。

サー・ジェレミーが笑う。「きみはぼくが主催するもっとにぎやかな娯楽は避けているが、今回は招待を受けてくれた。うれしいよ。残念なのは、こんな大規模なパーティを企画してしまったことだ。これじゃ、きみは楽しめないだろう」

「手に入れたばかりの土地を調べるために滞在しているついでに、旧友を訪ねようと思っただけさ」

「ダヴァーンの土地を手に入れたそうだね。たいしたところじゃないと思うが。やつはあそこを、もう何年も放置していたんだ」

「わたしもそう思ったが、とりあえず自分の持ち物になったからには調べておきたかった。所有しておく値打ちがあるかもしれないしな」公爵はシャンパンをすすった。「でなければ、売り払うか、来週のサイコロ遊びで賭けて手放すかだ」

サー・ジェレミーは首を振った。「レイヴンブルックは先週、一度の勝負で全財産をすったんだ。そのまま晩餐室で拳銃自殺したらしい」

「負けて困るのなら、賭けなどすべきじゃない」ルシアンは同情のかけらもなく言い放った。「誰でもいずれは負ける。そうなったときには支払えるよう覚悟しておかなくては」

「しかしだよ」サー・ジェレミーは熱っぽく反論した。「つい、ということがあるだろう。ぼくもよく、気がつけば深みにはまっている。破産の憂き目から逃れられたのは、ひたすら運がよかったとしか言いようがない」

「どんなものであれ、わたしがゲームをするときは、それがテーブルを挟んだ賭けであってもそれ以外のものであっても、負けた分は支払う覚悟ができている。そして」ルシアンのまなざしは冷ややかだ。「勝った分は徴収する。容赦はせず、必ず徴収する」

「そりゃあ、ぼくだって徴収はしたいさ。しかしぼくは友人に、負けを取り戻す機会や支払うための時間を与える」

「わたしは負けた分を支払う余裕のない友人と賭けはしない。それをしてしまうと、すぐに友人を失ってしまうからね」公爵は物憂げに言った。

「あらゆる人の中できみこそいちばん理解があると思っていたんだがね、ルシアン。だってきみは、損を取り戻して最終的に富を築くまでに、何度も窮地に陥ってきたじゃないか」

ルシアンは笑みを浮かべて考えこんだあと、真剣に答えた。「だからこそ、いまそう考えているのさ。わたしはカードで財産を築いてきた。プロの賭博師だったと言ってもいい。従って、これはビジネスであり、慈悲や同情の入る余地はない。感情を抱いてはいけない。それで、友人とカードゲームはしなかったし、いまもできればしたくないと思っている」

サー・ジェレミーは残念そうに首を左右に振った。愛想のいい顔が曇る。「あんなふうに相続財産を縛りつけられているなんて、本当に厄介だな」

公爵は歯を食いしばって顎をこわばらせ、親指で顔の傷跡をたどった。「厄介どころではない。ほんの数カ月前までは、祖母の策略を出し抜いたと思っていた。ところがいつものように祖母は敗北を認めず、わたしのやることなすことに口を出して命令を下してくる。今回、わたしはすっかりやりこめられてしまった。おかげでプライドをのみこんで、潔く降伏せざるをえなくなった。先祖代々の領地を自分のものにしたいなら、そうするしかない。ほかの誰にも相続させないとわたしは誓ったのだ。だからレディ・ブランチ・ディーランドと婚約したというわけさ。祖母がわたしの妻として選んだ完璧な女性だ。わたしの感情にはおかまいなく。しかし」彼は肩をすくめて、あきらめの気持ちを表した。「あの娘と――命じられたとおりに――結婚する以外に手はない。いとこのパーシーにだけは、あの地を取られたくないからな」

サー・ジェレミーは一抹の不安を感じつつ友人の尊大な横顔を眺めた。公爵は考えこむように琥珀色の目を細め、かたちのよい唇には苦笑いを浮かべている。少ししわの入ったなめらかなシルクの丈の長い上着と揃いのベスト、ブリーチズに身を包んだ彼には、派手な刺繍を入れて金銀で縁取ったけばけばしいピンク、濃い褐色、オレンジや赤の服を着た踊り手たちにはない優雅さが備わっている。

「さて、金の間の様子を見にいこうか」サー・ジェレミーは、黙りこんで物思いにふけり出した公爵に声をかけた。

ふたりは部屋を出て、賭けのテーブルが並べられた金の間に向かった。立ったまま、カードゲームに没頭している者たちを見つめる。するとひとりの男が近寄ってきた。酔った赤ら顔の男は、公爵の高慢な横顔をにらみつけた。

ルシアンはちらりと視線を横にやり、無礼に自分を凝視する男を無感情に見やった。男はそわそわして目をそらした。

「まだ不満げにわたしをじろじろ見ている男は誰かな?」ルシアンはさりげなく尋ねた。

サー・ジェレミーは驚いて、カードゲームに夢中になっている招待客たちを見回した。そして、敵意もあらわにルシアンを見ている、サーモンピンクのビロードをまとったずんぐりした男に目を留めた。

「どうかしたのか？」彼はいぶかしげにルシアンを見た。

公爵はまともに見返した。「どうしてあの男がわたしを敵視しているのか、まったく見当もつかない。知り合いですらないんだが」

「彼はサー・フレデリック・ジェンセンだ。短気な男で、いつもちょっとしたことに大げさに反応して腹を立てている」

「そうか」公爵は退屈そうに答えた。「つまらん」

「ほら吹きの商人でね。口が災いのもととなって、何度も決闘している」サー・ジェレミーは不快そうだった。

「だったら、どうしてそんな男を招待したんだ、ジェレミー？」

「誰かがゲストとして連れてきたんだろう。ぼくが呼んだわけじゃない。どんなときでも、人の尻にくっついて潜りこむ人間がいるものさ。しかし、いくら大ぼら吹きでも追い出すわけにはいかないから、ぼくとしては知らん顔をしているしかない」

「いや、それではすまないようだ。やつはこっちにやってくる」ルシアンは冷たく言った。

「わたしの思い違いでなければ、わたしたちに話があるらしい」

サー・フレデリック・ジェンセンはふんぞり返って歩いてきた。サー・ジェレミーを無視してキャマリー公爵ルシアンの前に立ち、面白そうに見ている彼に悪意あふれる視線を向けた。

「わしのことを笑っておられるようですな、公爵」彼が嘲りをこめて大声で言ったので、近くでカードゲームに興じていた男たちがなにごとかと顔をあげた。

「まさか。あなたのことを存じあげないのに、笑えるはずがない」公爵は素っ気なく答えた。

サー・フレデリックは唇を歪めて上体を乗り出し、公爵の広い胸を指でつついた。「いや、あなたは陰で人を笑っているんだ。わしの性格を中傷し、わしを笑いものにしている」

「そんなことは時間の無駄だ。あなたは自分で笑いものになっているようだから」公爵が淡々と言う。

「なにを――」サー・フレデリックは息巻いた。顔は鈍い赤色に染まっている。

「まあまあ」サー・ジェレミーが割って入り、男をなだめようとした。「そうカッカしないでくれたまえ、ジェンセン。ちょっと飲みすぎたんじゃないか？　酔っ払っているね」

「酔っ払った？　わしが？　酒なら誰にも負けないぞ、その全能のキャマリー公爵にも。お偉いさんは、わしらみたいな人間とはかかわりたくないんですかね？」

部屋にいた男たちはゲームの手を止め、目の前で繰り広げられる口論に聞き入った。静寂の中でサー・フレデリックの激しい息遣いが大きく響く。すべての目は、向かい合うふたりの男に向けられていた。

「あんたはわしに謝罪する義務がある」サー・フレデリックは喧嘩を売るように顎を突き出し、語気荒く要求した。

「わたしが？」公爵は軽蔑交じりの口調で返事をした。

袋を投げた。

「そうですとも、公爵閣下。あんたはわしを田舎者とかのろまとか呼び、肥溜めに住むのがふさわしいと言った。わしは決闘を申しこむ」サー・フレデリックは公爵の顔に向かって手袋を投げた。

人々は驚きで息をのみ、ひそひそと話しながら公爵の反応を待った。公爵の頬の傷が引きつれ、目に見えて白くなる。彼は尊大な表情で小さな金の嗅ぎタバコ入れから一服吸って、不快そうに鼻を鳴らした。

「あなたの今夜のふるまいからすると、もしわたしがあなたについてそういうことを言ったのだとしたら、それは不愉快な真実ということになるだろう」ゆったりとした口調で言い、上品にハンカチを鼻にあててサー・ジェレミーのほうを向いた。「窓を開けてくれ、ここはひどく不愉快でいやなにおいがする――胸がむかむかしてきた」

屈辱を受けて顔を真っ赤にしているサー・フレデリックに背を向けて歩きかけたが、振り返って退屈そうな声で言った。「介添人を連れてくるといい。そうだな、明日の夜明け、オークの木の下で。遅れないように。午後までに目的地に着くために、わたしは早く出発しなければならないのでね」

サー・フレデリック・ジェンセンはぽかんと口を開けた。平然と出ていく公爵とサー・ジェレミーの後ろ姿を眺めているうち、彼の額から汗が噴き出す。あっけにとられていた客たちは一様にガヤガヤと話し出した。サー・フレデリックは友人数人を引き連れ、逃げるようにあわてて部屋を出ていった。

サー・ジェレミーはルシアンにグラスを渡したあと、自分にもポートワインを注いでぐいっと飲んだ。「ジェンセンのやつ、なにを血迷ったんだろう？　あんな喧嘩腰の人間は見たことがない。やつはわざときみを、自分の名誉を守るため行動に出ざるをえないようにした。だがきみは、一度もやつに会ったことがないんだって？」まったくこの状況が理解できず、彼は首を振った。

「あのばか男の顔など、今夜まで見たこともなかった。どうやら、わたしが彼を失礼な言葉で侮辱したとほのめかした人間がいるらしい」ルシアンは炉床で燃える炎を見つめて考えこんだ。「いったい誰がそんなことをしたのだろう」

歩き回っていたサー・ジェレミーは唐突に足を止めた。「なんだって？　それはつまり、きみを陥れる策略ということか？」

「妙な話だろう。会ったこともない男が、わたしに愚弄されたと非難する。短気な男は、決闘してわたしを殺すまで満足しない」

サー・ジェレミーは顔をしかめた。「ジェンセンはばかな男だ――だが剣術には優れている。決闘で負けたことがないのを鼻にかけている。まだ生きているのが立派な証拠だ」

「挑まれたら受けざるをえない。しかし、人の手駒にされて意のままに操られ、けしかけられて戦うような人間は、策士にとってはもってこいのいけにえだ」ルシアンは暗い顔でつづけた。「我らが友ジェンセンは、頭でなく激情に支配されている。この事件の結末はひとつしかありえない」

「どんな結末だ？」サー・ジェレミーはおそるおそる尋ねた。

ルシアンは顔をあげ、しかたないとばかりに肩をすくめた。「サー・フレデリック・ジェンセンは痛い思いをする。残念ながら、わたしがその痛みをもたらさざるをえない。彼もいずれはそうやって最期を遂げることになるだろう。避けられぬ宿命、というわけだな」

「きみは冷静だな、ルシアン」サー・ジェレミーは感心していた。

「わたしが？」ルシアンは首を振った。「わたしはあきらめているだけだ。しかし、このちょっとしたシナリオを描いた策士の正体は気になるな。推測だが、わたしの死を望む敵がいるようだ」

「けしからん。なんと厚顔無恥な。その悪者が誰か見当はついているのか？」

ルシアンはグラスの酒を飲み干して笑みを浮かべた。「きみが言うとえらく大げさに聞こえるな、ジェレミー。で、質問への答えだが、はっきりとはわからない。わたしには敵が多い。だから、誰であってもおかしくない。しかも敵の大部分は知り合いだ。この悪党は陰に隠れてこそこそやりたがっているらしく、いくらわたしでも幻とは戦えない」

ルシアンは立ちあがると、心配そうな顔のサー・ジェレミーにほほ笑みかけた。「大丈夫だ、ジェレミー。わたしは強情な人間だし、最後には勝つつもりでいる。ただひとつ残念なのは、えらく早起きしなくてはならないことだ。だからそろそろお休みを言うよ」彼はあくびを噛み殺しながら出ていった。

サー・ジェレミーはぼんやりとした苛立ちを感じつつ首を振り、もう一杯酒を注いだ。腰をおろしてこの状況について思案し、明日の夜明けに公爵と対決するのが自分でなくてよかったと胸を撫でおろした。

夜明けの光が差すと、雄鶏は鳴き、目を覚ました鳥たちはさえずった。オークの並木道は静寂に包まれている。木の葉や野原の背の高い草にはクリスタルのような露がついていた。決闘の無言で立つサー・ジェレミーは、ルシアンの上着、ベスト、ストックタイを腕にかけ、決闘のはじまりを待っている。ほとんどの男たちは、ゆうべ遅くまでばか騒ぎをしていたので、まだ部屋でまどろんでいる。しかし何人かは早起きして見物に来ていた。ルシアンの喉はむき出しで、シャツは腰までボタンが開けられて濃い金色の胸毛があらわになっている。かつらはつけておらず、豊かな波打つ金髪はこめかみや耳の後ろに押しやられ、日光を受けて色濃く輝いていた。

彼は試すように剣を曲げたあと、無表情で敵と向き合った。

「構え！」

サー・フレデリック・ジェンセンが勢いよく突進する。公爵は一歩横によけて巧みに細身《レイ》の剣《ピア》をかわした。手首を硬くしたしっかりした手つきで、敏捷に動きながら突いて、サー・フレデリックと剣を交える。

敵は積極的に、常に攻撃をしかけてきた。人間離れした怪力にものを言わせて相手を打ち負かそうとする。だがルシアンは素早く優雅に攻撃をかわし、徐々に攻守を逆転させていった。ずんぐりしたサー・フレデリックは疲れはじめ、いまでは荒く息をついている。顔は赤く、全身汗びっしょりだ。彼は残った力を振り絞って、あばれ牛のごとく公爵に突っかかっていった。剣を振り回し、ルシアンの隙を突いて、切っ先の少し先にあるなめらかな喉首を刺そうとする。だがルシアンはやすやすと攻撃をかわし、興奮したサー・フレデリックの露出していた肩を剣の先で貫いた。相手は痛みにうめいてあとずさり、剣を取り落として、どくどくと出血する肩をつかんだ。

ルシアンが一歩さがると、野次馬の輪の端で待ち構えていた外科医が駆け寄って、倒れた剣士の横にひざまずいた。

「どうして殺さなかったんだ？」サー・ジェレミーがそう尋ねながら差し出したベストを、ルシアンは着こんだ。

「殺すのは無意味だからな」こともなげに答える。荒く息をしながら、白いハンカチで剣からサー・フレデリックの血を拭き取っていった。「やつは肩の傷で十分痛い思いをするだろう。わたしは愚かな男を殺したことで良心を痛めたくない」

彼は自分の馬車まで歩いていき、くしゃくしゃのストックタイを従者に渡した。かわりに糊の効いた新しいタイを受け取って、無造作に首に巻いた。

「急いでお別れしなくてはいけないのは残念だが、ジェレミー、用があるのだ。それに」彼は同情する友人に囲まれて運び出されるサー・フレデリックをちらっと面白そうに見やった。「サー・フレデリックはわたしの存在に悩まされることなく快方に向かえるだろう」

「やつは死ななくて幸運だった」サー・ジェレミーはうんざりと言った。「そういう機会をもらえる人間はそう多くない。見ろよ、やつは気絶したみたいだぞ」

公爵は声をあげて笑った。「また連絡するよ、ジェレミー」それだけ言うと馬車に乗りこむ。従僕が優雅に扉を閉め、素早く自分も飛び乗った。御者が馬に鞭をくれると、馬車は走り出した。ひづめや車輪で泥をはねあげながら。


馬車の旅は数時間つづいた。途中狭い宿屋で昼食にし、そのあと移動を再開する。やがて激しい雷雨となり、道が泥だらけになってぬかるんだため、馬の足は遅くなった。

ルシアンは物憂げに体の向きを変えた。窓にかかったカーテンを開けて、泥道や陰気な田園風景をうんざりと眺めた。車輪が深い穴にはまって馬車ががくんと揺れたので、彼は横の壁にたたきつけられた。

「くそっ」彼はつぶやくと、上にいる御者をののしった。さらに悪態をつづけようとしたとき、馬車の動きがゆっくりとなり、御者が馬に止まれと命じる声が聞こえた。

「どうした?」ルシアンは馬車の扉を開けて身を乗り出した。雨が軽く顔にかかる。

前方の道路の反対側で、半ば溝に埋もれた格好で馬車が横転していた。馬具を解かれた馬は、数人の騎馬従者になだめられている。御者は自分の肩をさすりながら、もうひとりの使用人とともに馬車の扉を開けようと奮闘していた。扉の向こうから興奮したわめき声が聞こえたが、ぴしゃりというたたきつけるような音が響いたあと、くぐもった泣き声に変わった。

「どうしましょう！《ディオ・ミオ》」誰かが苛々と叫んでいる。

女性の声に、ルシアンはにやりと笑った。「助けてやれ」軽蔑の表情で混乱の様子を眺めていた自分の御者に命じる。

「はい、サンディ、デイヴィ、行くんだ」御者は、ルシアンの馬を押さえながら騒ぎをぽかんと見ていた若い馬丁に声をかけた。

ルシアンは不本意ながらも馬車を出て泥の中を歩き、横転した馬車に向かった。御者をやらせてもよかったのだが、彼は乗客に興味を引かれていた。とりわけ、それがさっきの声から想像できるとおりのイタリア人美女であれば。そして確かに期待どおりだった。馬車に近づいたとき、赤いシルクの帽子をかぶった黒髪の頭が現れたのだ。ルシアンはゆっくりと視線を這わせて、丸みのある体を観賞した。ドレスの襟ぐりは深く広く、そのダマスク織りの緋色とは対照をなす白くなめらかな首には、四連の真珠の首飾りがかかっている。彼が女性の顔に目を戻すと、彼女は唇を開いて大きく笑み、救済者の紳士を見つめていた。ダークブラウンの瞳には、驚きとともにうれしそうな輝きが宿っている。

「こんにちは《ボンジョルノ》」

「こんにちは」ルシアンが挨拶を返す。「お困りのようですね。わたしでお役に立てますか？」

「まあ、ありがとう《グラッチェ》、わたしたち、感謝しますわ」女性は安堵の息をついた。

「〝わたしたち〟とおっしゃいましたか？」ルシアンは丁寧な口調で尋ねた。

「ええ《シ》、ちょっと待って《アスペッティ・ウン・モメント》、お願い《ペル・ファヴォーレ》」女性が馬車の中に姿を消す。言われたとおり待っていると、別の人物が窓から出てきたので、ルシアンは失望を隠した。身なりのいい男は馬車の横壁によじのぼって彼を見つめた。

「おまえの家来は、もっとさっさと動いて馬車をもとに戻すことができんのか？」男は不機嫌そうに言ってまわりを見た。ところがルシアンの馬車の横に飾られた公爵の紋章を目にしたとたん、態度を一変させ、ルシアンをじっと見つめた。

「お会いしたことがありますかな？」

「ないと思いますが」止まって助けようとした衝動を後悔しつつ、ルシアンは冷たく答えた。

「そうだ。キャマリー公爵でしょう」男は勝ち誇ったように言った。「ウィーンでお目にかかりました。わたしはレイントン侯爵、ジェームズ・ヴェリックです。数年間外国に滞在しておりまして」彼は暗い馬車の中を見てなにかイタリア語で言い、ルシアンに感謝のまなざしを向けた。「ロンドンへ戻る途中でこんな大変な目に遭いまして、危うく命を落とすところでした。フランスから帰国したところなのですが、やはりあちらは文明の拠点ですな。イングランド人の召使いがどれだけ無愛想か、すっかり忘れていました」彼は軽蔑をこめて不平をつぶやいた。

「ペル・ファヴォーレ、あなたたちがお話ししているあいだ、ここでさかさまになっているのはもう疲れちゃったわ、ジェームズ」不機嫌な声が馬車の内部から響いた。

「そうだった、いとしい人、すまなかった」レイントン卿はヒステリーを恐れているかのようにあわてて言った。「手を貸していただけますかな、公爵閣下?」

ルシアンはしかたなくうなずいた。「もちろん。ここに放っておくことはできませんから。あなたと、レディ――?」彼はさりげなく言葉を切って紹介をうながした。

「レディ・レイントン、わたしの妻です。しかしいままでイタリアに住んでいたので、伯爵《コンテ》夫人《ッサ》と呼ばれることに慣れております」

「なるほど」ルシアンはため息をついた。「近くの宿屋までお送りします。そこへ行けば、ロンドンまでの馬車を借りられるでしょう。残念ながら、わたしは逆方向に行きますので」

「この溝から救い出していただけるだけでも、おおいに感謝します」

レイントン卿は馬車の横壁から飛びおりた。靴で水をはねあげ、泥に足を取られて滑りそうになりながらも、なんとか無事に着地した。彼は四十代の小柄な中年で、まつ毛が濃くスミレ色の目をした、中性的な美男だった。

「ルチアーナ」レイントン卿は妻に呼びかけた。夫に「飛びおりろ、わたしが受け止めるよ」と言われると、夫人は顔を出し、うさんくさげに下を見おろした。

「よろしければ、わたしが」公爵が進み出た。「喜んでコンテッサをお助けいたします」

レイントン卿は眉をひそめたあと、首を縦に振った。「そうですな、わたしはこの事故で気分が悪くなってしまいました。でなければ、妻など簡単に運べるのですが」

相手のプライドを傷つけたくなかったので、ルシアンは笑みを隠して前に踏み出した。コンテッサを馬車から抱きあげたが、レイントン卿にはとても妻の体重を支えることはできなかっただろうと真剣に思った。レイントン卿のあとにつづいて自分の馬車に向かう。彼女をしっかり抱えると、緋色のシルクのストッキングや細く高いヒールのついた白いシルクの靴が、ぽかんと見とれている馬丁たちの目の前にさらされた。

泥道を慎重に進んでいったが、一度泥に足を取られて滑りそうになり、コンテッサは彼の首にしがみついた。くらくらするような香水のにおいが漂う。彼女がさらに身を寄せると、ルシアンはにやりと笑った。

「グラッチェ」つぶやく彼女のあたたかな息が喉にかかった。

「どういたしまして」

コンテッサを馬車に運び入れ、毛皮のついた外套を彼女の体に巻きつけ、クロテンの膝掛けをかける。そのあとからルシアンが乗りこもうとしたとき、倒れた馬車から怯えた叫び声が響き、つづいて悲鳴と興奮したイタリア語が聞こえてきた。

「ディオ・ミオ、かわいそうにマリアを忘れてきたわ。わたしのメイドです。あんなところに放ってはいけません。あの子、英語を話せないんですの」コンテッサはすまなさそうに言って、頼みこむようにブラウンの目を大きく見開いた。

ルシアンは肩をすくめた。「もちろんメイドを連れていくべきです、コンテッサ」あたりを見回し、ぼんやりと立っている馬丁のサンディに、転倒した馬車に乗っているもうひとりを連れてくるよう命じた。怒りをこめた悲鳴を聞いて振り向いたとき、彼は思わず笑ってしまった。サンディが、あばれる大柄な女を運んでよろよろと道を渡ってきたのだ。女は泣き腫らした赤い顔で、サンディのブロンドの髪に向かってなにやらまくし立てていた。馬車に近づいたとき、サンディは片方の足を大きな水たまりに突っこんでバランスを崩し、後ろ向きに倒れて、メイドの巨体の下敷きとなった。

ルシアンはあわてることなく、大騒ぎする女を立たせて馬車に押しこんだ。女が馬車の中から不幸なサンディに向かって速射砲のごとく悪態を浴びせる。サンディはあわてて立ちあがり、馬車から離れていった。顔は赤カブさながらに真っ赤で、背中にはべっとり泥がついていた。

「マリア、静かに《シレンツィオ》！」コンテッサは笑いに声を震わせながらもメイドに命じた。

ルシアンは御者と話をしたあと馬車に入り、扉を閉めて、レイントン侯爵のとなりにゆったりと座った。

「車軸が折れていますから、あの馬車には乗れません」

「しかたありませんな。だいたいわたしは、御者を信用していなかったんです。あいつらが追いはぎと結託していたとしても驚きませんね」

「ディオ・ミオ、そんなの怖いわ」コンテッサがつぶやいた。

「その心配はいらないと思いますが」ルシアンは落ち着いて言った。「わたしの部下は訓練が行き届いていますから、しっかり守ってくれるでしょう」

「なんて住みにくい国なの。どうしてあなたに言いくるめられてきちゃったのかしら」夫人はうんざりと言った。

「まあまあ、ルチアーナ、きっとロンドンは、きみも気に入るよ」レイントン卿は妻をなだめた。

「イングランドははじめてですか、コンテッサ?」ルシアンが訊く。

「シ、これが最後になることを願っていますわ。この国は好きになれません。イタリア《リタリア・エ・》はとても美しい《モルト・ベラ》国、でもこの国は……」彼女は嫌悪をこめて言い、両手を投げ出した。

ルシアンは笑った。「イングランドを愛せるのはイングランド人だけです。男が女に恋しているとき欠点が見えないのと同じですよ」

「では、イングランドに欠点があることはお認めになりますのね」コンテッサは思慮深げにほほ笑んだ。「わたしはヴェネチアに戻りたいですわ。ゆったりと揺れるゴンドラが懐かしい」馬車の車輪が穴の上を通ってがくんと揺れると、彼女の体は横滑りした。「こういう馬車ってひどい乗り物ね」

「この近辺に領地をお持ちではないと思うのですが、公爵閣下?」レイントン卿は興味を示したように尋ねた。「あなたの領地はもっと北では?」

「そうです。最近手に入れた土地を見にきただけです。あなたはこの辺をよくご存じのようだ。近くにお住まいになったことがあるのですか?」

「このあたりで生まれ育ちました。実は、この先の山あいに家があるのです。ヴェリック・ハウスという屋敷です。たいした家ではありませんが。エリザベス様式の狭い領主館で。そういえば、もうずいぶん長いあいだ行っていません。いまどんな状態なのか」彼はぼんやりと思いをさまよわせているようだ。

「あなた《カーロ》、その小さなお屋敷に行ってみましょうよ」コンテッサはそう提案したあと、ルシアンに顔を向けた。「わたしは侯爵の三番目の妻ですけれど、まだ夫の家族に会ったことがありませんの。子ども《バンビーニ》は何人いるの、カーロ？」彼女は顔をしかめた。「ふたりか三人よね、違った《ネ・ヴェーロ》？」

レイントン卿はどうでもよさそうに肩をすくめた。「三人、だと思う」

「確かに長いあいだ会っておられないようだ」ルシアンは皮肉った。

「あまり自慢できる父親ではなかったみたいですわね。でも、もうすぐ」彼女は意味ありげに笑みを浮かべ、自分の腹部を見おろした。「立派な父親になります。かわいそうなバンビーニを放っておいたみたいに、この子を放っておくことは、わたしが許しませんわ」

妻にずばりと言われると、侯爵は顔を赤くして、きまり悪げにもじもじした。

「それから、公爵閣下はいかがですの？」コンテッサはぼんやりしていたルシアンの注意を引いた。「ご結婚してご家族をお持ちなのかしら？」

ルシアンはせせら笑った。「いえ、まだです、コンテッサ」とだけ答える。

「まあ、失恋に苦しんでおられるのね、でしょ《シ》？　お気の毒に。でも、恋人《アモーレ》もたくさんいらっしゃるんでしょう」コンテッサは挑発するようにルシアンを見やり、彼の顔を凝視した。「あなたは冷静な方とお見受けします。でもお顔の傷を見ると、堕天使ルシファーみたい――あなたには油断するなという警告のしるしかしら？」

レイントン卿は遠慮がちにルシアンを見た。「ルチアーナのことはお許しください。イタリア人なので、ずけずけとものを言う癖があるのです」妻を目で制して謝罪をする。彼女のほうは、からかうような笑顔で夫を見るだけだった。

ルシアンは笑った。「奥様と一緒にいると退屈はしないでしょうね、レイントン卿。わたしは女性の毒舌には慣れていますから、コンテッサになにを言われても平気です」

馬車の旅は午後じゅうつづいた。小雨はやむ気配を見せない。馬は馬車を前後左右に揺らし、何度も穴や水流に足を取られながら歩いていく。

「もうすぐですわよね？　馬車で酔うだなんて、思いもしませんでしたわ」コンテッサは苛立たしげに言って、メイドの体を揺すった。「起きなさい、マリア！　いびきをかいているわよ」

馬車が速度を落としはじめた。すっかり止まってしまうと、彼女はうれしそうに身を乗り出した。「よかった《ベーネ》、やっと着いたのね」

ルシアンはいぶかしく思って、カーテンのかかった窓から外を見ようとした。すると出し抜けに扉が大きく開かれ、冷たく湿った空気が入ってきた。

「いったい――」ルシアンが言いかける。

「お宝を出せ！」外から声が響いた。ルシアンが馬車の横壁にくくりつけた拳銃を手に取る間もなく、反対側の扉がぱっと開いて、二挺の拳銃を構えた大男が銃口を向けた。

「ディオ・ミオ！」コンテッサは叫んで身をすくめた。マリアは恐怖の悲鳴をあげて気を失い、女主人の膝の上にばったり倒れこんだ。

「おや、ご婦人方がいらっしゃったのですね。ごきげんいかがです？」声は楽しそうに言った。「紳士諸君はちょっと馬車から出てもらえますか。長くはかかりません。財布をいただくあいだだけです」追いはぎの口調は丁寧だった。

ルシアンは自分の胸に向けられた拳銃を見た。怯えた顔のコンテッサと怒りの形相をしたレイントン卿に向かって肩をすくめ、馬車から出る。いったん足を止めて、追いはぎが身につけているタータン柄の肩帯をちらりと見たあと、慎重に泥道におり立った。

「おやおや、傷顔の友ではありませんか。パーティでお会いしましたね。あなたは間の悪いときに、わたしたちにとって間のいいところにいるという不運に見舞われたわけだ」ボニー・チャーリーは大声で笑った。

御者と馬丁たちは道路の向かい側でそわそわしながら立っていた。武器は道の中央にうずたかく積まれ、もうひとりの大柄な手下に見張られている。夕闇迫る中ではなにもかもがぼんやりとしか見えず、細かなところまでを見分けるのは不可能だった。

「もうひとりの立派な紳士もおいでいただけますか？」ボニー・チャーリーが呼んだ。

レイントン卿はゆっくりと馬車からおりてきた。小ぬか雨から身を守るために厚地の外套の襟を立て、帽子を斜めにかぶっているので、顔ははっきりと見えない。彼はびくびくしたようにルシアンの横に立った。

「さて、今日は大義のためになにを寄付してくれるのですか？　ギニー金貨を数枚いただけるとありがたいですね。金持ちの紳士なら、旅をするときはふくらんだ財布をお持ちでしょうし。渡してください」ボニー・チャーリーは、長身のルシアンのとなりに立つ男にはほとんど目もくれなかった。

ルシアンは上着に手をやった。分厚い生地のポケットに手を入れる。

「気をつけてくださいよ。あなたの立派な衣装に穴をあけたくないのでね」そう言われたルシアンは、財布を取り出し、自分を見つめる追いはぎに手渡した。「そちらのお友達は？」

侯爵はののしりの言葉をつぶやきながら、いやいや財布を渡した。

「では、ご婦人方のところへ行って、恵まれない者たちに富を分け与えていただきましょうか？」

ボニー・チャーリーは手を振ってルシアンを横にどかせ、銃口を向けている片方の男の視界を妨げないようにしながら、馬車の中をのぞきこんだ。

必死でマリアの顔をあおいで意識を戻させようとしていたコンテッサが目をあげ、覆面をした強盗の顔をまともに見る。

「きゃっ《ディオ》！」彼女は甲高い声で叫んで、今度は自分の顔をあおぎはじめた。

「イングランドの方ではないのですね」ボニー・チャーリーは残念そうに言って、彼女の首に巻かれた乳白色の真珠に目をやった。「では、その美しい真珠は残して、イヤリングだけいただいていきましょう。もうおひと方は気絶しておられますし、装飾品は身につけておられないようですので、わずらわせますまい」

追いはぎが口元に笑みをたたえて頭をさげた。コンテッサは呆然と路上の紳士ふたりを眺めている。

「さようなら《アリヴェデルツィ》」ボニー・チャーリーはそう言うと開いた扉からあとずさり、くるりと振り返ってルシアンと目を合わせた。彼の上着は、強くなりつつある霧雨に打たれてしっとり濡れている。

「雨の中で立たせて申し訳ありません」ボニー・チャーリーは嘲りをこめて言った。チャーリー自身の服は黒い厚地の外套であたたかく覆われている。「おふたりとも馬車にお乗りください。あまりご迷惑をおかけしたのでなければいいのですが。残念ながら、あんな美しいご婦人の前でぼうっと立たされて、あなたたちはばかみたいに見えているでしょうね。しかし、愚かにもわたしと戦おうとしたあげくに殺されるよりはましですよ。そう、立派な紳士を演じて、無事にご婦人のところへ戻るほうが、ずっと賢明です」

ルシアンはあえて相手を愚弄した。「勇敢だな、小さき敵よ、巨人を背後に従えているとは。おまえはまだわたしに対して自分の真価を証明していない。ぺらぺらと口は回るが、要するに偉ぶっているはったり屋の青二才にすぎない」ルシアンは軽蔑をこめて笑い、小声で付け加えた。「豚野郎、おまえは浮浪者の足元にもおよばない最低の男だ」

ルシアンに侮辱され冷笑されて、ボニー・チャーリーのスミレ色の目が怒りで燃えた。挑発に乗って我を忘れたように、ルシアンの顔を殴った。

レイントン卿は驚きで息をのみ、身じろぎもしなかった。ルシアンがにやっと笑う。「残酷と言われる名高い追いはぎにしては、大した力はないな。まあ、口先男ならこの程度だろうと思ってはいたが」

「その醜い顔が大事なら馬車に戻れ」ボニー・チャーリーはかすれた声で命じた。拳銃はルシアンの心臓を狙っているが、それを握っている手袋をした手はぶるぶる震えている。

「喜んで。寒くなってきたところでしてね」ルシアンは慇懃無礼に言い、侯爵につづいて馬車に入った。

ボニー・チャーリーはあとずさりで馬のところまで戻ってひらりと飛び乗り、手綱をつかむため束の間馬車から目を外した。ルシアンはその機をとらえて上着から拳銃を取り出し、馬の後ろで御者を押さえていた巨漢を狙って発砲した。男は痛みにうめいて一瞬気をそらされたが、仰天した御者が反応する前にもうひとりの男が地面に銃を撃ちこみ、相手の動きを止めた。ボニー・チャーリーが馬車の扉に向かって銃を発射したためコンテッサは恐怖の悲鳴をあげ、ルシアンはとっさに彼女をかばった。

ふたりの男に合図をすると、ボニー・チャーリーはとらえていた使用人たちを馬で蹴散らし、林の中に姿を消した。ふたりの男たちもそれぞれ別の方向へと馬を駆けさせた。従僕たちが武器を取りに走ったが、振り向いて銃を構えたときには、追いはぎは林の暗闇の中に消えていた。

ルシアンは怒りに唇を引き結び、暗い顔で彼らを見送った。馬車からおりると、道の真ん中でおどおどして立っている御者たちに向き合った。

「どういうことだ？　おまえたちはみんな、こういう追いはぎに立ち向かえるよう武装していたはずだろう？」ルシアンの目は危険な光を放っている。

「木が倒れてたんです、閣下、目の前の道路に。で、しかたなく止まりました。この天気ですから、追いはぎの仕業だとは思いませんでした。そしたら、どこからともなく大男ふたりが出てきて、拳銃をこっちに向けました。わしらには武器を出す暇もありませんでした。出そうとしたら、撃たれて死んじまったかもしれません」御者長は悔しそうに説明して、まわりで恥ずかしそうな顔をしている仲間に同意を求めた。「あの木をどけなくちゃいけませんや」道に横たわっている木を憎らしそうに見つめた。そもそもあの木が面倒のもとだったのだ。そしていまも道をふさいでいる。

「こんなことはもう起こらないと思っていいな？　わたしに仕えているあいだ、こうした間違いは一度しか許さない。だから二度とわたしを失望させないように」ルシアンは冷たく言い放った。「さて、すぐにこれをどかせろ。それでなくとも、かなり遅れているんだ」背を向けて馬車に戻っていく。恐縮した使用人には、彼の広い背中は厳しくいかめしく見えているだろう。

「さ、ぼんやり突っ立ってるんじゃねえ。さっさと働け。葬式行列じゃないんだぞ」御者長は大声で言い、近くにいた少年の耳をぱんとたたいて急がせた。

「すぐに出発します」柔らかいクッションの座席に力なくもたれていたレイントン卿に、ルシアンは声をかけた。「大丈夫ですか、コンテッサ？」

「はい《シ》」彼女は弱々しく答えた。指はそわそわと真珠をつかんだり離したりしている。

ルシアンは席に座って無言で窓から外を眺めた。頬の傷は、いまだに怒りで疼いている。

「なぜあんなことをしたのです？」レイントン卿はついに勇気を奮い起こして、そっぽを向いている公爵に問いかけた。

ルシアンは冷淡な目で彼を一瞥した。「あんなこととは？」傲慢な口調で訊き返す。

「あの追いはぎを刺激して、我々みんなの命を危険にさらしたことです。あなたがやつを侮辱したときは耳を疑いました」レイントン卿はハンカチを出して額の汗を拭いた。「もしかしたら、となりに立っていたわたしが撃たれていたかもしれない」

ルシアンは気がなさそうに肩をすくめた。「あなたにはほとんど危険がなかった。わたしはただ、あいつをどこまで追いつめられるか試してみたかっただけだ。これであいつの弱点がわかった」

彼は目を細めて考えこんだ。唇に冷酷な笑みが浮かび、彼は突然声を立てて笑い出した。満足の表情で、自分の手のひらを無造作に革の手袋でぴしゃぴしゃとたたきながら。

「そのために、我々全員を危険にさらしたのですか？」レイントン卿はあきれたように言ったが、ルシアンの表情を見て不安そうに身を震わせた。

「すみません《ペル・ファヴォーレ》」ルシアンが痛烈な返答をする前に、コンテッサが割りこんだ。「わたしたちは無事なんです、そうです《シ》ね？　もうこれ以上恐れなくていいのでしょう？　だったら、このことは忘れましょう。もちろん、とてもわくわくしたことは認めますわ」彼女はいたずらっぽく付け加えた。

「ルチアーナ！」レイントン卿は憤慨して叫んだ。

「だって、銃口を向けられたのは生まれてはじめてだったんですもの」彼女は弁解した。

「ね《シ》、わたしはとても興奮したの。それにあの強盗《バンディート》はすごく紳士的だったでしょ」確かめるように真珠に触れながらつぶやく。

「わたしは、尊大なやつだと思いました」ルシアンは小声で言った。「そして、教訓を垂れてやる必要があると」

「まったくもって不愉快だ」レイントン卿はいきり立っている。「殺されそうになったんですぞ。なのにふたりとも楽しんでいる。頭がおかしいのはわたしのほうに違いない」彼はハンカチを唇にあてて汗を拭き取った。

コンテッサは夫をじろりと見たあと、不安げに言った。「あのバンディートだけど、なにかおかしかったわ。どこか変なところがあったの」自嘲気味に首を振る。「わたしったら、ばかみたい。たいしたことじゃないのよ。ばかばかしい」

「なにがばかばかしいんですか？」ルシアンはいぶかしげに尋ねた。

「いいえ、こんな話はやめましょう。だって、話したらわたしの頭がどうかしたのかと思われますもの」コンテッサは笑いながら毛皮の外套にくるまった。そして泣きじゃくるマリアをいきなり「シレンツィオ！」と叱りつけた。

夕刻、一同は〈キングス・キャリッジ〉亭に到着した。ルシアンはレイントン卿夫妻と夕食をともにしたあと、別れの挨拶をした。翌朝早く出発するつもりだったからだ。だが、ただちに眠りにはつかなかった。暗い寝室で一時間以上も座りこみ、ある計画を練るのに没頭した。そしてようやく満足するとベッドに潜って、ぐっすり眠った。


「包帯をちょうだい」サブリナはジョンの肩の傷を布で押さえながら、ウィルに言った。

「酒瓶をくれ」ジョンは歯を食いしばり、かいがいしく手当をしようとするサブリナに向かって顔をしかめた。「心配しなくていいぜ、チャーリー、おふくろが面倒見てくれるさ」確信をこめて言う。

「出血を止めたいだけ。でないと、お母さんのところへも行き着けないでしょう」サブリナは素っ気なく答えた。彼女のこめかみからは冷や汗が流れ落ちている。

「大丈夫だって、チャーリー。ジョンは雄牛並みに頑丈なんだ。銃弾を一発くらったくらいで死にやしないぜ」

「うん」ジョンはウィルに手渡された瓶からラム酒をぐいっと飲んだ。「大砲の弾じゃなくちゃ。だろ、ウィル？」

「それも一発じゃ足りない」ウィルは含み笑いをした。

「冗談はやめて」サブリナは心配そうだ。

「さっきも言ったように、チャーリー、おふくろが面倒見てくれる。おれたちが考えなくちゃいけないのは、このギニー金貨をどう使うかってことだけだ」

サブリナは納得せず、大声で言った。「相手に撃たれたのは今回がはじめてよ。ジョンは殺されていたかもしれない」

ウィルは大きな親指で鼻の横をこすった。「言っただろう、顔に傷のあるあの男は気に入らねえって。あいつの馬車を襲っちまったんだよな。あの男、怖い目でこっちをにらんでやがった」

「あれにはぞっとしたぜ」ラム酒のおかげで、ジョンはろれつが回らなくなりはじめている。

「あいつは仕返しをしたがるだろうな、チャーリー。いったんあいつにつかまったら、たっぷり復讐される」ウィルは警告した。「あいつを殴ったのはまずかった」

「仕返しといえば」サブリナはジョンの肩の傷を見た。「こっちこそ、あいつに仕返ししてやるわ」

「落ち着いてくれ、チャーリー」ウィルは懇願した。「あいつは、ほかのやつらとは違う。あいつにつかまったとしたら……おれは大男だけど、あの顔を見たときは背筋がぞくりとした」

「あんな都会のめかし屋をわたしが怖がると思う?」サブリナはあきれている。

「怖がったほうがいいぜ、チャーリー」ウィルは静かに言った。

サブリナは唇を尖らせ、腰に手を置いた。スミレ色の瞳に戦意をたたえて、無謀に宣言した。「あいつが誰なのか、どうしてここにいるのかは知らない。だけど、わたしに会ったことをいずれ後悔させてやる。そして、あいつを墓場に送る前に、たっぷり時間をかけて嘆かせてやる」

ウィルはこの災難の原因をつくった小柄な激情家を見つめて悲しげに首を振った。この数年のあいだに、彼らはチャーリーの勇気に感嘆し、彼女を好きになっていった。しかし、この女は我を通したがる強情で気の強い人間だ。ウィルは、それがいずれ破滅を招くという恐ろしい予感を覚えていた。自分たちが火薬樽の上に座っていて、チャーリーが誰をもなにをも恐れずあらゆるものに火花を起こして回っているという気がする。彼は淡黄色の髪をした頭を振った。しかたがない。いずれ自分たちは絞首台にのぼることになるのだろう。

裏切り者を裏切るのは二重の喜び。

——フランスの詩人ジャン・ド・ラ・フォンテーヌ

4

サブリナは荷車から優美におり立った。誰が見ても、彼女は恵まれない隣人にとって気前のいい慈善家だ。薪を割っているとき肩を痛めたテイラー家の息子に、手づくりの、おそらくはパンやスープといった食べ物を届けにきたというわけだ。

扉を一度、そのあと素早く二度たたいて待つ。ラベンダーやハーブの香りが、あたたかな午後の空気に漂っていた。悲しげな顔のパンジーが花壇からサブリナを見つめる。ヤドリギツグミは栗の木から大きな声でさえずった。

「まあ、レディ・サブリナ、どうぞお入りくださいな」ミセス・テイラーは喜んでサブリナをコテージの中へと迎え入れた。「台所でもかまいません？　かまどでパンを焼いていて、見張っていないと焦がしてしまいますから」

「もちろんかまわないわ。わたしがどこよりも台所を好きなのは知っているでしょう。いつでもあたたかいし、とってもいいにおいがするんですもの」

ミセス・テイラーはにっこりした。「あなたもうちの息子たちも、まるで小さな子どもですね。バターを塗り立てのパンをご所望なんでしょう？」楽しそうに笑いながら、サブリナのために籐椅子を引く。

農家の広い台所は、暖炉につくったレンガのかまどから漂う、パンを焼く芳香にあふれていた。炉の上には大きなやかんがぶらさがっている。

「ジョンの具合はどう？」

「ちょっと熱がありますけど、それは予想してましたし、心配ありませんよ。膏薬を塗って、ゆっくり休ませています。すぐもとどおりになるでしょう」ミセス・テイラーは自信たっぷりに答えた。「さてと、コーヒーはいかがです？　淹れ立てなんですよ」

「誘ってもらえたらいいなと思っていたの。入ってきたときから、このにおいが気になっていたから。粉挽き器がすごくいいにおいをさせているところからすると、挽いたばかりみたいね」

「なんでもお見通しですね、レディ・サブリナ」ミセス・テイラーは相好を崩した。「あなたがいらっしゃるちょっと前に挽いたところなんです」

ミセス・テイラーは白目のマグカップ二個を取り出してテーブルに置き、皮がぱりっとした黄金色のパンをふたつ、かまどから出してきた。ひとつをたっぷりしたエプロンの端でつかんでサブリナの前に置く。マグカップを持って暖炉に戻り、鉤《かぎ》に引っかけたやかんを傾けて、湯気の立つコーヒーを注ぎ入れた。

「さ、バターをどうぞ」まだ固めてかたちづくっていないつくり立てのバターを入れた大きな木の器と、蜂蜜の小さな容器を出してくる。

「これでちょっと休めるわ」彼女はため息をついて椅子に腰をおろした。「朝から立ちっ放しで、足が棒になっていたんですよ」

サブリナはあたたかいパンをひと切れちぎってふわふわのバターを塗り、指先をなめた。溶けたバターがパンの端からしたたり落ちる。「ジョンとウィルがあんなに大きくなったのもわかるわ。こんなにおいしいものを食べて育ったんだもの」

「まあね、あたしがあの子たちにちゃんと食べさせなかったとは誰にも言わせませんよ」ミセス・テイラーは誇らしげに言って、自分のパンにたっぷり蜂蜜を広げた。

サブリナは考えこみながらコーヒーを飲んだ。「ジョンのことは、本当に申し訳なく思っているわ。わたしが悪かったの。ときどき、こんなお芝居をはじめなければよかったと思うのよ」彼女は真摯に言った。ジョンが撃たれたことについては心から悔やんでいた。

ミセス・テイラーはサブリナの手を軽くたたいて慰めた。「あなたが悪いんじゃありませんよ。あなたに会うずっと前から、あの子たちは密猟をしてました。それで死ぬことになっていたかもしれないんです」

「密猟は追いはぎ強盗とは違うわ」サブリナは意気消沈していた。

「そうですけど、いずれ強盗になっていたでしょうよ。このあたりは、みんな困窮しているんです。仕事はない、食べるものはない、どうすることもできない。少なくとも、あなたがいらっしゃるまではね。いま、あなたは土地を安く貸してくださいますし、畑仕事ができない者には食べ物、お金、仕事をくださいます。村人の半分を助けてくださいました。着飾った紳士たちはなにをしてくれました？　なにもですよ」ミセス・テイラーは憤慨した。

「なんだか、わたしはロビン・フッドみたい。実際には違うのに。慈善や、神の啓示による博愛主義からはじめたわけじゃないもの。自分のため、そして憎しみと復讐のためにやっただけ。私利私欲のためよ」サブリナは頑固に言い張った。

ミセス・テイラーは納得できずに首を横に振った。「最初はそういう理由だったかもしれません。といっても、あなた自身というよりご家族のためだったんでしょうけど。でも、いまは違うでしょう？　あたしたちや村人が嫌いなら、どうして助けてくださるんです？　あなたは天使ですよ、レディ・サブリナ。いくらご自分が否定なさってもね」彼女はこれ以上の反論は聞かないとばかりに、きっぱりと唇を結んだ。

「真実は最後の審判のときまでわからないかもしれないわね。だけど、そのときわたしは逃げも隠れもしないわ。ところでウィルは？」

「村へ行きましたよ。居酒屋でちょっと一杯やるのと、最新のうわさ話を仕入れに。コーヒーのおかわりはいかがです、レディ・サブリナ？　あら、パンはほとんど食べておられないじゃないですか」

「食べているわよ。大食漢のジョンやウィルと比べるからそう見えるだけ。もう十分いただいたわ」サブリナはそう言いながらも、ミセス・テイラーの母性本能を満足させるためにあとひと口食べた。

部屋を見渡すと、安らかな気分になった。とても心あたたまるコテージだ。自分は義理の訪問をしている近所の上流婦人よろしく、ここに座ってバターつきのパンを食べ、コーヒーを飲んでいる。けれども心の奥底には常に不安がつきまとっていた。厄介な疑念が良心をさいなんでいる。自分は追いはぎ、泥棒、うそつきなのだ。とはいえ、そんなにひどい悪人だろうか？　恵まれない人々を助けているし、必要な程度しか盗んでいない。強欲ではなく、実際に人を傷つけたことはない。それでも昨日は憤怒のあまり、いままでになく誰かを殺したいという気持ちに駆られてしまった。あの傷顔の紳士とは、いずれ決着をつけるつもりでいる。

突然なにかに足を蹴られ、びっくりして声をあげてうつむくと、毛むくじゃらの小さな顔がドレスの裾から見あげていた。サブリナは笑って身を屈め、いたずらな子猫をすくいあげて膝に載せた。すると猫はふわふわのボールのように丸まった。

「どこから来たの？」子猫はピンク色をしたざらざらの舌でサブリナの指をなめている。

「バターが好きなのね？」

サブリナはグレーと白の子猫のおなかを撫でながら、ミセス・テイラーが棚からなにかの材料を集めるのを見つめた。「疲れていたんじゃないの？　今度はなにをつくるの？」といぶかしげに尋ねる。ミセス・テイラーはテーブルに大きな鍋と、その横に乾燥させた花の束を置いた。

「蜂蜜酒ですよ。蜂蜜とショウガとニワトコの花をこの鍋に入れて、一時間ゆでるんです。

さまして上澄みを桶に移して、冷えたら酵母を加えます。ひと晩寝かせて芳醇な味わいを出させてから、そこの樽に入れるんです。疲れて喉がからからになった暑い午後には最高の飲み物ですよ」彼女はクックッと笑った。「おかげでこんなになりましたけどね」太ってきた腹を残念そうにぽんぽんとたたく。

「今度来たときには、その蜂蜜酒を味見させてね」サブリナは子猫の顎の下をくすぐった。

ミセス・テイラーはふざけて顔をしかめてみせた。「さて、この猫はなにを企んでいるのかしら？」楽しそうに猫の顎の下を軽くはじく。「人に取り入るのが上手ないたずらっ子でしてね。バターが大好物で、あたしがバターをつくっているときは、攪乳器に入れる前にクリームを全部なめてしまおうとするんです。この前は食べすぎておなかが破裂しそうになっていましたよ、この子ブタちゃん。たっぷりのクリームで小さなおなかをぽちゃぽちゃさせながら、よたよた出ていったんです」彼女は頭を反らして大笑いした。

「名前は？」サブリナは笑顔で訊いた。

「さあ、なんでしょうかね。名前をつけようなんて、思いもしませんでした。つけてくださいます？」

「ええ、喜んで。この子はスマッジと呼ぶわ。だって、ほっぺたにバターのしみ《スマッジ》をつけているんですもの」サブリナは、膝の上で満足げに喉を鳴らしながら眠りこんでいる子猫の柔らかな黒い鼻を撫でてやった。

「チャーリー！」ウィルが戸口から大声で呼びかけた。

「こんにちは、ウィル」サブリナは興味深げに見やった。「村のエールの味見と、うわさ話集めに出かけていたんですってね」

大男はばつが悪そうにもじもじした。あまり話をしたくない様子だ。黙ってうなずくと、サブリナと目を合わせるのを避けて大きなパンのかたまりを口に放りこんだ。ほおばっているため、彼女の質問には答えられない。

サブリナがにっこり笑う。「わかっているでしょうけど、そのパンを食べてしまったら、どんな話を聞いてきたのか教えてくれるわね」

ウィルはごくりとパンをのみこんだあと、窓の外を眺めた。大きな顔には頑固そうな表情が浮かんでいる。

「ねえったら、ウィル。どうせいずれは話すことになるのよ。さっさと白状して、無駄な時間をかけるのはやめてちょうだい」

「ウィル！ レディ・サブリナの言うとおりになさい。あんた、いったいどうしたの？」ミセス・テイラーは息子を叱った。

ウィルはサブリナと向き合い、心を決めて言った。「おれが聞いたのは、どこかの紳士が今夜内輪のカードパーティを開くってことだけだ」

サブリナは興味津々でスミレ色の目をきらめかせ、さらに詳しい話が聞けるものと期待してウィルを見つめた。「それで？」

「それだけだよ」ウィルはすねたように答えた。

サブリナが目を細める。「あなた、いつから無口になったの？　いつもは息が切れるまでしゃべるのに。どうしていまは話してくれないの？」

「おれたちの興味のある話だとは思わなかったんだ。ちょっと遠いところだし。いつもは近所で仕事をしてるだろ。土地勘のあるところで」ウィルは理詰めで説明を試みた。「それに、ジョンが怪我をしちまったから、ひとり足りねえ」

「知っているわ。だけどそれだけでは、あなたがこのパーティの話をしたがらなかった理由にはならない。誰が主催して、どこで開かれるの？」サブリナは好奇心に駆られていた。

「ちょっと失礼します、レディ・サブリナ、このコーヒーと焼き立てのパンをジョンのところに持っていきますので」

いつもサブリナと息子たちが内密の話をするときと同じく、ミセス・テイラーはそそくさと出ていった。

ウィルはごつい肩をすくめた。「ダヴァーンの屋敷だよ。長いこと誰も住んでなかったんだが、今度所有者が新しくなって、そいつが友達を招いてパーティを開くんだと。使用人の大群を連れてきて掃除をさせて、いまはちょっとした娯楽を計画しているそうだ」

サブリナはウィルの上気した顔を不思議そうに眺めた。「まだわからないわ。どうしてさっきは、このことを話したがらなかったの？　わたしたちの縄張りからは離れているけど、こんなおいしい話を逃すのはもったいないみたい。でも、どうかしらね。このあたりで十分仕事はあるから」彼女は結論づけた。

ウィルはほっと安堵の息をついた。「そう考えるだろうって思ってたぜ」大きくにやりと笑う。

「だけど、なにが心配だったの？」サブリナは困惑していた。

「実は、話してくれたのが、あの顔に傷がある紳士の使用人だったんだ。あいつが新しい所有者でさ。使用人が酒場で飲んだくれて、ご主人が今夜開くパーティの話をしてくれたんだ。ラム酒やワインを何本も注文して――」サブリナの顔に驚きが走ったが、そのあと決意の表情になったのを見て、ウィルははっと口をつぐんだ。「チャーリー、行かないよな？」心配そうに尋ねる。「だから言いたくなかったんだ。おれには気に入らねえ。あの顔に傷のある紳士とかかわると、ろくなことがねえ」

「あなたなら、弟に怪我をさせたやつに仕返ししたがると思っていたんだけど」サブリナはウィルを責めた。

ウィルはこぶしを握りしめた。「八つ裂きにしてやりてえよ。だけどジョンの傷は治るんだし、あの紳士については悪い予感がする。危険を冒す価値はないと思う」

「あなたが臆病者じゃないことは知っているわよ、ウィル。だけど今夜行きたくないのなら、それでもかまわない。しかたがないわ。でも、わたしは行くつもりよ」サブリナは言いきった。

ウィルは首を振った。「おれがあんたをひとりで行かせるわけねえだろう。おれがついていないとだめなんだ。ただ、ジョンがいてくれたらなあって思うんだよ」

「ねえ、ウィル、わたしたちはいつも危険なの。追いはぎに出かけるたびに、つかまって殺される危険を冒している。今回もいつもと同じ――違うのは、どこへ行って誰と対決するのか最初からわかっているということだけ。公共の道路で馬車を止めるよりも有利よ。心配しないで。きっと、いままででいちばん簡単で実りの多い仕事になるから」サブリナは自信を持って約束した。「内輪のパーティにこっそり乗りこんだときの、あいつの驚いた顔を見てやるわ。ゆうべの勇み足の報いを受けさせてやる」

ウィルはうなずいたものの、まだ不安で心を決めかねているのは顔を見れば明らかだった。

「行かなくちゃ。だけど、その前にジョンに会いたいわ」サブリナは台所に戻ってきたミセス・テイラーに言った。太った子猫を床に置くと、猫は暖炉のそばにあるかごのところまで走っていき、そこでまた丸まってたちまち眠りについた。

ジョンは大きな羽毛のベッドで上体を起こしていた。その巨体と比べると、ベッドを囲む四本の柱がやけに小さく見える。彼はキルティングの上掛けをナイトシャツの上まで引きあげ、片方の手にコーヒーカップを持って、むっつりと窓の外を眺めていた。そこに、後ろにウィルを従えてサブリナとミセス・テイラーが入っていった。

「チャーリー！」ジョンはうれしそうに叫ぶと、恥ずかしさで赤面して、キルティングの下に潜りこんだ。「ここはレディの来るところじゃねえ。おふくろ、こんなところにお連れしちゃだめだろう」

「レディ・サブリナに、どうしろこうしろと命令できる人がいる？　この方はご自分のやりたいようになさるのよ、当然でしょう」母親は狼狽する息子をたしなめた。「あんたみたいなうすのろのことを考えてくださっただけでも、光栄だと思いなさい」

「気分はどう、ジョン?」サブリナはベッドの端に腰かけて、心をこめて尋ねた。

「ああ、大丈夫だよ、チャーリー。なんともない。おふくろが許してくれたら、いますぐにでも立ちあがるんだけどな」

「トランプを持ってきたわ。メアリーはスグリのタルトを焼いたのよ。あなたは甘いものに目がないから」サブリナはベッドに置いたかごを探った。

ジョンはハシバミ色の目をうれしそうに輝かせてにやりと笑った。「いや、ご親切に、チャーリー。それからレディ・メアリーにも、ご親切にしてくださったお礼を言っておいてくれ」彼が恥ずかしそうに付け加えたので、彼がひそかにメアリーを慕っているのではというサブリナの疑いが裏づけられた。

「言っておくわ、ジョン。あなたが元気だと聞いて、きっとメアリーも喜ぶでしょう。さて、わたしは行かなくては」サブリナはウィルに目配せすると、連れ立って部屋を出た。

「九時ごろ果樹園で。あまり早く着きたくないから。パーティが十分盛りあがるまで待つの。そうしたらみんな酔っ払って、英雄的な行動に出たりしないでしょう」それから目をきらめかせて付け加えた。「でも、あの傷顔の男にはなにか試みてもらいたいわ。なんの挑発もされなかったら、逆にあいつを刺し殺してしまいそう」

ウィルはあきらめて癖毛の頭を横に振った。「行くよ。しかし、ジョンは怪我で寝こんじまうし、今夜は満月だし、盗みに入るのはジョンを撃った男の屋敷だ。おれにはそういうことが、全部悪い予兆に思えるんだ。面倒なことになりそうだぜ」

サブリナは険しい顔で唇を引き結び、手を腰にあてて巨漢の前に立った。彼女の身長は男の胸の中ほどまでしか届いていない。「ウィル・テイラーが臆病者で、自分の影に怯えているだなんて、まったく知らなかったわ」

ウィルの顔が真っ赤になった。彼は思わずこぶしを握りしめて怒りを抑えた。

「聞いて、ウィル」サブリナは小さな手をウィルのたくましい腕に置き、彼をなだめた。「危険があるなら、メアリーがなにか言ったはずよ。姉に予知能力があるのは知っているでしょう。だから、なにか感じたはず。でもこれまでのところ、メアリーはなにも言っていないの。さ、心配しないで」まだこわばったままの腕を軽くたたいたあと、率直に話した。「頼れるのはあなただけなの。あなたという人間、あなたの勇気を、心から信頼しているわ、ウィル。許してくれる?」

サブリナは彼の大きな顔に向かってほほ笑みかけた。その顔にはまだサブリナにプライドを傷つけられた痛みが浮かんでいる。だが彼はにわかに照れくさそうな笑顔になった。

「わかった、チャーリー。あんたには腹を立ててられねえよ。あんたの言うことを聞いちゃいけないのはわかってるんだけどな」

サブリナの笑みがますます大きくなる。彼女は後ろを向いて、寝室の窓からこちらを見ていたミセス・テイラーに手を振った。明るい色を塗った荷車に乗りこみ、馬を駆って、小さな村を横切る道路を進む。馬は黄色い車輪の荷車を引いて走り、村の中をくねくねと流れる川にかかる石橋を渡った。レンガとオーク材でできた古い水車小屋が、川の横にそびえ立っている。巨大な水車はガタガタと大きな音を出して回っていた。石畳の道に入ると、サブリナは高い屋根の木骨造りの家や花壇の前をゆっくりと通り過ぎた。花壇では群を抜いて高く育った明るいヒマワリが、午後の暑さで眠そうに頭を垂れている。彼女は大通りをそれて、にぎやかな市場に入っていった。向かい側の酒場は喉が渇いた客をもてなすのに忙しくなるだろう。青い空に向かってそびえ立つ、教会の高い塔が見える。やがて、道沿いに生えた栗や楡の枝が大きく張り出してきて、塔は見えなくなっていった。遠くでは赤毛の去勢牛が、黄色いプリムラやうなだれたブルーベルの緑の葉を静かに食んでいる。

けだるい午後だ、とサブリナはぼんやりと思った。馬は荷車を引いて埃っぽい道をゆったりと進み、命じられるまでもなく、ヴェリック・ハウスに通じる狭く曲がりくねった道に入っていこうとする。ところが大通りを離れる直前、サブリナははっと息をのんだ。道の先に、巡回する竜騎兵の一隊が見えたのだ。反射的に手綱をつかむ手に力をこめる。馬に鞭をくれて走らせ、軍隊から逃げていきたいという衝動を、彼女はなんとか抑えた。意識して手の力を抜き、規則的な確かな足取りで馬を走らせつづけた。疾駆する軍隊を、帽子の広いつばの下から興味のまなざしで見つめる。先頭を行く将校に見覚えはない。ボニー・チャーリーをつかまえるために派遣された新顔だろう。彼女はほくそえんだ。これから何度も無益な追跡を余儀なくされることを知っていたら、あの男もそれほど誇らしげに鞍に座っていられないだろうに。彼らが道を曲がって見えなくなると、サブリナは安堵のため息をついた。

ヴェリック・ハウスに近づくにつれて道は細くなっていった。両側にはオレアンダーやチェリーローレルの生け垣がつくられている。サブリナが道に沿って進み、速度を落として厩舎の立つ庭に入ると、馬丁が走ってきて彼女がおりるのに手を貸した。玄関に入って帽子を脱ぎ、階段をのぼる。心は今夜のことで占められていた。安心を得るため、まずはメアリーと話をしよう。今夜のことをそれほど心配しているわけではなかったが。

メアリーは部屋にいた。ベッドの端に腰かけていて、淡いグレーの瞳はうつろだ。サブリナは姉の横に座って冷たい手を取り、そっと握った。

「メアリー」とささやきかける。「メアリー、わたし、サブリナよ」メアリーの目をのぞきこみ、それが凝視しているものを見ようとする。けれども姉の目はサブリナを通り越して部屋の向こうにあるものを見つめていた。「メアリー?」

メアリーの指がサブリナの手を握りしめる。彼女はぶるっと震え、目を閉じて深呼吸した。サブリナは辛抱強く待った。もう少ししたらメアリーが正気を取り戻すのはわかっている。

姉はゆっくりと目を開け、横を向いてサブリナに笑いかけた。

「知っていたのね?」サブリナが言う。

「ええ。あなたが自分で意識する前から、あなたの質問や疑問が感じられたの」まだ催眠状態から完全に回復しておらず、メアリーの声は小さい。「こんなおかしな感じははじめてよ」

「なにを見たの?」サブリナは不安そうに尋ねた

「見たことのない家、それに見たことのない人」

サブリナは両手を握り合わせた。「どんな人？」

メアリーは困惑顔になった。「最初は怖かった。その人、頬に傷があったのよ。すごく不安になって、びくびくしてしまったわ」

サブリナは膝に置いた自分の手を見つめ、神経質に下唇を噛んで、メアリーの驚くべき話に聞き入った――傷顔の男の話を姉にしたことはなかったのだ。

「この男の人のことが気になるわ。だけど、お祖父様が亡くなったときみたいな、冷たくて暗い胸の痛みは感じなかった」メアリーは気恥ずかしげに笑った。「ばかみたいに聞こえるでしょうし、よく意味をなさないでしょうけど、これから起こることは避けがたい運命だという気がするの」彼女は理解を求めて妹を見やった。

サブリナは真面目な顔で姉を見返し、わかったというしるしにうなずいた。「まあ、わたしが絞首台でぶらさがっているところを見ていないかぎり、万事支障なしということよ。だって、今夜はその傷顔の男に会うんだもの」彼女はしぶしぶ打ち明けた。「あいつが完全武装でもしていないかぎり、わたしは夜明けには戻ってくるわ」

「つまり、顔に傷のある人は実在するわけね」メアリーは恐怖に打たれたように吐息をついた。

「実のところ、それほど醜い傷でもないの。そのせいで遊び人に見えるし、実際道楽男なの。ジョンを撃ったのもあいつよ」

メアリーの顔がふたたび心配そうに曇る。「このことについて、なにか確信が持てればいいんだけど。どうしてあなたが危険に向かっていくのを許せるかしら。危険が存在するとわかっているのに。でも、具体的な警告はしてあげられない」彼女はうんざりと声をあげた。「なにもかも、ぼんやりしているの。見えるのはいつも、わかりそうでわからないことばかり。結局なんの役にも立っていないのよ」

「役に立っているわ。竜騎兵が山腹で待ち伏せしていると警告してくれたときのことを覚えている？　それからリチャードが迷子になったとき、お姉さんは正確な居場所を突き止めたじゃない？　ねえメアリー、あなたは何度も正しい予言をしてくれた。だから、すべてがわからないからといって絶望的にならないで」

「でも、どうして顔に傷のある男の人が見えたのかしら？　誰なの？　なぜこの人の存在が、わたしたちにとって意味があるの？　いつも登場するのよ、サブリナ。言っていなかったけれど、実は前にも見たことがあるの――別の夢で。でも、わけがわからない。その人は敵なの、それとも違うの？」

「もちろん敵よ。敵じゃなかったら、なんなの？　だけど、あいつに悩まされるのも今夜かぎりよ」

メアリーは両手をきつく握り合わせた。「もういや。こんな能力、大嫌い」涙ながらに訴える。「わたしは呪われている。普通の人間になりたいわ、リナ。人と違うのはいや」彼女はすすり泣いた。「ときどき、自分は魔女だって思うの。あなたはどうしてわたしを愛してくれるの？　どうしてわたしのことを気にしてくれるの？　わたしは邪悪な人間よ」

「やめて、メアリー。お姉さんは邪悪なんかじゃないわ。その能力は神様からたまわったの。きっとそうよ」サブリナは姉の震える肩を抱いて説得を試みた。

「お姉さんが警告してくれた、イングランド船のことを覚えている？　フランス人の船長は、いまでも助けてくれたことであなたにお祈りを捧げているでしょうね。それから、ウィルとジョンとわたしに、大通りへ行かないよう注意してくれたことがあったわね。次の日、あの夜巡回中の竜騎兵につかまったふたりの追いはぎが縛り首にされたわ。すばらしい能力じゃない、メアリー。さあ、涙を拭いて、笑顔を見せて。悲しい表情は見たくない。ウィルにまで悲しげな顔で見られて、もうたくさんよ」

メアリーは涙ながらに笑みを浮かべ、立ちあがってスカートを撫でつけた。「あなたの言うとおりね、リナ。ここ何日か、わたしは情けない人間だった。だけど、すべてうまくいくわ。きっとうまくいく」

サブリナは満足してほほ笑んだ。「もちろんよ。わたしはいままで一度も失敗していないでしょう？　見てごらんなさい、これからはもっと実り多い生活を送れるのよ」

サブリナは懸念を頭から振り払って、ウィルとともに、見慣れた田園風景の谷や森を離れ、空高くのぼった黄色い満月に照らされた夜の中を進んでいった。うらさびしく広がる野生のヒースの原を抜け、モミの木が生い茂る暗い森を横切る。徐々にあたり一帯が悪夢のような不気味な雰囲気に包まれていった。中世からある高く厚い壁に囲まれた石造りの村は要塞然としている。野原や小道の両側には石の壁や塀が立ち、まるで迷路のようになっていて、素早く容易には逃げられそうにない。遠くには、人里離れた家々の大きな煙突や、ねじれたニワトコや野生リンゴの木の暗い輪郭が見える。山腹に点在する木々は風に吹かれて異様に歪んでいた。

「いやな感じだぜ」ウィルの小さな声は、サブリナの耳には雷鳴のごとく響いた。

サブリナは闇の中で彼の大きな体を見やった。なじみのある姿に心が落ち着く。目に見えない下生えのガサガサした音に怯えて、彼女の馬が飛びのいた。

「いまさら、なにを言うの」サブリナは屋敷にそびえる三本の煙突を見ながら答えた。うわさ好きの使用人は酒場で飲んでいたとき、屋敷の変わった外観と、シカモアの街路樹のことを話していたそうだ。

「静かすぎる」ウィルは眉をひそめ、敷地を覆う闇を見通そうとした。

「普通だと思うけど。ほら、窓から明かりが漏れているわ。屋敷全体を使っているわけじゃないんでしょうね。小規模なパーティだもの。それに、きっとまだ引っ越しが全部終わっていないのよ」サブリナは推測を声に出した。「そのほうが、こっちはありがたいわ。あいつと何人かの友人、それに使用人だけ。朝飯前よ。そうでしょ、ウィル？」

ふたりは夜陰に乗じて静かに移動し、屋敷に近づいていった。馬をつなぎ、這って近寄る。

サブリナは屋敷を観察したあとウィルにささやきかけた。「あの窓のところまで行って、わたしが呼んだらすぐに入れるよう待機していて。わたしは横から忍びこむわ。上の窓が少し開いているから、格子垣をのぼって、二階から入って下におりる。そうしたら挟み撃ちにできるでしょ。窓は鍵がかかっているみたいだから、壊してちょうだいね」

「気に入らねえ。二手に分かれないほうがいい。一緒に行こう。屋敷の間取りも、誰が二階にいるかもわからねえんだ、チャーリー。だめだ、おれもあんたと行く」ウィルは言い張った。

サブリナが首を左右に振る。「壁から落っこちて、屋敷じゅうを驚かせるつもり？　あのもろそうな格子垣が、あなたの体重を支えられるわけないでしょ？　わたしは羽毛のように軽いけれど、あなたは雄牛並みに重いわ、ウィル。それに、すごく大きな音を立ててしまう。やっぱりだめ。こうするのがいちばんいいの。階段の上から全体の状況を見て取って、それに従って行動するわ」

ウィルを明かりの灯った窓の外に立たせて、サブリナは音もなく屋敷の横に回り、壁に張りついた格子垣をするするとのぼっていった。開いた窓から暗い部屋に入り、さっとまわりを見渡す。ここは使われていない寝室だ。重々しい四柱式ベッドや整理ダンスが見える。部屋を横切って、下から細い光が漏れ入る閉じた扉まで行き、そっと開いて、広い回廊を用心してのぞきこんだ。回廊は壁に取りつけた突き出し燭台に照らされている。

回廊を歩いていくと、足音がかすかにこだまする。急に体がぶるっと震えた。ここはとても静かだ。まるで墓場のように。真夜中のカードパーティがにぎやかに開かれている屋敷にしては、どうも静かすぎる。いや、やつらは真剣に取り組んでいるのだろう。伊達男やしゃれ者が真剣になるのは——そして少しでも力を発揮するのは——賭博だけだ。サブリナは心の中で嘲笑した。あとは丹念にめかしこむことだけ。彼らはみんな、気取って歩くクジャクどもだ。

自分自身の上等なビロードのブリーチズと上着、明るいタータンのことを考えて、サブリナは覆面の下でにやりと笑った。自分には演じるべき役割と守るべき評判がある。彼女の見かけが、悪名高きボニー・チャーリー——慇懃無礼なスコットランド人の追いはぎ——に対して彼らが期待している派手な格好でなかったとしたら、めかし屋どもはひどく落胆することだろう。

サブリナは腰にさげた剣の柄に触れて、剣が心地よくおさまっていることを確認した。この仕事には欠かせない小道具だ。紳士どものひとりが急に英雄を演じたくなった場合に備えて、拳銃を取り出し、火薬を詰め、いつでも発砲できるよう準備をする。

二階の備品のほとんどは、埃よけの布で覆われたままだった。ウィルは使用人の大群がいると言っていたけれど、彼らはまだあまり仕事をしていないようだ。サブリナはそう思いながら、目の前にあるクモの巣を払いのけた。

階下の大広間は静かで暗かった。数個の燭台からの明かりだけではほとんど部屋を照らしていない。サブリナは静かに階段をおりていったが、階段の下にある使用人用の扉からカサカサという音や話し声が聞こえたときは警戒して足を止めた。最後の数段を素早くおりると、オークの椅子を扉の前に置き、傾けて背もたれをノブの下に挟み入れた。これで、使用人が不審を感じたとしても、すぐには入ってこられないだろう。突然、奥の閉じた扉の向こうから笑い声とグラスのぶつかる音が聞こえてきた。

サブリナは期待の笑みをたたえてそこまで行くと、手袋をした手でノブを握った。右手でしっかり拳銃を握りしめたまま、左手でゆっくりとノブを回す。扉を開けるやいなや、犠牲者を驚かせるべく部屋に駆けこんだ――ところが、そこは無人だった!

「誰かを捜しているのか?」満足した声。

サブリナはあわてて振り返った。心臓が口から飛び出しそうになる。あの傷顔の男がオークの衝立の陰から現れたのだ。顔には嘲笑を浮かべ、それぞれの手にさりげなく持った拳銃は彼女の頭を狙っている。

「驚いたらしいな、ボニー・チャーリー」彼は笑った。「間違った話を聞いたのか? 今夜ここでカードパーティが開かれると思ったのだとしたら、きっとおまえのスパイは聞き間違えたのだ――ここにはわたししかいない」笑みがますます大きくなる。「それにもちろん、おまえと」

かすかに手を震わせながらも、サブリナは引き金にかけた指に力を入れ、カーテンのかかった窓に期待の目を向けた。

「ああ、あの大柄な仲間を待っているのなら時間の無駄だ。残念だが、やつはちょっとした事故に遭ったらしい」男はついでのように言った。琥珀色の目がきらりと光る。

「罠か」サブリナは不安で目を曇らせてつぶやいた。

「ああ、罠だ。ところで自己紹介しておこう。捕虜には、誰が自分をとらえたのか知る権利がある。わたしはキャマリー公爵だ。話しかけるときは〝閣下〟と呼びたまえ」

サブリナの息が苦しくなった。頭をはっきりさせておかなくては。恐慌にとらわれている場合ではない。彼女は勇気を奮い起こして声を出した。

「あなたは見落としているようですが、閣下、わたしの銃もあなたの頭を狙っているのですよ」

「気づいていたよ」公爵は落ち着き払っている。「最初に会ったときは、剣を突きつけてわたしを脅していた」彼は侮蔑のまなざしでサブリナをにらんだ。「あのとき、おまえは武装した仲間に守られていたな。ところで、この前わたしはあの大男を殺したのかな？ 急いで狙いをつけたので、もしかしたら外してしまったかもしれない」

その冷淡でなにげない言い方に、サブリナの怒りがこみあげた。こいつは最低の男だ。あの嘲るように笑っている顔を殴ってやりたい。「いいえ、ちょっとしたかすり傷でした、閣下」彼女はなめらかに答えた。「わたしの仲間ほど大きな的を外すとしたら、あなたの射撃の腕もたいしたことはなさそうですね」と皮肉を返す。

ところが公爵は、心からおかしそうに笑った。「なかなか冷静な男だな、ボニー・チャーリー。さて、どうやって死にたい？ 選ばせてやろう。いま、おまえの体に風穴をあけてもいい。しかし、わたしとしては、おまえを殺して墓場に送る前に少し遊びたいんだがね」

耳をつんざくような轟音が空気を切り裂く。帽子につけた鷲の羽根がブーツのすぐ前に舞い落ちたのを見て、サブリナは息をのみ、思わず一歩あとずさった。覆面に覆われた顔から血の気が引き、額には冷や汗が浮かんだ。公爵が発砲していないほうの拳銃を動かして示したのに従って、彼女は自分の拳銃をそっと床に置いた。

「あなたのすばらしい策略にはまいりました、閣下」サブリナは激しい憤怒に目をぎらつかせながらも、小さな声で言った。いいだろう、この男の手で死ぬ運命ならしかたがない。けれどもその前に、この厄介な公爵に傷を負わせてやるのだ。相手に血を流させずにはおくものか、と彼女は思った。

公爵は冷たく笑って足を踏み出し、置かれた拳銃をサブリナの手の届かないところまで蹴りのけて、自分の銃を炉棚に置いた。

「わたしは、明らかに弱い相手と戦うのは嫌いだ」彼はそう言いながら腰の剣を抜いた。「だが、自業自得だ」残念そうに肩をすくめる。「わたしを殴ったからには、罰は受けてもらう。いくら小柄でも、おまえは性悪な人間だ。そろそろ行儀正しくするよう教訓を学んだほうがいい」

サブリナは自分も剣を抜き、高慢そうに顎をあげた。「先日約束したように、あなたの反対側の頬にも傷をつけてあげましょう」

公爵は彼女と向き合った。鹿革のブリーチズはたくましい腿にぴったりと張りつき、広い肩と胸は上等なローン地のシャツとストックタイに覆われている。揺らめくろうそくの光に照らされて、ブロンドの髪は鋳造されたばかりの金のごとく輝いた。彼が靴のかかとで椅子を後ろに蹴ると、椅子は倒れて床の上を滑っていった。

「構えろ、友よ、どうせすぐに死ぬんだがな」彼は笑って挑発した。

サブリナは敏捷に左右に動いた。小柄なのを利用してすばやく公爵の胸に向かって剣を突きつける。相手は軽くよけて突進し、サブリナは後退しながら激しい攻撃を必死にかわしていった。自分より大きな男を相手に戦う彼女の耳に、鋼と鋼のぶつかる音がこだまする。

やがてサブリナは、公爵を防戦一方に追いこんでいった。とはいえ、増大する自信も、彼の顔に浮かんだ大きな笑みを見たとたんにしぼんでいった。彼はただサブリナをもてあそんで楽しんでいたのだ。自分のほうが強いのを知っていて、相手の隙を突いて剣の先で心臓を貫く瞬間を先延ばしにしているだけだった。サブリナの腹の底から激しい怒りがわきあがる。手のつけられない激情に駆られた彼女は怒りから力を得、公爵の不意を突いて出し抜けに飛びかかって、肩をわずかに突いた。彼の目から面白がるようなきらめきが消えた。さっとあとずさって、猛烈に反撃してくる。その燃えるような光を放つ剣を相手に、サブリナは懸命に応戦した。彼女の怯えた目には、顔に傷があり目をぎらぎらさせた公爵は狂人のように見えていた。もうこれ以上持ちこたえられない。勢いよく突いてくる相手の剣から身を守ろうとしているうち、サブリナの腕はずきずき痛み、鉛のように重くなっていった。

公爵は予想外の動きで器用に剣をひねり、サブリナの揺れる剣の下に切っ先を潜りこませて彼女の肩を深く突き刺した。赤熱した炭のごとく焼けるような痛みに襲われ、サブリナはくぐもった悲鳴をあげて剣を取り落とした。一瞬呆然として、よろよろと椅子にもたれかかる。意識が朦朧となり、彼女は膝から崩れ落ちた。感じられるのは体でなく魂の痛みだ。死を覚悟した彼女の脳裏に最後に浮かんだのは、家族の姿だった。

公爵は倒れた強盗を嫌悪の表情で見おろした。「たいして根性のないやつだな」軽蔑をこめてタータン柄の肩帯を軽くはじいてふたつに切ると、血が噴き出した。肩の傷からの血がビロードに染みこみ、強盗の上着をどす黒く染めていく。

「おまえの悪党面を見てやろう、ボニー・チャーリー。いよいよ謎の強盗の正体が明らかになる。官憲に引き渡して絞首刑にしてやるのは、いったいどんな男なのかな」公爵は残忍な笑みを口元にたたえて、腰の短剣に向かっていた強盗の手を無造作に剣で払い、手袋をした手の甲に赤い切り傷をつけた。

「まだ少しは戦意が残っていたか？」彼は哄笑して手を伸ばし、強盗の顔を隠していた覆面を容赦なくはぎ取った。「どんなやつなんだ？　なかなかきれいな顔を――」そこまで言って唐突に口を閉ざす。

あらわになった強盗の顔をじっくり見ているうちに、公爵の笑みが消えていった。彼は驚愕の表情で、ハート形の顔、恐怖と苦痛の涙で光る大きなスミレ色の瞳、小さく震える弓形の唇、なめらかな肌の頬に見入った。

「なんということだ！」公爵は剣を落として、意識を失っている体を抱き留めた。

強盗を軽々と抱えあげ、半ば閉じていた扉を蹴り開ける。階段まで急いで、固く閉まった使用人用の扉を見て二階に向かった。暗い顔で唇を引き結び、意識のない少女を抱きしめたまま。

公爵のために掃除され空気を入れ換えられた寝室に入り、強盗をそっと大きなベッドに寝かせた。小さな顔を束の間困惑して見おろしたあと、頭の上で傾いていた帽子を脱がせて部屋の奥に放る。髪粉を振ったかつらを取ると、長い黒髪が枕に落ちた。彼がほどいていくと、髪は指に柔らかく巻きついた。まるで子どもの髪のように柔らかい。彼はそう思いつつ、力ない顔から豊かな巻き毛を後ろに撫でつけた。

重い上着を慎重に脱がせ、血まみれの肩とタータン柄の肩帯の下にある傷口を見て顔をしかめた。それから強盗自身の短剣を使ってシャツを切り、意識のない体からはがし取る。最悪の疑念が裏づけられ、彼は現れた体を青ざめた顔で見おろした。

「女だ」とつぶやく。驚いた目の前に明らかな証拠があらわになっても、まだ信じられない。

彼の手の下では、小さな乳房が上下していた。彼はきれいなハンカチで血を拭き取ったあと、出血を止めるためそれで傷口を押さえた。ブーツを脱がせ、体を上掛けで覆ってやり、部屋を出る。階下におりると、使用人に急いで湯を沸かさせ、包帯の用意をさせた。使用人たちはたとえ好奇心を抱いたとしても、彼の陰鬱な表情を見て質問を思いとどまった。

「もうひとりの泥棒はどこだ？」

「地下室にしっかり閉じこめておきました。いまごろ、頭痛と顎の痛みで苦しんでいるでしょう」従者のサンダースは穏やかに答えながら、得意顔でさっきのことを思い起こした。巨漢の背後から忍び寄り、相手がハムのようなごついこぶしを振り回す前に頭をぶん殴ってやったのだ——やつがついに倒れるまでには、顎にも一発お見舞いしなければならなかったが。なぜ包帯が必要なのだろうと、サンダースはいぶかしげに公爵を見やった。「ほかにご用はございますか、閣下？　もうひとりの強盗も無事とらえられたのでしょう？」

公爵は一瞬ためらったあと、サンダースを脇に引っ張っていって打ち明けた。「少々困ったことになった。強盗は女だった」

サンダースは目を丸くした。公爵が首を振って制したので、彼は叫び声をのみこんだ。

「誰にも知られたくない。わかったか？　用意ができたら薬と包帯を持ってこい。わたしは客のところにいる」

公爵が歩き去るとサンダースは仕事に戻ったが、思いは公爵とともに二階へさまよっていった。

サブリナはぼんやり痛みを感じながら目を開けた。全身が燃えるように熱い。起きあがろうとしたとき、肩に熱く鋭い痛みが走って、思わず息をのんだ。あえぎながら横たわり、混乱した頭でなにが起こったのか思い出そうとした。徐々に意識がはっきりしてきたかと思うと、不意に鮮明な記憶が蘇った。傷顔の紳士。あの男が自分を殺そうと試み、もう少しで成功するところだったのだ。彼女は顔を歪めて上体を起こそうとしたが、あまりの痛みに気が遠くなりかけた。

敵がいないかとおそるおそる見回したが、部屋は無人だった。冷たい隙間風がむき出しの肩に吹きつける。彼女はぶるっと震えて上掛けにくるまった。

それが意味することに気づいて、サブリナは顔をこわばらせた。覆面とかつらを取って服を脱がせた人間は、驚くべき発見をしたことだろう。彼女は震える指をこめかみに押しあてて考えようとした。いま、落ち着いて考え、行動するのは無理だった。しかし、なにはともあれ脱走しなければ。あの傷顔の男から逃げるのだ。女と決闘したと知って、彼はどう思ったただろう。

腕を動かしたとき痛みに身をすくめながらも、サブリナは上掛けを肩にきつく巻きつけた。下唇を噛んで声を押し殺し、なんとかベッドから出る。あたたかな血が肩から腕を伝い落ちて、指のあいだがねばついた。よろよろと窓まで行くと、熱い顔を冷たいガラスに押しつけ、埃をこすり落として外を見た。けれども、目に映るのは暗闇だけ。衰弱した身にとっては、窓を開けるという簡単な作業も大変な努力を要した。それでもようやく目的を果たすと、ほてった顔が冷たい空気にさらされた。

部屋の奥に落ちているくしゃくしゃの上着を見つけて、ゆっくりとそこに向かった。黙って上着の前にたたずんでいるとき、扉が開いて公爵が入ってきた。

傷ついた捕虜が上着の前でふらついているのを見るなり、彼は驚いて足を止めた。

彼女の前まで公爵が来ると、痛みをこらえたふたつのスミレ色の暗い目で彼を見あげた。

サブリナの指から血がしたたっているのに気づき、公爵の顔が険しくなった。

「死にたいのか？」怒りに満ちた声で訊く。

サブリナは黙って彼を見つめつづけた。彼の頰の傷に魅了されていた。それに触れようとして血まみれの指を持ちあげる。自分が熱にうかされてうつろな顔をしていることには気づいていなかった。

流れこむ冷気を感じて窓を見やったとき、公爵は真実を悟ったようだ。目を細めて振り返り、上掛けにくるまった彼女の体を見る。

「逃げようとしていたのか？」彼の辛辣な笑い声は、サブリナの耳には弔いの鐘の音に聞こえた。自分に向かって伸ばされた腕の中に倒れこんだとき、彼女の目に映っていたのは不吉に揺れる公爵の顔だった。

愛したことのない者には、いま愛させよう。
愛していた者には、いまもっと愛させよう。
——アイルランドの詩人トマス・パーネル

5

メアリーは手の甲で涙をぬぐった。小さなハンカチはすでにぐっしょり濡れている。サブリナはどこだろう？　あんな悪い予感がしていながら、自分はどうして妹を行かせてしまったのだ？　ああ、予知能力なんてなければよかったのに。大丈夫だと請け合うべきではなかった。予知能力があるゆえに、間違った安心感を与えてしまった。でも、どうしてこんなことになったのだろう？　恐ろしいことがサブリナの身に降りかかるという未来は見えなかったのだ。ある種の問題を予知していたけれど、深刻なものだとは思わなかった——だが、現にサブリナは行方不明になっている。もう七日になる。サブリナもウィル・テイラーも煙のように消えてしまった。

メアリーは頭を反らして、泣きながらヒステリックな笑いを漏らした。もちろん、まったく面白くはない。どうしたらいい？　官憲のところへ行って、妹のレディ・サブリナ・ヴェリックが実は悪名高き強盗のボニー・チャーリーだと告白し、彼女が失踪したと言うのか？

武装した共犯者のひとりと真夜中の仕事に出かけたまま消えてしまいました、と？

あれから一週間。こぶしを握ったメアリーの爪が手のひらに食いこんだ。なにかしなければ。もうこれ以上、こんな恐ろしい不安には耐えられない。胸の底では、サブリナは死んでいないとなにかが告げている――それでも心は休まらない。ジョン・テイラーが一帯を捜索してくれたが、なんの手がかりも見つからなかった。まるで、ふたりは地中にのみこまれたかのようだ。

メアリーは窓辺へ行って、絶望的な目で遠くの林や山々を眺めた。にわか雨による霧で景色はぼんやりかすんでいて、不安に怯えるメアリーの目には不気味に映った。何度、この窓から外を見つめたことか。なのに、なにも見つからない。いつも同じ疑問が果てしなく浮かぶだけ――サブリナはどこだろう？

「男の方がお見えです、レディ・メアリー」執事が部屋の入り口から呼びかけた。

メアリーは心配そうな表情を消し、涙の跡を拭き取りながら振り返った。「どなた？」

「テレンス・フレッチャー大佐とおっしゃる方です、お嬢様」

「お通しして、シムズ」メアリーの声は震えていた。大佐？　いったいなんの用があるのだろう――もしかしてサブリナを逮捕したのか？

濡れたハンカチをそわそわと握りしめていると、大佐が案内されてきた。メアリーは射貫くようなグレーの瞳を、魅入られたように見つめた。いかめしい顔と軍人らしい物腰に威圧され、彼女はこの印象的な人物から思わず一歩あとずさった。男の長靴は一点の曇りもなく輝き、緋色の上着には少しの乱れもない。長い剣を腰に差した彼が歩み出ると、銀の拍車が警告するように鳴った。

「フレッチャー大佐」メアリーは弱々しい声で挨拶した。

「お会いできて光栄です、お嬢様」彼の静かな声は、なぜかメアリーのささくれた神経を鎮めてくれた。「おひとりのところにあつかましく押しかけたことをお許しください。わたしは最近ロンドンからこちらに赴任してきたところで、近隣の方々とお近づきになろうとしているのです」彼は招かれもしないのに訪問した理由を説明した。

「どうぞお座りください、大佐」メアリーはグレーの目に苦しみを浮かべる。「どんな任務で赴任なさったんですの、フレッチャー大佐？」

「ボニー・チャーリーと名乗る追いはぎを見つけて逮捕する使命を帯びております」

メアリーは大佐のまっすぐな視線を避けて、生けた花を眺めた。「そうですか」

フレッチャー大佐は、無意識にハンカチをねじっているメアリーを不思議そうに見つめた。このレディはなにかに心を悩ませている。しかし、自分の知ったことではない。いまの話に動揺したのなら別だが、彼女は彼が自己紹介する前から心ここにあらずという様子だった。

「わたしの話を聞いて怯えられたのでなければいいのですが。あなたは妹さんと幼い弟さんと暮らしておられて、付き添いはおば様だけだそうですね。それもあって、こうして訪問させていただいたのです。先日マルトン卿をお訪ねしたとき、あなた方の境遇をお聞きしました。あなたたちご家族がこの無法者に不届きなことをされないかと、わたしは心配でなりません。無防備なまま外出するのは危険です。あなた方の安全を確保するため、お屋敷のまわりに何人か見張りを置こうと考えています。もちろん、あなたが承諾くださるなら、ということですが」

「ああ、お願いです、そんなことはなさらないで！　その、あなた方にご迷惑をおかけしたくありませんし、おばを怯えさせてしまいますわ。危険に直面していることを絶えず意識してしまうので」メアリーはあわてて弁解して、いぶかしげな顔の大佐にぎこちなくほほ笑みかけた。

「本当にけっこうです。わたしたちにはなんの危険もありません。あなたがこの近くにいてくださると思うだけで安心です。マルトン卿はわたしどものためを思うあまり、大げさにおっしゃったのです。だって、いままでわたしどもは、強盗に襲われたことがないんですのよ。つまり安全だということではありませんか？　我が家はたいして裕福ではありませんし」

メアリーは彼から目をそらして、大佐が納得してくれますようにと祈った。屋敷のまわりに見張りを置かれたら、サブリナが家に入ってこようとしたとき彼らと出くわすかもしれないのだ。

大佐は表情を抑えて用心深く答えた。「もちろん、お望みどおりにいたします。ともかく巡回の頻度は二倍にしましたので、この追いはぎを逮捕できるものと確信しております。とはいえ、いままで被害に遭わなかったからといって、あなた方に危険がないとは言いきれないのですが」彼はそのことについて思いをめぐらせた。ヴェリック家がいままで追いはぎに遭遇したことがないのは不可解だ。といっても、彼女が言ったように、ここはそれほど裕福な家でもない。

お茶に誘われたとき、彼は断らなかった。この少し風変わりな女性のもとを、すぐには去りたくなかったのだ。なにかがおかしい。たいていの女は彼との親交を楽しむものだ――いままで長期間の情事を持つほどの暇はなかったが。しかしレディ・メアリーは彼を見たとき目に恐怖を浮かべ、手を差し出されたときは、一瞬嫌悪の表情になっていた。

銀のティーポットから紅茶を注ぐ彼女の様子を、大佐はじっと見つめた。落ち着きを取り戻したらしく、細い手はしっかりとしている。

糊の効いたレースに覆われた髪は赤く輝いていた。顔立ちはとても繊細だが、鼻のあたりには金粉のごとくそばかすが浮いている。彼女の顔でもっとも珍しいのは目だった。クリスタルのような半透明のライトグレー。

彼女はティーカップを受け皿に載せて差し出し、不審そうな顔で、彼が気づくのを辛抱強く待っていた。

「まじまじと見てしまって申し訳ありません」大佐は謝った。「あなたの目がとても珍しいので」

メアリーは頬を染め、恥ずかしそうに紅茶を口に運んだ。目を伏せて表情を隠している。

「あなたを困らせてしまいましたか？　そんなつもりはなかったのですが」彼は挑むように目をきらめかせ、怯えた小鹿さながらにもじもじするメアリーを見つめた。軽くほほ笑みかけて立ちあがる。

「ではおいとまします、レディ・メアリー」彼はファーストネームを呼んで彼女を驚かせた。「大変光栄でした。ご家族にお会いできなかったことだけが残念です」

メアリーはよどみなく応じた。顔には明らかな安堵が浮かんでいる。「おばのマーガレットは、お客様がいらっしゃっているときはめったに下におりてきませんの。弟のリチャードは勉強中です。妹のサブリナは」そこで言葉が詰まった。「あ、あの子は具合が悪いんですの。か、風邪を引いていて」

「それはお気の毒に。すぐによくなられるといいですね」フレッチャー大佐は同情の念を表したが、メアリーの不安を感じ取って考え込んだ。「この追いはぎの追跡に関しては進展状況をお知らせします、レディ・メアリー。あなたに無駄な心配をおかけしたくないのです。ではごきげんよう」

メアリーは長椅子に沈みこんだ。すっかり疲れた気分だ。あの男性には、なにか心穏やかではいられないところがある。彼は非常に一途で、あきらめたり失敗を認めたりしない人間に思える。怖い人だ。サブリナがここにいてくれさえしたら――どうすればいいか、大佐にどう接するべきだったのか、妹ならわかっていただろう。サブリナは言葉に詰まることがない。大佐とサブリナが対峙して痛烈な言葉の応酬をするのは、みものだったに違いない。

サブリナは眠たげに目を開いてあくびをした。伸びをしようとしたけれど、肩がこわばって痛かったし、包帯がきつく巻かれていたので動かせなかった。顔をしかめて肩に手を置いたとき、自分が上等な白いシャツを着ていることに気がついた。袖は長すぎて指先にまでかかっている。彼女はレースで縁取った袖口を折り返し、大きなベッドで起きあがった。暖炉の炎が静かに燃え、部屋を照らしている。外では雨が窓をたたいていた。体に力は入らないけれど、気分はさわやかで、彼女を苦しめていた熱はさがっていた。おずおずと額に手をあててみて、乾いて冷たいのを指先で確かめた。

「おかえり、生者の世界に」部屋の隅から低い声がした。サブリナがはっとしてそちらに目をやると、暗がりの袖つき椅子から大柄な人間が立ちあがった。

あの傷顔の男がベッドに近づいてきて彼女を見おろす。サブリナの脈拍が速くなった。身を守るように大きなシャツの首まわりをかき合わせ、上掛けの下に潜りこんだ。

男はにやりと笑って素っ気なく言った。「いまさら恥ずかしがるのは無意味だ。きみが怪我をしてから、わたしはずっと看病していたのだし……」彼は気がなさそうに両手を広げ、あとのことはサブリナの想像に任せた。

サブリナは力なく彼を見つめた。彼のシャツを身にまとい、真っ黒な波打つ髪をおろし、恥ずかしさに染まった顔の中でスミレ色の目をぎらつかせている姿がどんなに愛らしく見えているのか、まったく自覚していなかった。

公爵は椅子を引いてきて後ろ向きに置き、またがって腕を背もたれに置いた。うつむいて手首にかかったレースの端をもてあそぶサブリナを、物問いたげな顔で見つめる。

「さて、そろそろ答えてもらおうか。まずは自己紹介からだ。わたしはルシアン・ドミニク、キャマリー公爵だ。先日は騒ぎの最中だったので、きみは忘れているかもしれないが」

サブリナは不遜な目で彼を見あげた。「忘れていないわ、公爵閣下」なめらかに言う。「あなたの名前は決して忘れるものですか」

「よし。それで、きみの名前は？　いや」口を開こうとしたサブリナを、彼はさえぎった。「商売上の名前じゃないぞ」穏やかに警告する。「ボニー・チャーリーがきみの本名だとは思えない」

サブリナは反抗的にぷいと顔を背けた。だが、力強い指に顎の先をつかまれてぎくりとした。公爵が彼女の顔をあげさせて、自分のほうを向かせる。彼女はその琥珀色の瞳をまっすぐに見据えた。

「どうしてそんな面倒をかけるの、閣下？」冗談めかして訊く。「兵隊がやってきたら、わたしはどうせすぐ縛り首なんでしょう？」

公爵は面白くもなさそうに笑った。「兵隊が来るだなんて、誰が言った？」

サブリナは手をあげて彼の指を顎から外させようとしたが、逆に手をつかまれてしまった。「こんなに小さいのに、ひどく凶暴な手だな」彼はつぶやくと、頭を反らして笑った。「このあたりを恐怖に陥れていたのが、この小娘だとは」彼は笑いつづけた。筋肉質の喉をあらわにし、体の力を抜いて、声を震わせている。

ようやく笑いがやむと、彼はサブリナを見おろした。そして、鋭く目を細め、身をこわばらせる。「きみは誰だ？　どこから来た？」

こちらに視線を据え、彼は唐突に尋ねた。「あの大男は亭主か？」

「もちろん違うわ」サブリナはなにも考えることなく答えた。

公爵がほほ笑む。「違うと思ったが、自信はなかった。あれほど素直に妻の命令を聞く夫はあまり見たことがないがね。きみが強盗団の首領らしいな」

「彼を殺したの？」サブリナは消え入りそうな声で訊いた。

「あの巨人か？　いや、一日か二日はひどい頭痛で苦しんでいたが、いまは元気で階下に閉じこめられている」

サブリナは安堵の息をついた。ウィルに万一のことがあったら……。

「まだ質問に答えていないな。きみは誰だ？」

「自分の才覚だけを頼りに生きていかなければならない、ただの貧しい田舎女ですわ、公爵閣下」彼女は上品に答えた。

「わたしに言わせれば非常に裕福な田舎女だな。我々をきりきり舞いさせてくれたやつだ」

この女の目に自分がどう見えていたかを考えたとき、彼は気分が悪くなった。優美な顔の輪郭を見つめながら、女に決闘を挑んでしまったことを思うと、自分に嫌気が差す。もし彼女を殺していたとしたら？　この女は自分のしたことになんの後悔も感じていない様子で、気取って座っている。彼はこの状況に困惑しており、彼女はそれを知っているようだ。ありふれた追いはぎではない――そして低い身分の人間でもない。この顔立ちは違う――あるいはどこかの貴族の落とし子か。とはいえ教育を受けているらしく、学がある。話し方が証拠だ。ああ、この小娘は不可解な人間だ——そして彼の興味を引いた。あまりにも高慢だ。この女に自分の立場を教えてやらなければ。

「きみは泥棒でうそつきだ。そして」彼は言葉を切って軽蔑のまなざしを向け、意図的に付け加えた。「ほかになにをしているか、わかったものじゃない」

サブリナは顔を赤くした。「わたしは泥棒じゃないわ。少なくとも、普通の泥棒とは違う」彼女は自己弁護した。「必要以上のものは奪わないし、盗んだ分の半分は困窮した人に恵んでいるのよ」傲慢に言う。「あなたは失礼な発言で、わたしをひどく侮辱しているわ」

公爵は皮肉っぽい笑みを浮かべた。「なかなかの役者だな。だが、いくら弁解したところで、その細い首に縄が回されてしまえば、もう判決は変えられないんだぞ」彼は穏やかに話しながら、手を伸ばしてあたたかい指を彼女の喉首に回し、指でうなじの産毛をリズミカルに撫でた。「こんな美しい女が縄に首を絞められて苦しみ、息ができなくなるのは残念だな。その小さな足が宙に浮くと、恐怖で目は飛び出し、頭の中では血液の流れる音が轟々と響く。花びらのようになめらかな肌は赤紫色になる。あまり見て楽しい光景ではない」彼はゆっくりと指の動きを止め、サブリナの首を絞めはじめた。彼の親指の下で彼女の血管が脈打つ。

公爵の指が力を加えつづけるにつれ、サブリナの耳の中でドクドクという音が大きくなっていき、彼女は首から指を引きはがそうともがいた。

彼の目は怒りで黒ずんでいた。サブリナがまさかと思ったとき、公爵は突然手をゆるめて彼女に呼吸を許した。サブリナは胸を激しく上下させて深く息をした。ぐるぐる回っていた部屋がようやく動きを止める。

公爵の口元に笑みが浮かんだ。「あまりいい気分ではなかっただろう？　怖かったか？」冷酷に笑う。「いや、きみは恐怖を感じたことを認めないだろうな、ボニー・チャーリー。最後まで反抗しつづけるつもりか？　そんなことができるのかな」彼は謎めかすように話した。

サブリナは震えそうになるのをなんとかこらえて、きつい口調で言い返した。「わたしは決してひれ伏さないわ。あなたは卑劣な臆病者よ。わたしに命令できると思っているの？それは思い違いよ、公爵閣下」

つんと顎をあげる。スミレ色の瞳には輝きが戻っていた。彼女は怒りと恐怖にあおられて彼を嘲りつづけた。

「本当に、かの勇敢なキャマリー公爵がただの女と決闘したことをお友達に知られたいの？もう少しで相手を殺しかけたことを？　長きにわたって人々を恐怖に陥れていた名うての残忍なボニー・チャーリーが実は女だったと知って、彼らが喜ぶと本気で思っている？　いいえ、誰もあなたに感謝しないでしょうね、閣下。彼らは二度と人前で香水を振った頭をあげられなくなるもの」サブリナは嘲笑した。この場を支配しているのは彼女なのだ。

公爵の誇らしげな視線を受け止めてにらみ返す。「あなたは困った立場にあるのよ。あなたの自尊心は危険にさらされている。紳士にとっては、名誉と評判がすべてなんでしょう？

そう、あなたはボニー・チャーリーを官憲に引き渡さないわ」

「なかなか説得力のある弁論だった。だがそもそも、わたしが追いはぎを官憲に引き渡すなどと、誰が言った？」彼は戸惑うサブリナにほほ笑みかけた。「いや、悪意を持ってわたしの屋敷に押し入った泥棒の女を引き渡すかもしれないな。大柄な友人とともにね。ははあ、きみは巨漢の用心棒のことを忘れていたのか」公爵は満足の笑顔になった。「そう、あの男は間違いなく縛り首になる。あるいは長期間牢獄に放りこまれたあと、きみたちふたりとも国外追放になるかもしれない。言っておくが、それもあまり楽しくはないぞ。そう、きみは自分が陥った窮地に怯えるべきなんだ。怯えていないとしたら、きみは愚か者だ。しかし、なぜかきみの頭が悪いとは思えないんだがね」

彼の脅迫を聞いてサブリナは顔を青ざめさせ、恐怖で目を大きく見開いた。

公爵は自分の言葉が計算どおりの効果をもたらしたと知ってほくそえみ、ぶらぶらと扉に向かいながら言い添えた。「よく考えるんだな。わたしの求める情報を伝える気になったら、また話し合おう」

やり場のない怒りにまみれながら、サブリナは閉じた扉を見つめた。男の言葉が流砂のごとく心に押し寄せてくる。彼女は柔らかな枕にもたれかかり、震える肩まで上掛けを引きあげた。一滴の涙がそっと頬を伝い落ちる。

どうしたらいいだろう？　この事件が起こって以来、自分の頭はまともに働いていないようだ。これまではいつも思いどおりに行動してきたのに。公爵のような人間には会ったことがない。あの男は冷酷で意地悪く、執念深く——知性がある。それにサブリナをとらえた。

サブリナはまるで幼い少女のように、ぐすんとすすりあげて手の甲で涙を拭いた。それから、はっと思い出して体を起こした。

メアリー！　姉はなにを思っているだろう？　自分はもう何日も行方知れずだ。哀れなメアリーは、妹が死んだか逮捕されたと考えているに違いない。そしてジョンはふたりを求めて近所を捜し回っているはずだ。でも見つかるわけがない。ふたりはそこにいないのだから。自分たちの縄張りを離れ、誰にも行き先は教えなかった。どうやってジョンに彼らが見つけられる？　たとえ見つけたとしても、手の打ちようがない。彼までつかまるのが関の山だ。ここはまるで要塞のようなところだし、公爵の不意を突くのは難しい。逃げられるかどうかはサブリナ次第なのだ。でも、どうやって？

首の後ろをもみながら考えているとき、さっきここに回された男の指のことが思い出された。さらに記憶をたどっていくうち、彼女の目に狡猾な光が宿った。

公爵は、相手が女であるという事実に無頓着なわけではなかった。サブリナの直感がそう告げている。首を絞めると脅したとき、彼はサブリナを抱きしめて腰をそっと撫でていた。その手つきは暴力的な行為とは矛盾していた。彼女を怯えさせようとしながらも、腰に回した手は無意識にやさしくなっていたのだ。

また、あの目にも彼の本心が表れていた。ほんの一瞬、視線が和らいだのだ。もしかすると、哀れみゆえかもしれない。それでも和らいだのは確かだし、彼が怒り以外のものも感じていた証拠だ。彼女の顔と体を見て男たちがはっと目を見開くのを、サブリナは知っている。これまではそういう反応をさげすんでいたし、男をその気にさせようと思ったことはない。でも、いまは――いまは、それを利用してやる。

サブリナは決意を固めて細い肩を怒らせた。あの傲慢な公爵を誘惑するのだ。彼をひざまずかせ、彼が甘い言葉に欺かれて言いなりになったとき、サブリナは逃走する。なんとかしてウィルを解放し、この牢獄から逃げていく。公爵はまんまとだまされて間抜けづらをさらすことになる。

彼女はベッドを出た。床に立ったときは瞬間的にくらくらとしたが、おぼつかない足取りで磁器の器が置かれたサイドテーブルに向かった。シャツの袖を肘の上までまくりあげ、氷のように冷たい水を器と揃いの水差しから注いで、パシャパシャと顔を洗ってすっきりさせた。その横に畳んで置かれていた大きなハンカチで顔を拭き、もつれた髪をといて、長く波打つ髪を顔から後ろに撫でつける。熱にうかされていたため、顔はぼんやりとして生気がない。壁にかけられた鏡に映った顔を見て、サブリナは眉をひそめた。風呂を要求し、髪を洗い、シーツを新しくしてもらおう。ためしに肩に触れてみると、こわばっていて、動かすと刺すような痛みが走ったものの、傷は治りつつあった。少なくとも、怪我で苦しんでいたとき、公爵は自ら看病してくれたのだ。サブリナが回復したことから考えると、彼は手厚く介抱してくれたらしい。

これからすることを考えたとき、サブリナは不安に襲われて顔をしかめた。手の甲の薄い傷跡を見つめ、その傷を受けたときのことをぼんやりと思い返す。自分がいかなる危険に身を置いているのかが、ようやく実感された。これはほんのちょっとした傷だが、いまからの行動ではどんな大きな傷を負うことになるかわからない。しかし、ほかにどうすればいい？公爵に正体を突き止められる前にここを出てウィルを救い、逃走しなければ。なんとしても、身元だけは秘密にしておく必要がある。それに、あまり深みにはまる前にゲームは終了させるつもりだ。妖婦を演じ、公爵を驚かせ、彼の不意を突いて襲いかかる。そうすればゲームは自分の勝利に終わるだろう。

ルシアンは尊大に、剣の先で巨漢の頬をたたいた。「おとなしく、自分がした悪さについて話すんだな。わたしは使用人よりずっとやさしいぞ。使用人のひとりかふたりは顎の痛みに苦しんでいて、おまえに仕返しをしたがっているからな、大きな友よ」彼は親しげな口調で言った。

巨人はこちらをにらんだ。片方の目のまわりが濃い紫色になり、唇の腫れあがった顔で、無言を貫く。

ルシアンは肩をすくめた。「いずれ話すことになるんだ。わたしはただ、おまえが白状しやすいようにしてやっているだけだ」ちょっと言葉を切って考えこみ、もったいぶって付け加えた。「あの小柄な女友達は、つらい思いをするだろうな。気の毒に。あんなに美人なのに。そう思わないか？」

　巨人は椅子に縛りつけられたままもがいたが、縄はゆるまなかった。「あの女に手を触れたら、おまえをばらばらに引き裂いてやる」彼は怒りにうめいた。

「おやおや。ようやくしゃべれるようになったんだな。わたしはおまえの弱点を突いたらしい」

　ルシアンは貯蔵室の狭い密閉空間を歩き回っていたが、出し抜けに振り向いて語気鋭く尋ねた。「彼女は何者だ？」

　しかし巨人は答えなかった。青い目に敵意を浮かべてこちらを見つめている。

「いずれ突き止めてやる……そのとき慈悲を請うても手遅れだぞ」

「なにもするつもりはねえんだろう」ルシアンに向かって、巨人は挑みかかるように言った。「あれば、とっくに実行しているはずだ。兵隊が来て、おれとチャーリーをしょっぴいていっただろうよ。ところが赤い軍服の野郎どもはどこにもいねえじゃねえか、公爵さんよ――つまり、はったりってことだ」

　ルシアンは巨人の推測にしぶしぶほほ笑んだ。それでも目は笑っていない。「残念ながら、それは違うな。なぜ、おまえやあの短気な女を助けてやる必要がある？」彼は冷たく言った。「わたしはおまえたちに貸しがある。利子をつけて返してもらわねばならない。その利子が、おまえたちふたりを殺す前にもてあそんで楽しむことだとしたら――それがわたしの権利ということだ。わたしの屋敷でわたしを襲った悪質な犯罪者ふたりの身になにが起こったところで、誰が気にする？」

巨人の顔が真っ赤になった。怒りにとらわれると同時に、つかまっている女の身を案じてもいるようだ。「チャーリーをどうした？」きつく縛られた体がふたたびこわばった。「あの女を傷つけたとしたら――」

「彼女は元気だ、少なくともいまのところは。だが、あんな危ない橋を渡っている人間の将来が安泰だとは、誰にも言えないだろう？　どんなことでも起こりうる。かわいそうにな。おまえはあの雌ギツネをけっこう気に入っているようなのに」ルシアンは意味ありげに笑った。「もちろん、あの女は自由奔放に生きている美女だ。おまえは彼女にかなり熱をあげているんじゃないか？　面白いかもしれないな、わたしが彼女と親密な関係を結んだら」彼はひとりごとのように言った。

巨人は顔を紫色にして、いましめを解こうとあがいている。「あいつはそういう女じゃねえ！　純真な娘っ子なんだ。そのなよなよした手であいつにさわったら、おまえの心臓をえぐり出してカラスの餌にしてやる」彼はさらに、公爵の頭についても残忍な言葉でののしった。

「まいったたな」ルシアンは薄笑いをしながらつぶやいた。分厚い木の扉まで行ったが、開ける前に振り向いて小声で付け加えた。「しばらく考える時間をやる。話す気になったら、この扉の向こうで見張りをしている使用人を呼べ。あまりぐずぐずするなよ、大男。わたしは気の長い人間ではない」それだけ言うと出ていった。自らの運命に思いを馳せているだろう巨人を、ひとりで部屋に残したまま。

ルシアンはグラスにブランデーを注ぎ、薄暗い午後の陽光を見つめた。こんなに長くここにとどまるつもりではなかった。とはいえ、これほど信じられない出来事の連続に巻きこまれるとは予想もしていなかった。

女。厄介な追いはぎが実は若い娘だったとは、誰が想像しただろう？　いまでも信じられない。危うく女を殺すところだったことを、彼はまだ悔やんでいた。まさか自分がそんなことをするとは。だが、なぜ自責の念を覚えねばならないのだ？　ボニー・チャーリーが男装した女だとは知るよしもなかった。男のふりをするなど、とんでもないことだ。ルシアンは首を左右に振った。問題はそこだ――彼女はただの女ではない。見かけも話し方も、育ちのいいレディだ。たとえそうでなかったとしても、彼女を官憲に引き渡すことができようか？彼女が死罪になれば、ルシアンは良心の呵責を感じるだろう。とはいえ、なんらかの対処は必要だ。あの雌ギツネをただ解放するわけにはいかない。

名前を突き止め、彼女と大男のことを調べあげ、今度ボニー・チャーリーの扮装で現れたらすべてをばらすと脅すのだ。そう、それがいい。しかし、この貴重な情報を、どうやってあの反抗的な女から引き出せるだろう？

脅迫か？　柔らかな首の感触は、指がまだ覚えている。彼女は怯えていたが、もうあんなことはやりたくなかった。女をいじめる趣味はない。もっと垢抜けた手段がいい。美しいスミレ色の瞳とクリーム色のなめらかな肌をしたハート形の小さな顔を、思い浮かべる。あの女が並外れた美人であることは認めざるをえない。

しかし、不思議だ。彼女に会ったのははじめてだというのに、あの顔にはなんとなく見覚えがある。はっきりとはわからないが、きっと以前にどこかで見かけたのだろう。そうとしか考えられない。

あのふたりのそれぞれに、もうひとりを殺すと言って脅かして情報を得ることもできる。だが、ほかにもっと楽しい方法もある。彼はにやりと笑った。盗っ人稼業の女なら、見かけほど上品で無垢ではないはずだ——とりわけ、あれほどの美人であれば。とっくにどこかの男が手をつけているだろう。ああいう女が純潔だとは考えられない。男がなにを望んでいるのかを本人より早く察知する、勘のいい女。彼女はこの窮地から逃れる手があれば喜んで利用するに違いない。いまは怒りと恐怖にとらわれているので気づいていないらしいが、いずれ彼の誘惑を試みるだろう。けれど、誘惑するのはルシアンのほうだ。あの柔らかな唇から情報を得るのだ。彼女がそれと意識しないうちに——あるいは抵抗できないでいるあいだに。あの気性の激しい女から、あらゆる秘密をひとつ残らず聞き出してやろう。

ルシアンは期待の笑みを浮かべた。彼女の肌の感触を思い出すにつれ、このちょっとしたゲームが楽しみになってきた。そう、これはロンドンへ戻らざるをえなくなる前の気晴らしになりそうだ。

サブリナはパチパチと音を立てる暖炉の前に座っていた。洗い立ての髪は炎が発する熱ですぐに乾いた。ブラシを通された髪は生き返り、真っ黒で神秘的な輝きを放つ。立ちあがって伸びをすると、髪は腰まではらりと落ちて、しなやかに揺れた。

暖炉に背を向けて立っているとき、扉が開いた。本能的に身を隠したくなったが、逃げるために必死で考えた計画を思い出し、ゆっくり大きく深呼吸しながらブラシをかけつづけた。背後の炎に照らされて自分の体の輪郭がくっきり浮かびあがっているのはわかっていた。公爵のナイトシャツ一枚では、その下にある体を隠せるはずもない。

ルシアンは部屋に入るなり目にした光景を見てはっと立ち止まり、驚きに目を見開いた。すぐにいつもの落ち着きを取り戻したが、この女の美しさに見とれているうち、顔の傷の端がぴくぴくと動いた。ナイトシャツの薄い生地を通して、なめらかな腰や太腿の曲線がはっきりと見える。彼の両手でつかめそうなほど細くくびれた腰、その上の小さな乳房。彼の視線はほっそりした脚の曲線をたどって下に向かった。シャツの裾からは小さな爪先がのぞいている。ルシアンは彼女が神経質になっているのかと思ったが、ゆったりとした笑みと柔和な目つきからすると、意外にもそうではないようだった。

彼はデカンタとグラスが載ったトレーをテーブルに置き、女に近づいていった。暖炉の炎が彼の傷跡を照らす。手を伸ばして彼女の落ちた髪をつまんだとき、指が胸に軽く触れた。つややかさに魅了され、彼は長い髪を指に絡めた。それはまるで生きているかのように手のひらに吸いつく。彼は上を向いてこちらを見つめる顔を見おろし、青みがかった黒い柔らかな髪を自分の手に巻きつけながら、女を引き寄せていった。

女は少し目を見開いて、ルシアンに引かれるままに一歩近づいた。なにもはかない小さな足が、彼の光沢ある黒いブーツのあいだに入る。彼は薄着の女に腕を回してぐいと抱き寄せた。広い胸と太腿に体がぴったりと押しつけられる。乳房を手で覆うと、女の心臓が激しく打った。

ルシアンは頭をさげて、柔らかな口に自らの口を重ねた。女の髪や体から漂う新鮮なジャスミンの香りに包まれ、腕の力を強めてさらにきつく抱きしめた。ぴたりと接した体を意識するうちに、ふわふわ浮くような感じを覚えはじめた。そのときはじめて、彼女がキスに反応を示した。

サブリナは公爵の首にしがみついて顔をおろさせ、自分は背伸びをした。彼のしっかりした唇の感触に、サブリナの口はしびれた。これがはじめてのキス、はじめて味わった男性の口なのだ。

彼の口が動く。サブリナの唇を押し、からかい、開きながら。彼は熱い息をほてった頰に吹きかけつつ、目や耳にもキスを浴びせ、舌でもてあそんだ。肩を歯で軽く嚙まれたとき、サブリナの体はどうしようもなく震えた。

さまよう口はふたたびサブリナの口をとらえ、満足してそこにとどまった。キスが深まり、サブリナの息が奪われる。公爵の手は背中から背骨を伝いおりてヒップをつかみ、彼の引きしまった太腿に彼女を押しつけた。

公爵がサブリナを抱きあげて大きな四柱式ベッドに運び、羽毛のマットレスにおろすあいだも、ふたりの唇は離れなかった。彼はサブリナにのしかかり、彼女のナイトシャツの前を開けて、欲望で色濃くなった彼の目の前になめらかな乳房の曲線をあらわにした。彼の唇は喉から肩へと焼けるような跡をつけて移動する。柔らかな乳房に触れたとき、彼の硬い唇はわずかに柔らかくなった。サブリナは彼の豊かな金髪に指を差し入れた。小さな手で、覆いかぶさる彼のこめかみ、耳、たくましい首筋をなぞっていく。

公爵はいったん顔をあげて彼女の開いた唇に軽くキスをした。色白の裸体を見るとき、その目は色濃く情熱にあふれていた。サブリナは頬を染め、反射的にシャツの前をかき合わせて胸と脚を隠した。情熱と未知のものへの恐怖で目を大きく開き、スミレ色をいっそう濃くする。

ふたりは束の間見つめ合った。公爵は手をおろして重いブーツを脱いだ。シャツの前は先ほどサブリナの指によって開かれていた。筋肉質の胸に生えた金色の縮れた毛が汗で光っている。

サブリナは上体を起こして指を出し、彼の頬についたぎざぎざの傷にそっと触れた。指先で傷をたどると、公爵は驚いて顔を引いた。

「どうしてこんな傷を負ったの？」彼女の声は小さく、かすれている。

公爵は過去を思い出したのか、にやりとした。「動きが鈍くてね」自嘲するように笑うと、彼女の手をつかんでゆったりと手のひらにキスをし、唐突に細い指先をきつく噛んだ。

サブリナが驚いて声をあげる。

「わたしの記憶が正しければ、きみは以前、もう片方の頬にも同じ傷をつけると脅したね」

サブリナはいたずらっぽくほほ笑み、彼に寄りかかって乳房を胸板に押しつけた。舌を出してでこぼこの感触を確かめながら、唇で傷の端から端までたどっていく。公爵は顔を横に動かして自らの口で彼女の唇をとらえ、ふたりは舌を絡めた。公爵が彼女をあおむけにして覆いかぶさる。彼女を押しつぶしてしまうのではと心配になったようだが、サブリナが首にしがみつくと安心して、あらためてキスをした。公爵は自らの経験を駆使して、どう反応し、どう彼を喜ばせればいいかを彼女に教えはじめる。

公爵の重みを、サブリナは心地よい毛布のように感じていた。唇や手で愛撫されるたびに全身がぞくぞくし、体の力が抜け、彼の手に屈していく。彼に導かれて空中を浮遊しているみたいだ。手でさっと撫でられると腰を動かし、彼と脚を絡める。体は彼の汗で濡れた。サブリナの上で動く公爵の息遣いが、徐々に浅く速くなっていった。

彼はもはや、やさしい恋人ではなくなっていた。サブリナはにわかに恐怖を覚え、拒絶反応を示した。キスを貪る唇から自分の口を引きはがし、狂ったようにもがいた。目を合わせたとき、彼の暗い目には最初驚きが浮かんでいた。だがそれは、少しずつ怒りに変化していった。頬の傷跡がぴくぴく痙攣し、上唇に浮かんだ玉の汗の上で鼻孔が広がる。

サブリナは彼の胸を手で押したが、相手はびくともしなかった。抵抗するうち、体の力は抜け、闘志は消えていく。包帯を巻いた肩がずきずき疼きはじめて、彼女はついにあきらめた。

「来ないで！　お願い、やめて。だめ。だめなのよ！」彼女はうわごとのように叫んだ。

ルシアンは目を細め、不機嫌に唇を結ぶと、彼女の肩から手を離して起きあがった。彼女はごろりと横向きに転がって腕に顔をうずめ、細い体を震わせてしくしく泣いた。それを見つめるルシアンの顔に困惑と怒りが浮かぶ。落ちた重い髪の毛に顔が隠れていて涙は見えなかったが、彼女が本当に泣いていることはわかった。

彼は首を振ってベッドからおりた。脱ぎ捨てていたシャツを着て、ブーツとブリーチズを床から拾いあげる。ベッドに突っ伏して震えている女を一瞥したあと、険しい顔になって大股で部屋を出た。生まれてはじめて、自信を失っていた。なにひとつ計画どおりに進まなかった。甘い言葉であの雌ギツネを口説くつもりだったのだ。ところが彼女は待っていた。甘美な笑みで喜んで彼を迎え、柔らかな唇で熱っぽくキスを受け入れた。ルシアンは彼女を誘惑して秘密を聞き出すという計画をすっかり忘れてしまった。しがみつく腕、胸に押しつけられた小さく丸い乳房のことしか考えられなかった。ちくしょう、いったいなにが起こったのだ？　まるで自分のほうが誘惑されたみたいではないか。

サブリナはおずおずと振り返り、無人の部屋を見やった。彼は行ってしまった。彼女はナイトシャツの長い袖で涙をぬぐった。恐怖は徐々に消え、心の中にはむなしさだけが残っている。深く息を吸って、震える指でこめかみを押さえた。

彼に抱きしめられたとき、なにが起こったのだろう？　きつく抱かれて体をまさぐられたとき、どうしてなにもかも忘れてしまったのだろう？　唇をぎゅっと噛むと血の味がした。自分がなにをするつもりだったのかはわかっている。彼を誘惑しようとしたのだ。それはあまりにも簡単で、あまりにも自然だったので、彼は驚くほど即座に反応した。これまで男を誘った経験はなく、彼女はやみくもに行動した。そして予想もしなかった反応を引き出した。でも、この誘惑を冷静には進められなかった。頭にあったのは公爵のことだけ。男女のあいだにこのような制御しがたい感情が生まれるなんて、想像もしていなかった。

両目をぎゅっと閉じて、しばらく手で押さえた。すべてを忘れられたらいいのに。いまや、あらゆることが変わってしまった。経験のない感情が生じて、どう対処していいのかわからない。

寒気を感じたので、くすぶる暖炉に目を向けた。炎が消えかけ、灰が鈍く光っている。背の高いデカンタは公爵が置いたままになっていた。サブリナはグラスを取って、強い酒をグラスの中ほどまで注ぎ入れ、深呼吸したあと半分以上を一気に飲んだ。ブランデーにむせて目に涙が浮かび、全身がかっと熱くなった。上掛けをかぶって眠りにつく。ところがひと晩じゅう悪夢に悩まされた。

彼女の指の下で、命を失った冷たい祖父の顔が硬いデスマスクに変わっていく。死神から逃げようとするサブリナを、バグパイプの悲しげな旋律が呼び戻そうとする。どちらを向いても、真っ赤な軍服に身を包んだ男たちが彼女の名を呼んでいる。息ができない。喉を絞めつけられて、空中で足をばたばたさせる。みんなが見つめている。メアリー、リチャード。マーガレットおばはタペストリーに絞首台の模様を刺繍している。どうして助けてくれないのだろう？　助けを求めて手を伸ばしても、彼らは顔を背ける。

「いや！　戻ってきて！　わたしは死んでいないのよ！　ここに放っていかないで、お願い――行かないで！」サブリナが叫ぶ。

しかし、彼らは訴えに耳を貸してくれない。絞首刑執行人と兵士のもとにサブリナを残して去っていく。サブリナを見捨てて背を向ける。サブリナは声をかぎりに叫ぶ。悲鳴は耳の中で響き、寝室の静寂を破った。

誰かに体をつかまれて揺すぶられ、彼女はもがいた。首を絞められてたまるものか。「つるさないで。やめて！　お願い、助けて！」

「つるせ！　つるせ！　つるせ！」群集が興奮して声をあげる。

「大丈夫だ。ただの夢だ。起きろ」

その声に、サブリナはおそるおそる、ぎゅっとつぶっていた目を開けた。いまだ悪夢の恐怖にとらわれていたが、やさしい声になだめられるうち、彼女は徐々に正気を取り戻した。

公爵がベッドの端に腰かけていた。心配そうな表情だ。いまもまだ、サブリナの両肩をきつくつかんでいる。肩の怪我のことは忘れているらしい。けれどもサブリナが感じたのは、痛みよりむしろ安らぎだった。恐怖に打たれた目に、彼の尊大な顔がやさしく見えた。彼女は公爵の首に腕を回し、震える体を彼に押しつけた。

突然抱きつかれたのにびっくりしたルシアンは、身を硬くして、小声で哀願する女の言葉にじっと聞き入った。「お願いだから行かないで。もうひとりぼっちはいや。みんなが外でわたしを待っている。わたしをつかまえて縛り首にする」声はかすれていた。彼のあたたかな首に押しつけていた涙でぐしょぐしょの顔をあげ、彼女は苦悶に満ちた目でルシアンを見つめた。

ルシアンも見つめ返した。いままで彼に慰めを求めた者はいなかった。どうやって慰めを与えていいのかもよくわからない。彼を見つめつづける目は、人を信じて疑わない子どもを連想させた。

彼は女の体に腕を回してベッドの中央に寝かせた。となりに横たわったときも、彼女はルシアンの首に必死にしがみついたまま、手を離そうとしなかった。ルシアンはくしゃくしゃの上掛けをふたりの体の上にかけてあたたかくくるまった。さっき、彼女の苦しげな悲鳴を聞いて彼が来るときに持ってきたろうそくだけが、部屋を照らす明かりだった。

彼女は張りつめていた体からようやく力を抜いてルシアンにすり寄った。この女は彼を求めている。なんだか妙な感じだ。ルシアンはやさしい手つきでもつれた髪を撫でて彼女を慰めた。髪の感触は気に入った。ふたりのあいだにぬくもりが広がると、女は満足のため息をついたが、それでも彼の首を離さなかった。手を離したら彼が消えると思っているかのように。

サブリナは、これまでにないほどの安らぎを感じていた。まるで防壁が突然すべて崩壊して、心がむき出しになったかのようだ。彼女は不意に、自分がいつまでも彼の腕の中で安全に守られていたいと思っていることに気がついた。この腕はとてもしっかり抱きしめてくれている。彼に抱かれているあいだは、誰もサブリナに手を触れられない。誰かに抱きしめられて慰められたいと、幾度思ったことだろう。父は一度も抱きしめてくれなかった。祖父は愛してくれたけれど、厳格な人で、感情を表に出すことはなかった。でもいまは公爵が抱きしめてくれている。サブリナを慰め、守ってくれている。常にあらゆる決断を下し、びくびくと背後を気にしている生活には、もう疲れてしまった。ほんの束の間でも忘れられたら……。

身を震わせて、悪夢の光景をなんとか頭から振り払おうとする。公爵は腕に力をこめてサブリナを胸に抱き寄せ、こめかみで脈打つ血管にやさしく軽いキスをした。柔らかな乳房が彼の胸板に触れる。彼女はむき出しのあたたかな脚を彼に絡めて、腰と腰とを密着させた。ふたりは互いの存在を感じつつ、無言で横たわっていた。彼女の指がルシアンのうなじの産毛を軽く撫でる。自分がなにをしているのか意識していないらしい、と彼は思った。

やがてルシアンは、彼女の柔らかくなめらかな頰に沿って唇を滑らせていき、口に到達した。唇が重なる。うなじで動いていた彼女の指が止まった。キスにこめられたやさしさを感じているように、彼女は手を彼の髪に差し入れた。

ルシアンの全身がぞくぞくした。執拗にキスをつづけているうち、彼女は貪欲に唇を開いて彼の唇をなめた。彼はゆっくり、そして大胆に彼女の体に手を滑らせ、渇望していた魅惑的な曲線を探索した。

彼女は彼に合わせて動いた。隙間がないほどぴったり体を密着させてくる。ルシアンの唇を甘噛みし、彼につかまりそうになると顔を引いて逃げる。彼女は指で軽く彼の背中をなぞり、大胆にも腰までおろしていった。ルシアンはうめいて、指でしっかり女の小さな顎をつかむと、口で彼女の口を覆った。官能を目覚めさせる深いキスに、ふたりは息も絶え絶えになった。

彼は口を開いたまま、彼女の唇を離れて顔や喉に熱烈なキスを浴びせていった。乳房をむんずとつかみ、顔をさげて口づけた。顔に包帯があたるのを感じて、目をあげて小声で言う。「こんな小さくて美しい体に剣を突き刺したとは」彼は自分の行為が信じられずに首を振った。「きみを傷つけてしまったことを許してくれ」

彼女の手を持ちあげて甲の傷に唇をつけたあと、痛みを分かち合うように自分の頬の傷跡にあてた。

ふたりはふたたび唇を重ね合わせた。彼の手の下で、彼女の心臓がどくどくと打つ。ルシアンはぎざぎざの傷が走る険しく酷薄な顔で、情熱で色濃くなったスミレ色の瞳を見つめ、貝殻のような美しい耳に低い声でささやきかけた。

「きみはわたしを惑わせる、かわいい人。きみを抱きしめているというのに、まだ名前も知らない。教えてくれ」ふざけて彼女の耳を軽く噛む。

「エリザベスか？　ジェーン？　違う？　アンはどうだ？　キャスリーンは？」彼はからかうように言った。「もっと変わった名前かな？　だったらアリアドネとかクレシダか？」

「いいえ、サブリナよ」彼女は笑って答えた。

「サブリナ」ルシアンは彼女の唇に向かってささやいた。美しい響きだ。「なるほど。きみはセヴァーン川の精、古代イングランドの王女だ（王女サブリナがセヴァーン川に放りこまれて殺されたという古代の伝説に基づく）。人間に目を留めて、わたしを恋人として選んだのか、サブリナ？　わたしにやさしくしてくれるのか、それともわたしを森から沼地へと連れていって、無力なわたしを意のままにするつもりか？」
彼は冗談めかして言うと、懲らしめるかのように激しくキスをした。

「公爵閣下にそんなことをするわけがないわ」揺らめくろうそくの光が、サブリナの顔に神秘的な影を投げかけた。

「きみはすでに、わたしに残酷な仕打ちをしている。〝公爵閣下〟だと。なぜそんな堅苦しい呼称を使うのだ、他人行儀に。ルシアンがわたしの名前だ、サブリナ」そう言うと、ふたたび彼女の唇に口づけた。

サブリナをぎゅっと抱きしめる。彼の変化を感じて、サブリナは身を引こうとした。だがルシアンは抱擁を解かなかった。「今度は逃げるな、せっかくその小さな手でわたしを抱きしめてくれているのだから。きみがほしくてたまらない、サブリナ、きみをわたしのものにしたい」

ルシアンが覆いかぶさったので、サブリナはあっと息をのんだ。ルシアンは彼女の裸体を組み敷いた。やさしさは荒々しさに取ってかわられ、彼はのしかかってサブリナに男の体を意識させた。するとサブリナは弓なりに背を反らし、腰をくねらせて彼に押しつけた。ルシアンが手と唇で愛撫して彼女の欲望を募らせていく。

ついにふたりがひとつになったとき、痛みが歓びを打ち砕いた。彼のたくましい体と制御された力に圧倒されて、サブリナは怯えた。だが、やがて彼女は生まれてはじめての快感を覚え、愛の作法を教えるルシアンのあらゆる動きに熱をこめて反応した。

終わったあと、ルシアンはサブリナのとなりに横たわってきつく抱きしめ、顔の涙をキスで吸い取った。そして、やさしい手つきで彼女の顔を自分のほうに向かせた。

「なぜだ？」自分には珍しく、腕の中にいるこの娘に対してやさしい気持ちを覚えていた。「どうしてわたしに体を許した？　きみが処女だとは、まったく思いもしていなかった」信じられない思いに首を振りながらも、彼女と愛をかわしてそのすばらしい魅力を知ったはじめての男となったことへの満足と、彼女への独占欲を感じていた。

サブリナは達観したように肩をすくめた。「いつかは処女を失うものよ。絞首刑執行人につるされる前に経験しておくほうがいいでしょう？」辛辣で空虚な笑い声をあげる。

ルシアンは口をへの字に曲げてサブリナをいっそう強く抱きしめた。「もうあんな変装はするな。そんなことは、わたしが許さないぞ、サブリナ」彼女の顎を乱暴にぐいっとあげさせ、まだ情熱に浮かれている瞳をのぞきこむ。

「ああ、きみを見たら、また求めずにはいられない」赤く腫れた唇に深くキスをして、その甘さを吸いこんだ。サブリナは彼の首に腕を回し、自信たっぷりにルシアンの欲望に応えた。

「きみは覚えが早いな」ルシアンの手は引きしまった腹部から上に移動して乳房を包んだ。

「教師が優秀だから」サブリナがほほ笑むと、えくぼができた。彼女はいたずらっぽく付け加えた。「何度かレッスンを受けたら、どれだけ進歩するかしら」

「レッスンを授けるのはわたしひとりだ」ルシアンの口元に笑みが浮かんだものの、目は笑っていなかった。「きみを誰とも共有するつもりはない」

「嫉妬なの？　ルシアン」サブリナは試すように彼の名を口にして、きれいに発音した。

「金髪と傲慢な顔によく似合っているわ」

「傲慢だと？　きみに会うまで、本当の傲慢とはどういうものか知らなかった。きみはブリーチズと長靴を見せびらかして歩き、あたり一帯を恐怖に陥れているじゃないか」

はじめて彼女に会った夜のこと、晩餐テーブルを囲んでいた面々の悔しそうな顔が記憶に蘇り、彼は低く笑った。彼らが知ったらどう思うだろう？　そう考えるとさらに笑いが大きくなった。

「なにがそんなに面白いの？　せっかく夢を見ているみたいにうっとりしていたのに」サブリナは片方の肘をついて体を起こし、彼の胸にしなだれかかった。乳房が彼に押しつけられる。

ルシアンは楽しそうにきらめく目で彼女を見あげた。「面白いのはきみという人間さ、わたしの不思議な王女。さて」尊大な口調になる。「いくつかはっきりさせておくべきことがある。きみについてすべてを知りたい。そして、明らかに育ちのいい若い女性が、どうして追いはぎ強盗に身をやつすことになったのかを」

サブリナは彼の腕のぬくもりから抜け出たが、とたんにさびしく、むなしくなった。優美な背中を彼に向けて暗い部屋を見つめる。ろうそくの炎はとっくに消え、ルシアンがふたたび起こしていた暖炉の小さな残り火が揺らめいているだけだ。

「どうして知りたいの？　どうして関係のないことに首を突っこむ必要があるの？　あなたがわたしをつかまえなかったら、こんなことにはならなかったのに」サブリナは絶望に駆られて大声を出した。ふたりの情熱の記憶は、彼女がそれまで抱いていた恐怖と、自分がまだとらわれの身であるという認識に取ってかわられた。

ルシアンは彼女がその細い体で自分に背を向けたことに腹立ち、サブリナをふたたび引き寄せた。女に反抗されることには慣れていない。いや、女にかぎらずどんな人間にも。それは不愉快だし、受け入れるつもりはない。

「おおいに関係があるぞ。きみは何度もわたしに銃口を向け、わたしのものを奪い、わたしと決闘したのだから。わたしには真実を知る権利があるだろう？　さあ、教えろ、サブリナ。白状するまでこのベッドから出してやらないぞ。話してどんな害がある？　他人を巻き添えにするのを恐れているなら、それは無用な心配だ。きみの仲間を告発しようと思ったら、きみの名を出さざるをえなくなる。だが、そんなことは絶対にできない。わたしをどんな男だと思っているのだ？　今夜きみを抱いたあとで、官憲に引き渡して縛り首にさせることなど、できるはずがない。しかも」彼は傲岸に言い添えた。「わたしのものをおびやかすことのできる者はいない――そして、きみはわたしのものだ。きみを手放しはしない」所有欲もあらわに断言する。

彼はサブリナの唇をとらえ、飢えたようにキスを貪った。彼女の体を自分の上に乗せると、サブリナはぐったりと寄りかかって愛撫に身を任せた。

「どういう意味、ルシアン？」サブリナはおぼつかなげに尋ねた。独占欲の強い彼の口調に突如不安を覚えたようだ。

喉や肩にキスをしながら、彼はくぐもった口調で説得を試みた。「きみを愛人にする。ロンドンに家を買い、田舎にも小さな家を持たせてやろう。それでどうだ？　バースの近くに屋敷が一軒ある。最近改築したところだ。たいていはわたしもそこにいるし、ロンドンにいるときにはきみの家を訪ねよう」

彼はサブリナのヒップに手を滑らせてそっと自分の下腹部に押しあて、自らの欲望を知らしめた。くるりと回転して上になり、ふたたび愛をかわす。彼を歓ばせる方法をサブリナに教え、彼女をクライマックスにのぼりつめさせたあと、自分も頂点を迎えた。

サブリナはため息をついて、横で眠るルシアンの深く規則的な息遣いに耳を澄ませた。唇を噛み、まばたきをして涙をこらえる。悪いのは自分だ。彼がサブリナを愛人以上のものにしてくれるはずはない。侯爵の娘だとは言えないし、たとえ告白しても信じてもらえないだろう。それに、ふたりにどんな将来が考えられるというのか。ルシアンは結婚しているかもしれないのだ。いや、たぶんしているだろう。なにしろ公爵であり、しかも美しく裕福なのだから。おそらく三十代だし、リチャードくらいの年齢の子どもがいてもおかしくない。でもサブリナが彼の愛人になるのは不可能だ。彼女はルシアンを見おろした。ふたりが愛し合うのは今夜ひと晩かぎりだとも知らず、すやすや安らかに眠っている。サブリナは二度と彼に会うつもりはなかった。彼と偶然会うのを避けるためにも、もうボニー・チャーリーに変装するのはやめよう。芝居の幕は閉じ、ボニー・チャーリーは引退するのだ。もう十分儲けた。常に恐怖と不安にさいなまれて神経はずたずたで、すっかり疲れてしまった。しかも今度の騒ぎで自信も失った。これ以上つづけたら逮捕されるのは間違いない。現に今回、こうしてつかまってしまった。油断していたからだ。彼女はうぬぼれゆえに罠にかかり、大変な目に遭いかけた。

ふたたびルシアンに会う危険は絶対に冒せない。サブリナに逃げられたら彼は怒り狂うだろう。彼の意志の固さは知っている。なんとしても彼女を捜し出そうとするはずだ。だからサブリナは慎重に行動する必要がある。しばらく身を隠していれば、やがて彼はめくるめく一夜のことを忘れ、むなしい捜索に疲れてほかに気晴らしを求めるようになるだろう。自分も彼にとっては気晴らしにすぎないのだと気がついて、サブリナは悲しみをのみこんだ。ルシアンは彼女を愛していない。ただ欲情を満足させるために求めただけだ。

サブリナは愛情をこめて彼の顔を見つめた。彼にとって、自分が特別な存在のわけがない。一人前の男となって以来、彼には何人の恋人がいたのだろう？　サブリナは彼が欲望を抱いた数多い女のひとりでしかない。けれども彼女にとってルシアンは特別だった。はじめての恋人。若い娘が夢に見る理想的な男性。彼はサブリナの欲望を目覚めさせ、彼女を無垢な娘からおとなの女に変えた。ルシアンは永遠に、彼女にとって特別な男性でありつづけるだろう。はじめての恋人であるだけでなく、愛している人だから。

そう、愛しているのだ、この傷顔の紳士を。いや、二度とそんな呼び方はしないでおこう。彼の寝顔を見つめるスミレ色の瞳には、心からの愛が浮かんでいた。ほんのかすかに触れながら、指先で痛々しい傷跡をたどり、夢を見てほほ笑んでいる美しい口をなぞった。長く色濃いまつ毛を指で撫でる。彼の耳はギリシャ神話に登場する好色なサテュロスのように少し尖っている。彼の情熱的な愛の営みを思い出して、サブリナは笑みを浮かべた。

自らの運命を認めたとき、サブリナは突然わびしさに襲われた。避けられない宿命を思って、衝動的にルシアンの胸毛に指を這わせ、彼の顔に貪るようなキスを浴びせた。

ルシアンは驚いて目を開けたが、ハート形の顔を見あげて情熱にとらわれた。彼女を抱きしめて柔らかな口にキスをし、その甘さを吸いこんだ。蜂が花の蜜を吸うように。

「ああ、かわいい人、きみはわたしを喜ばせてくれる」小さな手が大胆に自分の体を探るのを感じてルシアンはつぶやいた。予想外の驚きを感じつつ濃いスミレ色の瞳をのぞきこむ。彼女はほかの女とは違う。自ら主導権を握り、彼を求めて燃え、募る情熱で彼を導いている。サブリナの激しい反応と手のつけられないほどの欲望に火をつけられ、ルシアンは何度も激しく彼女を奪った。やがて、ふたりはひとつのかたまりとなって溶け合った。

サブリナは深い睡眠に落ちたルシアンを見おろした。彼の顔のひとつひとつの特徴を目に焼きつけていく。ゆっくり背を向けると爪先立ちで扉まで行き、そっと引き開けて音もなく部屋を出た。四柱式ベッドで眠る男を振り返って見ることなく、静かに扉を閉めた。さっと廊下を見渡し、半ば開いた扉を見つけて早足で行って中を見る。乱れた寝具やそこらじゅうに散らばる身の回りの品からすると、ここはサブリナが怪我で苦しんでいたあいだルシアンが使っていた部屋らしい。彼女の服や武器はおそらくここにしまってあるのだろう。サブリナは直感に従ってベッドの足元に置かれた衣装箱のところまで行った。ふたを開け、自分の上着とブリーチズを見つけて安堵の笑顔になる。その下には拳銃、レイピア、短剣があった。彼女は急いでナイトシャツの上からブリーチズをはいた。シャツとベストは見つからない。たぶん血まみれになって切り裂かれ、もう繕いようもないのだろう。片方ずつ靴下をはいて膝の上まで伸ばし、ブリーチズの裾にかぶせた。ブーツをはいて武器を手に取る。箱の隅に覆面を見つけると、勝利の笑みをたたえて顔につけた。器用に髪を編んで結いあげ、上からかつらをかぶり、帽子をちょんと斜めにかぶれば、変装のできあがりだ。

拳銃にまだ火薬が詰めてあるのを確かめると部屋を出て、眠りこむルシアンを起こさないよう注意しながらそっと廊下を進んだ。

家の中は静かだった。夜明けが近いはずだが、窓の外はまだ真っ暗だ。音もなく階段をおり、階下の扉を抜けて廊下から厨房へと向かった。ルシアンはなにげなく、貯蔵室は頑丈でウィルには逃げられないと言っていた。サブリナはそっと厨房に入り、用心深く暗闇の中に立った。

隅のほうから、聞き間違えようのないいびきの音が聞こえてくる。サブリナは気を落ち着かせ、音のほうへと進んでいった。眠っている見張りの喉に冷たい銃身を押しつけて、そっとつきながら小声で言う。「わたしなら急に動いたりしないでしょうね。動いたら頭に穴があきますよ」

いびきがぱっと止まり、見張りは目を覚ました。後ろに傾けて壁にもたせかけていた椅子から転げ落ちそうになる。首に銃を押しつけられたまま顔をあげ、黒い覆面と自分を見つめるぎらぎらした目を見て、ごくりと唾をのみこんだ。

「さて、扉の鍵を開けて、我らが大男の友人に出てきてもらいましょうか」サブリナは静かに命令した。

見張りはゆっくり立ちあがり、ガチャガチャと鍵をいじって、音を立てて鍵穴を回した。扉が開くと、サブリナは拳銃で男を押して部屋に入らせ、すぐ後ろからついていった。

「誰だ?」ウィルが喧嘩腰で訊く。

「ボニー・チャーリーその人さ」サブリナが颯爽と答え、ウィルのどら声に安心してほっと息を吐いた。

「チャーリー!」ウィルはうれしそうに叫んだ。「本当にあんたか?」

「本人だ、幽霊じゃないよ、ウィル」サブリナは拳銃を見張りの背中に押しつけながら、真っ暗な中で縛りあげられたウィルを見て短剣を取り出した。

ひと太刀で縄を切る。ウィルはまず見張りに軽く一発お見舞いして倒してから、苦しそうに手足を伸ばした。

「こいつのにやけた顔をはじめて見たときから、ずっとこうしてやりたかったんだ」彼は満足げに言った。

「急いで、ウィル。もうすぐ夜明けだし、みんなが目覚めるまでに、できるだけ遠くに逃げないと」サブリナはそわそわと警告した。

「ああ、逃げるぜ」聞き慣れたウィルの声は、癒やしの香油のように、高ぶったサブリナの感情を鎮めてくれた。

忍耐強き者の怒りには用心せよ。
――イングランドの詩人ジョン・ドライデン

6

「まあ、サブリナ、無事な姿は二度と見られないと思っていたわ。どれだけ心配したか」メアリーは叫んだ。その目は泣き腫らして真っ赤だった。

サブリナがよろよろと大広間に入ってきたのは、メアリーが花を生けていたときだった。真っ黒な上着とは対照的に、妹の顔は血の気がなく真っ白で、まるで死人だった。メアリーは使用人に見られないよう、急いで彼女を二階へ連れていった。癒えかけた肩の傷を見て決闘の話を聞いたときは、恐怖に息をのんだ。

だが、なにかがおかしかった。サブリナの目に浮かぶ苦悶の原因は死の恐怖だけではなかった。なにかに悩んでいるようだ。顔はやつれ、頬骨が飛び出している。姉の質問に答える返事にはいつもの元気が感じられず、足取りは弱々しい。もちろん、何日間も拘束されていたのだから衰弱していて当然だ――しかし、それとは別のものが感じられる。哀れなリナの身になにが起こったのだろう。妹のわななく唇を見て、メアリーの胸も苦しくなった。

「わたしの運命が見えなかったの、メアリー？　確かに危険は予知してくれたわ。でも、すべてうまくいくと言ってくれたでしょう？」サブリナは小声で言った。「なのに間違っていた……とんでもなく間違っていた」

「あなたが戻らなかったとき、わたしも間違っていたと思ったわ。あなたとウィルがどこに行ったのか、ジョンにもわからなかったのよ。頭がおかしくなりそうだった。だけど、どうすればよかったの？」メアリーはなすすべもなく両手を握り合わせた。「あの怖い人にあなたが殺されたのかもしれないと思ったときは――死にたかった。ああ、わたしったら、どうしてこんな恐ろしい計画に賛成してしまったのかしら？」

「しかたなかったのよ、メアリー。わたしを止められたはずないでしょう？　仕事に出なくちゃ生活できなかったんだもの。でも、もう心配しなくていいのよ。ボニー・チャーリーは死んだの。これからは真夜中に街道をうろついたりしない」

「よかった！　安心したわ。こんなことがあったんだもの、毎晩、今度こそあなたが殺されたんじゃないかとはらはらしながら待つのには、もう耐えられそうにないわ」

メアリーはボニー・チャーリーの服装を不快な気持ちで衣装箱にしまい、ほっとしてふたを閉じた。それからベッドの端に腰かけて、サブリナが紅茶を飲み、ぼんやりと朝食を口に運ぶところを見つめた。

「あの公爵に出くわす危険は冒せない。あいつは、わたしが女だと知っているから」

「あなたが男じゃないとわかったときは、さぞびっくりしたでしょうね」メアリーは満足げに言った。サブリナを傷つけたことで、公爵は自責の念を覚えればいいのだ。

「公爵があなたの看病をしたというのは気に入らないわ、サブリナ。だって、赤の他人なのよ」頬を染めたメアリーは、それ以上詳しく言おうとはしなかった。

サブリナは笑顔になった。メアリーは知らないほうがいい。姉に説明できるわけがない。言ったらメアリーを驚かせ、気まずい思いをさせてしまう。いまの感情は自分でも理解できていない。それはあまりにも原始的な感情だし、あのときのことを思い出しただけで顔が赤くなってしまう――それでも恥じてはいない。彼とのことは大切な記憶として胸にしまっておくのだ。

「マーガレットおば様には、あなたは病気の一家の看病に行ったと言ってあるわ。といっても、あなたがいないことにおば様が気づいていたら驚きね。それから、ほかにも困ったことがあるの」

サブリナはわずかに顔をしかめてメアリーの話に聞き入った。

「フレッチャー大佐という方がこちらに赴任してこられたの。ボニー・チャーリーを逮捕するために、わざわざロンドンから」

サブリナはじっくり考えながら紅茶を飲んだ。「わかったわ、でも心配は無用よ。わたしはもう追いはぎに変装しないんだから、そいつが逮捕するべき人間は存在しないの。無駄足を踏んだというわけね」

メアリーは不安そうに首を振った。「どうかしら、サブリナ。あの方にはなんとなく気になるところがあるの。自信にあふれた人よ。見くびってはいけないわ。あんな射貫くような目を向けられたら」メアリーはぶるっと身を震わせた。「なんだか、彼にすべてを知られているみたいに感じるの」

サブリナは声をあげて笑った。いつもの彼女らしく。「後ろめたく思っているから、そんなふうに考えてしまうのよ。それに、わたしたちが犯罪者だと疑われると思う？　ばかばかしい。たとえ大佐の頭にそんな考えがよぎっても、すぐにばかげたことだと思い直すでしょうね。その大佐のことは問題ないわ――なんて名前ですって？」

「テレンス・フレッチャー大佐よ」メアリーは頬を染めた。

「ええ、そのフレッチャーってやつに困らされることはないわよ」サブリナは軽蔑もあらわに言った。メアリーの赤らんだ顔には気づいていない。

「それからマルトン卿夫妻がいらっしゃったの、ニューリー卿と一緒に。あなたが留守でがっかりしておられたわ。あなたはみんなの心を射止めたようね」

「あんな男、スカートをはいた人間なら誰でも射止められるわ」サブリナは冷たく言い放った。

メアリーはため息をつき、残念そうに首を振った。「リチャードが心配だわ。あなたが行方不明になったことで、すごく動揺しているの。不機嫌になって、わたしにもつらくあたるのよ」

サブリナは顔をあげた。ここに戻ってからはじめて、メアリーの話に興味を引かれていた。

「何時間もぷいっと姿を消したり、部屋に閉じこもったり。わたしが呼んでも返事しないし、食事も取らないの。わたしはなにもしてやれない。あなたのほうがあの子と親しかったでしょう、サブリナ」メアリーの言葉には嫉妬も恨みもこもっていなかった。「あの子が会いにきたら、話をしてやって。まだあなたが戻ったことを知らないのよ。今朝早く出ていったの。なにを悩んでいるのか聞き出してちょうだい。あなたが戻ったから、たぶんあの子も元気になるでしょう。なにかがおかしいような気がしているんだけど、見ようとしても、かすみがかかったみたいで、なにもかもぼんやりしているの」

「心配しないで、わたしが話をするから」サブリナは請け合った。

メアリーは真顔になって身を乗り出した。「あなたは大丈夫なの、リナ？　すべてを話してくれた？　ああ、こんな目に遭わせたくなかった。あなたが傷ついて苦しんでいると思うとつらいわ。あなたが姿を消してから、ひどく年を取った気分よ」

サブリナはメアリーの両手をしっかりと握りしめた。「みんなそうだと思うわ、メアリー。生活を変える潮時よ。いままでは運がよかったの。いずれ幸運に見放されるのはわかっていた――だけど、その前にやめたのよ」自分たちは安全だと、メアリーのみならず自分自身をも納得させようとして、彼女は熱心に話した。「なにを思い悩むことがあるの？　ボニー・チャーリーが女だなんて、誰が信じる？　わたしたちとテイラー一家以外に真実を知っているのはひとりだけだし、そいつは誰にも言わない――言えないのよ」サブリナはひとりごとのように言った。

「そう、言ったら虚栄心と評判が傷つくもの。女にぶたれたなんてね」メアリーは嘲りをこめて言い、サブリナの握ったこぶしを軽くたたいた。「元気を出して、リナ。わたし、急に気分がよくなったわ。頭がすっきりして、悩みもなくなった気がする。わたしたちは安全なのね。安全——もう、わたしたちに危害を加えるものはないの」メアリーはトレーを持ちあげ、にこにこしてハミングしながら部屋を出ていった。

サブリナはふっくらした枕にもたれて窓の外を眺めた。空は鮮やかな濃い青色で、白い雲がふんわりと流れている。黄色がかった赤い胸をした小さなコマドリが窓枠に止まって、もったいぶって世間に歌声を披露したあと、羽毛に覆われた頭をかしげて舞いあがり、木の上をすうっと飛び去っていった。

「リナ？」小さな声が部屋の入り口からおずおずと呼びかけた。

サブリナは振り返って腕を広げた。リチャードが飛びこんでくる。顔を姉の胸にうずめ、必死でしがみついた。すすり泣く声は寝間着でくぐもっている。サブリナは弟を赤ん坊のように揺らしながら、額を撫でてなだめてやった。

「死んだと思った。また会えるなんて思わなかった。ああ、リナ、もう二度とぼくを置いていかないで！　絶対に！」苦悶の泣き声に、サブリナの心も張り裂けた。

「行かないわ。もうあんなばかなことは終わりにしたの。必要なものはすべてここにあるもの。家、すばらしい農地、食べ物、暖炉。全部揃っているのよ、ディッキー」彼女は弟を慰めた。「ここがわたしたちの家。あなたはいつかこの家の主人になる。そうしたら、わたしの面倒を見てちょうだい。それでどう？」と問いかける。

リチャードは大きく息を吸い、何度かすすりあげたあと、顔をあげた。サブリナの穏やかなスミレ色の目を見ているうちに、涙に濡れたブルーの瞳に笑みが浮かんできた。

「ぼくたち、ずっと一緒にいられる？　もうどこへも行かない、リナ？　それで、ぼくがリナとメアリーとマーガレットおば様の面倒を見られるんだよね？　ぼくはすごく強いんだ。ほら、さわってみて」力こぶをつくった小さな腕を差し出す。

サブリナは軽く握った。「本当だわ。あなたは一日ごとに大きくなっていくのね」

「そうだよ。すぐにリナより背が高くなるから。といっても、リナはもともと小さいから当然なんだけど」

いまはじめて、サブリナは心から楽しくなって笑った。リチャードをぎゅっと抱きしめる。

「あら、いまでも喧嘩になったらあなたの横っつらを引っぱたいてやれるのよ」

リチャードはにやりと笑った。青いブリーチズと留め金つきの黒い革靴をはいた脚を伸ばしてうれしそうに言う。「リナがいないあいだに、本を六冊読んだよ。家庭教師のミスター・ティーズデイルに、ぼくは年齢のわりにすごく進んでるって言われたんだ」誇らしげに姉を見あげた。

「そのとおりよ。きっと、わたしよりたくさんのことを知っているわ」

「たぶんね」当然のような言い方に、サブリナは眉をつりあげたが、彼の目はいたずらっぽくきらめいていた。

「この子ったら」サブリナは笑って弟の胸をくすぐった。リチャードはクスクス笑いながら身をくねらせ、ベッドからおりた。不安な表情はすっかり消えている。彼は幼子のように屈託なく、スキップして部屋を出ていった。

サブリナは体を丸めて腕に顔をうずめた。目を閉じ、自分を悩ませている思いに心を閉ざす。しばらくのあいだ、なにもかも忘れて眠ろう。起きたときにはすべてが好転しているだろう。

ルシアンは馬をおりて狭い森の小道を歩いた。顔には怒りがあふれ、頬の傷は疼いている。頭の中ではさまざまな思いが渦巻いていた。

しっかりと自信に満ちた足取りで、垂れたシダや草の中をずんずん進んでいく。こけむした土手の陰に群生する遅咲きのスミレを見つけると、乱暴に引き抜いた。根にはまだ湿った土がついている。華奢な紫色の花を見おろしたとき、そこに自分を見つめ返すふたつの濃いスミレ色の瞳が見えて思わずこぶしを握り、か弱い茎を折った。目を細めて険しい顔になり、スミレを道に投げ捨てて靴のかかとで乱暴に踏みつぶした。

彼は歩きつづけた。いま頭にあるのは、これからどうしてやろうかという思いだけ。サブリナを見つける――必ず見つけ出してやる。覚悟しておくがいい。今朝目覚めて彼女がいないとわかったときのことを思い起こすと、いまでも激しい怒りがわきあがってくる。彼女は逃げていった――あの大男の仲間を連れて。ふたたびサブリナをとらえることを考えて、彼はにやりと笑った。彼をばかにした報いは受けさせてやる。ルシアンは彼女の無垢な演技にすっかりだまされてしまったのだ。こしゃくな策士め。

柔らかな体、彼に愛撫されて示した熱心な反応、貪るようにキスをしてもっと多くをねだった唇を思い出すと、サブリナをベッドに連れ戻して抱きしめることしか考えられなくなる。下腹部の欲望に支配されるとは、なんという愚か者だ。彼女を土牢に閉じこめて鍵を捨ててしまえばよかった。

サブリナに去られたことで虚栄心と男としての面子が傷つけられたのは、認めざるをえない。あの女はルシアンをだまし、柔らかな唇で彼をあざむいて情熱的な恋人を演じながら、その裏で策を弄していたのだ。彼は突然自嘲の笑い声をあげて馬を驚かせた。自分はまるで初恋の人への愛に溺れたうぶな青年のように、ぐずぐずと悩んでいる。小柄な黒髪の雌ギツネの傲慢な手口に心を乱されているとしたら、彼は老いぼれてきたに違いない。あの女を見つけて、ちょっとやそっとでは忘れられない教訓を与えてやるつもりだ。

いまこの瞬間にも、使用人たちは村や集落で、ふたりの大男とひとりの小柄な黒髪の娘について聞きこみをしている。三人組の悪党の身元はすぐに割れるだろう――そうしたら復讐を果たす。とくに居酒屋では注意を怠らないよう、家来には申しつけている。居酒屋はうわさ話に花が咲く場所だ。数軒の居酒屋でにせの情報を流したのが功を奏して、サブリナをつかまえられた――今度も居酒屋を利用して彼女を捕獲できるだろう。

近いうちに、ロンドンにいるルシアンに知らせが届けられるはずだ。彼はそれをおおいに期待している――実のところ、また彼女に会うことを思うと胸が高鳴る。きっと楽しい再会を果たせるだろう。森を抜けて道に出ると、ルシアンはふたたび馬に乗って速足で駆けさせた。馬が速度をあげるに従って、気分は軽くなっていった。

「リチャード！　気をつけて！」サブリナの警告の叫びは間に合わなかった。彼は地面に無造作に放置されていた鎌の柄につまずいた。刃が上を向き、膝をかすめる。

サブリナは真っ青な顔で駆け寄った。「大丈夫？　鎌が見えなかったの？　ねえ、リチャード、ちゃんと前を見てなくちゃだめでしょ。あなたって、ものにぶつかってばかりなんだから」いまの出来事で肝を冷やした彼女は、弟を厳しく叱責した。

リチャードは恥ずかしそうに笑った。「ミルクをこぼさなかったのが不幸中の幸いだね」にこやかな顔で、自慢げに木の器を持ちあげる。「サラが乳搾りを手伝わせてくれたんだ」

「見ればわかるわ」サブリナは弟の口のまわりが白いことに気づいて言った。

「ほら、ちょっと飲んでみて」

サブリナは器を受け取ってごくごくと飲んだ。搾り立てのあたたかなミルクは舌に甘い。彼女が器を返すと、リチャードは大声で笑い出した。

「なにがそんなに面白いの？」

「リナの口だよ。まわりが真っ白」

サブリナはにやりとしてミルクを拭き取った。「これでいい？」

「跡形もなくきれいになった」リチャードは姉の上唇を厳しい目で観察して答えた。

「あなたも家に戻って身ぎれいにしたほうがいいわ。ミスター・ティーズデイルがいらっしゃるまで、あと一時間もないのよ」今度はサブリナが弟を観察した。ブリーチズは汚れて藁がひっつき、顔にも泥がついている。そのとき遠くから馬に乗った人物が狭い道をやってくるのが見えた。馬上にはジョンの巨体がある。「急いで」とリチャードをせかす。

リチャードはひづめの音を聞いて目を凝らした「誰？」

サブリナはリチャードの張りつめた表情を見て不審顔になった。「ジョン・テイラーよ。わからない？」といぶかしげに尋ねる。

リチャードの顔が赤くなった。「もちろんわかるさ。もしかしてウィルかなって思っただけ」たいしたことではないとばかりに弁解したあと、きびすを返して急ぎ足で家に向かった。細い肩をがっくりと落として。

ジョンがやってくると、サブリナは歓迎の笑みをたたえて振り向いた。「いらっしゃい、ジョン。なにか用？」

ジョンは馬をおりて帽子を取り、礼儀正しく挨拶した。「おはようございます、レディ・サブリナ。おふくろに、お嬢様のお肌に塗るハーブの軟膏をお持ちするよう言われまして」

馬小屋のまわりを見渡し、声の届く範囲に人がいないのを確認して、心配そうに付け加える。「知らねえやつらが、大男ふたりとサブリナって名の黒髪の若い娘を知らないかって、このあたりを聞き回ってるんだ。それも、すごくしつこく」

サブリナは不安な面持ちで彼を見あげた。「その人たち、なにを聞き出したの？」

ジョンは得意そうに笑った。「そいつらがもともと知ってたことばかりさ。村人は、よそ者に自分たちのことを話したがらねえんだ。とくに、あんたはみんなによくしてくれてるからね。それに、自分に関係ないことをべらべらしゃべるやつらがこのあたりにいたら、おれとウィルが許さねえ。いずれにしても、この辺には髪の黒い女はたくさんいる。タンブリッジウェルズの近くにも、ひとりきれいな子がいるらしいぜ。あたたかい午後にちょっと馬を走らせるのには、ちょうどいい距離だ」彼は大きな笑顔になった。

サブリナは安堵の笑みを浮かべた。「つまり、大丈夫ということね?」

「たぶんな。それにもちろん、この辺には大男もいっぱいいる。ほら、鍛冶屋のベン・サンプソンとか、酒屋のロバーツとか。大柄な男ばかりだ。人違いで尋問されるやつがいたら気の毒に。どうなることやら」ジョンは体を前後に揺らし、悦に入ってにやにやしている。

サブリナは安心した。なのに以前ほど、こういう知らせを聞いて楽しくは感じなかった。

「おれとウィルはジャックじいさんから〈フェア・メイドン〉亭を買い取ったんだぜ、チャーリー」ジョンは誇らしげに打ち明けた。「きれいに改装するつもりだ」

「すてきだわ、ジョン。ときどき考えたものよ、わたしたちは普通の人生を送れるようになるんだろうかって」

「ほら、これからはもう夜中に出歩くこともなくなるし、必要なだけの金は手に入れただろう。だから、ジャックじいさんが心変わりしたりよそ者に売ったりする前に、おれたちで買ったほうがいいって思ったのさ」

「本当によかったわね、あなたもウィルも。ふたりには、ずいぶん助けてもらったわ。どうお礼をしていいのか」サブリナが言うと、巨漢は当惑し、照れて赤面した。

「あのな、チャーリー、おれたちはこれからもあんたの面倒を見てやるぜ——もしなにかあったら、いつでも頼ってくれていいんだ」もじもじして咳ばらいをする。「あんたの家族には十分な金があるのか、チャーリー？　つまりさ、ほら、もし足りねえんだったら、おれとウィルのを使ってくれよ」

援助の申し出に感激したサブリナは、誰に見られていようがおかまいなく、爪先立ちになってジョンの頰にキスをした。「ありがとう、ジョン。ご親切にそう言ってくれたことは決して忘れない。だけど、わたしたちは大丈夫。たくさん貯めているし、質素な暮らしをしているからやっていけるわ」

ジョンは真っ赤な顔のまま馬に乗って走り出した。手を振って生け垣の角を曲がると、視界から消えた。

サブリナは家に戻った。意識的に足取りを軽くして広い台所に入っていく。大きなテーブルには調理器具がずらりと並んでいる。かまどから出したばかりでまだぶくぶく泡立っているプラムのタルトと炉の上で焼かれている牛肉のまざったにおいに、梁につりさげられた乾いたハーブの束が、かぐわしい香りを添えている。料理人は椅子に座ってエプロンの上にさやをむくべきエンドウ豆を広げたまま、こっくり居眠りをしていた。

牛肉の焼き串を回していた皿洗い女中はサブリナを見るなり料理人をつつき、どんぐりまなこに照れ笑いを浮かべて、若い女主人を憧憬のまなざしで見つめた。料理人は不機嫌そうに鼻を鳴らして目を覚まし、眠りを妨げた娘をぶとうとしたが、サブリナがすぐそばに立っているのに気づいて手を止めた。

「レディ・サブリナ」そう叫ぶと、額にかかっていた室内帽をまっすぐにして、エンドウ豆を落とさないようエプロンの端をしっかり握りながら、安楽椅子から太った体を持ちあげた。

「ちょっとジンジャーブレッドをもらいにきただけ。ほんの二、三切れ。それから、ひと切れはロッティに」サブリナが言うと、若い女中は目を丸くし、おいしそうなジンジャーブレッドを見て口をぱくぱくさせた。

料理人はエプロンの紐を結んで、困ったものだと言いたげに首を振り振り、香り豊かなケーキを切り分けた。「ロッティはいつまでたっても自分の立場をわきまえませんよ、こんなふうに甘やかしてばかりではね。いまでも身のほど知らずの態度を取っているんです。いまにビロードやレースの服を着たがりますよ」

サブリナは少女を見てほほ笑んだ。「ジンジャーブレッドのひと切れくらい、かまわないでしょ?」なだめるように言う。ジンジャーブレッドを受け取ると、頬にえくぼを浮かべた。

料理人は非難の表情を少し和らげ、固く結んだ口の端をあげて不承不承にほほ笑んだ。レディ・サブリナに魅力があることは認めざるをえない。それでも料理人に言わせれば、ヴェリック家のこちらの娘は、上品なレディである姉のメアリーとは似ても似つかぬおてんばだった。

サブリナは紙のように薄い陶器の皿にジンジャーブレッドを盛って、リチャードを捜しに二階へ急いだ。弟は勉強部屋で本を広げてミスター・ティーズデイルを待っていた。

「ほら！」ジンジャーブレッドを彼の目の前に思わせぶりに差し出す。

リチャードはうれしそうに大きく息を吸うと、わくわくして手を出し、すぐさま口にケーキを放りこんだ。サブリナは自分の口の端についたケーキのくずを上品になめ取りながら弟を見つめた。彼はむしゃむしゃと自分のケーキを食べたあと、サブリナの分を物ほしそうに見ている。彼女は大きな笑顔になって、自分の残りを割ってリチャードに渡した。

「ありがとう、リナ」リチャードが口一杯にほおばったままもごもごと言う。

サブリナはぶらぶらと窓辺へ行き、静かに外を眺めたが、急に振り返って興奮したように声をあげた。「ねえ、リチャード、見て！　この前歌を歌ってくれた小さなコマドリよ！」

窓の外に立つ大きな楡の枝におとなしく止まっていたのは、地味な小さいスズメだった。リチャードはサブリナの横に来て窓から外をのぞいた。「うん、ほんとだ、赤い胸の派手なやつだね」

サブリはリチャードの小さな横顔を見つめ、守るように抱きしめたい思いをこらえた。そうするかわりに穏やかな口調で言う。「あれはスズメよ」

リチャードは蒼白になって、姉に非難の表情を向けた。「だましたんだね。ずるいよ」細い肩が細かく震え、声は涙でくぐもっている。

サブリナは弟の肩に腕を回して抱き寄せ、できるかぎりの慰めを与えた。やがてすすり泣きがおさまり、彼は涙ながらにしゃくりあげた。

「どうして黙っていたの、ディッキー？」サブリナは弟の豊かな赤毛を顔から後ろに撫でつけた。「わたしはばかだったわ。忙しすぎて、弟が困っているのに気づかなかったなんて。いつから目が悪くなったの？」

リチャードはぐすんとすすりあげ、肩をすくめたが、顔は姉の胸に押しつけたまま離さなかった。「わからない。ずっと前からだと思う。でも本は読めるんだよ。ただ、遠くのものがぼやっとしているだけ」

あることに思いいたって、サブリナははっと息をのんだ。「だから馬に乗るのがいやなのね？」

涙でくしゃくしゃの顔をあげさせ、近視の青い目をのぞきこんで、ほほ笑みかける。「ディッキー、話してくれたらよかったのよ。そうしたら、なんとかしてあげたのに。でももう心配しなくていい。恥じる必要はないわ」やさしくたしなめた。

「リナの手伝いをしたかったけど、馬に乗るのは怖かったんだ。前が見えないって、恐ろしいことなんだ。見えていない枝にぶつかるかもしれないし、沼に落っこちるかもしれない。それから、銃を撃とうとしたら、なににあたるかわからないだろう？」

サブリナはリチャードにしゃべらせておいた。彼は子どもらしい恐怖や抑えていた感情を吐き出して心の重荷をおろしているのだ。

「ロンドンへ行きたい、ディッキー？」サブリナは真顔で尋ねた。

リチャードはひだ飾りのついた袖で顔を拭き、目の涙をぬぐって、驚いてサブリナを見た。

「ロンドン？」真剣に訊き返す。「ぼくが行くってこと？」

「ええ、あなたのために行くのよ。特別なお楽しみとして。そしてロンドンにいるあいだに、あなたの眼鏡をあつらえるの。どう思う？」

リチャードはうつむいたが、その目が興奮できらめいたのをサブリナは見逃さなかった。彼は無意識に安堵のため息をついた。「大丈夫かな、ぼく、その――」彼は言葉を探した。

「眼鏡をかけたら、弱虫みたいに見えない？」希望をこめたように姉を見あげ、安心を与えてと無言で訴えてくる。

サブリナはばかばかしいと言わんばかりにフンと鼻を鳴らした。「そんなわけないでしょ。すごくインテリに見えるわ。それに、自分の前がはっきり見えるようになるのよ。首相にいい印象を与えようとしているときは、溝に落ちないようにしなくてはね」

リチャードが笑いながらぴょんぴょん飛び跳ねていると、見るからにいかめしいミスター・ティーズデイルが勉強部屋に入ってきた。少年が浮かれ騒いでいるのを見て、厳しい顔に非難を浮かべる。

「ぼく、ロンドンに行くんです、ミスター・ティーズデイル！」リチャードは叫んだ。今回にかぎっては、家庭教師のつりあげた眉は彼の意図したとおりの効果をもたらさなかった。

「そうですか」ミスター・ティーズデイルは礼儀正しく言った。グレーのかつらをかぶった顔はほとんど表情が変わらない。彼はサブリナに挨拶をし、テーブルにきちんと教科書と紙を置いて尋ねた。「このロンドンへ行くという計画はいつ実現するのですかな？　それに従って勉強の予定を立てておきたいのですが」

サブリナは笑みを隠して、しかつめらしく答えた。「来週のはじめですわ。これから準備をしなくてはなりませんので。おそらく二週間以内に戻ってまいります。リチャードに眼鏡をあつらえるんですの」

ミスター・ティーズデイルはいつもの無表情な顔に束の間驚きをあらわにしたが、すぐさま冷静さを取り戻した。「なるほど」とささやく。「勉強が遅れないよう、学習予定を調整いたします」

サブリナはふたりを残して部屋を出た。ミスター・ティーズデイルが抑揚のない声でリチャードに数学を教えはじめる。廊下を進むサブリナの耳に、その声は単調な音となって聞こえた。

客間では、メアリーはくつろいで本を読み、マーガレットおばは刺繍をしていた。サブリナが入っていくとふたりはぱっと顔をあげ、彼女の言葉を聞いてぽかんとした。

「来週ロンドンに行くわよ」メアリーは本を閉じてサブリナを興味深げに見つめた。マーガレットおばは曖昧にほほ笑むと、また身を屈めて刺繍に戻った。足元ではスパニエルが満足そうにいびきをかいている。

「リチャードに眼鏡がいるの」サブリナは単刀直入に言って、仰天してうろたえているメアリーに自分が発見した事実を説明した。「情けないわ。いままでリチャードの問題に気づかなかったなんて、わたしたちこそ眼鏡がいるわね。かわいそうに、あの子はずっと、ぼんやりとしか見えない中で生きてきたのよ。本ばかり読むようになったのも無理ないわね。でも、そんな生活も終わり。ちゃんとした眼鏡をあつらえたら、あの子は馬にも乗れるし、ほかの男の子たちとも遊べるわ」

メアリーは罪悪感に打たれて首を振った。「わたしは姉として失格ね。それで、いつ出発するつもり？」

「月曜日がいいんじゃないかしら」サブリナは言葉を切って思案し、それから言い添えた。「侯爵のタウンハウスを使えばいいわ。たぶん使用人が住みこんでいるでしょう。だから問題はないと思う。それに、あまり長居するつもりはないの。マーガレットおば様？　一緒に行くでしょう？」

マーガレットおばは、ぼんやりした顔をあげてうなずいた。「もちろんよ、なんでもあなたたちの言うとおりにするわ」

「いまからミセス・テイラーに会いにいくわ。お兄さんがロンドンで眼鏡職人をしているんですって。優秀だそうよ。お金持ちでも有名でもないんだけど」

サブリナは立ちあがってそわそわと歩き回った。「しばらくこの地を離れるほうがいいと思うの。少しのあいだ、ここにいないほうがいいわ」

妹はぴりぴりと神経を尖らせていて、ときどき怒りっぽくなっている。メアリーはせかせかと歩くサブリナを心配顔で眺めた。最近の一連の出来事についての懸念が募る。いまは、また新たな予知をしたとサブリナに告げるべきときではない、と彼女は判断した。

「ええ、あなたの言うとおりだと思うわ、サブリナ。しばらくのあいだロンドンを訪れるのもいいわね。じゃあ、お茶の時間には戻ってきてね」


サブリナは青葉茂る森の木の下を静かに歩いた。木立はひっそりして涼しく、彼女の思いを乱すのは鳩が枝の中で羽ばたく音だけだった。森の真ん中には小さな池がある。深くて冷たい池は日の光を浴び、木々の緑と頭上の空の青を反射していた。

彼女は素早く服と下着を脱いで、そっと池の冷たい深みに入っていった。あおむけに浮かんで果てしなく青い空を見あげる。恋人の手のように水がやさしく肌を撫でた。

忘れられたらいいのに――でも忘れられない。体はひとときたりとも愛する人のことを忘れていなかった。気をゆるめると、いけない思いがふと心に浮かんでくる。いつもはなにも考えられなくなるほど疲れるまで家事に精を出し、ベッドに倒れこんで夢も見ずに眠っている。

でも、いま――いま彼女はルシアンを思い出していた。彼にそばにいてほしい。ほんの一瞬でもあの色濃い瞳を見つめ、一秒でいいから唇であの硬い唇に触れることができたらいいのに。

バシャンと水音をさせて体を回転させ、静かな池の水をはねあげて泳いで岸まで戻った。草むす柔らかな土手にあがると身を震わせて、体にあたる冷たい空気を満喫する。拝むかのように両腕を太陽に向かってあげ、頭を反らして、燃える太陽の力とエネルギーを吸収した。

森の動物のように静かにたたずむ。冷たい水に、張りつめた乳房の先端が尖る。水は幾筋もの流れとなってくびれた腰を通り、少し開いてしっかり大地を踏みしめている脚を伝って落ちていった。クロドリの耳障りな鳴き声に、サブリナははっと我に返った。ぶるっと震え、服を着こむ。森の池の魔法は消えてしまった。彼女は木々のあいだを抜けて荷車まで戻った。馬はけだるげに草を食んでいた。サブリナは馬を引いてキイチゴや野草の茂みを通り、大通りに通じる小道に出る。ロンドンに住むミセス・テイラーの兄の名前を聞き、紹介の手紙をもらってきた。あとは実際にロンドンに向かうだけだ。

ヴェリック・ハウスに戻ると、紅茶を求めて客間に向かった。ところがそこでは、メアリーが赤い軍服姿の人物にケーキの載った皿を出しているところだった。

サブリナははたと立ち止まった。それから心を落ち着け、礼儀正しく歓迎の表情を浮かべて部屋に入っていった。ところが、メアリーの出迎えの言葉を聞いて将校が立ちあがり、振り返ったとき、サブリナの笑みは凍りついた。

こちらに歩いてくる黒髪の娘を見た瞬間、フレッチャー大佐の顔からほどよく礼儀正しい表情は消え去った。あのハート形の顔とスミレ色の目は、自分のもののようによく知っている。この娘を見誤るわけがない――相手がこちらを認識したのも間違いない。驚愕して大きく開いた目で、信じられないとばかりに彼の顔を凝視しているのを見れば明らかだ。

「サブリナ、こちらはテレンス・フレッチャー大佐よ。妹のレディ・サブリナ・ヴェリックです」メアリーは初対面であるはずのふたりのあいだでかわされた無言のやりとりには気づきもせず紹介を行った。

「お目にかかれて光栄です、レディ・サブリナ」フレッチャー大佐は静かに言った。「今日の出会いは、五年ほど前の出会いよりも好ましいと言わざるをえません。行儀のいい会話には、戦場より平和な客間のほうが向いているということには、あなたも同意なさるでしょう」

サブリナはためらい、平静になろうと深呼吸をした。「なんの話でしょう、大佐?」いぶかしげな表情をして、長椅子のメアリーのとなりに優雅に腰かける。姉は困惑していた。サブリナは自分のカップに紅茶を注ぎ、黙りこんだ大佐に目を向けた。

「以前にお会いしたことはないと思いますけれど――それも、あなたが考えていらっしゃるらしい敵対した環境でなんて」あきれたように笑う。「いったいわたしが戦場でなにをしていたとおっしゃるのでしょう?」

メアリーはあわててカップを置いた。受け皿の上でカップが震えてカタカタ鳴っている音がサブリナの耳に入った。大佐もそれを聞きつけ、腰をおろしながらなにげなく訊いた。

「妹さんは、我々が昔はじめて会ったときの話をなさいましたか?」

大佐はいくつかのケーキをじっくり眺めてひとつを選び取り、つややかな黒いブーツをはいた足を無造作に投げ出して座る。

「あのとき、妹さんはまだほんの子どもでした。十一歳か、せいぜい十二歳というところでしょう。けれども装塡した拳銃を持って、まっすぐわたしの心臓に狙いをつけておられました」

「とんでもない言いがかりですわ」サブリナはばかにするように言った。

「そうですか？」大佐が首を振る。「実のところ、ふたたびあなたにお会いするとは予想もしていませんでした。あなたは生き延びられなかったのではないか、とも思っていました。部下がようやくお祖父さんの城に到着したとき、そこは無人でした。しかも残念ながら、少しでも価値のあるものはほとんど残っていませんでした」

黙りこんだ姉妹を興味深げに眺める。「お城がどうなったか、お祖父さんのご遺体がどう処置されたのか、知りたくありませんか？」

メアリーはうつむいてドレスのひだをそわそわといじり、サブリナは怒りの形相で大佐をにらみつけた。

「お忘れのようですから、わたしが思い出させてあげましょう、レディ・サブリナ。あの日のことは決して忘れません。戦場での死と破壊。あなた方のお祖父さんの血にまみれた遺体。彼が息を引き取った狭い小屋。死者を葬るのが必ずしも可能でないことはご存じですね。とりわけ敵の遺体の場合は。残念なこと——」

「やめて！」サブリナの目は怒りで燃えている。「あの日、あなたを殺せばよかった。あなたがいつの日かヴェリック・ハウスにやってくるなんて、予想もしなかったわ」

フレッチャー大佐は、サブリナが認めたことにも勝利感を覚えなかった。それどころか自己嫌悪を感じていた。とはいえ、彼女がスコットランドにいた事実を否定した理由は知りたかった。

「どうしてスコットランドにいたことを認めなかった？　べつに罪ではないのに」

サブリナは肩をすくめた。「過去を持ち出す必要がある？　わたしたちはイングランド人だけど、スコットランド人の祖父に育てられたわ。祖父を愛していた。だから、あの日のことを忘れたいと思うのは当然でしょう、大佐？　あのあと、わたしたちはイングランドに来て、このヴェリック・ハウスで新たな生活をはじめたのよ。こちらにやってきたときは、スコットランド人の血が流れていることを認めないほうが賢明だったし安全だった。当時、人々は北の隣人にあまり友好的じゃなかったから。わたしたちにとって、忘れるほうが好都合だった。だから忘れたのよ。もろ手を挙げてあなたを大歓迎しなかったことは許していただきたいわ」サブリナは皮肉を言った。立ちあがり、断固たる表情で大佐と向き合う。「わたしから見れば、祖父を殺したのはあなたと部下たちよ。あの日のことを説明してもらわなくても、祖父が死んだのは覚えているわ。わたしの手は祖父の血に染まっていたのよ、大佐。わたしがそれを忘れられると本気で思っているの？」

うつむいて自分の手を見ると、あのときの光景が蘇った。それから顔をあげ、以前一度だけ見つめたあのグレーの目を見た。「祖父はちゃんと埋葬されたの？」とささやく。

「そうだ」フレッチャー大佐はサブリナの表情に心を乱され、つっけんどんに答えた。

「たぶんあなたが埋葬してくれたのね。礼儀正しい人間ならお礼を言うところなんでしょう。

だけど、そんな気にはなれないわ。失礼します」サブリナはふたりをちらりとも見ることなく部屋を出ていった。

「戦争で負う傷のいくつかは、心の中にあって目に見えない。悲しいことだ。治療することはほぼ不可能だから、傷は化膿し、癒えることがない」フレッチャー大佐は心を閉ざしたメアリーに目を向けた。メアリーは石像のように身じろぎもせず、ぬるくなった紅茶の入ったティーカップを凝視している。

「妹さんはまだ小さい子どものころに、わたしのような戦いに慣れた者でも胸が悪くなる場面に遭遇した。そのときに負った心の傷のために、ほかの見方を頭から拒否している。とくに、同じようにそこにいたイングランド兵の」

メアリーは立ちあがり、堂々と頭をあげてフレッチャー大佐に向き直った。「失礼します、大佐。家族の世話がありますので。もうヴェリック・ハウスはお訪ねにならないほうがいいと思いますわ」

フレッチャー大佐は唇を引き結びながらも、わかったというしるしに頭をさげた。「仰せのとおりに、レディ・メアリー。歓迎されないところにお邪魔するつもりはない。では、ごきげんよう」

彼は帽子と手袋を手に取り、いかにも軍人らしくぴんと背筋を伸ばして早足で去っていった。メアリーは長椅子の端に座りこんだ。唇はわなわな震えている。今後、どんなことが起こりうるだろう？　もうなにも問題はないと愚かにも思いこんでいたけれど、本当にそうなのか？　やがて彼女は気を取り直して妹を捜しに出た。サブリナは自分の部屋で、下唇を噛みながらそわそわと歩き回っていた。メアリーが入っていくと、彼女は待ちかねたように顔をあげた。「あいつは帰った？　ああ、またあの顔を見ることになるなんて、夢にも思わなかった」

「イングランド人将校に会った話はしていなかったわね、リナ」

「どうして言わなくちゃならないの？　べつになにも起こらなかったのよ。それに、あの日わたしたちはかなり急いでいたでしょ。そのあとは、あいつのことなんて忘れていたわ。少なくともさっきまでは。でも、なにもかも思い出した。不思議ね、顔を見るだけであれだけの記憶が蘇るなんて」

メアリーはうなずいたあと、困惑して尋ねた。「どうしてフレッチャー大佐に、わたしたちがスコットランドにいたことを言いたくなかったの？」

「あの男は、なるべく知らないほうがいいの。ここへはボニー・チャーリーをつかまえるために来ているのよ。明らかにスコットランド人だとわかる強盗が横行している地域に、スコットランド人の家族が住んでいることを、あいつが不審に感じないと思う？　いずれ、その偶然に気づくでしょうね」

「まあ、本当ね、なにも考えていなかったわ」

サブリナはにっこりした。「いまとなってはどうでもいいんだけど。ボニー・チャーリーはもういないんだし。お人よしの大佐にどんな証拠が集められる？　それにどうせ、彼の話なんて誰も信じないわよ」

メアリーは安堵の息をついた。「あなたは頼りになるわ、リナ。あなたがいなかったらどうなることやら」

サブリナが笑い声をあげる。「そうなったら、あなたたちはまっとうな人生を送れるわよ。わたしに心配や迷惑をかけられなくてすむもの」

メアリーは残念そうに首を振った。「この何年かの生活のあとでは、それはあまりにも退屈な人生になるでしょうね」

これは大事《おおごと》だ。
――イングランドの詩人ジョン・ヘイウッド

7

不格好な四輪馬車はヴェリック一家を乗せてロンドンへの旅に出発した。埃っぽく硬い土の道路に沿って、古くからの集落のあいだを縫い、よどんだ川に沿う趣のある村を抜け、曲がりくねった道を進んでいく。エリザベス女王の時代からほとんど変わっていない、数百年の歴史を持つ名前のない家々が並ぶ道に、道標はまばらにしか立っていない。

リチャードは居心地悪そうにもぞもぞし、マーガレットおばは刺繍に励み、ホブスは隅の席でうつらうつらしている。メアリーは額にかすかなしわを寄せて静かに窓から外を眺めていた。

「なにか悩みがあるの、メアリー?」メアリーの手が落ち着きなく動いているのを見て、サブリナが声をかけた。

やましいことがあるかのように、メアリーはぎくりとした。「悩み? もちろんないわ。ロンドンを見て、リチャードに眼鏡を買うことを思って、ちょっとそわそわしているだけ」

メアリーはぎこちなく言い訳をしたけれど、サブリナの射貫くような目を見れば、それが通用していないのは明らかだ。けれどもほかになんと言っていいかわからず、彼女はまた外を眺めはじめた。

サブリナはしばらく姉を見つめていたが、やがて自分も窓の外に目を向けた。ここは交差路だ。このあとどんな風景が見えてくるかわかっていたので、彼女は視線をそらした。馬車は、しばしば不運な追いはぎがつるされる絞首台の横を過ぎていく――ここを通る者すべてへの、用心せよという警告だ。

苦しげに唾をのみこむ。逮捕される恐怖は、いまだに寝ても覚めても頭にこびりついていた。馬車は絞首台のすぐ横を通ったので、リチャードからもよく見えた。彼は慰めるようにサブリナの手をぎゅっと握った。サブリナも笑顔で握り返す。狭い谷間を抜けて丘の向こうまで行くと、やっと呼吸が楽になった。

昼過ぎ、昼食を取るため宿屋の前で止まった。馬車が〈キングス・キャリッジ〉亭の混雑した中庭に乗り入れると、馬丁が馬の世話をしに駆け寄ってきた。喫茶室は大通りをやってきた乗合馬車――中には一日に百キロも走行する高速馬車もある――に乗っていたさまざまな旅人でごった返していたので、一行は個室を頼んだ。

愛想のいい給仕女が運んできた焼いた鴨、ヒラメ、生牡蠣、野菜、そして果実パイとチーズを食べ、二時間ほど楽しくくつろいで、旅で疲れた体を休めた。あたたかな暖炉の前で紅茶を飲みながら、今夜上演する劇『お気に召すまま』の練習をしている旅回り一座の支離滅裂な声や怒鳴り声を聞いて笑った。

宿屋を出たあと、夕方にはロンドン郊外までやってきた。夕暮れの薄明かりが、この都会に立ちこめるどんよりしたかすみと混ざり合う。ロンドン周辺の広い野原や小さな村々を抜けると、にぎやかなテムズ川の波止場で彼方の国からの荷物をおろしている、いろいろな国の旗を掲げた船が見えた。

ロンドンは曲がりくねった石畳の道からなる迷路だった。交通量が多いわりに道は狭い。六頭立て馬車、牛車、椅子駕籠《かご》、馬、それに歩行者が、窮屈な道をひっきりなしに通っていく。サブリナたちの馬車が河口や商業地区を離れて、大きな広場やまっすぐで広い道のほうに向かっていくにつれ、混雑はましになっていった。

レイントン侯爵が所有するアン王朝様式のささやかなタウンハウスは、いまでも国王が王族とともに鹿狩りをするハイドパークを少し外れた、閑静な街区に立っていた。屋敷のレンガ造りの玄関は広く、上げ下げ窓や尖った屋根に、軒蛇腹を横切る錬鉄製の欄干や大きな組み合わせ煙突が趣を添えている。

「リチャード、着いたわよ」サブリナは眠っている弟をつついて起こした。メアリーは馬車じゅうに散らばったマーガレットおばのこまごましたものをホブスが集めるのを手伝ったあと、いちばんに馬車をおりた。一行の到着は、あらかじめ従僕のひとりをやって屋敷の使用人に知らせている。一同を率いて玄関に向かったサブリナは、いかめしい顔に咎めるような表情をした青いお仕着せ姿の執事に迎えられた。

「わたしはレディ・サブリナ・ヴェリック。姉のレディ・メアリー・ヴェリック、おばのレディ・マーガレット・ヴェリック、それに弟のリチャード・ヴェリック、フェイヴァー伯爵よ」サブリナはそう紹介すると、堂々としたマホガニーの扉の前であっけにとられている執事をすり抜けて、オークの羽目板を張った玄関広間に足を踏み入れた。

「疲れて死にそうよ」マーガレットおばは常に付き添っているホブスの腕にもたれて、よろよろと広間に入っていった。「あの子たちはどこ?」スパニエルがいないのに気づいて訊く。

「ヴェリック・ハウスに置いてきたのよ。あそこにいるほうが、走り回って遊べるでしょう」マーガレットおばのぼうっとした笑顔を見て、サブリナはほっとした。「レディ・マーガレットを部屋に案内してあげてね」執事の先に立って応接室に入る。「それから、おばにお風呂の用意をして、紅茶を出して。わたしたちはここでお茶をいただくわ」振り返って、言葉を失っている執事に話しかけた。主人の屋敷にずかずか乗りこんでこられて、執事はいまだにまごついていたが、美しい笑みを投げかけられたとたんに忠誠心を思い出した。

「ただちにご用意いたします、お嬢様。それから、みな様方のお部屋もすぐに用意させます。ほかになにかございましたら、どうぞお知らせください」

サブリナは満面の笑みを見せた。「どうもありがとう。あなたのお名前は?」

「クーパーでございます」

「わかったわ、クーパー。お茶を飲んで人心地ついたら、すぐ部屋に行くわね」

クーパーは落ち着きなく咳ばらいをした。「お嬢様はレディ・メアリーと同じ部屋にお泊まりいただけますでしょうか？　あの、ちょっと空き部屋が少ないのです。侯爵とコンテッサがお住まいですので」

サブリナは凍りついた。執事の言葉を聞いて体じゅうに悪寒が走る。突然顔から血の気が引いたので、執事は彼女が倒れるのではないかと心配になって一歩進み出た。

「おかげんがお悪いのですか、レディ・サブリナ？」不安そうに尋ねる。「気つけ薬をお持ちしましょうか？」

「いいえ、大丈夫よ。父がいると聞いてびっくりしただけ」

クーパーは当惑顔になった。「そうですか、あの、わたくしも気になっていたのですが、レディ・サブリナ。レイントン卿ご夫妻はいま田舎のお友達を訪ねておられまして、ご家族に会うためヴェリック・ハウスに立ち寄るおつもりでした。こちらへは土曜日に戻られるご予定なのですが、もちろんお嬢様方は、そのときにはまだここに……」サブリナの表情を見て、彼の言葉が途切れた。

「ヴェリック・ハウスに行ったんですって？」サブリナは仰天していた。「まさかそんな」

「リチャードは疲れすぎて紅茶も飲めないって言うから、化粧室のベッドに寝かせてきたわ」

メアリーがそう言いながら応接室に入ってきた。張りつめた沈黙に気づいてはたと足を止め、緊張してふたりを交互に見る。「どうしたの？」悪い知らせを覚悟して尋ねた。

「侯爵がここにいたんですって」サブリナの答えを聞くと、メアリーは唖然とした。「いまはヴェリック・ハウスに向かっているそうよ。もしかしたら、もう着いているかも」

メアリーは弱々しくソファにくずおれた。手はぶるぶる震えている。サブリナはお茶を持ってくるよう執事に言いつけ、姉の前に立って同情のまなざしを向けた。

「知っていたんでしょう？」

「ええ」メアリーはささやき、苦悩に満ちた顔で妹を見て、つらそうに説明した。「なにかおかしなことが起こるのはわかっていた。あなたが行方不明になったとき、予知したのはそれだと思ったの――だけど違っていたみたい。実は、あなたの顔が見えたのよ。スミレ色の瞳、えくぼ。なじみがあるのに、どこか違っていた。なんとなく変で、あなたじゃないみたいだった。それでも、あなたとしか考えられなかった。いまわかったわ――お父様だったのね。あなたはそっくりだもの、サブリナ。だから区別がつかなかったのよ。ごめんなさい。話しておけばよかった」

「あの野郎」サブリナは侯爵をののしった。顔は怒りにまみれている。「どうしたらいいの？あれだけ長いあいだ放っていたくせに、よくもぬけぬけとわたしたちの家に行けるもんだわ」

紅茶のトレーが運ばれてきたので、彼女は怒りをたたえたまま口をつぐみ、ふたりきりになるとふたたび猛然とまくし立てた。「あいつがヴェリック・ハウスにいると思うだけで腹が立つ。あそこを人が住める家にしたのは、わたしたちよ。あいつには、あそこへ行く権利なんてないのに」

メアリーが湯気の立つ紅茶を薄いカップに注いで誘うように差し出し、サブリナは受け取ってありがたく飲んだ。

「わめき散らしてもしかたがないわね」口調は穏やかになっていた。「なんの役にも立たないもの。わたしたちがすべきなのは、リチャードの眼鏡をあつらえて、一日も早くこの家を離れること。あいつが戻ってきたとき、ここにいたくないわ。できれば、まだしばらく戻ってきてほしくないんだけど。それより、ここでの用事が終わるまで別の宿を探したほうがいいかしら」彼女は苛々と首を振った。「まだ家には帰れないわ、侯爵がヴェリック・ハウスにいるかもしれないんだから。まあでも、早くとも木曜か金曜まではここにいることになるでしょうね。リチャードの眼鏡をつくるのに、何日くらいかかるかわかる？」

メアリーは申し訳なさそうに首を横に振った。「わからないわ、リナ」

「じゃあ、いまは眠っておいたほうがよさそうね。明日から忙しくなるわよ。リチャードの眼鏡がちゃんとできることを願うわ。あの子にとっても、わたしたちにとっても、大切なことだもの」

ふたりが寝室へ行くと、数人のメイドが待っていて、ドレスを脱がせて寝る支度を手伝ってくれた。広々したベッドには真鍮のあんかが置かれており、冷たいシーツをあたためている。サブリナはメアリーの横でけだるく伸びをした。

「こんなずんぐりした黒い炭より薪がいいわ」炉床の後ろでくすぶる炭を見て、眠そうに言う。

闇の中でメアリーはほほ笑んだ。「あなたは田舎の人間ね、リナ。炉ではリンゴ材の薪がいい香りをさせ、その前で犬が寝て、自分は手づくりの蜂蜜酒と鳩のパイで夕食にするのが好きなんでしょ」

サブリナは憤然として鼻を鳴らした。「鳩のパイね。できれば毎日ロブスターとシャンパン、それにアーモンドチーズケーキの夕食にしたいわ。綿ウール混じゃなくサテンとレースの服を着て、体に香水を振りかけて、ダイヤモンドの髪飾りをつけて、それから——」

「——それから金の六頭立て馬車でバークレー・スクエアを走って、髪粉を振ったかつらをかぶって黒いビロードのペチコートを着て国王に拝謁するのね」メアリーが楽しそうにつづけた。

そのばかばかしさに、サブリナは思わず笑ってしまった。笑っているうちに緊張がほぐれ、柔らかなマットレスに横たえた体から力が抜けた。

「ありがとう、メアリー」彼女はささやいた。

翌日、サブリナとリチャードは眼鏡職人のミスター・スミッソンに会うため朝早く家を出た。朝食のあいだじゅう、リチャードはもじもじと卵やホットチョコレートのカップをいじっていた。金ボタンのついたグレーのスーツ、ブロケード織りのベスト、純白の首巻と靴下姿の彼は、身だしなみのいい小さな紳士だった。バックルつきの靴の丸い爪先でふくらはぎをそわそわとこすって、白い生地に黒いしみをつけるまでは。

「そろそろ行くの、リナ?」彼は何度も尋ねた。

「ええ、もう行くわ」朝食を終えると、ようやくサブリナは言った。

侯爵付きの御者のひとりに連れられて、ふたりは出発した。サブリナは首元でマントの前をかき合わせた。ロンドンの街路に漂う朝の空気はまだ冷たくすがすがしい。馬車は堂々とした屋敷が立つ広い住宅街を離れ、売り物の看板を掲げたガラス張りの小さな商店が並ぶ石畳の道を通っていく。狭い小道や路地では書店、紅茶店、金細工商、絹織物商などが優位を競い、香料商、かつら屋、雑貨店、服地屋、葬儀屋などがひしめいている。

朝も早いので、市場へ家畜を運ぶ農夫、果物や野菜を仕入れにコヴェント・ガーデンに向かう食料商、食べ物を売り歩く屋台などで道は混雑していた。パイ売りにマフィン売り、一輪車を引いた牡蠣売り。魚屋や肉屋は店先に商品をずらりと並べ、道行く人に向かって大声で売り口上を叫んでいる。

馬車の窓から強いにおいが漂ってきて、サブリナは香りつきのハンカチをそっと鼻に押しあてた。下水溝や排水溝の悪臭が魚やごみのにおいと入り混じって、異様な臭気を生み出している。

リチャードも不快さに鼻を歪めた。「うへっ！　なんてくさいんだ」

「本当にね、リチャード」サブリナは苦笑いした。むかむかして、食べたものを戻してしまいそうだ。

馬車はにぎやかな通りからそれ、静かな路地にあるこぢんまりした店で止まった。お仕着せ姿の従僕が飛びおりて馬車の扉を開け、サブリナがおりるのに手を貸す。リチャードはそのすぐ後ろからついていった。サブリナは興味深げに店の前を見渡した。張り出した軒や並んだ店々の屋根にさえぎられて青い空はほとんど見えない。サブリナが御者に指示した住所にある小さな店は、薬屋と版画商に挟まれていた。

扉の上には小さな字で〝スミッソン眼鏡店〟と書かれている。サブリナは手袋をはめた手でリチャードの手を握り、店に入っていった。扉の上部につけられたベルが鳴って客の到着を告げる。中は清潔で涼しかった。一方の壁にはさまざまな見慣れない道具の並んだ陳列棚があり、反対側のカウンターには種々の装置があった。小さな暖炉の前には敷物と数脚の椅子。店内のどこかで時計が鳴り、黒いシルクの上着を着てブリーチズと揃いの靴下をはいた猫背の男が階段をおりてきた。後ろが長い古風なかつらをかぶり、重そうな金の懐中時計で時間を確かめている。

「おはようございます、お嬢様。なにをご所望でございますかな?」男は古式ゆかしく丁重な挨拶をした。

サブリナは恥ずかしがるリチャードを引っ張ってきて前に立たせた。「おはようございます。わたしはレディ・サブリナ・ヴェリック、この子は弟のフェイヴァー卿です。ミスター・スミッソンですか?」

男がうなずくと、サブリナはハンドバッグからミセス・テイラーの手紙を取り出して渡した。彼はいぶかしげな顔で、ベストのポケットから眼鏡を出してきて高い鼻の上にかけ、手紙を読んだ。薄い唇に笑みが浮かび、いかめしい表情が明るくなる。彼は手紙を丁寧に畳んでポケットにしまった。

ミスター・スミッソンは少しのあいだ、ふたりをじっと見つめた。明るい赤毛の少年は、照れくさそうに、漆黒の髪に空色のシルクの小さな帽子をかぶった美しい娘の後ろに隠れてしまった。娘のほっそりした首に巻かれたリボンとサテンのドレスも同じような青色だ。

「では、あなたが妹と親しくしてくださっている娘さんですね？　お近づきになれて光栄です、お嬢様」ミスター・スミッソンは心をこめて言った。その態度に、彼らが異なる社会階層にあることを示す卑屈さはうかがえなかった。「わたしの大きな甥ふたりは、どうしておりますか？」

サブリナの笑みが大きくなり、目が和らいだ。「相変わらず大きいですわ」彼女は緊張を解いてミセス・テイラーやウィル、ジョンの消息を伝え、辛抱強く相手の質問に答えた。そのあとようやく訪問の目的を切り出した。

「ミセス・テイラーにあなたを推薦してもらいました。実は弟のリチャードが遠くのものを見づらいので、助けていただきたいのです」

ミスター・スミッソンは目を細めて、上を向いたリチャードの色白の顔を見た。「ではフエイヴァー卿、見せていただきましょうか」彼は椅子を指し示してサブリナを座らせ、リチャードを診察した。種々のレンズを掲げ、レンズ越しに外を見るよう指示する。ぶつぶつ言いながら何枚ものメモを取っていたが、やがて満足のため息をついてビロードを敷いた箱に道具を戻し、リチャードをサブリナのとなりの席に座らせた。近くにぶらさがる呼び鈴の紐を引っ張ったあと、自分も腰をおろした。

上に住んでおられるのですか？」

「ありがとうございます、いただきますわ」サブリナは優雅に招待を受けた。「このお店の

「お茶をご一緒してくださいますかな？　家政婦がすぐに持ってきますので」

ミスター・スミッソンはゆっくりとうなずき、やさしく手を広げて自分のまわりを示した。

「ここがわたしの家です。ここで生まれ、ここで死ぬことになるのでしょう。最近の商人や専門家は町の外れに大邸宅を構えています。店の階上に住むのは時代遅れです。しかし、わたしは……」家政婦が重いトレーを運んできてサブリナの横にある小さなテーブルに置くあいだ、彼は黙っていた。「注いでいただけますかな？」サブリナがうなずくと、彼は話をつづけた。「しかし、わたしは古風で頑固な人間ですから、この年になって生き方を変えられません」サブリナに礼を言い、紅茶を飲んで思いにふけった。

「フェイヴァー卿の検査結果については大変満足しております」しばらくのち、彼は口を開いた。「三、四日後にお越しいただけましたら、弟さんは、もちろん少々の練習は必要ですが」熱心に聞き入るリチャードの青い目にほほ笑みかける。「最高の狙撃手のように半クラウン銀貨の中央を撃ち抜けるようになるでしょう」

リチャードは紅茶のことをすっかり忘れて飛びあがり、有頂天で店じゅうを跳ね回った。サブリナは身を乗り出してミスター・スミッソンの手に軽く触れた。「どうお礼を申しあげればいいのでしょう。もっと早く弟の近視に気づかなかったことを悔やんでいますの」彼女の声には深い自責の念がこもっていた。「ほんの数日前まで、まったく知らなかったのです。

忙しすぎて、身近な人間のことがきちんと見えていなかったんですわ」と自らを咎めた。

「まあ、そんなにご自分に厳しくなさらずに。弟さんはまともにものが見えるようになられるのです。それに、いまお話しさせていただいたところから推察するに、同年代の子どもよりずっと恵まれておられると言えるでしょう。長いあいだ家にこもって勉学に励まれたために、成熟して、しっかりした考えを持っておられる。弟さんを誇りに思っていいのですよ」

ミスター・スミッソンはサブリナの手をぽんぽんとたたいて安心させた。

サブリナは彼の頬に軽くキスをした。「ありがとうございます」涙で目をきらめかせて心から礼を言い、ミスター・スミッソンを狼狽させた。

「さあリチャード。帰るわよ」扉の上部のベルが鳴って別の客が入ってきたので、サブリナは弟を呼んだ。

「金曜日に」ミスター・スミッソンに後ろから声をかけられ、ふたりは笑顔で手を振った。

家に戻ったのは二時少し前だった。興奮で顔をほてらせ、馬車にはいくつもの包みを積んで。リチャードはにこにこして応接室に駆けこんだ。琥珀の持ち手がついた杖を片方の手で振り回し、もう片方の腕では紐でしっかり結んだまっさらの本を抱えている。口の端にホットチョコレートの茶色いしみをつけたまま、敷物の上に座りこみ、わくわくしたように本を開いた。

サブリナは椅子にドスンと腰かけて、疲れた笑みを見せた。「金曜日に新しい眼鏡ができるの。そうしたらリチャードも、みんなと同じくらいよく見えるようになるわ」目を丸くしてリチャードを見つめていたメアリーに言う。姉の顔にも希望があふれていた。

「すてきだわ。いままでもう、この子は信じられないくらい変わったわね、リナ」メアリーはほっと吐息をつき、クスリと笑った。「もちろん、新しい本を食い入るように読んでいるからかもしれないけど」

サブリナはうれしそうに笑い、膝に置いた包みを探って、マーガレットおばとホブスにそれぞれ派手な包装紙の土産を渡した。

包みを開けて、数枚の優美なレースのハンカチと揃いの模様がついた薄絹の室内帽を見るや、ホブスは顔を真っ赤にした。フリルのついた帽子を震える手でいとおしげに撫でる。目に涙をためてまわりを見あげた。

「まあ、レディ・サブリナ」大きく息を吸いこんだ。痩せた顔は感激でくしゃくしゃだ。

「こんなきれいなものは、見たことも、持ったこともありません。あたしなんかがこんなものをいただいて、本当にいいんでしょうか？」おずおずと尋ね、誰かにひったくられるのを恐れているかのように、骨張った指で箱をぎゅっとつかんだ。

「あなたのものよ。日曜に教会へ行くときや、いつでもおしゃれしたいときに使っていいの」サブリナは力強く言った。

「ああ、ありがとうございます」ホブスは泣きそうな声を出し、レースをまじまじと見つめた。

「マーガレットおば様、おば様へのお土産を見てちょうだい」サブリナは、珍しく興味を持って周囲を眺めているおばに声をかけた。膝の上に大きな包みを置かれたおばは、常に手に持っている縫い物を脇に置いた。よく見ようとメアリーが近寄る。マーガレットおばはうれしそうに包みを開けた。美しい漆塗りの箱が出てくると、あまりの喜びに息をのんだ。箱を開け、色とりどりのシルクの糸を見て、彼女は喜びの叫び声をあげた。緑系三色、赤系四色、紫系五色など、手に入るかぎりの数えきれないほど多くの色。

「まあ、あなたたち、ありがとう！　なんてきれいなの」つぶやきながら、興奮してすべての色の糸を撫で、子細に観察した。

「メアリー、これはあなたに」サブリナは姉に小さな包みを渡した。

「なにかしら」メアリーは胸を高鳴らせたように、丁寧に包装を解いていく。サブリナはやきもきしてその様子を見守った。色彩に富んだ絵が表面に描かれた、凝った金の箱。それを開けると細い金の鎖をつけたハート形の金のロケットが入っていた。「美しいわ、リナ」メアリーはほっと息を吐き、口元に柔らかな笑みを浮かべた。「ありがとうとは言わないわ。だって、そんな言葉ではとても足りないんですもの。わたしにとってこれがどれほど貴重なものか、あなたにもわかるでしょう。お母様はよく似たものを持っていたのよ」手をあげてサブリナを抱きしめる。「あなたはなにを買ったの？　自分のものも買ったんでしょう？」

サブリナは笑った。「当然よ。わたしはそんなに無私無欲じゃないから」

大きな包みを開けて、毛皮をあしらったラベンダーブルーのビロードのマントを取り出す。切りこみに腕を通し、顎の先を毛皮にこすりつけた。

「すてきだわ、サブリナ」メアリーはうっとりと見入った。「後ろを向いて、背中も見せてちょうだい」

サブリナはくるくる回りながら部屋じゅうを歩いて、みんなを喜ばせた。「肩の力を抜いて楽しみましょう。ロンドンにいるあいだ、余計な心配はしないで。すべてうまくいくわ」マントで体をくるみ、自信たっぷりに言った。

その後、日々はまたたく間に過ぎていった。一同はロンドンを見物し、テムズ川に入港する大きな船を見、買い物をし、公園を探索した。鴨に餌をやったり、胸を張って静かな湖を滑るように泳ぐ白鳥を見たりした。

マーガレットおばはボヒー茶（中国産の紅茶）やお気に入りの嗅ぎ薬と香水をどっさり買いだめし、サブリナとメアリーに付き添って帽子屋、仕立屋、靴屋へ行った。娘たちは注文したものをヴェリック・ハウスに届けるよう手配したのに加えて、その場でもいくつか帽子や手袋を買った。

金曜日にはすっかり荷造りが終わり、ロンドンを離れる用意が整った。毛皮つきのマントをはおったサブリナがリチャードを連れてミスター・スミッソンの店に向かうとき、夜明けからの大雨で石畳はつるつると滑りやすくて危険だった。暖炉の炎であたたまった店内で、ミスター・スミッソンはリチャードに眼鏡をかけてやった。

リチャードは無言でたたずみ、くっきりとした光景に見入った。敷石も路地の向かいの窓も鮮明に見える。サブリナは息を詰めて、じっと立っている弟の後頭部を見つめた。振り返って姉を見たリチャードの頬を一滴の涙が流れていく。

「なにもかもよく見えるよ。リナと同じくらい、ぼくもよく見えるようになったんだ」ひしとサブリナを抱きしめ、寡黙なミスター・スミッソンに小さな手を差し出した。「ありがとうございます、どうお礼をしていいかわかりません」年配の紳士に向かって真摯に言う。小さな鼻の上にちょんと金縁の眼鏡を載せた顔は、年に似合わずおとなびて見えた。

ミスター・スミッソンは伸ばされた手を取り、心をこめて握手した。「こちらこそ光栄です、フェイヴァー卿、実に光栄です」

サブリナはミスター・スミッソンに代金を支払い、ミセス・テイラーと甥への手紙を受け取って店を出た。彼は戸口に立って手を振りながら、ガタゴトと走り去る馬車を見送った。

リチャードは窓から首を出してはあちこちの建物や記念碑を指さし、木の上の猿さながらに馬車の中を跳ね回った。「すごいや、リナ。川も、そこを通る船も、波止場も見えるんだ。ねえ、あれを見て！」彼はサブリナに呼びかけた。彼らの馬車は、鶏を積んだ農場の荷車とぶつかって横転した馬車をよけていく。事故を見に集まった野次馬に鳥の羽根が降りかかり、交差点では行きかう人や馬車が動けなくなって渋滞が起きた。

「誰か怪我してないかなあ」リチャードは目を凝らして事故現場を見つめた。「ヴェリック・ハウスに戻って馬に乗るのが待ちきれないや」彼の全身に歓喜が満ちあふれている。

タウンハウスに入るとき、リチャードはサブリナの手を握り、遠慮がちに尋ねた。「ちゃんとした馬の乗り方を教えてくれる？」

「もちろん。わたしの指導は厳しいわよ」サブリナは警告しながらも、小さく丸いレンズの向こうで弟の目が輝いているのを見てうれしく思っていた。「あなたの覚えが早かったら、特別な場所に連れていってあげる。そこでピクニックをしましょう」そのとき、玄関広間に立つ従僕の緊張した様子と、挨拶をして応接室への扉を開けて押さえているクーパーの苦い表情に気がついた。クーパーは身を硬くしていて、態度は非常に堅苦しい。

サブリナは顔をしかめて部屋に入った。リチャードは張りつめた雰囲気に気づいてもいない。メアリーはこわばった顔で黙りこみ、マーガレットおばは屈みこんで一心に刺繍をしていた。おばの指がせわしなく動くのに従って、糊の効いた白い帽子が上下に揺れた。

「メアリー？」サブリナが声をかけた。「いったい――」

「おやおや、かわいいサブリナではないか」部屋の隅から小さな声がした。

サブリナが唐突に足を止めたので、リチャードが背中からどんとぶつかった。反射的に弟をつかまえ、声のしたほうに顔を向ける。リチャードはサブリナにかばわれるように肩を抱かれたまま黙りこんだ。

バラ色のシルクの上着と揃いのベスト、ブリーチズをまとい、白い靴下と優雅な靴をはき、黒いリボンで後ろを縛り髪粉を振ったかつらをかぶり、片方の頬に黒いシルクのほくろをつけた中肉中背の男が、幽霊のようにたたずむふたりに向かって、ばか丁寧なお辞儀をした。

サブリナは真っ青な顔で、愕然として男を見つめた。自分と同じスミレ色の目、同じような曲線を描く眉。といっても、似ているのはそこまでだ。男の顔には疲れが見え、常に人を疑っているために眉間にしわが寄っている。彼はまわりの呆然とした顔を見て、唇を歪めていやらしい笑みを浮かべた。

「なんだ、娘は喜びの叫び声をあげてくれないのか?」レイントン侯爵は面白そうに言ったあと、目を細めて黙りこむリチャードを見つめた。「で、これが我が息子か? あまりわたしに似ていないな。その赤毛を見ると、まるで正真正銘のスコットランド人だ」嘲りの言葉を吐き、さりげなく嗅ぎタバコを吸う。

「あなたの種は根づかなかったようですわね、侯爵閣下。性格も知性もスコットランドの先祖から受け継いでいますの。わたしのほうは、ごらんのとおり」サブリナは嘲り返した。「ただひとり、ヴェリック一族の顔をしていますわ――そして呪われた癇癪と毒舌も。だからご注意あそばせ、閣下、つまらないことを言ってわたしの家族に迷惑をかけようとするときは」

侯爵は唖然として、たてつづけに何度かくしゃみをした。しかしすぐに立ち直り、しぶしぶながら感心したように、放蕩で疲れた顔に笑みをたたえた。

「警告は受け取った。しかしわたしは友人から、悪魔をも魅了できると言われている。おまえにもそういう長所はあるのかな」

「友人ですって?」サブリナはあきれて、黒くつややかな眉を上品につりあげ、いかにも不審そうに訊き返した。「あなたに友人がいたとは思いませんでしたわ、閣下」

侯爵は束の間言葉を失ったあと、心から面白がって大声で笑った。珍しく、人を見下したような表情は消えている。応接室の扉が開いて女性が入ってきたときも、彼はまだほほ笑んでいた。夫人は侯爵の笑顔を見て驚きを隠せなかった。

「いとしのルチアーナ、この子はたいしたものだよ。相当な父親似だな。やれやれ、自業自得というわけか。自分の娘にしてやられるとは」ジャスミンの香りをつけたハンカチで目をぬぐう。「わたしとコンテッサが一日早く戻ることにしたのは、なんとも幸運だった。でなければ、家族とこんな感動の再会は果たせなかっただろう」

「わたしたちが今日の午後出発することになっていて残念ですわ。でもまあ、いやな思いをするのは短時間にとどめておくほうが賢明ですものね」サブリナはにこやかに言った。「では失礼します、閣下、出発前にすることがいろいろありますので」

「礼儀を忘れたのか？　まだ妻のルチアーナに挨拶をしていないだろう」

部屋の入り口で黙ってたたずんでいたコンテッサが、香水のにおいを振りまき、シルクの衣擦れの音をさせながら進み出た。歓迎するように差し出した手の指には重そうな宝石の指輪がいくつもはまっている。

「まあ、あなた《カーロ》、この娘さんはとってもきれいだわ《エ・モルト・ベラ》」彼女は声を張りあげ、片方の手でサブリナの小さな顎をつかんで驚いたように見入った。「信じられないくらいそっくりね、カーロ。それからこっちの子は、まあ、かわいい」黙りこんでいるリチャードをぎゅっと抱きしめる。「なんて髪の毛なの！」楽しそうにクスクス笑ったあと、ふたたびサブリナに注意を戻した。サブリナは目を丸くしていた。以前、彼女に会ったことがあると気づいたのだ。あのときのこととコンテッサの真珠のイヤリングを思い出すとおかしくなり、唇が震えた。一瞬頰にえくぼが浮かぶ。

「まあ、えくぼまであるのね、カーロ」コンテッサは感心したように首を振った。

「ああ、本当にわたしそっくりだろう、おまえ」サブリナの中に自分の面影を認めて、侯爵は自慢げだった。

コンテッサは長椅子のメアリーのとなりにゆったりと腰かけて冷たい手を取った。「この子はまるで聖母マリアだわ。すごくおとなしいけれど、なんでもわかっているみたいね、そうでしょ？」ぽかんとしているメアリーに語りかけた。「あなたたち家族のために紅茶を頼んでおいたわ、つまらない習慣だけど。わたしはシェリー酒を少々いただくわね」メアリーとサブリナを鋭い目で見つめながら言ったあと、コンテッサは侯爵になにかイタリア語で話しかけた。意外な言葉だったらしく、侯爵は目を細めて考えこんだが、やがて口元を和らげて楽しそうににやりとした。「昔から抜け目のない利口な女だとは思っていたが、ルチアーナ、今回は特別褒めたたえなくてはならんな」

サブリナは不安な面持ちでふたりを見ていた。自分とメアリーに向けられる値踏みするような視線は気に入らない。リチャードがそっと腕を伸ばしてサブリナの腰をつかみ、体を寄せて、初対面の父親を無言で見つめた。マーガレットおばはこの不愉快なやりとりに完全に心を閉ざしてしまい、自分の兄にもコンテッサにもほとんど目をくれなかった。

サブリナは心を決めた。「行くわよ、メアリー、リチャード、マーガレットおば様」自分についてくるよう三人に合図をする。「失礼します、閣下、もう二度とお会いしないと思いますわ」

「いや、そんなことはない」侯爵は軽い口調で言い、従僕が運んできたトレーに載ったデカンタから自分とコンテッサにシェリー酒を注いだ。銀のティーポットとケーキの皿も運ばれてくる。コンテッサはケーキを選んだ。「大切な家族とふたたび親交を深めたい。ずいぶん久しぶりだからな。もっと早くヴェリック・ハウスを訪れなかったのが悔やまれる。とても住み心地のいい家にしてくれたな。わたしの好みからすると、ちょっと田舎くさくはあるが。そう、本当におまえたちみんなのことをもっとよく知りたいのだ」彼はばかにするように言って、怒りに目をぎらつかせるサブリナを冷淡に見つめた。

　侯爵に歩み寄るサブリナの顔はなんとも言えず美しかった。侯爵はシェリー酒を楽しむべく、グラスを手にしたまま腰をおろした。

「家族？」サブリナが言う。「ご立派な侯爵様、いつからご自分に家族がいることをお認めになったんですの？　ヨーロッパ大陸旅行に忙しくて、家族が元気で幸せに暮らしているかどうか、気にも留めていなかったくせに。そう、自分の妻の葬儀に出席する暇もなかったのよ。お母様の体がまだ冷たくもならないうちに、さっさとロンドンに行ってしまったでしょう。息子は生まれたばかりで、父親であるお偉い侯爵に会ったこともなかったわ。あれからどのくらいになるの？　最後にわたしたちが父親の顔を見てから、もう十年よ。本当にわたしたちの名前を覚えている？　子どもが何人いるのかわかっている？」

サブリナは怒りの目で侯爵を見おろした。彼の顔は引きつり、真っ青になっている。グラスのもろいクリスタルの脚を力一杯握りしめているので、指の関節が血の気を失って白くなっていた。

「あなたなんか、父親でもなんでもない。わたしたちにとって、父親はお祖父様だけよ。わたしたちを愛してくれた、ただひとりの人」

サブリナはきびすを返してつかつかと扉まで行き、そこで振り向いた。メアリーとリチャードは彼女の両側に控え、マーガレットおばは近くでおろおろしている。「あなたなんて必要ないし、いてほしくないわ、侯爵閣下」あまりの憤怒に声が震えた。

侯爵はゆっくりと立ちあがった。顔には不快な表情を浮かべている。「なんとなんと、わたしたちのあいだに愛はないのか？　なんとひどい家族だ。内輪で結束して、他を寄せつけようとしない。きっとスコットランド人の血のせいだ。あの老人がおまえたちをすっかり感化したわけだな？　あいつがおまえたちをハイランドに連れていくのを許さなければよかった。一滴のスコットランド人の血も入っていない妹までもが反抗的になっているとは」一連のやりとりのあいだ暗い顔で黙っていたコンテッサに、自嘲めいた笑みを投げかける。「見てみろ、こいつらはわたしに反抗しているぞ、ルチアーナ」

彼は椅子の横に置かれた持ち手が金の杖を拾いあげ、それで床をトントンたたきながら、どう言えばいいのか思案した。そして扉の手前に立っている四人に向かって険しい声で話しかけた。

「いくつか、はっきりさせておこう。わたしはいまでも、法的にはおまえたちの後見人だ。おまえたち四人は、完全にわたしの支配下にある。わたしがそう決めれば、いとしいマーガレットを家から追い出して自活を強いることもできる。そんなことはしてほしくないだろう?」

マーガレットおばは怯えた叫び声をあげた。たちまち目に涙があふれる。彼女はぐすんとすすりあげ、近くの椅子にくずおれた。メアリーが駆け寄って震える肩を抱いて慰め、父親をにらみつけた。

「もちろん、まだそうするとは決めていない。それにもちろん、残り三人の処遇もある。おまえたちをばらばらにするのも簡単だ。次に大陸へ行くとき、リチャードを連れていってもいい。そこでまともな教育を受けさせる」

「カーロ」コンテッサがそっと哀訴した。「その坊や《バンビーノ》を怖がらせているわ」

「家族のことはわたしが決める」侯爵は退屈そうに言って、無造作に嗅ぎタバコを吸った。「わかるか、サブリナ、いまでも優位にあるのはわたしだ。いままでも、これからもな。おまえたちはロンドンにとどまる――少なくともおまえとメアリーは。この屋敷はおまえたちみんなを居心地よく住まわせるには狭すぎるし、ロンドンには幼い少年やマーガレットを楽しませるものはあまりない。ふたりは予定どおりヴェリック・ハウスに戻れ」反論するならしてみろと挑みかかるように、激怒した形相のサブリナを見る。リチャードの悲愴な表情やわななく唇には、まったく心を動かされていなかった。

サブリナは無力感と怒りにさいなまれつつ、キッと侯爵をにらんだ。そしてくるりと背を向け、小さな足をドンドンと踏み鳴らして部屋から走り出た。それで金縛りから解けたかのように、メアリー、リチャード、マーガレットおばが動き出してサブリナのあとを追う。侯爵とコンテッサは応接室に残ってシェリー酒を飲みつづけた。

メアリーとリチャードが寝室まで行ったとき、サブリナはベッドに突っ伏し、顔を枕にうずめていた。ふたりが彼女の横でベッドに腰かける。サブリナはごろんとあおむけになり、信じられない思いに首を振った。

「どういうこと？　どうしてなの、メアリー？　どうしてなにもかもが無茶苦茶になってしまったの？　もういままでと同じではいられない――なにひとつ。どうして、すべてが変わってしまうの？　ヴェリック・ハウスではあんなに幸せだったのに。家を出てくるんじゃなかった」

リチャードのすすり泣きを聞いて、サブリナは悲しみに暮れた顔を向けた。「ああ、ごめんなさい。あなたに眼鏡をつくってあげるためなら、わたしはどんなことでもしたわ。わかってね。そのことはひとつも後悔していないのよ」弟の震える体をぎゅっと抱きしめる。

「どうせこうなっていたのよ。わたしたちがヴェリック・ハウスにいたら、そこでお父様に会っていた。どうしようもなかった。避けられなかったのよ」メアリーが言った。

「あんなやつ、くたばればいいのよ」サブリナは毒づいた。「戻ってきて父親を演じ、わたしたちに命令して回れると思いこんでいる。ふん、そんなことが通用するなんて思っているなら大間違いよ」虚勢を張ったものの、ため息が漏れた。「あいつ、いったいなにを企んでいるのかしら。自分の得にならないことをするはずがないわ」

「あんなやつ、きらいだ」リチャードはすねたように言ってしゃくりあげた。「あいつと一緒に大陸旅行なんかに行くもんか」

「きっと、すぐにまたどこかに行ってしまうわ。わたしたちをもてあそぶのにも飽きるわよ」

「あいつにぼくを連れていかせないよね、リナ？」リチャードは懇願の表情で姉の腕を引っ張った。

サブリナはにっこり笑った。「わたしたちからあなたを奪うことは許さない——わたしたちを引き裂くことも」にやりとする。「あいつが乱暴な手段を取ろうとしたら、こっちだって負けていないわ」

リチャードは見るからに安心してサブリナにもたれかかった。けれどもサブリナとメアリーは不安げに視線をかわした。サブリナの顔に浮かんだ決意の表情を見て、メアリーは心配でならなかった。

突然、メアリーはあっと息をのみ、あたたかく包みこむようにリチャードを見つめた。「いまの騒ぎで、あなたの眼鏡のことを忘れるところだったわ、リチャード」彼女は大きな声を出した。

リチャードの顔が晴れやかになった。姉によく見えるよう、満面の笑みをたたえて顔をあげる。「すごくよく見えるんだ、メアリー。誰にも負けないくらいうまく銃を撃てるようになるよ」

メアリーはうれしそうにほほ笑んだ。「すばらしいわ。今日ただひとつの明るい出来事ね。はるばるここまで来た甲斐があったというものよ」

サブリナはリチャードの幸せな顔を見て、メアリーの言うとおりだと思った——来た甲斐はあった。自分たちだけで静かに昼食を取ったあと、メアリーとサブリナは涙ながらにリチャードとマーガレットおばに別れを告げ、ホブスはぶつぶつ言いながら散らばった縫い物道具を集めた。サブリナたちは扉の前で馬車が見えなくなるまで手を振って見送ったあと中に入り、応接室で不安に怯えつつ侯爵の次の動きを待った。

それが訪れたのは、メアリーが薄いティーカップに濃い紅茶を注いでいるときだった。扉が開き、休憩してさっぱりした侯爵が入ってきた。

「ああ、ちょうどほしかったところだ、カップ一杯の紅茶。父にも注いでおくれ、メアリー」彼は愛想よく言った。娘がなめらかで確かな手つきで器用に紅茶を注ぐのを、少しのあいだ見つめる。「自分にこんな魅力的な娘がふたりもいたとは、まったく知らなかった。もちろんサブリナは非凡な顔立ちだが、赤毛とグレーの目をしたメアリーもとても美しい。おとなしくて穏やかな美女だな。うむ、わたしは大変満足だ。気づかせてくれたのはコンテッサだった。実はな」彼は打ち明けた。「わたしたちはいま現在、少々経済的に困った状態にある。だからイングランドに戻ってきたのだ。借金取りから逃げるためと、わたしの持つ土地を少々売って金にするために」狡猾な表情でサブリナを見る。「ヴェリック・ハウスを売ってもいい。あそこは確か限嗣《げんし》相続財産（相続人が限定されていて、他人に売ることを許されない不動産）ではなかったはずだ」

「ヴェリック・ハウスを売る？　でもあそこはリチャードの相続財産だし、わたしたちの家よ」サブリナはあきれていた。

「ああ、売る必要はないかもしれないな、いまとなっては。非常にうまいお茶だな」侯爵はメアリーを褒め、悦に入ったようにうなずいた。口元には満足の笑みが浮かんでいる。

サブリナは紅茶を飲みながら、いぶかしげに侯爵を盗み見た。ヴェリック・ハウスを売るという脅迫に、まだ腹の中が煮えくり返っていた。彼は間違いなくなにかを企んでいる。

「手紙を見ていたのだが、舞踏会などの社交行事への招待状がたくさん届いている。美しい娘ふたりを社交界に紹介するのに、これは絶好の機会だ」彼は抜け目のない顔で言い、娘たちの顔を見つめてその言葉がもたらした効果を確かめた。

侯爵の真意に気づいて、サブリナとメアリーは呆然となり、無表情で父親を見つめた。

「うまくいくだろうと思っている。結婚相手にふさわしい金持ちの公爵は何人もいる。いや、侯爵でもいいが」スミレ色の目は計算高くきらめいている。

「つまり、わたしたちを最高額の入札者に売るつもり？」白熱した怒りで顔がほてり、麻痺が解けて、サブリナは嘲りをこめて言った。「わたしたちはあなたとコンテッサに、金持ちの義理の息子を見つけてあげるわけ？　だったら、がっかりすることになるわね。わたしはあなたの計画に加担するつもりはないもの」

侯爵は穏やかな顔で肩をすくめた。「おまえに意見を言う権利はないぞ。わたしがおまえたちにふさわしい縁談を探すつもりなのを喜ぶべきなのだ。あんな辺鄙な村に引っこんでいて、どんな男をつかまえられる？」彼は嘲笑した。「どこぞの田舎者？　地方の地主？　一日じゅう狩りをし、魚を釣り、馬に乗り、毎晩暖炉の前で酔いつぶれていびきをかき、おまえたちを死ぬほど退屈させる男か？」

自分の機知に富んだ発言に、彼は声を立てて笑った。「面白くなかったようだな。まあ、いい結婚相手を勝ち取ることについては、父親に任せろ。みんなが楽に暮らせるよう、わたしが万事取り計らってやる」

杖と手袋を取って立ちあがる。「おまえたちの衣装を点検した。数はあるようだな。しかし、舞踏会用のドレスや派手な服は一着もない。おまえたちとコンテッサが出かけられるよう手配をしておいた。ふさわしい衣装をあつらえるのだ。明日仮面舞踏会がある。それに出られるようにするためには、急がないとな。ああ、それから、あまり駄々をこねるなよ。悪役を演じるのは嫌いだが――それでも必要なら悪役になってやる」

彼は足取り軽く、陽気なメロディを口ずさみながら部屋を出ていった。メアリーは絶望のため息をつき、自分に紅茶をもう一杯注いだ。「おかわりは？」力なくサブリナに尋ねる。

サブリナは断った。「できればブランデーを飲みたいところね。きっとわたしたちは、邪悪な星の下に生まれたんだわ」

「どうしたらいいの、リナ？」

サブリナは黒髪を揺らして首を振った。「わからない。いまは、あいつの言うとおりにするしかないわ。ほかにどうしようもないもの。少なくとも当面は。だけど、ずっと思いどおりにはさせないわ」サブリナは断言した。「これ以上、わたしたちの人生をややこしくさせる出来事が起きないことを祈りましょう」

次から次へと事件が起こる。
――イングランドの政治家チェスターフィールド伯フィリップ・ドーマー・スタンホープ

8

キャマリー公爵は振り返った。応接室の扉が開き、許嫁《いいなずけ》のレディ・ブランチ・ディーランドが二匹のキャンキャンとうるさい小犬を引き連れて入ってくるのを、無感情に見やる。彼女の頬は赤らみ、風に吹かれた赤褐色の巻き毛はこめかみに落ち、鮮やかな緑青色のボンネットの下で明るいブルーの目は輝いていた。

「まあ、ルシアン」長椅子から立ちあがった彼を見て、ブランチは驚きに息をのんだ。「あなたがいるとは思わなかったわ」

「なにを驚くことがある？　男なら、たまには許嫁を訪ねるものだ」ルシアンはどうでもよさそうに言った。「しばらくロンドンを離れていたので、留守のあいだきみがどんなふるまいに及んでいたのか確かめようかと思ってね」

「どんなふるまいに及んでいた？」ブランチは神経質な笑いを漏らした。「いったいどうして、わたしがよからぬふるまいをしていたと思うの？」スカーフ、手袋、ハンドバッグをぽんと椅子に放り、帽子を脱いで、そわそわと髪を撫でつけた。

ルシアンはいぶかしげに彼女をちらりと見た。ブランチはつねに落ち着きがなく、情緒不安定なところがある。いつも足元でじゃれ回っている二匹の愛玩犬そっくりだ。彼女と数分間一緒に過ごしただけで、彼はどうしようもなく退屈になる。彼女が話すのは最新のファッションや破廉恥なうわさ話ばかり。頭の悪い小娘だが、人畜無害ではある。ルシアンは彼女に対して愛情など感じていないものの、まったく嫌いというわけでもなかった。

「今度はなにを買ったんだい？」

ブランチは一瞬ぽかんとした。「買った？」

「ああ。また買い物に行っていたんじゃないのか？」

「ええ、そう、そのとおりよ」ブランチはうろたえて頬を赤らめ、あわてて答えた。「ドレスを二枚ほど買ってきたの」

「そろそろ嫁入り衣装は揃っただろう？　わたしたちは来週結婚するんだよ」

ブランチは長椅子の端に腰かけ、膝に乗ってハアハア息を切らせている一匹の小犬の頭を撫でた。「もちろん揃ったわよ。お言葉に甘えて、買い物は全部あなたのつけにさせてもらいました」

うかがうように彼を見る。「かなり派手に使っちゃったわ、ルシアン」

ルシアンは肩をすくめた。「公爵夫人になるつもりなら、それらしい装いは必要だ」

「どういう意味なの、〝なるつもりなら〟って。もちろんあなたと結婚するつもりよ、ルシアン」

「べつに疑ってはいないよ、ブランチ。単なる言葉のあやだ。しかしそんなに噛みつかれたら、逆になにかやましいことがあるのかと思ってしまう」ルシアンは軽く言った。

ブランチはあきれたように笑った。その甲高い声はルシアンの神経を逆撫でした。「わたしに？　ばかなこと言わないで、ルシアン。だいたい、あなたと婚約しているからといって、わたしが自分の楽しみをあきらめたり、結婚直後に田舎に引っこんだりするわけじゃないわよ」挑むような顔で言葉を継ぐ。「それに、既婚女性は未婚の娘よりもっと自由に楽しめるの」

ルシアンはほほ笑んだ。「つまり、わたしの理解が正しければ、きみは十分お楽しみにふけるつもりだということだね？」

「そうよ」ブランチはきっぱりと答えた。「あなただってそうでしょ」

「では少なくとも、わたしたちは互いの関係についてなんの誤解もしておらず、嫉妬や傷ついたプライドでつまらない醜態を演じる心配もないわけだ」

ブランチは満足して得意げに胸を張った。「家宝の宝石はいついただけるの？」

「そのうちに。いまは祖母が持っている。まだ公爵夫人だからね。宝石はわたしの妻にのみ譲ることになっている。だからおそらく、婚礼の日に渡してもらえるだろう」

「あら」ブランチはがっかりしてつぶやいた。「明日の夜、新しいドレスを着たときにつけたかったのに。お友達のレティにはもう、つけるって言っちゃったのよ。ねえお願い、わたしに宝石をくださるようお祖母様を説得してちょうだい。お願いよ、ルシアン」愛らしくふくれっつらをし、伏せた目から期待のまなざしを投げかけた。

「祖母とは反りが合わないんだ、ブランチ」ルシアンははねつけた。「もちろん、きみがキスで誘惑してくれたら、きみのために話をしてみてもいいが」皮肉をこめて付け加える。その言葉にうながされて彼女の大きな青い目が彼の傷跡に向かったとたん、あからさまに嫌悪の表情が浮かぶであろうことは承知の上だ。

ブランチがかすかに身震いしたのを見たとき、ルシアンはふと別の女の目を思い出した。ひるみもせず彼を見据えたばかりか、自分の頬を彼の傷ついた頬にこすりつけることまでした女を。

「結婚したらどうするつもりだ、ブランチ、わたしが夫、そして恋人としての権利を要求したら？」彼は嘲りに唇を歪めた。

ブランチは優美な横顔を彼に向け、しっかりした口ぶりで答えた。「あなたに服従するわ、もちろん」

「もちろん、か」

ブランチは当惑して彼に向き直った。「なにを求めているの、ルシアン？　あなたがわたしを愛していないことは知っているわ。あなたは財産を得るだけのために結婚する。わたしは公爵夫人になりたい。単純な話じゃないの？」

ルシアンは憂鬱そうに彼女を眺めた。「そうなのか？」謎めいた口ぶりで言う。

ブランチは公爵に見つめられて気まずくなり、傷のある頬から目を背けて窓の外を見つめた。馬車が往来を通る音が聞こえる。

自分の唇に重ねられた唇のぞくぞくする感触や、さらなる約束を思い出して、彼女は期待に目をきらめかせた。


ルシアンはクッションにもたれ、馬車の窓から外の群集を眺めた。ブランチとは短く別れの挨拶をかわしてきた。ふたりとも、長時間一緒にいるつもりはなかったのだ。懐中時計を取り出して苛々と時刻を確かめ、ベストのポケットに戻す。そのとき御者が顔を出して、祖母との約束に遅れることを告げた。

「道が少々混雑してるんです、公爵閣下。下々の者が通りに集まってまして。この有象無象め、どうしようもありませんや」御者は通行人への嫌悪をあらわにしている。

「わかった、だができるだけ急いでくれ、でないと、もう一度ひげを剃らねばならなくなる」

ルシアンが淡々と答えた。

「承知しました、閣下」御者は低く笑いながらさっと席に戻り、すぐ前で道をふさいでいる荷馬車に悪態を浴びせた。荷馬車は車輪をひとつなくして止まっている。馬車は、この荷馬車と真後ろにいる別の荷馬車に挟まれて、細い道との交差点で身動きが取れなくなっていた。するとその細い道を農家の荷車が猛烈な勢いで走ってきた。荷車は、公爵の紋章がくっきりと目立つように描かれた大型の黒い馬車目がけて突進している。

恐怖の悲鳴、警告の叫び、車輪の轟音。ルシアンはなにごとかと顔をあげて外を見た。重い荷物を積んだ荷車がどんどん速度を増しながら、この馬車の横っ腹に向かって狭い道を駆けてくる。

ルシアンはとっさに窓から飛び出した。ドスンと石畳の道に落ち、転がって馬車の車輪から離れる。人々の顔や足が目の前を通り過ぎる。木材がバリバリと割れる音がした。馬車と荷車が衝突したのだ。一瞬、あたりが静まり返る。馬たちが怯えて棒立ちになり、いなないて静寂を破ると、群衆が騒ぎ出した。

乱暴に引っ張られて、ルシアンはよろよろと立ちあがった。飛びおりたときに上着やブリーチズの生地は裂け、泥だらけになっていた。かつらと帽子はどこかで野次馬の足に踏まれている。壊れた馬車や怪我人を見ようと、降りつづく小ぬか雨で濡れた石畳を踏んで大勢の人が続々と集まってきた。

「ひゃあ！　見事な宙返りでしたな、だんな」誰かが感心して褒めたたえた。「あんなに格好よく人が飛ぶのははじめて見ましたぜ。たいしたもんだ。かつらと片っぽの靴はあっちへ行って、それ以外はこっちに飛んできましたよ」男は思い出し笑いをした。

ルシアンは男に目をやった。毛むくじゃらの腕の上までシャツの袖をまくりあげ、太い胴回りに革のエプロンをつけている。このときはじめて、ルシアンは靴下が濡れていることに気がついた。肉屋の言ったとおり、片方の靴が脱げてどこかに行ったのだ。

「いやあ、すごかったですね。闘鶏よりずっと興奮しましたぜ、ほんとに。だんなはヒラメみたいにぺっちゃんこになるとこだった。おだぶつかと思いましたよ」

「公爵閣下！」御者が呼びかけ、野次馬の中で立っている公爵を見て安堵の表情になった。「ご無事ですか？　ああ、こんなことは生まれてはじめてです。閣下は轢き殺されたのかと思いました」

ルシアンは顔をしかめ、足を振って泥を落とした。「わたしもそう思った」

御者とともに、かつては乗り心地がよかった馬車の残骸に向かう。馬たちは縄を解かれ、馬丁になだめられていた。農家の荷車はまっぷたつに割れ、さかさまになって馬車の上に載っかっている。彼らがたたずんでいると、ぐらついていた檻のひとつが荷車の台から落ち、怯えた鶏が金切り声をあげながら飛び出してきた。羽根が飛び散る。ルシアンは羽毛で覆われた茶色いビロードの上着を見おろしたあと、御者に目を移した。御者は鼻の頭に落ちた羽根を取ろうとしている。自分たちが醜態をさらしていることに気づいて、ルシアンは思わず苦笑いした。

「誰の荷車だ？」自分はもう少しでこの残骸の下に横たわるところだった。それに思いいたったとき、面白がる気持ちは消え去った。

「妙ですね。名乗り出る人間はどこにもいないんです、閣下」御者が答えた。「まあ、暴走して公爵様を殺しかけたんですから、自分のだとは認めたがらないでしょうが」

御者はしばらく惨状を見つめていたが、乱れた格好ながら威厳を持ってすっくと立っている公爵を見ながら付け加えた。「しかし、どうして荷車があんなに速く走れたんでしょうね？　それほどの急な坂でもありませんし。ちょっと妙ですね、閣下」

そのとき馬丁のひとりが駆けてきた。異常なほど興奮している。「そこの男が、ふたりの荒くれ者を見たと言ってます。荷車を押して、どんどん速く動き出すのを確かめてから、一目散に逃げてったそうです」

「どうやら、誰かがわたしを殺そうとして面倒な事故を起こしたらしいな」ルシアンは険しい声で言って御者と顔を見合わせた。御者は腹立たしげに石畳にぺっと唾を吐き、正体不明の襲撃者に向けて悪態をまくし立てた。

「ほかの移動手段を見つけてこい」たくさんの馬車が事故現場を迂回しながらゆっくり通り過ぎていくのに気づいて、ルシアンは命じた。「片方だけ靴をはいた姿でここに突っ立っているのは目立つし、あまり格好がいいものではない」

ようやく祖母が住むバークレー・スクエアの立派な屋敷の大きなマホガニーの扉をノックしたのは、約束の二時間後だった。ふんぞり返っていた執事はルシアンを認めると卑屈におもねった態度になり、お仕着せ姿の従僕がずらりと並んだ廊下を通って応接室に案内し、ルシアンの到着を主人に告げにいった。

チクタクとときを刻む時計をちらりと見たルシアンは、遅刻への仕返しとしてわざと面会を待たされていることに気づいて苦笑した。バークレー・スクエアの屋敷で祖母がさまざまな計略をめぐらせているのは先刻承知だ。だから祖母のすることにいちいち驚きはしないし、むしろ面白いと思っている。が、苛々させられるのも事実だ。それこそが祖母の目的であることはわかっている。しかし今回は、祖母の思いどおりにさせるつもりはない。

ルシアンはゆったりとくつろいで、まさにこういうときのために持ってきたトランプをポケットから取り出した。シャッフルし、一脚の椅子を長椅子の前まで引っ張ってきて、つづれ織りのシートにカードを並べる。三十分後に執事がやってきて、謁見が許されたと告げたとき、彼はまだひとり遊びをしていた。

大儀そうに顔をあげ、気にかけるふうもなくもう一枚カードをめくる。「そろそろだと思った。公爵夫人に、じきにまいりますと伝えてくれ」面倒くさそうに言うと、ふたたび目の前のカードに注意を戻した。威厳を傷つけられた執事の表情を見て、かすかに笑みを浮かべる。執事はうなずいてぎこちない足取りで部屋をあとにし、ルシアンの低い笑い声を聞きながらしっかりと扉を閉めた。

十五分後、ルシアンは二階の応接室の前まで行った。ノックをして中に入り、窓の前に玉座のごとく据えられた袖つき椅子に歩み寄る。向かい側の小さな椅子に腰をおろすと、漏れ入る光が彼の顔を照らした。

「ボンジュール、お祖母様《グランメール》」ルシアンは公爵夫人に挨拶をした。口元に笑みをたたえ、女王のごとく差し出された手にキスをした。

公爵夫人がフンと鼻を鳴らす。「ひどいわね。二時間半も待たせるなんて。法外よ。まあ、おまえはいつもそうだけど」

「そのうち三十分はご自分のせいですよ。違いましたか？」ルシアンはふてぶてしく言い返した。

彼女はしぶしぶといった様子で笑った。「わたしの得意分野で勝とうというわけ？」

ルシアンは小さく笑いながら腰をおろした。「そんなことができた人間は、いまだかつていませんよ、グランメール」

公爵夫人はにやりとして、杖に寄りかかった。痩せて血管が浮いた手は、かすかに震えている。彼女は杖で、ブーツをはいたルシアンの脚をコンコンとたたいた。「馬小屋から出てきた下男みたいな格好でこの屋敷に来るなんて、わたしを侮辱しているわ。おまえたち若い者はちっとも身なりにかまわない。ブランチがおまえを怖がるのも無理ないわね。ときどき思うのよ、あの子をおまえの嫁に選んだのは間違いだったのかしらと」

ルシアンは自分と同じ琥珀色の瞳を無表情で見つめた。「グランメール、あの美女を怯えさせているのはこの傷でしょう。この海賊のような容貌が、単なる表面的なものではないことを恐れているのです」感情をこめずに言う。

「わたしが若いころは、ちょっとやそっとで怖がったりしなかったわ――まあ、それは昔の話だけど。でも最近、きれいに着飾って歩く人たちには気概というものがないわね。レースをひらひらさせて、きれいな蝶形リボンをつけているだけ。冒険心というものをまったく持っていないの」祖母は軽蔑をこめて愚痴を言ったが、ルシアンの笑みを見て尋ねた。「あら、なにをにやにや笑っているの？」

「いや、ある人物をお祖母様にぜひ会わせてみたいと思っただけです」

「女の人ね？」

「そのとおりです。しかし、彼女がレイピアを振り回し、馬を乗りこなし、十二人もの男を震えあがらせるところを見たことがありますので、性別については疑問を抱かれるかもしれません」

公爵夫人はクックックッと笑った。「たいした女みたいね。だけど、きっとわたしの知らない人だわ」

ルシアンは暗い笑顔になった。「ええ、もし会うことがあるとしたら、それはお祖母様の楽しめる状況ではないでしょうね」彼は婉曲に話した。

公爵夫人がバンと杖を床に打ちつける。「思わせぶりなことばかり言って。白状しなさい、誰なの？」ふと思いついて眉をつりあげる。「わかったわ、そんなに気概のある女だとしたら、オペラ歌手かかわいい踊り子でしょう？　いまはそれより、ブランチを祭壇に無事連れていくことを考えたほうがいいわよ。それ以外のお友達に費やす時間は、あとでいくらでもあるわ」

ルシアンは面白くもなさそうに笑った。「お祖母様を見ていると、この女のことを思い出すんです。ふたりとも強情で意固地、そしてわたしにとって目の上のたんこぶだ。お祖母様と弁護士どもは徹夜で、遺言書にあのひどい条項を付け加えられたんでしょうね」

「悔しい、ルシアン？」祖母はからかった。

「自分の人生に干渉されたくないんです。最後通告を突きつけられるのも気に入らない」彼は怒りをあらわにした。

「おまえは昔から頑固で扱いにくかったわ、赤ん坊のころから。いつも問題を起こすし、口答えばかり。小生意気な若造だった。だけど率直に言って、泣き虫のパーシーよりは傲慢なおまえのほうがましだった」

「だったらどうして、いとこのパーシーにわたしの領地を相続させる機会を与えようとしておられるんですか?」

公爵夫人は楽しそうに笑った。「おまえに言うことを聞かせるには、それしかなかったもの。最初は、財布の紐を固くすればいいと思ったわ。でもおまえは出ていって自分で資産を築き、同時に相当な評判を確立してきた」口調が冷たくなる。「二年間もわたしを無視したことは、まだ許していないのよ。一度だって会いにこなかったでしょう、ルシアン」その声からは、過ぎ去った日々の心の痛みが聞き取れた。

だがルシアンは平然としていた。「そんなに深く傷つかなかったようですね。傷ついたとしたら、いまわたしを脅してはいないはずです。わたしがあらゆることについてあなたに頼らなくてもよかったという事実が、腹立たしかったんでしょう。わたしは自活できることを証明し、相続するはずの財産の三倍を自力で儲けた。なのにお祖母様はいまだにわたしの人生を支配しようとしている。まあ、今回は成功しましたね。自由か領地か? 面白い選択肢です。しかしいまのわたしは、前回あなたを非難して財産を捨て、飛び出したときのような、短気な人間ではありません。プライドを捨てることもできます。あなたにいくら操られても、キャマリーの土地は大切なんです。わたしのものであり、誰にも渡しません」

「では、おまえは教訓を学んだわけね」公爵夫人はにっこり笑った。「わたしが自分のやり方を通すつもりだとわかるのにこんなに長くかかったのには驚いたけれど。いとこがおまえの財産を使い、おまえの家に住むのは許せないんでしょう？　妙な感じよね、パーシーがキャマリーの主人になってケイトが女主人だなんて。ケイトがしゃしゃり出ることは、おまえも知っているでしょう。ケイトがいるときパーシーの嫁は引っこんでいる――つまり、いつでも。ケイトは美人で冷酷で野心的、そしてルシアン、おまえに嫉妬している。あの子がおまえの頬を傷つけたのは、なにかのおもちゃを取り合っているときじゃなかった？　思いどおりにならないと、あの子は凶暴になる。ケイトは未亡人になって、パーシーのところに住んでいるわ。パーシーの嫁はどう思っているのかしら。気の弱い臆病な人だから、ケイトに顎で使われるでしょうね」

「本気でパーシーとケイトにキャマリーを譲るつもりだったんですか、グランメール？」ルシアンは冷たく訊いた。

束の間、公爵夫人は悲しげな顔になった。それから背筋を伸ばし、残念そうに答えた。

「まだわたしに腹を立てているのね。あなたに嫌われてしまったみたい。だけど、将来のキャマリー公爵には、ご先祖様が築いたものすべてを相続させたいの。血筋を絶やしたくはない。ラスボーン家の者にキャマリーの屋敷をずかずか歩かせたくはないわ。だけど少なくともパーシー・ラスボーンには子どもがいるのだし、血筋はつづく」彼女は強情に言い張ったが、ルシアンの顔を見るとわずかに視線を和らげた。「でも、できればおまえの子どもたちに継がせたいのよ、ルシアン。放っておいたら、おまえは絶対に結婚しないでしょう。わたしたちの名前と爵位を受け継ぐ子どもをつくる前におまえが死ぬんじゃないかと、わたしは希望を失っていたの」

「では、望みはかなうわけですね、グランメール」ルシアンは静かに言った。「そしてわたしはキャマリーを所有できる――でも、あなたを許すことは求めないでください」

公爵夫人は唇を震わせ、消え入りそうな声で話した。「おまえを相手に完全な勝利をおさめられると思ったことはないわ、ルシアン。たとえ勝っても、なにかを失うとわかっていた」

ルシアンは祖母の顔から目を背けた。年老いて疲れ、しわの入った顔だが、いまもそこには生き生きとした感情が表れている。彼は後ろめたく思いつつも罪悪感に屈しまいとした。これもおそらく、彼に影響力を行使するための祖母の戦略だ。祖母のことはよく知っている。胸を痛めているという演技にだまされはしない。ちらりと目を戻すと、祖母は口元に笑みをたたえてこちらを凝視していた。だが彼が向き直ったとき、笑みはすぐに消えた。

「わたしたちは互いをよく知っていますね。なにしろ、グランメール、わたしはあなたの孫ですから」

扉がノックされ、執事は階下に客が来たことを告げた。公爵夫人は辛辣な笑みを浮かべた。

「通しなさい」

ルシアンは炉棚まで行き、そこにかけられた鏡に映った自分の姿を見た。

「わたしが若い美人だったら、その傷を魅力的だと思うでしょうね、ルシアン」彼が傷跡を指でなぞるのを見て、祖母が言う。

彼は鏡の中の祖母にほほ笑みかけた。「そうですね、まあお祖母様は昔もいまも、勝気で冒険心のある方ですから。ご自分でもおっしゃったように、いまはそういう度胸のある女はほとんどいません」

公爵夫人が笑っているとき、執事がフェルサム卿すなわちパーシー・ラスボーンと姉のレディ・モーペスすなわちキャサリン――ケイト――を部屋に案内してきた。軽装のいとこがくつろいだ様子で暖炉の前に立っているのを見たとき、ふたりの顔から笑みが消えた。

「ルシアン」パーシーはぶっきらぼうに言ったあと、公爵夫人の手を取ってうれしそうな笑みを浮かべた。「いとしいお祖母様、今日はいちだんとお美しい」

「ばかなことを！　わたしはしわだらけの年寄りよ。でもまだ頭はぼけていないのだから、おべっかを使うのはやめなさい」

パーシーは顔を真っ赤にした。肩をすくめ、戸惑った顔をルシアンに向ける。「びっくりしたよ、ここできみに会うなんて。お祖母様とは口を利かないと思っていたから」

「ああ、たまには休戦するのさ。きみはがっかりしただろうけどね、パーシー」ルシアンは冷淡に言った。

「がっかりしなくちゃいけないの？」ケイトはそう言いながら腰をおろし、非の打ちどころのない横顔をルシアンに見せた。

「いつもながらきれいだね、ケイト」ルシアンは彼女をおだてた。「その美しさが顔の表面にとどまっているのは残念だが」そのとたん、彼女の顔から笑みが消えた。

淡いブルーの目が悪意をたたえて細くなるのを、ルシアンは見つめた。彼女の顔はこの上なく美しい。まるで天使だ。銀色がかった金髪と透き通る肌はこの世のものとは思えぬほど優美だが、それとは対照的に、目にはとてつもない冷酷さがうかがえる。パーシーは彼女の後ろに立った。彼の顔もケイトに劣らず整っていて、銀色がかった金髪はかつらで隠されている。唯一違うところはパーシーの琥珀色の目だった。ケイトがほんの数分早く生まれただけで、彼らは双子なのだ。ルシアンに向き合うふたりは、同じように考え、同じように呼吸しているようだ。子どものときからずっとそうだった。ケイトとパーシーは結託してルシアンに対抗した。幸いにもルシアンはふたりより大柄で、たいていは彼らを撃退できた。だが一度だけ不意を突かれたことがあり、そのときケイトに頬を傷つけられた――一生消えない傷を。顔から血がしたたったのを見たケイトのあどけない顔に浮かんだ勝ち誇った笑みは、いまだによく覚えている。

「顔の表面のことなら、あなたもよく知っているでしょう」ケイトは言い返し、彼の傷ついた頬を見ながら手の甲で自分のなめらかな頬を撫でた。

「不思議だと思わないか」ルシアンは世間話でもするような調子で言った。「見た目のきわめて悪いリンゴが食べてみたらすごく甘いこともあるし、逆に表面がつやつやと赤いリンゴの中身が腐っていることもある」

ケイトが怒りに息をあえがせるのを聞いて、パーシーは顔を真っ青にしてこぶしを握りしめた。「その腹を切り裂いて、きみがどれだけ腐っているのか見てみたいものだな、ルシアン」

公爵夫人が杖で机をたたいて三人の注意を引いた。「もうたくさん！　まるで路上の殴り合いだわ。わたしの屋敷では文明人としてふるまいなさい」

「お詫びします、グランメール、お気を悪くさせてしまいました」ルシアンは言った。「さて、そろそろ失礼します。約束がありますので」ばかにするかのように、短くかたちばかりのお辞儀をする。

「ルシアン」公爵夫人は震える声で呼びかけたが、彼の姿はすでになかった。

家に帰り着いたルシアンは、これ以上の苛立ちには耐えられない気分だった。机の上に置かれた手紙をもどかしげに見たとき、彼の目に浮かんだのは激しい怒りだった。なにもない。ボニー・チャーリーとふたりの仲間の消息や素性に関して、ひとことの言及も、なんの手がかりも。使用人が田舎から送ってきた報告書には中身がなかった。どうして人が魔法のように消えてしまえるのだ？　いや、魔法ではない――捜す場所、訊く相手を間違っているだけだ。田舎の村人がよそ者に仲間のことを話したがらないのは周知の事実だ。おそらく彼らはルシアンの使用人にでっちあげを話して無駄足を踏ませ、陰で笑っているのだろう。

あんな小娘など、簡単に忘れられて当然なのだ。なのにルシアンはいまでも彼女を思ってぼうっとなっている。まるで『真夏の夜の夢』で媚薬の作用によって頭がおかしくなり、狂ったようにヘレナに恋したライサンダーではないか。だが自分の人生は、いたずらをして騒ぎを引き起こす妖精の登場するシェイクスピアの芝居ではない。

もうたくさんだ。ルシアンはうんざりとした。社交の輪に加わって楽しもう。いくつかの舞踏会や夜会にブランチを連れていき、最近ご無沙汰していた知人たちと旧交をあたためるのだ。

机に置かれたデカンタを取ってブランデーを注ぎ、乾杯するようにグラスを持ちあげながらささやいた。「スミレ色の目をした黒髪の雌ギツネめ、くたばってしまえ」

「あそこで、あの傷ついた顔を見たときは、幽霊かと思ったよ」パーシーは毒づきながら杖と手袋をサテンの椅子に投げつけ、そわそわと歩き回りはじめた。

ケイトはワインレッドのビロードの外套をベッドにぽんと放った。まだ怒りで上気している顔を弟に向ける。「あいつは今朝死んだと思っていたのに。ところが、またしても失敗よ。どうして今度こそ始末できると思いこんだのかしら。これまでの試みで、あなたはあまり運がよくなかったわね。あなたはどうして、あの不器用なジェンセンが決闘でルシアンを殺せるなんて思ったのかしらね。いとこのルシアンの命は魔法で守られているような気がしてきたわ。仕掛けた事故であいつが死ななかったのは、今度で三回目？」

「ぼくの記憶が正しければ、最初のふたつはきみの発案だったよ。ええっと、まずは波止場で殺し屋をふたり雇って、夜にヴォクソール遊園からの帰り道のルシアンを襲わせようとした。凶悪な強盗の被害者に仕立てあげるつもりで——よくある事件だ。ところがどうなった？　ルシアンはひとりを剣で刺し殺し、もうひとりに銃弾をお見舞いした」

「あいつらはばかだったのよ」ケイトは退屈そうな口ぶりだった。

「ばか？」パーシーは神経質に笑った。「ルシアンを亡き者にできると考えたぼくたちが、ばかだったと思うけどね。もうひとつのすばらしい計画はなんだっけ？　ドルリー・レーンで活躍していたあの魅力的な女優に法外な金を渡してルシアンを誘惑させ、あいつが寝ているあいだにナイフで殺させようとしたんだ」

意味ありげに姉をちらりと見る。「あの女優は突然ロンドンを離れたんだよな。手首を折られて。しばらくイングランドに戻ってくるつもりはないらしい。ああ、そうさ、ぼくたちはなんてお利口だったんだ」

「もうやめて、パーシー。頭痛がするわ」ケイトはぴしゃりと言い、真っ赤な爪をした指で化粧テーブルをトントンとたたいた。

「今度はわたしが話す番よ。もう苛々してきたわ。なにをやってもうまくいかない。単純な殺人計画を立てようとしただけなのに、邪魔な人間が寄ってたかって集まってくる。それに、フィールディング兄弟（ロンドン初の警察隊を組織したことで知られる兄弟）のもとで働くボウ・ストリートの捕り手とかいう人たち。いったいロンドンはどうなっているのかしら」

「邪魔ばかり入る。しかし、ぼくたちはどうしたらいいんだ、ケイト？」パーシーは絶望的になっていた。

ケイトは首にかかった金の十字架を無意識に指でいじりながら、鏡に映る自分の姿を見つめた。

「うちの家系がカトリックじゃなく、王に反逆するいくつもの陰謀にかかわっていなかったとしたら、いまこんな窮状に陥ってなかっただろうに」パーシーが辛辣に言う。

「わたしたちがみんな浪費家じゃなかったら、いまこんな窮状に陥っていなかったのよ」ケイトは皮肉をこめて訂正した。「わたしたちが惜しげもなくお金を使っているというのが、恐るべき真実なの」

「金を使うことの、なにが悪いんだよ」パーシーは不満を述べた。「使って楽しめないなら、なんのために金があるんだ?」

「そうよね。まあ、いとこと違って、ラスボーンの家系が倹約家じゃなかったのが不幸だったというわけよ」

「しみったれ野郎め。ぼくたちを見下していやがる。おかげでこっちは、数ペンス恵んでもらうためにへいこらしなくちゃならない」パーシーは憤慨して好戦的な表情を浮かべた。

ケイトは立ちあがり、落胆の表情でまわりを見渡した。「どっちを見ても請求書ばかり。もう借金取りから逃げ回るのには疲れちゃったわ。たまには、礼儀知らずの田舎者が支払いの催促に来たのかとびくびくせずに来客の応対をしたいものよ。なんとかして、ルシアンが領地を相続するのを妨害しなくちゃ。あいつに死ぬ気はないようだから、もうひとつの計画を実行したほうがいいと思うわ」きっぱりと言い、唇に期待の笑みを浮かべた。「あなたも楽しめるはずよ」

パーシーがにやりとする。「目立たないようにやってきたからね。あの女はこっちのものさ」両手を握り合わせて万力のように締めつけた。

「かわいそうに、ルシアンはどんなに恥ずかしい思いをするでしょうね、祭壇で待ちぼうけを食わせられたら。だって、そういうことになるんだもの」

パーシーは低く笑った。「ルシアンが屈辱的な目に遭うのを見たいんだろう？　よく思ったものだよ、親愛なる姉上、きみがあの傲慢ないとこに片想いをしているんじゃないかって。あいつは一度もきみのほうを見てくれなかっただろう？　しかたないけどね、あんな傷を負わせてしまったことを思うと」

「言葉に気をつけなさい、さもないとあなたの心臓をくりぬいて夕食のお皿に載せるわよ」

ケイトの声はこわばっていた。

「休戦しよう」パーシーは笑って、なだめるように両手をあげた。「ふたりで組めば、ぼくたちは無敵だ。力を合わせて切なる望みをかなえるんだ。ルシアンを、ぼくたちの足元に這いつくばらせてやる」

「いつルシアンの許嫁を誘拐するつもり？　時間がなくなってきたわ。いますぐ行動しないと」

「ああ、明日の夜にハリアー卿夫妻が開く舞踏会が絶好の機会だと思うよ」パーシーは悦に入っている。

ケイトは期待に胸躍らせてにんまり笑った。「楽しい夜になりそうね」

「息を吸って」メアリーはサブリナのコルセットのレースをぎゅっと引っ張り、背中で軽く結んだ。コルセットの前身ごろは十字模様の入った黒い生地で、胸元が大きく開いている。

サブリナは椅子に座って大きくため息をつきながら、黒いシルクのストッキングを膝の上まであげて、銀色のリボンがついたフリルのガーターで留めた。

メアリーが心配そうに見やる。「きつすぎる？　コンテッサが身支度を急いでくださったら、わたしたちもメイドに手伝ってもらえるんだけど。わたしはあまり、こういうのが得意じゃないのよ」メアリーは謝った。

「お姉さんは、ちゃんとやってくれているわ。さて、この張り骨を持っていてね」サブリナはメアリーが支える幅広い張り骨に体をくぐらせた。その上から銀糸を縫いこんだ上等なシルクの黒いペチコートをはき、白いサテンのドレスを着た。ドレスには黒と銀の刺繍が施され、袖口にはフリルのついた黒いレースのひだ飾りがつき、スカートの前の切れこみからはペチコートがのぞいている。

「すてきね、サブリナ」メアリーが感心して言う。サブリナは縁が銀色の、白いシルクのハイヒールの靴に足を入れた。

「なかなかのものね」サブリナは冗談めかして答えた。「まあ、それが侯爵の狙いだもの」ダイヤモンドの耳飾りをつけてペンダントを首からさげる。

「お先にどうぞ」とメアリーに言って、前にある小さな箱に入ったビロードのすべすべしたつけぼくろを指さした。メアリーは片方の頰に小さなシルクのほくろをつけ、鏡で見て確かめた。

「わたしじゃないみたい」笑ってつけぼくろを外すと、なめらかな頬はピンク色に輝いた。ダマスク織りの白いドレスには一面に花や鳥の刺繍が施され、彼女が鏡に背を向けるとき、さやさやと衣擦れの音がした。

サブリナは小さなハート形のビロードの黒いつけぼくろを取って、丁寧に口の端につけた。それから小さな器を取って唇に紅を差す。鏡を見ると、そこに映っているのはまるで他人だった。たっぷりの白い髪粉のおかげで髪の黒さは隠され、頭を動かすと耳の後ろで細かなダイヤモンドがきらきら光った。

「美しいわ、リナ」メアリーはさりげなく言った、彼女自身の赤毛は白い髪粉を振られ、金のヘアピンで留められている。首にさげられた小さな金のロケットは、耳につけた金の輪や真珠をはめこんだバックルとよく合っている。「あなたにダイヤモンドを貸してくださるなんて、コンテッサはご親切ね」光り輝く宝石を見ながら、メアリーは言った。

「親切？」サブリナは疑わしげに訊き返したあと立ちあがり、麝香の香りをつけた肘までの手袋をはめ、扇とハンドバッグを取ってメアリーに向き直った。「行きましょうか？」

侯爵とコンテッサは応接室で待っていた。侯爵は赤紫色の刺繍が入ったクリーム色のシルクのスーツを着ている。コンテッサのほうは、ワインレッドのダマスク織りのドレスをまとい、首には血のように赤いルビーをつけた、豪華な装いだった。

「きれい《ベル》」コンテッサは驚嘆の目で姉妹を見つめながらつぶやき、喜びに目をきらめかせた。

「なんと、おまえたちふたりがこんなに対照的だとはな」侯爵は興奮に手を打ち鳴らした。感心してふたりの美しい娘を見る顔からは、さっきまでの苛立ちは消えていた。「すばらしい。大満足だ。しかし、ちょっと神秘的にするため、これをつけろ」ふたりにそれぞれ、顔の上半分だけを隠す黒いビロードの覆面を渡す。「大流行の仮面だ」

サブリナは覆面をつけると鏡で自分の顔を見た。笑みが大きくなり、声をあげて笑い出す。メアリーのほうを向くと、姉も驚いて息をのんだあと笑いはじめた。

侯爵の顔が険しくなった。「なにがそんなに面白いのだ？」むっとして尋ね、憤慨してふたりの娘を交互に見る。

「昔から、どんな感じなんだろうって思っていたのよ、リナ」メアリーは神経質にクスクス笑った。

「はじめての舞踏会に覆面をして行くなんて、皮肉なものね」サブリナは含み笑いをして、小さな鼻の上で覆面をまっすぐに直した。

「おまえたちふたりがなにを話そうと、わたしの知ったことではないが」侯爵が不服そうに言う。だがコンテッサは黙りこみ、覆面をしたサブリナの顔に見入っていた。

「どこかで見たような気が……」美しい顔に困惑を浮かべてつぶやいた。

「さあ、そろそろ行くぞ、いまでもかなり遅れているのだ」侯爵がさえぎった。「ほれ、これが仕立屋から届いたところだ」娘ふたりに、肩にはおるスカーフを渡す。メアリーは白いビロード、サブリナは銀の雲のようにふわりと肩を覆う薄絹だった。

一行は黙ってロンドンの街路を進んだ。聞こえるのは、バークレー・スクエアへの石畳の道を走る車輪の音だけ。やがて、ほかの馬車が静寂を破った。御者たちは互いに大声でののしり合っている。

「ちくしょう、渋滞だ」侯爵はパーティに来た客をおろすため長い列をつくっている馬車を窓から見て、ののしりの言葉を吐いた。

彼らの馬車は、がくんと動き出してはまた止まるという繰り返しのあと、ようやく広大な屋敷の明るい玄関で止まった。お仕着せ姿の従僕たちは、客に赤絨毯を歩かせて扉まで案内している。

メアリーがサブリナの手をぎゅっと握り、ふたりは侯爵夫妻のあとについて混雑した玄関広間に入っていった。明るく輝くシャンデリアの下を、人ごみを抜けて進む。侯爵は知人とすれ違うたびに大声で挨拶をかわした。美しい妻と娘たちに囲まれて大階段をあがるとき、好奇心と興味あふれる視線を向けられ、彼は尊大な笑顔になった。

「いとしいジェームズ」侯爵を見て、宝石で飾り立てた女性がうれしそうに声をあげた。「わたしのささやかな舞踏会のためにロンドンに戻ってきてくれることを願っていたのよ」侯爵の横で黙ってたたずむ覆面をしたふたりの娘に、興味津々の視線を向ける。「奥様のコンテッサにはもうお会いしたわ」と言って夫人にほほ笑みかけた。「だけど、わたしの聞き間違いかしら？　この方たちが娘さんだなんて？　あなたにご家族がいたなんて、ちっとも知らなかったわ」驚きを装ったあと、いたずらっぽくコンテッサを見て意味ありげに付け加えた。「もちろん、コンテッサの娘さんかもしれませんわね。この方たちの母親くらいの年齢でいらっしゃいますでしょう？」

コンテッサは小さく笑った。「いいえ、この子たちはジェームズの最初の奥様が産んだ娘ですのよ。でももう少ししたら、わたしもジェームズの子どもの母になりますけれど」レディ・ハリアーにそう告げると、残念そうに言った。「女が子どもを産めないほど年を取るのは悲しいことですわ、そうではございません？」訳知り顔で相手を見る。

レディ・ハリアーははっと息を吸い、むっつりと口を曲げた。「どうしていままで娘さんたちにお会いしなかったのかしら？　どこかに隠していたのね？」

侯爵は無邪気な顔でほほ笑んだ。

「隠していたとは心外だね、レディ・ハリアー。わたしはふさわしい機会を待っていただけだよ、美しい娘を上流社会に紹介する機会をね」いかにも父親らしい誇りを浮かべた笑顔で娘たちのほうを見る。「紹介しよう、こちらがレディ・メアリー、長女だ。それからこっちのかわいいレディ・サブリナは、父親似だと言われている」謙遜したように言った。

レディ・ハリアーは楽しそうだった。「今夜はすばらしい夜になりそうね。お客様はみんな、とくに殿方は、もったいぶって覆面で隠したお顔を拝見したくてやきもきするでしょう」

「本当にそう思うかね？」侯爵はとぼけて尋ねた。

レディ・ハリアーはあきれたように笑った。「ふざけないで、ジェームズ。さあ、娘さんたちにお金持ちの求婚者を見つけにいって」

彼らは人ごみの中を進んでいった。侯爵は特定の人物を探し、選り抜きの相手だけにメアリーとサブリナを紹介し、ふさわしくないと思った人間は鼻であしらった。楽団が音慣らしをしてうるさい会話をかき消していくと、サブリナは思わず興奮に巻きこまれ、期待で足をトントンと踏み鳴らしはじめた。

淡いブルーのブロケード織りに身を包んだ太った若者の前まで来たとき、侯爵は唐突に立ち止まり、メアリーとサブリナを自分の横に引き寄せた。「公爵閣下」無遠慮に声をかける。「はじめて都会へ出てきた田舎育ちの美女を紹介させてください。メアリー、サブリナ、こちらはグランストン公爵だ。我が娘です、閣下」

彼らは丁寧にお辞儀をした。ふたりの手袋をした手にキスをするとき、公爵の色の薄い目は興味深くきらめいた。「お目にかかれて光栄です」彼は酔っていて、ろれつが回っていなかった。「踊ってくださいますか？」返事を待ちもせず、メアリーを踊りの輪に連れていった。

「途方もない金持ちだ」侯爵は満足の笑みをたたえてコンテッサにささやきかけた。「ほら、簡単だろう、ルチアーナ？　望めばヴェネチアの半分も買えるくらい裕福になれるぞ」

コンテッサは鼻で笑った。「あなた《カーロ》、あまり期待しすぎないほうがいいわよ、いまはまだやさしくたしなめる。

「そうよ」サブリナは苦々しく言った。「従順な花嫁と、それにもちろん、その気のある花婿が必要よ。どちらも手にできるほどの幸運に恵まれていると思う？」

侯爵は嫌悪の表情でサブリナを見た。「はじめて見たときから、おまえが問題児であることはわかっていた。だがわたしの言ったことを忘れるなよ、いいか？」意味ありげに娘を見たあと、コンテッサに言う。「すぐに戻る。ちょっと話をしたい男を見つけたので」

サブリナは覆面の下で反抗的な表情になり、きびきびと人ごみの中を歩いていく侯爵を見送った。思いにふけっていたので、冷たい指で触れられたときは驚いてびくりとした。

「ねえ、抵抗しても無駄よ」コンテッサは穏やかに言った。「彼は自分のしたいようにする。あなたにはどうしようもないと思うわ」

「どうしようもない？」サブリナは辛辣に応じた。

コンテッサは肩をすくめた。「あなたがジェームズに愛情を抱いていないのは知っているわ。確かに彼はいい父親じゃなかった。でも、いまはわたしの夫なの。彼には欠点もあるけれど、あなたとそっくりなあのスミレ色の瞳を見たら、なにもかも忘れて許してしまうのよ。いつか男の人があなたの目を見るわ、かわいいサブリナ。そうしたら彼もあなたの欠点を忘れてくれる。ええ、そうよ、あなたには父親と同じ欠点がある。そう思わない？　あなたは強情で怒りっぽくて、意固地、そしてとても美しい。あなたは自分のやり方を通すことに慣れている。なのに父親が来て、あなたの計画を台なしにした。気の毒だとは思うわ。だけどわたしも生活していかなくちゃならないの。わたしたちはお金に困っている。もしあなたがお金持ちと結婚してくれたら……」申し訳なさそうにほほ笑む。「わたしたちは財産を贈与していただけるわ」

「つまり」サブリナは怒って言った。「支払いね。わたしはいちばん裕福なお客に売られるんだわ」

「身もふたもない言い方だけど、そのとおりよ。世の中、そういうものなの。人が結婚するのは、美しさのためか、お金のため。残念ながら、両方を持っている人は少ない。あなたが持っているのは美しさ。そしてあなたを得る男は、とても裕福でなければならないの」

　サブリナはうんざりして顔を背けた。きらびやかな舞踏会は、突然けばけばしく感じられ、気分が悪くなった。

「あなたはそんなに若いのに、あまりにも世をすねているわ」コンテッサは射貫くようにサブリナを見据えた。「もちろん、これまでつらい生活を送ってきたのはわかるわ。家族を養わなくてはならなかったのよね。それで不思議に思ったのだけど、あなたたち、いったいどうやって生きてきたの？　ジェームズは仕送りをしていなかったでしょ」

　サブリナは肩をすくめた。「地代収入もあったし、母方の祖父から少し遺産を受け継いだから」彼女はうそをつき、高慢な顔でコンテッサを見つめた。

「だったら、わたしが口を出すことはないわね、サブリナ」コンテッサは義理の娘のよそよそしい態度を意にも介さずに笑った。「あなたはプライドが高いのね？　きっとお父様は手を焼くわ」

　サブリナは覆面の下で目をきらめかせてほほ笑んだ。「あの人が思っている以上にね。ごめんあそばせ《ミ・スクージ》、コンテッサ」とささやき、熱心なパートナーに手を引かれていった。

コンテッサは束の間ぽかんと口を開けた。あの同じかすれた声でイタリア語を話した、もうひとりの覆面をした人物を思い出したのだ。どうしよう《ディオ・ミオ》、とても信じられない。まさかそんなことが！　けれど、あの追いはぎについてはなにか気になることがあった——この小娘にも。あのときはばかげた疑念だと思ったけれど、いまはそうとも思えない。女だけに察知できるもの、いくら変装していても直感でわかることがあるのだ。

「なにを考えこんでいるんだい？」侯爵がコンテッサの横に来て腰に腕を回した。

コンテッサはぎくりとして彼のほうを見たが、警戒を解いて慈しむような笑顔になった。

「なにもないわ、カーロ、あなたが心配することはなにも。ただ、お金をどう使おうかと考えていただけ」とごまかす。当面、この発見は秘密にしておこう。万一あの小娘が手に負えなくなったら——そのときは、この驚くべき情報を自分たちの有利になるよう用いるのだ。

「さて、控え目に言っても、ルチアーナ、娘たちはかなりの評判になっているぞ」彼は自慢げに言い、メアリーとサブリナが花婿候補であるパートナーの腕に抱かれて踊るところを満足の笑顔で見守った。「ふさわしい義理の息子を得るのは難しくなさそうだ。なんの問題もない」

侯爵は次から次へと裕福な求愛者を連れてきたので、サブリナは顔も名前もわからなくなっていた。足は疲れ、頭はひどく痛む。ほんのちょっとでいいから座りたかった。

「これ以上動けそうにありませんわ」ダンスの相手をしていた若い男に言った。えくぼを浮かべてほほ笑み、覆面の後ろでスミレ色の目をきらめかせて男を見あげた。

「そうですね、いとしのレディ・サブリナ。あなたがお疲れだということに気づかなかったとは、ぼくはなんてうかつなんでしょう」若い紳士はこんなに美しいパートナーを失う落胆を隠して即座に謝罪した。まだ別れたくなかったので、彼女を脇へ連れていき、シャンパンを満たしたゴブレットのトレーを運ぶ従僕を見ながら照れくさそうに付け加えた。「新鮮な空気をお吸いになりたいなら、庭まで付き添わせてください。それからシャンパンをお持ちします」

サブリナは感謝の笑みを見せた。目があたたかくきらめく。「すばらしいですわ、ご親切な方ですのね」

若い紳士は喜びで満面の笑みになり、サブリナの美しい目をぼうっと見つめた。バルコニーの手すりの真下にある石の椅子に彼女をゆったりと座らせ、あわてた足取りで人ごみの中に戻っていく。ところが次の瞬間、すぐそばで声がしたので、くつろいでいたサブリナはびくりとした。さっとまわりを見回したが、誰もいない。そのとき声が頭上から聞こえていたことに気づいて、彼女はにやりとした。人目につかないバルコニーでカップルが密会しているらしい。

「遅いじゃないか」

「ごめんなさい、パーシー。どうしても彼をまけなくて」女はすねて不平をこぼした。「わたしのこと、全然気づいてくれなかったじゃない。あの覆面の女ばかり見ていたでしょ」

「落ち着けよ、ブランチ。わかっているだろう、ぼくが愛しているのはきみだって」パーシーと呼ばれた男は彼女をなだめた。「ちょっとあの娘のことが気になっただけさ」

しばらくふたりは黙りこみ、そのあとくぐもった忍び笑いが聞こえた。

「ほら、これでぼくの愛が証明できただろう？」パーシーがなめらかに訊く。

「ああ、パーシー、ずっとあなたと一緒にいられたらいいのに」

「実のところ、ブランチ、今夜はずっと一緒にいようかと考えていたんだ」

「今夜？　でも、どうやって？」ブランチの声は、興奮でなのか震えている。

「ぼくのいとこに、頭痛がするからもう帰ると言うだけでいい。ぼくもこっそり抜け出すよ」

パーシーは言葉巧みに説得した。

「まあ、どうしようかしら」ブランチは決めかねて迷っているらしい。

「いとこの心配なら、しなくていい。あいつは、きみがいなくても気にしない。あの黒と銀色のドレスを着た魅力的な女しか目に入っていないから」

サブリナは面白くもなさそうにほほ笑んだ。自分はその男と踊ったのだろうか。いとこと恋人にだまされているらしい哀れな男と？

「わかったわ」ブランチはにわかに心を決めたようだ。「あとで会いましょう。でも、どこで？」

「誰にも疑われないよう、細心の注意を払わないとね。きみが直接いとこに話したら、やつは自分の馬車を使えと言い張るだろう。だから、先に帰ったという伝言を届けさせるんだ。それから家に帰るふりをして貸し馬車に乗る。でも角を曲がったところで馬車を止めさせろ。

そこでぼくがきみを拾って、ぼくの馬車に乗せる」

サブリナは黙って、別れていくふたりの足音を聞いていた。彼らの欺瞞を思うと、皮肉な笑みが口元に浮かぶ。それから苛々とため息をついた。シャンパンを取りにいった若者はどこにいるのだろう。近づく足音を聞いて、待ちかねたように顔をあげ、歓迎の笑みをたたえた。

「わたしのことをお忘れになったのかと思いましたわ」やさしく言う。

「忘れるものか、サブリナ」近づいてきた人物が目の前で立ち止まり、嘲るような声で答えた。

サブリナはあっと恐怖の声をあげ、シルクの服をまとった長身の男を狼狽の目で見あげた。キャマリー公爵。「ルシアン」かすかな声でささやく。

「きみはレディ・サブリナ・ヴェリックなのか?」ルシアンは軽蔑に唇を歪めた。「きみが崇拝者と出ていくのを見て、彼の代理を務めることにした。やつはがっかりしていたがね」

サブリナの両腕をつかみ、懲らしめるようにきつく締めあげる。「さあ、答えろ」

「そうよ」サブリナは認めた。ルシアンが片方の腕を放してさっと覆面を取り払うと、彼女は顔をしかめた。引っ張って立たされるとき、無言で彼を見つめた。

「では、歴史は繰り返すわけだ。わたしはきみの覆面を外す役目を帯びているらしい。そのたびに、あらわになったものを見て驚かされる」頭上のバルコニーから漏れる光に照らされ、ルシアンは彼女の真っ青な顔を見つめた。嘲笑に口を歪めて非難の言葉を浴びせる。「きっとわたしを笑ったのだろう。わたしを愚か者だと思っただろう」

彼は自嘲めいた笑い声をあげる。「踊っているきみとすれ違ったときは、この目を疑った。幽霊を見ているに違いないと思った」

「わたしのことがわかったの？」サブリナは驚いて尋ねた。

「いまはスカートをはいているが、覆面は同じだ。皮肉じゃないか？　その大胆さは褒めてやろう。いつも覆面をしているから、ないと裸になったように感じるのか？　たまたまわたしがここにいて、きみのお遊びを台なしにしたのは悪かったな。わたしをだませると本気で思っていたのか？　その高慢な歩き方を見れば一目瞭然だぞ」

サブリナは彼の目を避けた。彼の腹の底で怒りがくすぶっているのはわかっていた。「あなたに会うとは思わなかったの」弱々しい声で言う。

ルシアンは出し抜けに彼女を揺さぶり、顔を上に向けさせた。「なにを企んでいるんだ、サブリナ？　侯爵の娘が追いはぎに変装するとは、どういうつもりだ？　侯爵も仲間なのか？」それからふと思いついたように、彼女を見据えた。「やつは知らないんだな？　答えろ。どうなんだ？」ルシアンが耐えられないほどきつく体をつかんだので、サブリナは悲鳴をあげた。

「放して。痛いわ、ルシアン」

「まずは質問に答えろ。そうしたら放してやる」

「父は知りません」サブリナは観念して認めた。

ルシアンは手の力をゆるめたが、完全に解放はしなかった。「わたしの馬車が襲われたとき、レイントン侯爵はひどく怯えていた。その態度は真に迫っていて、とても芝居だとは思えなかった。それに、彼とコンテッサは数年間外国にいてイングランドに戻ったところだ。ということは、きみの活動を知るよしもなかったわけだ。わたしの記憶が正しければ、何年も家族に会っていないと言っていたな。すばらしい。きみは自分の父親に強盗を働いたわけだ。あのとき、きみは気づいていたのか？」

サブリナは伏せた目から挑むようにルシアンを見つめた。怒りが募るにつれ、彼が突然現れたときに感じた恐怖は消えていった。「いいえ。あれが父だとは気づかなかった。コンテッサに会ったときはじめてわかったのよ。侯爵が言ったと思うけれど、わたしたちはあまり親しい家族ではなかったから」

「まだ質問がある、サブリナ」ルシアンは静かに言った。「今度は逃がさないぞ」目がきらめく。

「何様のつもり？　わたしの人生に口を出す権利はないわよ」

「権利ならある」ルシアンは冷たく反論した。怒りで彼女を握る手の力が強くなる。「きみはわたしに説明する義務があると思うよ、サブリナ」

「どんな義務もないわ。どういうつもり？　わたしの正体を暴露することはできないでしょう。それはあなたにとっても、あまりに屈辱的だわ。それに、わたしはもう追いはぎはやめたの。それを聞けばあなたも満足でしょう」

「きみのすべてを知るまでは満足しないぞ、サブリナ。きみは謎だ。きみという難問をぜひ解き明かしたい。きみを追いかけてさんざん振り回されたんだ。これほどしゃくにさわる女はいない」彼は小さく毒づいた。

「誰も、あなたに追いかけてと頼んでいないわ。口を出してなんて頼まなかった。わたしたちが一緒にいたら、お互いを怒らせるだけよ。だからお願い、いえ、要求するわ。わたしにかまわないで」

ルシアンは歯を食いしばり、悪態をついてサブリナを乱暴に引き寄せた。「わたしは、きみを見つけて、ばかにした報いを受けさせてやると心に誓った。必ずそうする。きみの父親が侯爵だろうが従僕だろうが、きみは罰を受けるんだ、サブリナ」そう言うと彼女の唇を奪った。彼は怒りの抵抗をキスで吸い取り、貪るように口を動かす。サブリナはもがいた。この傲慢な公爵に対する本当の気持ちを知られたくない。けれどもルシアンは反抗を許さずキスをつづけ、やがてサブリナの唇がゆるみはじめた。

「サブリナ!」小道から声が響いた。

ルシアンはしぶしぶ顔をあげた。ふたたび彼女を呼ぶ声がする。サブリナは荒く息をつきながら身をよじってルシアンの腕から逃れたが、ルシアンは手首を握って放さなかった。

侯爵は並んで立っているふたりを見つけ、怒ってずんずん歩いてきた。最初のうち、侯爵は男が誰なのかわかっていなかった。「いったいどこにいたのだ、サブリナ? そこの人、すまんが――」無愛想に言いかけたが、サブリナの横にいる人物の正体に気づいて言葉を切った。「なんと、公爵閣下、どうしたのです？」サブリナのほてった顔ときらめく瞳を鋭く見たあと、おずおずと公爵に目を向ける。「失礼します、閣下、娘に会わせたい相手が何人かいるのです。この子は今日社交界にお目見えしたばかりで、男性とふたりきりで庭を歩くと悪い評判になることを知りません。さあ、サブリナ」彼はこわばった声で言い、娘の腕を強く握って公爵から引きはがした。「ではまたのちほど、公爵閣下」

「娘さんを引き止めて申し訳ない」ルシアンはさりげなく言って歩き去った。

「いったいなにをしていたんだ？」公爵の姿が見えなくなるやいなや、侯爵はサブリナを叱責した。「あいつに評判を台なしにされてしまうぞ。そうしたら、おまえを誰とも結婚させられなくなる」

「しかたなかったのよ」サブリナは素っ気なく言った。ルシアンと会ったことで、まだ神経がぴりぴりしている。「公爵に肘鉄を食らわすわけにはいかないでしょう？」

侯爵は苛々と息を吐き出した。「そうだな。しかし、あの公爵に狙いをつけても無駄だぞ。結婚しているも同然なのだ。来週婚約者と式を挙げる予定だから」それを聞いたサブリナの目に浮かんだ苦痛には気づいていない。「残念だ、あれだけ裕福なのにな」

そのあとは、なじみのない声や顔に囲まれて、ぼうっとしたまま時間が過ぎていったように思われた。顔をあげるたび、サブリナはルシアンの存在を意識させられた。彼はいつも唇に冷笑を浮かべ、琥珀色の目でこちらを見つめていた。侯爵は娘たちを操って、結婚相手にふさわしい上流の独身者――とくにグランストン公爵――に近づけようとしている。

侯爵がようやく今夜は終わりにしようと決めたとき、サブリナは青ざめてぐったりしていた。今夜の成功を思って父が勝利の笑みを隠そうともしていないのを見て、彼女は胸が悪くなった。不安な面持ちでコンテッサを見やると、相手は悦に入った笑顔で意味ありげにサブリナの一挙一動を見守っていた。まるで、あなたの秘密を知っていると言うかのように。でも、いったいなにを発見したのだろう。サブリナは落ち着きなく両手を組んだ。首に回された縄がじわじわ締まっているような気分だ。黙りこんでいるメアリーをちらっと見る。姉はこめかみに手をあてていた。メアリーがなにを感じているのか、聞き出さねばならない――もしなにかを感じ取っているのであれば。

でも尋ねる必要はなかった。その夜遅く、着替えているときに、メアリーのほうから話しかけてきたのだ。サブリナに向き合ったグレーの瞳には不安が浮かんでいた。

「この状況は気に入らないわ」肩のところで髪を三つ編みにしながら、メアリーは切り出した。「もうすぐなにかが起こるという気がするのよ、リナ。止められるかどうかわからない」

「なにを止めるの？」

「〝なに〟ではなく〝誰〟よ。あの公爵。今夜あの方を見かけたの。いままでは夢の中でしか見ていなかったけれど、今夜生身の彼を見たわ。怖かった。すごく残忍そうな人ね」メアリーは身を震わせた。「彼はあなただけを見つめていたわ、リナ。あなたに気づいたんじゃない？」

サブリナはうなずいた。「ええ、そしてわたしの正体も知った。だけど、あの人になにができるかしら。彼の話を信じる人がいるとは思えない。だいいち、そんな話はスキャンダルを引き起こすだけだし、彼はそれを望まないでしょう」スミレ色の瞳を曇らせ、答えを求めてメアリーを見る。「でもあいつは信用できないわ、メアリー。わたしにばかにされたと思いこんでいて、復讐したがっているの。復讐を果たすまで、あきらめないでしょう——つまり、なんらかの手段でわたしの身を滅ぼそうとする。どうしていいかわからない」震える声でささやいた。

「ヴェリック・ハウスに戻りたいわ、リナ」メアリーは唐突に言い出した。その声にはこれまでにない強い決意が聞き取れた。「ロンドンにいるのは危険よ」

サブリナは手で覆っていた顔をあげた。「危険？」信じられないとばかりに言う。「まさか、ルシアンがわたしになんらかの危害を加えようとしているの？」

「いいえ、体が傷つけられるような危険は感じない。だけど、彼はなにか問題を起こそうとしているわ、リナ。今夜、なにか不穏なものを感じたの。邪悪なことが起こっているという感じ。寒気がして、金縛りになったように動けなかった。きっと誰かが死んだのよ、リナ。なんらかのかたちで、それはわたしたちに関係がある」メアリーはサブリナの手をつかんだ。彼女の手があまりに冷たかったので、サブリナはぞくりとした。

「ここを出なくちゃ、リナ、すぐにでも」メアリーは言い募った。

サブリナは痛くなるまで唇を噛んだ。「どうやって？　侯爵はリチャードとマーガレットおば様のことで脅迫したでしょう。あいつは実行するわよ、わたしたちが降参しなかったら」

サブリナはすすりあげた。必死でこらえようとしていたのに、涙があふれ出た。「どうしていいのかわからない。侯爵の計画をつぶすことをなにか考えなくちゃ。できるだけ早く。少なくとも、ルシアンにはなにもできないわ。それに」サブリナはかすれた声で付け加えた。「あいつのことはもうあまり心配しなくていい。来週結婚するんだから。そうしたら、わたしの存在なんて忘れてしまうでしょう。ほかのことで頭が一杯になるわ。わたしだって、あいつを気にするつもりはない。侯爵の対処に全精力を注がなくちゃいけないんだもの」

メアリーは上の空でうなずき、まだ寒気を感じながらベッドに潜りこんだ。眠ろうとしたけれど、心の奥では一本道を走る馬車の姿がまだ見えていた。恐怖の悲鳴が聞こえ、そのあと墓場が静寂に包まれる。この予知が自分たちとどうかかわっているのかわからず、彼女は困惑したまま浅い眠りに落ちていった。

パーシー・ラスボーンはぐったりと倒れたレディ・ブランチ・ディーランドを見おろした。血みどろの手を不快そうにブリーチズにこすりつける。ブリーチズが汚れてもかまわない。とにかく手のねばつきを取り除きたい。彼はブランチの体を魅入られたように見つめつづけた。彼女は死んだ。パーシーが心臓を刺したのだ。驚くほどあっけなかった。なにしろブランチは露ほども疑っていなかったのだ。きらめく刃を見、その冷たさを自らの肌で感じるまでは。そのあと彼女はおぞましい悲鳴をあげた。パーシーは首を振った。あの悲鳴はまだ耳の中でこだましている。

しきりに手をブリーチズでぬぐいながら、このあとどうしようかと思案した。暗闇を怖がるブランチを道路から離れた森の中まで連れてきていた。死体をここに残して、御者がひとりで待っている馬車に静かに戻れば、御者は彼女もすでに馬車の中にいると思うのではないか？　そうしてどこかの街角で止めさせ、レディをそこでおろすふりをすればいい。彼女が馬車に戻らなかったことに、御者は決して気づかないだろう。

パーシーは満足の笑みを浮かべ、無感情にブランチの死体を見おろした。「ぼくやケイトを出し抜いてきみが財産を手にできるなんて、本当にそう思っていたのかい、ブランチ？」甘い声を出す。「自分がキャマリーの女主人になれると思ったとは、ほんとにばかな娘だよ。哀れで愚かな、かわいいブランチ」彼は嘲った。血をぬぐい取ろうと、依然として手を太腿にこすりつけている。「ルシアンは終わりだ。きみが姿を消したのに気づいたときには手遅れだ。公爵夫人が認める花嫁を新たに探す時間はない。そうしたらキャマリーはぼくのものになるのさ」

きびすを返し、死体をちらりとも振り返ることなく、ブランチ・ディーランドを殺した空き地をあとにする。期待の笑みをたたえて、人気《ひとけ》のない道端で待つ馬車まで戻った。ケイトは誇りに思ってくれるだろう。本当にルシアンに勝ったのだ。許嫁に逃げられ領地を失ったと知ったときのルシアンの顔を見るのが待ちきれない。気の毒なルシアン。パーシーはひとり静かに笑いながら、ロンドンまでの長い道のりに備えて座席のクッションにもたれかかった。

失われた愛というものは存在しないのです、だんな様。
――スペインの作家ミゲル・デ・セルバンテス

9

サブリナが耳たぶに真珠のイヤリングをつけているとき、メアリーが部屋に入ってきた。衣擦れの音をさせて歩いてくる。

「メアリー」サブリナは鏡に映った姉に話しかけた。「問題の解決策は、この屋敷にあるのかもしれないわ」

「どういう意味、リナ?」メアリーはサブリナの後ろまで来て、不安そうに尋ねた。いま彼女たちは、グランストン公爵の招きを受けて、彼のロンドンの屋敷に滞在しているところだ。

サブリナは振り返り、希望に満ちた顔でメアリーを見つめた。「わたしが公爵と結婚したらいいんじゃない? それで問題はすべて解決する。負債は消えて、なんの心配もなくなる。侯爵の借金が清算できるのよ。公爵がわたしたちに興味を持っているのは明らかだわ。あの好色な目つきには気づいたでしょう」

「だめよ、リナ。あの方はいやらしい人よ。酔っ払いの怠け者だわ。ねえ、リナ、そんなこと考えないで」メアリーは懇願した。

サブリナは唇を引き結んだ。「ほかにどうしようもないでしょ。侯爵を満足させるだけのお金をどうにか工面できないかと考えたんだけど、それは無理だわ。また強盗をはじめてもいいけれど、侯爵がほしがっている金額を手に入れるには、かなりの危険がある。それにウィルとジョンはもう足を洗ったし、わたし個人の問題にあの人たちを巻きこむわけにはいかない。だから、こうするのがいちばん簡単なの。家族が困っているときに個人的な好き嫌いを優先できるほど身勝手じゃないわ。わたしが犠牲になってグランストン公爵に嫁げばいいのなら、そうするまでよ」

サブリナがあんなふうにつんと顎をあげているときは、なにを言っても無駄だ。だからメアリーは肩をすくめ、いま聞いてきた知らせをサブリナに告げた。

「さっきキャマリー公爵がいらっしゃったのよ、リナ」

「ここに？」サブリナは動揺して訊き返した。

メアリーはこくんとうなずいた。「そうみたい」

サブリナの顔がほてった。ひどい人。彼がこのまま引きさがらないことは覚悟しておくべきだった。どういうつもりだろう？　きっと彼女を困らせにきたのだ。彼が来たと聞いた瞬間は、また会えるという期待で胸が高鳴った。それでも、ルシアンが自分を破滅させるために来たのは、本能的にわかっていた。彼はサブリナをなじり、恥をかかせ、常にふたりの秘密を思い出させようとするのだろう。自分をだましたサブリナに復讐をもくろんでいるに違いない。プライドを傷つけられたことは許せないはずだ。

「なにをする気かしら」サブリナは懸念を口にした。

「あの人は好きになれないわ」メアリーは悲しげに言った。

好き？　好きにはなれっこない、とサブリナは思った。彼は好人物というわけではない。なのにサブリナは彼にひどく惹かれていて、忘れられずにいる。弱い自分がいやになる。でも、どうしようもないのだ。ルシアンに彼女の心を乱す力があるのを知られないよう、慎重に行動しよう。彼のことはなんとも思っていない、というところを見せるのだ。この訪問が終わるまでには、グランストンと親密になるつもりだ。あと一週間でルシアンが結婚することなど気にしていない。彼女にはなんの関係もない話だ。とはいえ、彼が結婚相手としてどんな女を選んだのかと考えずにはいられなかった。結婚するのだから、相手を愛しているに違いない。いまもその女と一緒にいるのだろうか？　サブリナは不意に、ルシアンに愛されているこの未知の女に嫉妬を覚えた。けれどもそんな気持ちは押し殺し、胸の痛みをこらえつつ、つややかな髪を肩の後ろに払った。自分はルシアンを好きではないし、ルシアンだってサブリナを好きではないだろう。彼は単に、若い娘にとっての初恋の人。彼のことなんて、すぐに乗り越えてみせる。

その夜、テーブルの上座でグランストン公爵のとなりに座っているとき、サブリナは計画を実行に移した。向かい側に座るルシアンのいかめしい顔を避けつつ、グランストンに媚を売ったのだ。相手はすぐに反応を示した。

「閣下は大変頭のいい方ですのね」サブリナはお世辞を言った。「そのお話、もう一度聞かせていただけないかしら」興味を装って身を乗り出す。胸元が深く開いたバラ色のドレスからのぞく魅惑的なふくらみを覆うのは、深い谷間にたくしこまれた細くひらひらしたレースだけだ。サブリナがえくぼを浮かせてグランストンにほほ笑みかけると、彼の充血した目は彼女の柔らかな口元に引きつけられた。

グランストンは肉づきのいい手でサブリナの小さな手を握り、親指で模様を描くように手首をなぞった。「レイントンめ、よくもきみをずっと田舎に隠していたものだ」彼はピンク色をしたサブリナの小ぶりの耳にしわがれた声でささやきかけて、唇で柔らかな産毛に触れた。

サブリナは顔を引いた。唇の感触への不快感を隠して、少し口を尖らせてほほ笑み、気を持たせるように言った。「父はいつも、果実は夏の日光にかわいがられて熟したほうが甘くなると言っていましたわ」

グランストンが大きな笑い声をあげる。顔をあげたサブリナは、向かい側からにらみつけているルシアンのぎらぎらした目を見てしまった。サブリナを見つめているうち、彼の口角がゆっくりとあがって笑みをかたちづくっていく。それを目にしたとき、サブリナの背筋に冷たいものが走った。

「だがもちろん、果実をあまり長く木に残しておくのはよくないな」ルシアンは言った。「誰かが盗んでひと口食べてしまう誘惑に駆られるかもしれない」

グランストンは楽しそうに笑った。「きみは言葉に詰まるということがないな、ルシアン。

もっと頻繁にわたしの招待を受けてほしいものだ」

サブリナはうつむいて皿を見つめた。ルシアンのさりげない言葉にこめられた脅迫の意図を理解しているのは、彼女ひとりだ。侯爵とコンテッサのほうをうかがうと、彼らは娘がグランストンを魅了しているところを見て満足げに顔を見かわしていた。すでに金勘定をしているのだろう。サブリナはげんなりした。メアリーの視線をとらえようとしたけれど、姉はぼうっとルシアンを眺めている。こめかみで脈打つ細い血管がはっきりと見えた。

慣習に従い、女たちは応接室に行ってうわさ話に興じ、男たちは残って一服やりながらポートワインを飲んだ。

「あなたに分別があってよかったわ、サブリナ」コンテッサが声をかけた。「公爵があなたにぞっこんなのは一目瞭然ね」ちょっと言葉を切る。「でも、わたしが気になったのはもうひとりの公爵、頬に傷がある方のほうよ。あちらもあなたに関心がおありね。もちろん、あなたに惹かれているんでしょう。でも怒っているみたいだし、あなたを見る目には憎しみが浮かんでいたわ。どうしてかしら？」

サブリナは青ざめた。「ほとんど知らない人よ。どうして嫌われるのか、見当もつかない」

「あら、嫌いとは言わなかったわよ。憎しみと言ったの。はるかに強い、すごく感情的なもの。なにより強い感情、つまり愛を抱くためには、少し憎しみも必要だと言うでしょう」

「ばかみたい」サブリナは弱々しく否定した。「それに、彼は今週結婚するんでしょう。相手の女性を愛しているんじゃないの？」

コンテッサは冷笑を浮かべた。「それはどうかしらね。領地を相続したければ、現公爵夫人であるお祖母様《ノンナ》が選んだ相手と結婚しなければならないんですって。それについては長年言い争ってきたけれど、彼のほうがついに降参したそうよ」

サブリナは呆然としてコンテッサを見つめた。「つまり、その女の人を愛していないのね。押しつけられて、いやいや結婚するんだわ」ルシアンの苦境を思うと、自然と笑みがこぼれた。意思に反してなにかを強制されているのは自分ひとりではない。みじめな思いをしているお仲間がいるのは大歓迎だ。

その夜遅く、寝る支度をしているとき、メアリーがサブリナの寝室にやってきた。顔には疑念が浮かんでいる。サブリナの細い手からブラシを取りあげ、長い黒髪を規則正しい手つきで背中までときおろした。

「あなたは自ら災いを招いていると思うわ、リナ」一瞬黙りこんだのち、メアリーは言った。サブリナの肩がこわばるのを見たが、かまわず細い髪をときつづけた。「お説教するつもりはないのよ、リナ。みんなのためを思ってくれているのはわかっているから。でも、うまくいかないと思うの。あなたが失望するのは見たくない。それに」ここで彼女はためらった。また口を開いてゆっくりと話しはじめたとき、その声は割れていた。「軽蔑している相手と親密になってほしくないの。あなたはグランストン公爵に触れられるのをいやがっているでしょう。招待してくださった人だけど、あの方は下劣よ」

サブリナは立ちあがった。長い白の寝間着を着て黒髪を腰まで垂らした姿は、いじらしいほど幼く見えた。

「今夜、お姉さんはルシアンをおかしな目で見ていたわね。なにかを見たの？　お願いだから教えて」彼女は必死に懇願した。「この計画を進めるにあたって、できるかぎりの助けがほしいの。彼が妨害するつもりかどうか知りたいのよ」

「わたしがなにを見たと思う？　あなたとルシアンが一緒にいるところよ。笑って、そして」メアリーは恥ずかしそうに笑った。「大木の下でキスをしていたわ。そんなことがありうるかしら、リナ？」

「あるわけないでしょ」サブリナは怒りに顔をほてらせた。「今回は完全に間違っているわ、メアリー」嘲るように言う。「お姉さんは予知能力を失って、いまはただぼんやり夢を見ているだけよ」

そのきつい言葉に傷ついて、メアリーはうなだれた。サブリナは感情を爆発させたことを悔やんで駆け寄り、姉を抱きしめた。「ごめんなさい、許してくれる？　わたしはいつも頭より先に口が動くの。お姉さんを傷つけるつもりはないのよ。お願い、許して」

メアリーはうつろにほほ笑んだ。「許してあげる。でもわたし、家に帰りたいわ、リナ。もう見せ物になるのはいや。ヴェリック・ハウスの静けさや、マーガレットおば様の意味不明な言葉が恋しい。それにリチャードのことが気がかりだわ。誰にも面倒を見てもらえないのよ。新しい眼鏡をかけて無茶をしているかもしれない」

「わかるわ、わたしだって心配よ。もうすぐよ、メアリー。もうすぐ、すべてが正常に戻る。

あと少し待っていて」

メアリーはおやすみを言って自分の部屋に戻った。残されたサブリナはベッドの端に座った。一本のろうそくがサイドテーブルの上で小さく燃えている。しばらく揺れる炎を見つめていたとき、なにかの音を聞いて顔をあげた。するとルシアンが扉のすぐ内側に立っていた。

「呪文を唱えているのか、サブリナ？」彼は扉を少し開けたまま部屋に入ってきた。

サブリナはぴょんと立ちあがって彼に向き合った。「あなたを招待した覚えはないわよ、ルシアン」心臓はどきどきしていた。

「違うのか？」ルシアンは疑わしげだった。「晩餐のときは、みんなに誘いをかけていたみたいだったが。今夜、大勢の男たちがきみのちょっとした誘惑のゲームを見守っていたよ」彼が手を広げると、サブリナの目は腰で留めた深紅のガウンに引きつけられた。「きみががっかりしないように、お誘いを受けることにしたのさ」

サブリナは喉のつかえをのみこんだ。「すぐに出ていって！」震える声で、近づいてくるルシアンに言う。

「断る」彼は小声で答え、彼女のすぐ目の前で立ち止まった。

「ルシアン、お願い」サブリナは声をひそめた。「やめてちょうだい」

彼女の哀願を意にも介さず、ルシアンはにやりと笑った。「なんだ、ほかにも夜の訪問をする予定の男がいるのか？　もしかして、この家の主人か？」彼はサブリナの長い髪をひと束つかみ、以前にもしたように手に巻きつけた。抵抗しない彼女の体を引き寄せて抱きしめる。顔をさげ、唇を触れ合わせた。最初は軽く、口を開けるよう相手をうながしながら。そして、ゆっくりと手をサブリナの体に滑らせた。

サブリナは彼の香りを深く吸いこんだ。ルシアンの後頭部をつかんで身を寄せていく。彼の腕に包まれ、胸元で抱きしめられたとき、固い決意はがらがらと崩れ落ちた。彼が吸いつくようにキスをする。彼はもう怒っていない。サブリナはそう考えて勝利に酔った。彼はきっと本当にサブリナが好きなのだ。自分も愛していると彼に言おう。彼女はいやいやながら深いキスから口を離し、顔を引いてルシアンの目を見あげた。スミレ色の目を愛できらめかせ、話そうと口を開ける。「ルシアン――」

そのとき、視界の隅でなにかが動いた。驚いて振り返ると、グランストン公爵が血色のいい顔を残念そうに曇らせて見つめていた。

「失礼」彼の声は少々かすれていた。「別の男性とお楽しみの最中だとは存じあげなかった」

ルシアンは平然と男を見やった。まるでグランストンが現れるのを予期していたかのように。サブリナに一瞥もくれずに手を離し、さばさばした顔で彼と向き合った。「こちらのレディと先約があったのなら、事情はわかった。わたしは失礼するよ」はっと息をのむサブリナを無視して愛想よく言う。

「いやいや、早い者勝ち、というのがわたしの持論でね」グランストン公爵は笑った。「お邪魔して申し訳ない」残念そうに顔をしかめた。「またいつか別のときに、サブリナ」大きくウィンクをすると、背を向けて部屋を出ていき、しっかりと扉を閉めた。

サブリナは唖然として閉じた扉を見つめた。顔をあげたとき、ルシアンがしてやったりという表情でこちらを見ていた。真実を悟って、サブリナは涙をぐっとこらえた。

「だましたのね？」真っ青な顔には、なんの表情も浮かんでいない。「今夜グランストン公爵がここに来るのを知っていたんでしょう」

ルシアンは憎々しげな笑顔になった。「やつは、うるわしいレディ・サブリナのもとを訪れるとほのめかしていた。なにしろきみは今夜ずっと、あからさまに彼といちゃついていたのだから」

サブリナは上の空でうなずいた。「つまりあなたは恋人を演じて、わざとその現場を公爵に発見させたのね。どうして？」単刀直入に訊く。大きなスミレ色の目でまっすぐに見つめられたルシアンは、居心地悪い様子ながらも、いかにもつまらなさそうに答えた。

「わたしをばかにした報いだ。あの公爵をつかまえて結婚に持ちこむつもりだったのだろうが、いまとなっては彼が求婚するとは考えにくいな。あいつにもささやかなプライドはある。自分の屋敷で、自分より前にわたしがきみに手をつけたという事実は、いくら彼でも見過ごせないだろう。もちろん、それでもきみとの縁組を望むかもしれないが、金は自由に使わせてくれないだろうね」

サブリナは深呼吸をした。姿勢を正して誇らしげに顎をあげ、ルシアンに軽蔑のまなざしを向ける。「本当に、わたしがあの酔っ払いのばか男と結婚したがっていたと思っているの？あなたが自分の結婚をいやがっているのと同じくらい、わたしもこんな結婚をいやがっているとは思わないの?」彼を見つめるスミレ色の瞳に嫌悪感をあふれさせ、さげすみをこめて言った。

「つまらない復讐を果たせてご満悦でしょうね。ええ、あなたは自分で思っている以上の大成功をおさめたのよ。わたしをおとしめ、評判を台なしにしただけじゃなく、わたしの家族を破滅させたんだもの」声を震わせて話したあと、ヒステリックに笑った。「父が喜んでいると思う? わたしとグランストン公爵との結婚をもくろんだのは父よ。お金を求めて必死になっていたのは、あいつなの。その計画に従えとわたしを説き伏せるために、どんな手段を取ったと思う? 尋ねてよ、公爵閣下。教えてあげるから。おばを家から追い出すと脅したのよ。しかも弟をわたしたちから奪っていこうとしている。ええ、家族にはあなたからの挨拶を伝えておくわ。だって、誰がわたしたちを破滅させたのか知っておくべきだもの」

ルシアンは目を伏せて表情を隠しながらも、苦痛に歪むサブリナの顔を見つめて話を聞いていた。彼が慰めるように肩に手を置いたとき、彼女は意外なほどの力でそれを振り払った。

「わたしにかまわないで」サブリナはささやいた。「その醜い顔は二度と見たくない。あなたの心にまで醜い傷がついているのよ」彼に背を向けて部屋を走り出る。廊下を通ってメアリーの寝室に駆けこみ、あっけにとられている姉の腕に飛びこんだ。

もうなにも感じられなくなるまで泣きじゃくったあと、メアリーのやさしい腕の中で静かにぐったりとなった。やがて、息遣いはまだ少し荒いながらも規則的になっていった。

夜のあいだ何度か、メアリーは妹をなだめねばならなかった。サブリナが恐ろしい悪夢を見て、ぶるぶる震えて汗びっしょりになって目覚めたのだ。サブリナはなにも言わなかったが、キャマリー公爵が関係しているとメアリーは直感していた。彼の持つなんらかの力に、サブリナは抵抗できないようだ。妹が公爵の傷のある顔を見つめるとき、メアリーはその目になにかを見ていた。熱っぽく愛にあふれた表情を。妹がそんな感情で目つきを和らげたところは見たことがなかった。ところがいまは、メアリーが彼の名を口にすると、サブリナの目に憎悪があふれる。サブリナの肩を剣で貫いたときよりも深く、彼はなんらかの方法で彼女を傷つけていた。サブリナの心を刺し貫いたのかもしれない。今夜、彼はサブリナのなにかを殺してしまったのだ。

朝になるとサブリナは平静さを取り戻し、普通の表情で——少々沈んではいたが——集まった客の前に現れた。ルシアンは朝早く屋敷を辞去していた。

メアリーとサブリナはいつになく静かで控え目だったし、グランストン公爵はよそに注意を向け、サブリナと言葉をかわすときは目に見えて冷淡だったので、侯爵は当惑した。昨夜は万事順調に見えたのに、今朝の公爵は彼らを招いたのを後悔しているかのようだ。最後の一日は永遠にも思えるほど長く、翌朝彼らは屋敷をあとにした。

サブリナは馬車の隅に身を寄せて、侯爵がちらちらと向ける怒りのこもった顔には気づかない様子で、黙って窓から外を眺めていた。となりに座るメアリーは、表情は冷静だったものの、手はそわそわと手袋をいじっていた。この訪問が失望すべき結果に終わったことについて侯爵がサブリナを問いつめようとしたら、メアリーは自分が盾になるつもりでいた。ところが侯爵は道中ずっと不機嫌に黙りこみ、たまにイタリア語で妻に話しかけるだけだった。コンテッサはいつもの穏やかな顔を心配そうに曇らせて、馬車の中の親子をちらちらと見ていた。

ロンドンに戻ると、サブリナとメアリーはさっさと馬車をおりて寝室に向かった。ところが侯爵は後ろから追いかけてきた。

「サブリナ！　話がある」彼はふたりの寝室に押し入った。スミレ色の目は、抑えきれない怒りでぎらぎら光っている。苛立ちにこぶしを握り、ふたりの前に立って、小さく反抗的な、自分とそっくりの顔をにらみつけた。

「グランストンが急に冷たくなったわけは知っているぞ。キャマリーと一緒にいるところを見つかるとは、おまえはなんと愚かな女だ。すべてが台なしだ。ほかの金持ちの求婚者と結婚させることもできなくなった」彼は猛然と言った。「コンテッサは、あそこにいる全員からそのゴシップを聞いた。おまえがキャマリーの愛人だというのは、いまや誰もが知っている。あいつに目を向けないようにと言わなかったか？　やつに抱かれるのは、それだけの値打ちがあったのか？　公爵夫人になれる可能性があったのに、おまえはキャマリーとひと晩ベッドをともにしたい誘惑に勝てなかった。だが、やつとの情事は一度で終わりだ」

その非難の言葉に驚いて、メアリーはぽかんと口を開けた。サブリナのほうを向き、妹の苦悩の表情を見て胸を詰まらせた。

侯爵の息は荒く、顔は怒りで真っ赤になっている。「なんだ、否定しないのか？　無実を訴えないのか？　ちくしょう、おまえに教訓を授けてやる。もっと昔に授けるべきだったのだ」近くのテーブルに置かれた乗馬用の鞭に目を留め、取りあげる。頭上に持ちあげて、無防備なサブリナの肩に振りおろした。


ルシアンは目の前に座ってもじもじしている女を見つめた。赤褐色の髪には白いものが交じっているが、ヘンリエッタ・ディーランドと娘は非常によく似ていた。

「どういうことですか、レディ・スタッドン？」ルシアンは募る怒りをこらえて穏やかに尋ねた。「ブランチが姿を消した？」

レディ・スタッドンは神経質な様子で乾いた唇をなめて潤し、ブランチがどこにいるかわからないということをルシアンにどう説明すればいいのかと思案しているようだ。「ハリアー家の舞踏会から戻ってこなかったんですの、閣下」

ルシアンは顔をしかめた。「しかし、あれから四日になる。なぜもっと早く知らせてくださらなかったのです、マダム？」彼は苛立たしく尋ねた。

レディ・スタッドンはハンカチをねじっている。ルシアンは彼女の手からハンカチを奪い取りたくなった。彼女はようやく顔をあげた。恥ずかしさで頬がピンク色に染まっていた。

「あなたと一緒かもしれないと思ったんです」

ルシアンは首を振った。「あの夜、頭痛がするので先に帰るというメモを受け取りました。そのときには、彼女はすでに貸し馬車に乗りこんで家に向かっていました。もっと早くわかっていたら、わたしが自分の馬車で送ったのですが」取り乱している夫人を、細めた目で見つめる。「なのに、ブランチは家にたどり着かなかったのですね？」

レディ・スタッドンは、きつすぎるかのようにボンネットのリボンを引っ張りながらうなずいた。

「彼女がわたしと一緒でないことは、ご存じだったはずです。どうしてもっと早く連絡してくださらなかったのですか？」

夫人は咳ばらいをして、青と金のサテン張りの椅子や長椅子、マホガニーのソファ・テーブル、書棚つき書き物机などを見渡した。彫刻を施した大きな金縁の鏡に映った自分の顔を見たときには、ぎょっとした表情になった。

「なぜです？」

「あの子があなたと一緒でないと気づいたのは、覚えていらっしゃるかしら、次の日公園でお会いしたときでした。あなたは娘の具合をお尋ねになりましたでしょう。それで、あの子があなたにうそをついたこと、あなたと一緒でないことがわかったのです」彼女は顔をあげ、思いきって言った。「誰か別の人と一緒にいるに違いないということが」

ルシアンは唇を引き結んだ。「すぐにそういう結論に達したのですね。彼女が別の男と付き合っていると思われるのには、根拠があるのですか？」

レディ・スタッドンはため息をついて肩を落とした。「ええ、あの子は別の人と付き合っていましたの、公爵閣下。舞踏会にいたブランチの友人によれば、その人とは」彼女は言いにくそうだった。「閣下のいとこのフェルサム卿です」

「パーシー？」ルシアンは驚き、警戒の表情になった。「つまり、ブランチはわたしのいとこであるパーシー・ラスボーンとともに舞踏会をあとにしたと思っておられるのですか？」

公爵の目が怒りに燃えているのを見て、レディ・スタッドンはこわごわうなずいた。「でも心配なんです、ブランチはもう帰っていてもいいはずですわ、あるいは――」

「あるいは、なんですか？ ブランチは既婚者との軽い浮気より、わたしの公爵位のほうを大切に思っているはずでしょう」彼は軽蔑をあらわにした。

「持ち物は全部まだ部屋にあるんですの。着替えも持っていません。香水、宝石、それになによりアヘンチンキ。あれがないと娘は眠れないんです」レディ・スタッドンは悲しそうに話した。

いろいろと可能性を考えているうち、ルシアンの表情は険しくなっていった。「もちろん、今週末までに結婚しなければわたしが領地を失うのはご存じですね」

「ええ、存じております」レディ・スタッドンは消え入りそうな声で答えた。「ああ、わかってくださいな、閣下。ブランチの失踪にはきっと事情があるんですわ。そうに違いありません」彼女は小声ながら必死に言い募った。

ルシアンは立ちあがった。腹の中では、レディ・スタッドンへの同情と、ブランチとパーシーへの怒りがせめぎ合っている。「わたしもできるだけのことはします、レディ・スタッドン。わたしが苦境に陥っていることはご理解いただきたい。しかし、必ず真相を突き止めると約束します」彼は上の空で顔の傷を撫でた。

一時間後、ルシアンはパーシー・ラスボーンの屋敷を訪れ、夫人のレディ・フェルサムからおずおずと挨拶を受けた。曇った日の太陽のように、彼女の笑みも出たり引っこんだりしている。パーシーが来るまで公爵をもてなそうと、彼女はおろおろしていた。ルシアンは夫人のみすぼらしい格好を見て気の毒になった。顔はやつれ、ブロンドの髪は乱れ、黄色いドレスは血色の悪さをいっそう目立たせている。

「紅茶はいかがでしょう、公爵閣下？」彼女は落ち着きなく尋ねた。

「おかまいなく、レディ・フェルサム。あまり時間がないので」ルシアンは素っ気なく答えた。

「ええ、時間はないでしょうね。そうよね、パーシー？」ケイトが部屋に入ってきた。最高級の派手な乗馬服を身にまとっている。ぴったりと体に張りつく男っぽいデザインの上着とベストは、パーシーの上着とブリーチズと同じ色合いの青色だ。かつらと、揃いの三角帽子をかぶったふたりは、ケイトが長いスカートをはいていることを除けばそっくりだった。

「わたしたちも時間がないのよ、だって乗馬に行くところだから」ケイトはさりげなく言いながら、炉棚の上にかけられた鏡の前までやってきた。自分のなめらかな肌と美しい横顔を満足げに見つめる。

「あなたも少しは見かけに気を使ったほうがいいわよ、アン」彼女はレディ・フェルサムを咎めた。「結婚して何人も子どもがいるからといって、そんなみっともない格好をしていいことにはならないの」冷酷で意地悪い笑いを浮かべる。「世間様に、パーシーがお金のためだけにあなたと結婚したと思われちゃうわ。もちろん、それが本当じゃないことは、わたしたちみんな知っているんだけど——それとも本当だった？」

義姉の悪意ある発言を聞き、パーシーがもっともだと言いたげに笑っているのを見て、アン・ラスボーンの唇がわななないた。

「いまからの話は内密に進めたほうがいいと思うんだが、パーシー」ルシアンが提案した。パーシーは驚きと不安の目でケイトを一瞥した。ケイトは肩をすくめ、ゆったりと腰をおろした。「出ていってくれるかしら、アン、なにか用事があるでしょう」まるで厄介な蚊を追い払うかのように、彼女はレディ・フェルサムを応接室から追い出した。

レディ・フェルサムはケイトに軽蔑の目で見られながら、いかにもつらそうな顔でそそくさと部屋を出ていった。「わたしとパーシーのあいだに隠し事はないのよ。だからわたしは出ていかなくていいわね？」ケイトは物問いたげにルシアンを見あげた。

「ああ、きみたちのあいだにはなんの秘密もないだろうね」ルシアンは言った。「というか、お互いがいなければ一人前じゃないんだろう？」静かな口調で付け加える。

パーシーは不安げに唇を噛んだ。ルシアンがこんなふうに抑えた調子で皮肉を言うとき、相手はたいてい落ち着かない気分になるようだ。

「どうやってブランチ・ディーランドを口説いたんだ？」ルシアンは唐突に尋ね、ケイトに鋭い視線をくれた。「うるわしのケイトが黒幕となって、きみをけしかけたのか？」

パーシーは思わずはっと息をのんだあと、あわててごまかそうと、あきれたように笑った。「ぼくがきみの許嫁を口説いただって？　おいおい、ルシアン、それはひどいな」

「いや、ひどいのはきみだ、パーシー。真実を聞きたい、いますぐに」激しい怒りで、ルシアンの声はぞっとするほど冷たかった。「ブランチはどこだ？」

「まあルシアン、もしかしてあなた、許嫁に逃げられたわけ？」ケイトはなめらかに、まさに仰天したという口ぶりで訊いた。

ルシアンはうんざりとケイトを見た。「お見事な演技だ、ケイト。しかし、目の表情を隠すわざは習得できていないな。狡猾さと強欲がにじみ出ているぞ。もう少し練習すればうまく隠せるようになるかもしれない」

ケイトは彼をにらみつけた。「いま、憎悪を隠す必要はないわね？」

「それはどうせ隠しきれないだろう、きみほど器用な女でも」

「話をどこへ持っていこうとしているんだ、ルシアン？」パーシーは息巻いた。自分の家にいることで気が大きくなっていた。

「この二、三カ月のあいだにわたしが遭遇した一連の災難にだ」ルシアンは冷静だった。「説明しがたい事件や事故が連続して起こり、ついには許嫁の失踪へと発展した。最初、敵が多いわたしは愚かにも、こうした危険な事故はそういう敵が起こした偶発的なものだと思いこんでいた。けれども事故があまりにもたてつづけに起こったので、わたしを亡き者にするためによく練られた残忍な計画だと思うにいたった。わたしが死んでいちばん得をする人間を突き止めるのに、時間はかからなかった。そうだろう、パーシー？」ルシアンの琥珀色の瞳は殺意でぎらぎらしている。

鋭い視線で見据えられたパーシーは落ち着きを失い、ごくりと唾をのんで、助けを求めてケイトを見やった。

「そんな疑惑をどうやって証明するつもり、ルシアン？」ケイトはルシアンの主張をわざわざ否定しようともせず、どうでもいいと言いたげに尋ねた。「わたしやパーシーがあなたを危険な目に遭わせようと指の一本でも動かしたところを目撃した人はいるの？　あなたはただ、普通の人より何回か多く事故に遭っただけよ。それが、大切な愛するいとこたちがあなたの死をもくろんでいると疑う理由になるの？　ばかげているわ、ルシアン。誰もそんなこと信じないわ」彼女はルシアンをなじった。「世間の人は哀れな公爵を気の毒に思うでしょうね。許嫁に逃げられたばかりか、領地を失ってしまうなんて。どうやらブランチ・ディーランドは、あなたと結婚するより恋人と逃げるほうを選んだようね」うかがうようにルシアンを見つめる。「あのかわいい小鳩ちゃんが飛んでいったのは、もしかするとその傷のせいかしら？」

ルシアンは面白くもなさそうに笑った。「彼女はいまも天高く飛んでいるのか、パーシー？それとも小鳩を追い立てて撃ち落とそうと、隠れて待ち構えていた猟師にやられてしまったのか？」

パーシーの顔がほてり、額には汗が浮いた。彼は汚れを落とそうとするかのように両手を服にごしごしこすりつけた。「なにが言いたいのかわからないけど、憤慨だな、ルシアン。きみの行方不明の許嫁とぼくを結びつけられる人間はいないよ。ハリアー家の舞踏会では、ぼくはずっとケイトと一緒にいたし、一緒に帰ったんだ」疑いを晴らそうとして、彼は墓穴を掘った。

ルシアンは無表情でパーシーに歩み寄った。「いつブランチが消えたのか、わたしはひとことも言わなかったぞ。彼女が舞踏会を出たあと家に戻らなかったのをきみが知っているとは、妙な話だな。彼女はすぐに死んだのか、パーシー？」ルシアンは穏やかな口調で尋ねながら、パーシーの首をつかんで喉笛を押さえつけ、空気を絶った。パーシーが恐怖で目をむく。ケイトは悲鳴をあげてルシアンに駆け寄り、双子の弟の首から指を引きはがそうとした。

不承不承にルシアンは手を離し、喉に手をやって床に膝をついたパーシーを軽蔑の目で見おろした。「この人でなしめ、いずれたたきのめしてやる。そしてケイト、きみの真っ白な首には縄をかけてつるしてやりたい。おまえたちはまだ勝っていないぞ。キャマリーの屋敷には一歩も足を踏み入れさせないからな。おまえたちに罪の償いをさせてやることを、神かけて誓う。いずれわたしが罰を受けさせてやる」

ケイトは傷のあるルシアンの顔を見あげ、彼の目の中で燃えたぎる怒りに身をすくめた。彼の顔はまるで悪魔だ。彼女は嫌悪に目を背けた。

「あなたは勝てないわ、ルシアン！」扉に向かう広い背中に向かって大声で言う。「公爵夫人が決めた期日までに、別の花嫁を見つける時間はないでしょう。あなたと結婚するという危険を冒したがる女がいると思うの？」彼女は快哉を叫んだ。

それを聞いてルシアンは振り返った。「そうよ、いとこさん」ケイトは激しい口調でつづけた。「嫉妬で怒りに駆られて許嫁を殺した疑いをかけられるかもしれないわね。あなたがカッとなったら怒りを抑えられないことは、みんな知っているもの。もしかしたら、ブランチはあなたと結婚しないと決めたのかもしれない。それとも、恋人と舞踏会をあとにしたところをあなたがつかまえて、激怒のあまりふたりを殺してしまったのかも。行方不明の許嫁について、いったいどんなうわさが広まるかしら？　公爵夫人にあなたの疑いを話すのは彼女を殺すのと同じよ。お祖母様は高齢で衰弱していて、しかもプライドが高い。こんな話をするのは、ルシアン、死刑執行令状にサインするようなものよ」

パーシーとケイトの顔に吐き気を覚えて、ルシアンは背を向けた。彼らのせいで自分までが汚れ、辱められた気がする。大通りを走る馬車に揺られるあいだも、彼は石のように身を硬くしていた。いったいどうすればいい？　キャマリーを失いたくはない——パーシーとケイトにキャマリーを取られるくらいなら、やつらを殺してやる。それでもケイトはひとつだけ正しいことを言った。彼らがルシアンを殺そうとしたと聞いたら、祖母は死んでしまう。彼女はなによりも家名を重んじるプライドの高い女性だ。孫が人殺しであり、いとこの殺人をもくろんでいたと知れば、もう生きていられないだろう。だから彼女には話せないし、話すつもりもない。ケイトの思うつぼだということは認めねばならないようだ。それでもあきらめはしない——絶対に。

ルシアンが訪れて面会を求めたとき、公爵夫人は就寝中だった。だが彼は執事に止められながらも大階段を駆けのぼり、無理やり祖母の部屋に入っていった。中は暗く、彼は足を止めて弱い光に目を慣らした。

「誰？」奥に置かれた天蓋つきベッドから震える声がした。

ルシアンは声のしたほうに進み、ベッドの横に立った。「ルシアンです、グランメール」彼はそっと言った。

「ルシアン？」祖母は戸惑って訊き返し、体を起こして枕に寄りかかった。「せっかくぐっすり眠っているところに押し入ってくるなんて、いったいどういうつもり？」意識がはっきりしてくるにつれ、声に強さが戻ってきた。

「大変申し訳ありません、しかし緊急事態が発生したのです、グランメール」ルシアンは薄暗いベッドにいる祖母を見おろした。

公爵夫人は手を振って否定した。「それほど緊急の事態なんてありません。だけど、もうわたしを起こしてしまったんだから、ここにいてもいいわ。さて、ろうそくをつけて、顔を見せてちょうだい」

ベッドの周辺の狭い場所が明るくなって、ルシアンの顔が照らし出されると、彼女はため息をついた。「悩みがあるようね。あなたのそんな絶望的な顔は見たことがない。なにがあったの？」フリルのついた帽子や寝間着に似合わず、背筋をぴんと伸ばした姿は堂々としていた。

「残念なことに、許嫁はこの顔の傷に怯えてしまったようです。彼女は逃げたのです、グランメール。わたしは花嫁なしで結婚式を迎えなくてはなりません」

公爵夫人は驚いて息をのんだ。「信じられないわ。どうして逃げたとわかるの?」

「土曜日の夜から行方が知れません。今日レディ・スタッドンが来て教えてくれました。ブランチが戻ってくるかもしれないからと、いままで黙っていたそうです」

「いくら頭の悪い娘でも、顔が好きになれないというだけの理由で公爵から逃げるなんて、そんなこと信じませんよ。恋人がいたの?」

「そうらしいです」ルシアンはよどみなく答えた。

「あなたがあの子をもっとかまっていたら、ブランチだってほかにロマンスを求めなかったでしょうに」公爵夫人は怒ってルシアンを責めた。

「お忘れかもしれませんが、そもそも彼女はわたしが選んだわけではありません。しかしながら、いまとなってはどうでもいいことです。彼女が事故に遭ったという可能性もありますから」

「なぜそう思うの?」彼女は不思議そうに尋ねた。

「レディ・スタッドンによると、娘の持ち物に手を触れた形跡はないということです――なにもなくなっていないんです。着替えも持たずに駆け落ちするでしょうか。彼女は頭が痛いと言って舞踏会を早めに出て、貸し馬車に乗って家に向かいました。事故に遭ったのかもしれません。しかし、真相は不明です。だからご相談にうかがったのです。領地を相続するために結婚するという条件は、どうしても守らねばなりませんか？　いまとなっては、期日を守るのは不可能です」

公爵夫人はしばし黙りこんだ。「あなたが自分で招いたことでしょう、ルシアン。わたしの条件に同意するのに、ここまで時間をかけたのが悪かったのよ。あなたは単に反抗しただけ。そしていま、予測していなかった事態に直面した。だめよ、相続するにはやはり結婚しないといけません」彼女はきっぱりと言った。「ただし、別の花嫁を探すのに、二週間ほど猶予をあげましょう。今度失敗したら、あなたはキャマリーを失うのよ」

ルシアンはベッドからさがって丁寧にお辞儀をした。「ありがとうございます、グランメール。お休み中にお邪魔したことを、あらためてお詫びいたします」たっぷりの皮肉をこめて言う。祖母に憤ってはいたが、同時に感謝の意も覚えていた。

「わたしをがっかりさせないでね、ルシアン」扉に向かう孫に、彼女はやさしく呼びかけた。

「任せてください、グランメール」ルシアンはそう請け合うと、扉を開けて出ていった。

公爵夫人の屋敷を出たルシアンは、ハイドパークに向かうよう御者に命じた。目的地は、公園の外れの小さな街区にある家だ。クッションにもたれ、グランストン公爵のところで過ごした週末のことを思い出しながら、頭の中で計画を練った。あのときは復讐だけを考えていた。それがより大きな計画の一部になるとは知るよしもなかった。あの行動が、いまもっと大きな成果につながろうとしている。運のいいことに、あるいは悪いことかもしれないが、サブリナ・ヴェリックが彼の救世主となるのだ。

サブリナは膝をつき、鞭による残酷な罰に耐えた。肩や背中がずきずき痛む。最初に鞭が振りおろされたとき、メアリーの抗議の悲鳴が聞こえたが、サブリナから姉の姿は見えなかった。

メアリーは駆け寄って侯爵の手から鞭を奪い取ろうとしたけれど、押しのけられてベッドに倒れこみ、太い支柱に頭をぶつけた。彼女は吐き気をこらえ、ふっと気が遠くなりそうになるのに抵抗して、立ちあがろうともがいた。助けを求めにいかなくては。サブリナは床の上で体を丸め、鞭から守ろうと腕で顔を覆っている。

鋭い痛みが何度も繰り返し柔らかな肩を貫くたびに、サブリナは苦痛のうめき声をあげた。ボディスの薄い生地が切り裂かれ、柔肌に醜いみみず腫れができる。

メアリーは侯爵の横をすり抜けていった。彼はあまりの激しい怒りに、娘を鞭打って高慢さと反抗心をたたきつぶすことしか考えられなくなっていた。メアリーは肩にかかった赤毛を揺らして部屋から走り出て、廊下を駆け抜け、階段に向かった。額には青黒いこぶが盛りあがり、グレーの瞳には恐怖があふれている。弱々しい足取りで転げるように階段をおりていたとき、執事が正面の扉を開け、キャマリー公爵が入ってきた。彼は息をあえがせるメアリーの声を聞き、いぶかしげに顔をあげた。

「ああ、よかった、来てくださったのね」メアリーの叫びにルシアンは驚き、彼女の取り乱した様子を見て駆け寄った。メアリーは最後の数段を転げ落ちてルシアンの腕に飛びこんだ。

執事は従僕を呼びつけて気つけ薬を取りにいかせ、ルシアンの後ろからそわそわと見守った。

「お願い」メアリーは公爵の腕をぎゅっとつかんでささやいた。「止めて。止めてくださらなかったら、あの子は殺されてしまう」

「誰が殺されるんだ?」公爵は不審そうに尋ね、頭がおかしくなったのかと言いたげにメアリーを見おろした。

「サブリナよ。父がサブリナを鞭打っているの。すべてあなたのせいよ」非難の言葉がほとばしり、涙がぼろぼろこぼれ落ちる。

ルシアンはメアリーを執事に押しつけ、階段を駆けのぼった。空気を切り裂く鞭の音を目指して走る。部屋を見つけると、口を固く結んだ決然とした表情になった。侯爵の振りあげた腕をつかんで背中でねじる。相手はいきなり襲われた驚きにうめいて鞭を取り落とした。

「なにをする!」侯爵は顔を歪ませながら、邪魔者を振り返った。目の前がぼうっとしているが、やがて怒りが静まってくると、公爵の顔が見えてきた。頰の傷は引きつれて白くなっていた。つかまれた手にこめられた力が強くなり、侯爵は恐怖に震えた。嫌悪をこめて押しのけられたときは叫び声をあげた。

「出ていけ! 今度彼女に手をあげたら、わたしがその鞭を奪って腰抜けのおまえをたたきのめしてやる」ルシアンは呆然としている侯爵に警告すると、相手に背を向け、床にくずおれた娘の横にひざまずいた。

そっとサブリナを抱きあげてベッドまで運ぶ。裂けた血みどろのドレスから露出している生々しい傷にさわらないよう、腹ばいに寝かせた。彼は張りつめた表情で、彼女の波打つ黒髪を払いのけ、血の気が失せた顔を見つめた。その顔にはまだ苦痛のしわが寄っている。彼がじっと待っていると、サブリナのまぶたがぴくぴく動き、徐々に開いて、あの大きなスミレ色の目がルシアンを見あげた。

「ルシアン」とつぶやく。「勝利にほくそえむために来たの?」

ルシアンの唇がへの字に曲がった。実際、そのために来たのだ。ところがサブリナが苦痛に意識を失いかけているところに遭遇した。折檻の原因をつくったのはルシアンだ。「ほくそえんではいない。きみをこんなふうに傷つけるつもりはなかった」彼は正直に答えた。けれどもサブリナは、彼に対する信頼を失っていた。若い娘の恋心は粉々に砕かれてしまい、いまは憎しみしか感じられない。「うそつき」軽蔑に唇を歪め、濃いまつ毛を伏せて目を閉じて、ルシアンを心から締め出した。

サブリナが反応しなくなっても、ルシアンは柔らかな髪を彼女の顔から後ろに撫でつづけた。メアリーが傷を拭くための水と布を持ってくるのが肩越しに見えた。

メアリーは彼の横に立って、妹の血まみれの背中を見つめた。誇り高いサブリナがこんなふうにいやしめられ辱められたのを見て、メアリーの目には新たな涙があふれた。

「出ていってください、公爵閣下」メアリーは妹を見つめたまま命令口調で言った。

ルシアンは立ちあがった。サブリナの手当をメアリーに任せて無言で部屋を出る。きっぱりとした足取りで階段をおり、大きな声が聞こえる部屋の扉を目指した。

「どうしてあの子を鞭打ったりしたの?」コンテッサは激怒していた。「ああいう子は、そんなふうに扱ってはいけないのよ。逆に反抗心をあおるだけだわ。それに、せっかくのきれいな体に傷がついてしまうじゃない。売り物は美しさだけなのに」彼女はあくまで現実的だった。そのあと茶色の目がふっと和らいだ。「なぜだか、わたしはあの子が好きなの。あの根性をたたきつぶしてほしくないわ」

「わたしもだ」ルシアンは部屋に入っていった。「グランストンのところでの出来事について、サブリナに責任はない。わたしが彼女を陥れたのだ。わたしはその償いをし、ある取り決めを結ぶためにやってきた。きっとあなたも認めてくれるはずだ」

侯爵は公爵と距離を取ったまま、うさんくさそうに相手を見つめた。「話し合うことなどないと思うのですが、閣下」さっき公爵に乱暴に扱われたことに対して、彼はいまだに憤慨していた。

「いや、ある」公爵はきっぱりと言った。「あなたの娘、サブリナと結婚するつもりだ」

突然の宣言に侯爵の息が止まった。銃で撃たれたとしても、これほどの驚きは覚えなかっただろう。「結婚!」目を丸くして言う。「なんとばかばかしい。あなたはすでに婚約していて、もうすぐ――」

公爵の高慢な顔を見たとたん、侯爵ははっと口をつぐんだ。「ある不幸な事情により、その婚約は解消された。よってわたしは自由にまた花嫁を選べるようになった」公爵は唖然として聞き入る侯爵とコンテッサに告げた。「そして、あなたの娘であるサブリナを選ぼうと思う」

「ちょっと待って《アスペッティ・ウン・モメント》、お願い《ペル・ファヴォーレ》」コンテッサはつぶやいた。「座らせてください。あまりにうれしいお知らせですもの。ワインを持ってこさせるわ、飲まずにはいられないでしょ、あなた《カーロ》」

「確かに」侯爵は機嫌を直し、相好を崩した。「なにしろ、これはぜひともお祝いしなくては」

「申し訳ないが、わたしは辞退する」ルシアンは祝う気分ではないという口ぶりで言い、素っ気なくうなずくと、部屋を出ようと背を向けた。

「しかし、結婚にあたっての契約は？　式はいつ挙げるのですか？　閣下が領地を相続するためには、決まった日までに結婚しないといけないのでは……」ルシアンが尊大な顔でにらむと、侯爵は居心地悪そうに言葉を濁した。

「お願い《ペル・ファヴォーレ》、カーロ」すかさずコンテッサが割りこんだ。「公爵にすべてお任せいたします。もちろん、金銭的なことに関しては、ささやかな取り決めをしなくてはなりませんわね、そうでしょ《シ》？」意味ありげに言う。

ルシアンはうなずいた。「きちんと配慮します、コンテッサ。事務弁護士に書類をつくらせましょう。では失礼」相手の返答を待つことなく部屋を出る。その後ろ姿を侯爵のうれしそうな笑い声が追いかけた。

　彼はふたたび階段をのぼり、ノックもせずにサブリナの部屋に入っていった。彼女はベッドに横たわって、腰まで毛布をかけられている。メアリーは傷だらけの肩や背中を清めていた。この前までは傷ひとつなかったなめらかな肌についた醜いみみず腫れを見て、ルシアンの顔が険しくなった。メアリーにそっと触れられて傷が痛んだときに小さなうめき声をあげる以外は、サブリナは恐ろしいほど静かだった。

ルシアンが部屋にいるのに気づくなり、メアリーは立ちあがって、サブリアをかばうように前に回った。「勝手に入ってくるなんて、何様のつもりですか？」いつもはおとなしいメアリーが、グレーの目を怒りでぎらつかせてルシアンに突っかかった。「もちろん、割って入ってサブリナを助けてくださったのには感謝します。でも、そもそもあなたがいなければ、こんなことは起こらなかったんです」

取るに足らない人間だと誤解していた相手からこのように激しく詰め寄られ、ルシアンはいささか尊敬の念を覚えた。最初は彼女があまりに無口でおとなしいので、サブリナの姉だと聞いて意外に思っていた。ところが、いまは花火のように怒りを爆発させている。赤い髪に目をやって、ルシアンは得心した。

「実のところ」彼は落ち着いていた。「わたしにはサブリナの部屋に入る権利がある——彼女と結婚するのでね」ずばりと言う。

メアリーはうろたえて息をのみ、必死で起きあがろうとするサブリナのもとに走り寄った。サブリナは胸元でシーツを押さえながらルシアンを見あげた。苦痛と混乱でスミレ色の目は大きく開かれ、色濃くなっている。

「またなにかのお遊びなの、ルシアン？」彼女は小さく苦しげな声で訊いた。

ルシアンはベッドの前まで進み出た。「いいや、サブリナ。いまほど真剣になったことはない。わたしはきみと結婚する。きみがいまからわたしにどんな言葉を浴びせようとも、結婚はする」きっぱりと言ったとき、サブリナが彼を見つめる目に反抗的な光が宿った。

「許嫁の存在を忘れたの？」サブリナは冷たく訊いた。乱れた格好ながらも、丸い顎を威厳たっぷりにつんとあげた。

「いや、忘れてはいない」ルシアンは静かに答えた。哀れなブランチの運命を思ったとき、一瞬目が曇った。「もう婚約はしていない。だからわたしは、きみと結婚すると決めた」

「あなたが決めた？」サブリナは短く笑った。「わたしはなんと幸運な女でしょう。だけど残念ながらお断りします。あなたほど高貴な生まれで経験豊富な男性なら、きっと相続財産を分かち合う愚かな女を見つけられるわ」ルシアンの計画を妨害できることに、サブリナはおおいなる喜びを感じていた。「だって、そのために求婚したんでしょう？　あなたは花嫁を求めている。あなたに評判をずたずたにされたわたしが、あなたと結婚する機会を与えられて、喜んで飛びつくと思ったのね。でも、わたしはあなたも、爵位も、お金も求めていないの。嫌いで不愉快な相手と結婚なんてしなくても、必要なお金なら手に入れられるわ」サブリナは勢いこんだ。

ルシアンは怒りの目でサブリナを見つめた。この小娘ほど彼に反抗した人間はいない。

「ばか者め。そろそろおとなになって現実と向き合ったらどうだ。これは遊びじゃないんだ。きみがしてきたのには及ばないほどの小さな罪でも、絞首刑にされるんだぞ。逮捕されて牢獄に送られたらどうなるか、ちょっとでも考えたことがあるのか？」彼女の無頓着な態度に、ルシアンは怒り心頭に発していた。「昼間は男も女も一緒くたにされる。夜はシラミやノミのたかった藁の上で寝る。豚小屋のようなところでパン粥を食べさせられる。もちろん、きみは泥棒だから、罪人の暮らしには詳しいだろうね。〝裸になるもならぬも金次第〟という言葉は聞いた覚えがあるだろう。服を着ておきたいなら、同房者に入場料を支払うことが求められる。必要なだけの金を持っていなければ、気の毒に、服をはぎ取られてしまう」ルシアンはその場面を詳細に説明した。サブリナがショックを受け、メアリーが蒼白な顔で胸を悪くしてベッドの支柱に寄りかかっているのは、十分承知していた。

「たとえ牢獄で死ななかったとしても、結局タイバーンの刑場で縛り首になる。それより運がよければ高熱で死ぬ。たいていの者はそういう最期を迎えるらしい。あまり楽しい人生ではないだろう、違うかい、サブリナ？」自分の言葉がふたりの娘にもたらした効果に満足して、ルシアンはやさしく尋ねた。「わたしとの人生はそこまで悲惨でも危険でもないと思うよ、サブリナ」

くるりと後ろを向き、ゆっくりと扉に向かう。「皮肉な展開になったな。わたしが自分に剣を突きつけて強盗を働いた相手と結婚するとは、誰が思っただろう？」扉の前で立ち止まり、琥珀色の目でふたりを物憂げに見やった。「ふたりでこそこそ話し合って、わたしの邪魔をする愚かな計画を立てたりしないよう、警告しておかなくてもいいだろうね？　もう手遅れだ。お父上の同意はもらった。これから必要な手配を進める。だから負けを認めろ、サブリナ。結婚生活はきみが思っているほどひどくないと請け合おう」

ルシアンの長身が扉の向こうに消える。サブリナはその扉を見つめた。瞳のスミレ色は暗く陰っている。いま起こったことが信じられず、震える唇に手をあてた。

メアリーは立ちあがって、迷った表情でサブリナに目をやった。妹はまるで不当に残酷な罰を受けた幼い子どもに見える。

「リナ」おずおずと声をかけた。「抵抗するつもりじゃないでしょう？」

サブリナはうつろな顔をあげた。憎しみも絶望も、そしてやさしさも純真さも消えてしまった、無表情な顔。メアリーは他人を見ているように感じた。

「ヴェリック・ハウスに戻りましょう、メアリー」サブリナは淡々と言った。目はぼんやりしている。「侯爵に必要なだけの金を手に入れてみせる。ルシアンと結婚はしない。財産を相続するのに、あいつは別の相手を探せばいい。だけど見つからないことを願うわ。財産なんて失ってしまえばいいのよ」

自分の苦境を思うと怒りが募る。メアリーの心配そうな顔を見るサブリナの瞳は、異常な光を帯びていた。「二度と侯爵をわたしに近づけさせないで、メアリー。今度あいつが近づいたら、ためらいなく殺してやる」

大きな炎も小さな火花から。

——イタリアの哲学者ダンテ・アリギエーリ

10

三頭の馬は苛立たしげに柔らかい地面を前足で引っかいた。馬上の覆面姿の人間は、馬車が車輪をきしませて暗い道をゴトゴトやってくるのを待っている。道端で静かに待機する三人を、銀色の月光が照らした。

「もうすぐだぜ、チャーリー」ウィルはささやいた。「やつらは今日の午後、〈フェア・メイドン〉亭で飲みながらしゃべってたんだ。今夜ニューリー卿のところに客が来るって」

「まずはわたしたちがお出迎えするのよ」サブリナは暗い笑みを浮かべた。近づく馬車の音を聞いたとき、覆面を通して彼女の目がきらめいた。「道の向かい側へ行って、ジョン」早口で命令すると、自分は張り出した枝の下まで馬を戻した。六頭立て馬車が角を曲がってやってくる。御者が馬に怒鳴る声、鞭のしなる音。御者は道をふさいで倒れている木に気づいて馬の速度を落とさせた。

馬車より先に木のそばまで来ていたふたりの騎乗従者は、馬を止めてまわりを見回した。

すると、頭に四挺の拳銃が突きつけられた。ふたりがあわてて手から銃を落として馬をおりる。ウィルは彼らに命じて道の脇まで行かせ、馬に乗ったまま彼らのまわりを回って縄で木に縛りつけた。

馬車は倒木に近づいたところで止まり、誰か手を貸せと御者が叫んだ。だがジョンはすでに、馬車の後ろにいた騎乗従者を同じように縛りあげていた。御者は戸惑いの表情で追いはぎの銃を見つめた。

「武器を捨てろ、御者」ボニー・チャーリーが命令した。ウィルは馬車の扉を開け、怯える乗客に声をかけた。

ただちに宝石やふくらんだ財布が差し出される。ボニー・チャーリーは流血を見ることなく、夜の闇の中に消えていった。憤慨する被害者を残して。

そうやって三人は何度も馬車を襲い、いままでにないほど多くの略奪品を手に入れた。ボニー・チャーリーの名はふたたびこの田園地帯で人々の口にのぼるようになった。一カ月間鳴りをひそめていたボニー・チャーリーがまたもや唐突に現れ、頻繁に追いはぎを働くようになったことに、人々は驚きを禁じえなかった。

サブリナとメアリーがロンドンから突然姿を消して一週間足らず。いまのところ、なにも変わったことは起こっていない。でもそれゆえに、サブリナはいっそう不安に陥っていた。侯爵かルシアンが追ってきて結婚を迫るだろうと予想していた——なのにまったく音さたがない。いずれにせよサブリナは、侯爵のために十分金を稼いだら、彼らと決別することを心に誓っていた。

「待ってくれ、チャーリー」ウィルは警告口調で呼びかけ、サブリナの黒い雄馬の横に大きな栗葦毛の馬をつけた。三人は丘をのぼり、頂上に近づくと馬の速度を落とした。駆足で頂上を越えたとき、反対側から丘をのぼってくる巡回中の竜騎兵が見えたので、彼らはぴたりと馬を止めた。

「馬具のジャラジャラする音が聞こえたと思ったんだ」ウィルがぺっと唾を吐き、三人は急いで方向転換して丘を駆けおりた。ところが兵士は彼らの姿をとらえて追跡をはじめた。

全速力で野原を駆け抜け、柵や生け垣を飛び越える。兵士の決然とした叫び声が後ろから追いかけてくる。野原に接する深い森の入り口に近づくと、三人はそれぞれ別の方向へと分かれて、木の生い茂る森の中に消えていった。サブリナはキイチゴの茂みや藪を抜けて木々の中に分け入ったが、背後からは枝がボキリ、パチンと折れる音が聞こえてくる。まだ兵士が追ってきているのだ。

サブリナは木陰から飛び出して、盛り土のされた塚に向かった。手袋をはめた手で手綱を軽く振りながらちらりと背後を見ると、三人の兵士が森を出て反対方向に消えていくところだった。

フレッチャー大佐はまわりを見た。顔に浮かんだ落胆の色が濃くなっていく。「どこへ行きやがった？」

坂道を見おろしたが、下は無人だった。追いはぎはどうして消えてしまったのだ？　相手に出し抜かれたことを悟って、フレッチャー大佐はむっつりとした。

「大佐？」若い中尉がおずおずと尋ねる。「どっちの方向でしょう？」

フレッチャー大佐は苛々と首を振った。「どっちの方向だと？　くそっ、やつは地下に潜ったとしか思えない。ここはやつの縄張りだ。このあたりの隠れ場所は熟知しているだろう。今回やつがどこに隠れたかは、神のみぞ知るだ。あたり一帯を捜索するとなれば、大部隊が必要だ」彼はうんざりと言った。「道に戻ろう。今夜はやつをつかまえられそうにない」

ふたりの兵士は走り出したが、フレッチャー大佐は彼らを追っていく前に無人の闇に向かって声をあげた。「今回は逃げおおせたな、ボニー・チャーリー。しかし、いつもうまくいくとはかぎらないぞ。いずれおまえも過ちを犯す。わたしはいつまでも待っている」

サブリナは馬をおとなしくさせながら、大佐と部下が丘から離れていく音に耳を澄ませた。なるほど、大佐は待っているのか。あのお人よしが言ったとおり、ここはサブリナの縄張りだ。ここではみなが彼女の決めた規則に従って行動する。彼女はそう思ってほくそえんだ。ため息をつき、腐敗臭漂う闇の中で身を震わせる。土の湿り気が空気をも湿らせていた。彼女を取り囲む厚板はなめらかで、手のひらを置くと冷たく硬い。はるか昔の忘れられた民がつくったこの石室の墓地は、格好の隠れ場所だった。大佐も部下も、彼女が自分の足の下に隠れているとは思いもしなかっただろう。なめらかに土で覆われた塚の内部は石の壁と天井に囲まれていて、ちょうどいい大きさの穴になっている。ウィルやジョンはここに入りたがらないだろう。彼らは死者の霊を怖がっている。正直に言えばサブリナだって、ここを使おうと思うことはめったにないのだ。彼女はあたりが静かになるまでじっと待ったあと、馬を引いて、入り口を隠している倒れた石を押しのけて外に出た。そして密生する低木のあいだを抜けていった。

ウィルとジョンも、そろそろうまく兵士をまいて湿地帯まで行き着いたころだろう。サブリナはにやりと笑って馬に乗り、森の中を進んだ。鞍袋は金や宝石で満杯だ。男というのは、ときにとんでもない愚か者になる。情けない兵士ども。彼らは男としてのうぬぼれに溺れるあまり、女を見くびってばかを見るのだ。

三人は白昼堂々と強盗を働くようになっていた。危険ではあるが、サブリナには時間がなかったのだ。いずれ誰かが連れ戻しにくる。それまでにできるかぎり多くの金を手にしておきたい。彼女が遠慮がちにふたたび協力を求めたとき、ウィルとジョンはふたつ返事で承知してくれた。また彼らを巻きこむのは気が進まなかったけれど、自分ひとりでは無理だったし、これが永久につづくわけでもない。遠からぬうちにまともな暮らしに戻れるのだ、と自分に言い聞かせつつ、サブリナはさびしい暗闇の中を走っていった。

翌朝、サブリナが大広間にいるとき、リチャードに上から呼びかけられた。「そこにいたんだ！　どこかへ行っちゃったかと思った」少年は階段を駆けおりてきた。ロンドンから戻って以来、彼はいままでと打って変わって明るくなっていた。「ぼくが注意散漫だから、ミスター・ティーズデイルが今日は早めに終わってくださったんだ」

サブリナは青い目に浮かんだねだるような表情に気づいて、どうしたのかと尋ねた。すでに見当はついていたのだが。

「あのね」彼は照れくさそうに切り出した。「今日から市《いち》がはじまるんだよ、リナ。行けたらいいなって思ってたんだ」希望をこめて顔をあげる。目には期待と興奮があふれていた。

「もちろん、リナがすっごく忙しいのはわかってるんだ。だから、行けなくても、あの、しかたないと思うけど」彼はものわかりのいいところを見せたが、落胆は隠しきれなかった。

「行かないなんて、誰が言ったの？」サブリナは快活に言った。「行きたいかどうか、メアリーに訊いてきて。わたしは帽子を取ってくるから」

「えっ、ほんとにいいの、リナ？」リチャードはうれしそうにぴょんぴょん跳ねた。

「もちろんよ。さあ、急いで。なにも見逃したくないもの」

リチャードは大声でメアリーを呼びながらスキップしていった。サブリナは疲れで肩を丸めて階段をのぼった。最近よく眠れないし、おかげで目の下には薄紫色のくまができている。彼女は鏡の前に立ってつばの広い麦藁帽子をかぶり、ドレスとよく合う黄緑色のリボンを顎の下で結んだ。斜めに折ったバラ色の大きなシルクのハンカチを無造作に肩にかけて結び、襟ぐりを一部隠す。キルティング模様のペチコートや、スカートに刺繍したバラも、ハンカチと同じ色だ。ドレスのなめらかな感触を味わいながら、スカートのひだを撫でつけて伸ばした。わざとらしく腰を振って手袋とハンドバッグを取りあげ、部屋を出た。自分らしく装うことは気分転換になった——男もののブリーチズは脚のかたちがくっきり浮かぶので、居心地が悪かったのだ。シルクの衣擦れ、動くときのペチコートの感触は大好きだ。

サブリナが階段をおりると、メアリーとリチャードは大広間で待っていた。

「リチャードに、食べるものには十分気をつけるようにと言っていたところ」メアリーが言った。「ほら、去年の市のあと、この子はおなかが痛くなったでしょ」

「でもメアリー、食べたいものを食べられなかったらつまんないよ。お願い。お小遣いもたくさん貯めたんだから！」

「考えておくわ」メアリーは、にやにや笑っているサブリナにウィンクをした。安堵のあまり、ため息が出る。ここ数日、サブリナがあまりにふさぎこんでぴりぴりしていたので、神経を病んでいるのではと危惧していたのだ。こんなひどい恐怖や不安にさいなまれずにすめばいいのだが。

「市へ行くわ、シムズ」メアリーは扉を開けて支えている執事に告げた。

「承知しました、レディ・メアリー」ぞろぞろ出ていく三人を見て、シムズは無表情で答えた。

「お土産にケーキを買ってくるよ」リチャードは荷馬車に乗りこみながら肩越しに声をかけた。

シムズはうなずいた。目にかすかな笑みを浮かべ、屈託ない三人組を見送って扉を閉めた。

一行は、あたりの人々を市に呼びこむために鳴りつづける鐘の音を聞いて、荷馬車を急がせた。道路を離れて、会場のごつごつした地面に荷馬車を止める。まるで小さな町のように、ずらりとテントが並んでいた。ここで六日間、商売とお祭り騒ぎが繰り広げられるのだ。会場から聞こえるにぎやかな声を目指して、農家の荷車、馬車、荷馬車、馬がひしめき合って進んでいく。

リチャードは先頭に立って、まずはお菓子の屋台に向かった。案内板がなくても場所はすぐにわかった。焼き立てのケーキやクッキーのいい香りが四方八方に漂って、腹をすかせた客を招いている。目の前にずらりと並んだおいしそうなお菓子を見たリチャードは、目をきらめかせ、わくわくして唇をなめた。

「この天気のいい夏の日に、こちらのお坊ちゃんはなにをお求めですか？」赤ら顔の男がカウンターの向こうから声をかけた。

リチャードは眉間にしわを寄せて種々のお菓子を眺めた。「その砂糖とシナモンをまぶしたケーキと、ライオンと鷲のかたちをしたアーモンドケーキがいいな」きっぱりと言いながらも、目はクリームを詰めたいいにおいの砂糖菓子に向けられていた。

店主はにやっとして、幼い紳士の後ろに立つ美しいレディに目をやって承認を求めた。ふたりがうなずいたのを見て、リチャードの選んだものを紙で包み、少年が手のひらに載せて差し出した硬貨と交換する。「毎度ありがとうございます」彼が大きな笑顔で言うと、リチャードはケーキにかぶりついた。

小さな顔を興奮で輝かせたやんちゃな子どもを連れて見せ物の屋台を回る農家のおかみさんたちとぶつかりながら、三人は人ごみの中を進んでいった。派手な装いの大道芸人や、楽器を演奏しながら物語を歌いあげる吟遊詩人が、群衆の中を練り歩き、屋台の列に客を呼びこもうとしている。真鍮をたたいて伸ばしている真鍮細工師の背後の棚には品物が陳列され、熱い炭を燃やした炎がくすぶっている。白目細工師の店が軒を連ねる一角では、白目が鈍い光を放つ。いくつかの大きな屋台はあらゆる種類の色とりどりの布を並べて、大規模に商いをしていた。フランス製高級キャンブリック、インド綿、チェリーデリー、ダマスク、デニム。茶色のラシャ、フィレンツェ製の絹と紗。ソフトモヘア、南京木綿、ポプリン。みな人目を引く生地ばかりだ。銀色のリボンや明るいビロードの蝶形リボンが風になびく。田舎の若い娘たちは、髪に飾る派手なリボンや日曜の朝に持つシルクのハンカチを買えるだけの硬貨を握りしめて、美しい色の生地を熱心に眺めていた。

メアリーは青と緑のインドシルクのハンカチを撫でた。「このドレスに合うハンカチを買おうと思っていたの。これはどう?」と妹に意見を求める。サブリナのほうは、黄色と紫の縞模様のハンカチと、青緑一色のハンカチとで迷っていた。リチャードは向かい側の人形芝居に目を向けて、ふたりの横でそわそわしていた。

「ちょっと緑がきつすぎると思うわ。こっちはどうかしら」

メアリーは空色のシルクを体にあててみた。ドレスの青色と合わせるのにちょうどいい色合いだ。彼女はボディスを縁取るレースと同じ色の青と緑の花を刺繍した長い華やかなエプロンをつけ、赤い巻き毛の上に青いシルクのボンネットをかぶっている。

リチャードにせかされて、ふたりは買い物をすませて道を渡った。人形使いは人形を巧みに操って集まった観客を楽しませ、舞台衣装の助手が芸を気に入った客から金を集めて回った。

こっけいな芝居に笑いながら、サブリナとメアリーは先に進み、リチャードはべたべたの手をして姉のあとを追った。鎖につながれた毛むくじゃらの猿が食べ物を求めて踊っており、大きなテントの前では哀れな奇形を見ようと人々が列をなしていた。

パイ売りの女とジンジャーブレッド売りの女が道をふさいでいるので、サブリナたちは足を止めた。ふたりの女は客をめぐって激しく口論している。熱心に商売をしていたので、顔はほてって汗びっしょりだ。じっと待っていたサブリナは、人ごみの中からぴょこんと飛び出す見間違えようのないふたつの麦藁色の頭に気がついた。その直後、人々が道をあけた。ふたりが群集の中を歩いてくる。サブリナは顔をあげて、日光をさえぎるほどの広い肩を見つめた。

「小柄な人間がいかに不利かわかったでしょう、ウィル」サブリナは冗談まじりに言った。「あなたたちは〈フェア・メイドン〉亭にいるんだと思っていたわ。お客さんは喉が渇いているんじゃないの？」

ウィルは首を振った。「あっちに行くのは夜になってからでいい。飲み物ならふんだんに置いてあるから、客は満足だ。で、ジョンと一緒にちょっと楽しもうかと思ってさ、チャーリー」彼は興奮を募らせる群集を見ながら低い声を響かせた。息は酒臭い。

「なあ、チャーリー、あっちの突きあたりで、いい馬を売ってるんだぜ」ジョンは楽しいのと酔っているのとで顔をほてらせている。

チャーリーと呼ばれてサブリナはたじろぎ、ふたりの巨人のあいだに立ったまま不安な顔であたりを見回した。手に腰をあて、高慢に顎をあげ、笑っている巨漢ふたりを見つめる。

「今日あなたたちの口からこぼれるのはエールだけにしてね。壁に耳ありよ」サブリナの目がきらりと光る。プライドを傷つけられたジョンは胸を張った。

「心配すんなって、チャーリー。ちょっと浮かれてるけど、まわりが見えてないわけじゃねえぜ――いまはまだ」ジョンはそう言ってゲラゲラ笑った。

サブリナも笑いながら彼らに手を振り、姉と弟を捜した。リチャードの赤毛は、おもちゃの屋台のまわりに集まったさまざまな色の髪の中に見つかった。歌う鳥がついたオルゴールの音色を聞いて、子どもたちが喜んでわっと叫び、物ほしそうな声を出す。サブリナは横に来ていたメアリーに笑いかけ、ふたりはリチャードの幸せそうな顔を見つめた。ところが突然、サブリナの笑みが消えた。メアリーがなにごとかと妹を見る。そのときメアリーにも、木の下で静かに歌うバラッド歌手の声が聞こえた。

〝偉大なる判事様、やさしい判事様
少しのあいだお待ちあれ！
お父様の姿が見えたのです
柵沿いに馬に乗って

ああお父様、ああお父様、少しの金貨と
財産を差し出して！
救ってちょうだい、わたしの体をあの墓地から、
わたしの首をあの絞首台から

金貨など渡すものか
財産など渡すものか
わたしは絞首刑を見にきたのだ
おまえは縛り首になるのだ〟

サブリナは耳をふさいだ。バラッドはつづいている。このあとヒロインは兄、姉、母に救いを求めるものの願いは聞き届けられず、最後に恋人が絞首台から彼女を救うのだ。

「いかにもこの場にふさわしい歌だな――チャーリー？」サブリナの耳のそばで低い声がした。

別名で呼ばれたのに驚いてサブリナが顔をあげると、フレッチャー大佐が鋭いグレーの目で彼女の顔を見据えていた。まるではじめて会う相手であるかのように。

「チャーリーとは変わっているな、大男の友人がきみを呼んでいた名前は」彼はいぶかしげ

に言った。やがて歌が終わった。「あの男の歌が嫌いなのか、それとも、歌詞がきみの心に呼び起こす光景が不愉快なのか？」

「べつに気にしていないわ、大佐。どうしてわたしがそんなものを気にするというの？」サブリナは軽く答えたが、喉元では血管がどくどく脈打っていた。

大佐は思慮深げにほほ笑んだ。「わたしなら気にするね、きみの立場にいたら」

「わたしの立場？」サブリナはなんのことかわからないという様子を装い、同情の面持ちを見せた。「太陽が強すぎるんじゃない、大佐？　そのせいで幻覚を見ることもあるそうよ」

大佐は上を向いたサブリナの顔を見ながら、あきれたように首を振った。「確かに頭がくらくらしてる。いまの驚くべき発見でね。それを公表したら、きっと精神が錯乱していると疑われるだろう」サブリナのスミレ色の瞳を見て小声で言い添えた。「けれどわたしたち自身は、そうではないことを知っている。違うかい、ボニー・チャーリー？」

メアリーは息をのみ、ぞっとして大佐の長身を見つめた。目に入るのは、彼の腰で揺れている不吉な剣だけだ。

サブリナは信じられないと言わんばかりに、真に迫った笑い声をあげた。「本当におかしくなっているわ、大佐、そんなばかばかしい話をまともな人間が信じると思っているなら。酒場で飲みすぎた人間がでっちあげた、眉唾ものの笑い話だって思われるでしょうね」サブリナは彼に高慢な横顔を向けた。

「威厳を傷つけられたというお芝居は、別の人間には通用するだろう。しかし、わたしはだまされないぞ。いま、こんなところできみの問題を論じるわけにはいかない。だが話し合いはする。今日の午後訪問するから覚悟しておくんだな。それではまた、ご婦人方」彼はお辞儀をして人ごみの中に消えていった。唖然とするサブリナとメアリーを残して。

「まあ、どうしたらいいの、リナ？」メアリーは大佐を追って群集に視線を据えたまま、小さな声で尋ねた。

「なにもしないわ、まったくなにも」サブリナは唇を曲げてにやりと笑った。「大佐のはったりは受け流すの。だって、こけおどしだもの。わたしを告発するための証拠はないし、いくら探したって見つからない。万一この疑惑を追及したとしたら」満足げに肩をすくめる。「彼はこのあたりの笑い者になるわ」

「本当に心配ないのね？」妹の冷静な表情にメアリーは感心していた。

「大佐よりもっと頭のいい男を相手にして勝ってきたのよ。それに、このお芝居はもうすぐ終わり。そうしたら、フレッチャー大佐のことなんか気にしなくてもよくなるの」サブリナはさげすむように言い、心をよぎった恐怖を隠して嘲笑した。「さあ、楽しみましょう。あんなイングランド将校を気にしてせっかくの一日を台なしにしたくないわ」彼女は高らかに言うと、メアリーをせかして歩き出した。

リチャードを連れて人ごみをかき分けていく。レスリングや闘鶏を見て歓声をあげる男たちの集団を追い越した。気前よく酒がふるまわれ、アルコールで血のめぐりがよくなった人々は興奮して喉を嗄らしている。サブリナたちはちょっと足を止めて子馬や成長した雄馬が競売にかけられるのを見たあと、牛いじめの会場の手前で引き返した。一シリングの木戸銭と引き換えに、けしかけられた犬が鎖につながれた雄牛を襲って、倒されたり、相手を牙で噛み殺したりするところを見せる出し物だ。それはあまりにも残忍で冷酷なので、彼女たちにはなんの魅力も感じられなかった。

もと来た道を通って、荷馬車のほうにゆっくり戻っていく。道にはさっきより人が増えていて、押し合いへし合いしながら、笑ったり言い争ったりしてお祭りを楽しんでいた。ハエが牛肉にたかっている肉屋の屋台のそばまで三人が来たとき、喧騒の中で突然殴り合いがはじまった。

飲みすぎた若い農夫ふたりが、転がりながら相手を殴っている。観衆は遠巻きに見てはやし立て、ひとりの若い娘が目を輝かせて喧嘩の様子を熱心に見守っていた。片方の手には色とりどりの何本ものリボン、もう片方にはロケットを持って。

「女の取り合いだよ」誰かの声がサブリナの耳に入った。ふたりの男は群集の足元で泥をかぶってうなっている。

「行きましょう、リチャード」サブリナは落ち着きなく言った。「雰囲気が悪くなってきたわ」

誰かががっしりした青年を押す。青年が振り返り、眼鏡をかけた牧師に殴りかかる。牧師の友人はかっとなって青年に飛びかかり、その勢いでパイ売りの女にぶつかる。パイが土にめりこみ、女は怒りの悲鳴をあげる。あちこちでパンチやキックが飛びかい、人々が騒ぎに巻きこまれてばたばたと倒れていく。転がる人々を面白そうに眺める肉屋の手には、誰かが陳列棚に近づきすぎたときに備えて肉切り包丁が握られている。

サブリナはメアリーの腕をつかみ、ふたりのあいだにリチャードを引っ張り入れて、騒ぎを聞きつけて押し寄せた野次馬の汗まみれの体をかき分けていこうとした。

メアリーがつまずき、悲鳴をあげて膝から崩れ落ちた。無数の頭や肩に囲まれて、姿が見えなくなる。サブリナはメアリーに引っ張られてバランスを崩したリチャードをしっかりつかんで、彼の頭越しに手を伸ばそうとした。するとメアリーが、姿を消したときと同じく唐突に現れた。青いシルクの帽子は横にずれ、肩には緋色の袖に包まれた腕が回されている。フレッチャー大佐は群集を押しのけた。サブリナとリチャードの前に立って、振り回される肘やこぶしから三人を守る。騒ぎはますます激しくなる一方だ。

「わたしの腰につかまれ」彼は肩越しに叫んだ。サブリナは素直に彼の広い腰にしがみつき、ベルトに指を引っかけて、リチャードをわきの下にしっかり抱えた。

フレッチャー大佐は光沢あるブーツで人々の足を踏み、土埃をあげながら、乱闘を逃れようと道をあけさせた。こぶしが顎を殴る音と苦痛の悲鳴が聞こえた直後、一行はぐったりと倒れた人間の横をすり抜けた。サブリナはいくつかの無防備なむこうずねを蹴っていき、驚いたうなり声を聞いて溜飲をさげた。大佐に導かれて騒ぎの場から離れ、見通しのいいところに出ると、彼女は新鮮な空気を深く吸いこんだ。

「ありがとうございます」メアリーがささやく。大佐は不安の表情で彼女の真っ青な顔を見おろし、守るように細い腰をぎゅっとつかんだ。

「大丈夫かい、レディ・メアリー？」彼は心配そうに尋ねた。

サブリナはぱっと顔をあげた。いつからあの男はメアリーの無事を気にするようになったのだ？　フレッチャー大佐はメアリーを壊れやすい陶器のようにそっと扱っている。不意に彼は目をあげ、サブリナの興味深げな、そしていささか敵意を含んだ視線を受けて顔を赤らめた。

「きみたちの馬車はどこだ？」

「荷馬車で来たの。あそこよ」サブリナは指さし、メアリーを抱きかかえるようにして荷馬車に向かうフレッチャー大佐についていった。

リチャードが真っ先に飛び乗り、大佐がメアリーを乗せるのに手を貸した。といっても、大佐は軽々とメアリーを持ちあげていたので、ほとんど手助けはいらないようだったが。

「ちゃんとした付き添いもなくこんなところへ来るとは、とんでもないことだ」彼は怒っていた。「こういう市は、いつでも最後は下品な騒ぎや殴り合いになる」

目を閉じたメアリーに背を向け、非難の目でサブリナを見た。「群集の中にきみたちの姿を見たときは、この目が信じられなかった。忘れているようだな、レディ・サブリナ、いやチャーリーと呼ばれたほうが気楽かもしれないが、姉上と弟はきみほど向こう見ずなふるまいには慣れていない。あのごろつきどもの中から、どうやってきみたちを救い出そうかと思ったぞ」

「大変感謝しています、フレッチャー大佐。だけど今日はもう、あなたの顔を見たくないわ」彼に咎められて、サブリナの胸は痛んでいた。「わたしを追いはぎだと言ったと思ったら、今度は姉と弟の扱いが悪いと責めるなんて。心外だわ。ではごきげんよう」

「わたしの指揮下にいたとしたら、きみはとっくの昔に鞭打たれているぞ」フレッチャー大佐は怒りをこらえようと歯を食いしばった。

サブリナは不快そうに唇を歪めた。「鞭打たれたことはあるわ、大佐。それで、あなたみたいな人に虐待されてたまるかという思いがいっそう強くなったの」

彼女の目が突然憤怒でめらめらと燃えたのを見て、大佐ははっとした。その炎はすぐに消えたが、サブリナの心の奥にある感情は、固く結んだ唇にちらりと現れていた。

「きみたちを家まで送る」大佐は拒絶の言葉を待つことなく、反論するならしてみろと言わんばかりに、麦藁帽子の広いつばの下にあるサブリナの渋い顔を見つめた。

サブリナはあきらめて彼のエスコートを受け入れ、荷馬車に乗りこんだ。大佐が自分の馬を連れてきて部下に命令を下すあいだ、三人はじっと待っていた。

「市場の人たちをみんな逮捕するつもりですか？」大佐が荷馬車の横に馬をつけると、リチャードはおそるおそる尋ねた。

「いや、そんなことをしたら暴動が起きる。みな殴られて十分痛い思いをしているだろう。それをやつらの罰としておこう」

「気分はどう？」大佐の批判にまだ心を痛めながらも、サブリナはメアリーの腕に軽く触れてささやきかけた。

メアリーは疲れた顔でほほ笑んだ。「大丈夫よ、リナ。ごめんね、急に倒れたりして。まわりからぎゅうぎゅう押されて——あれ以上耐えられなかったの。フレッチャー大佐がいてくださって助かったわ」恥ずかしそうに大佐に目をやる。彼は荷馬車の横で、ぴしっと背筋を伸ばしてやすやすと馬を操っていた。

「まっすぐ前を見ていなさい、リチャード」サブリナが鋭く注意した。弟は尊敬のまなざしで、あの誇り高い軍人にちらちら目をやっている。「言うことを聞かないと、もう手綱を握らせてあげないから」

リチャードは前方に目を戻して手綱をしっかりつかんだ。「ちゃんと見ているよ、リナ。だけど、大佐がみんなをどかして道をあけさせたのを見た？」

するとフレッチャー大佐は少年を見おろした。「わたしくらいの大きさになったら、リチャード、きみだって群集をかき分けられるさ」

「リチャード、前を見るの」サブリナの腹は煮えくり返っていた。大佐は家族に対してなれなれしすぎる。打ち解けて語りかけ、リチャードに対してはおじさんのように接している。

「ぼくの目がよく見えるようになったから、サブリナは銃の撃ち方を教えてくれるんです」リチャードは自慢した。「サブリナは誰よりも上手に拳銃を撃てるから」

「きっとそうだろうね、リチャード。では、きみはかなり練習を積んだんだな、レディ・サブリナ？」フレッチャー大佐は軽い口調で応じた。

口を滑らせたことに気づいたリチャードは、しまったという表情になって顔を赤らめた。おずおずとサブリナのほうをうかがう。けれど姉の安心させるような笑みを見て、怯えた表情は和らいだ。

その後、一同は気まずい沈黙に包まれたままヴェリック・ハウスに向かった。家に着くと、大佐は招かれもしないのに三人について中に入った。自分の家であるかのように。サブリナはそそくさと断りを言ってリチャードとともに二階に向かった。大佐は話し合いを望んでいるようだが、待たせておけばいい。

「どうぞお座りください」応接室に入ると、メアリーは大佐に言った。

「テレンスと呼んでくれればうれしいのだが」彼がやさしく言うと、メアリーはうろたえて頬を染めた。

「あ、あの、大佐、市で助けてくださったことは感謝しています。でもその前は、妹にひどい言いがかりをつけておられましたね。それは忘れられませんし、許すこともできません」メアリーはあわてて言った。彼女のいつもの穏やかな顔に、さまざまな感情が浮かぶ。

「きみの気を悪くさせたのなら申し訳ない、メアリー」彼はメアリーを呼び捨てにした。「しかし、そろそろ男性が介入してこの家の主導権を取ったほうがいい。妹さんは、あまりにも好き放題を重ねてきた。おそらくそれは、何年も前のあの朝にはじまったのだろう。スコットランドの山中で装填した拳銃を握っていたときに。わたしがきみの家族を助けようとしているのがわからないのか？　ボニー・チャーリーに変装するたびに、妹さんがどんな危険に身を置いているのか、きみはわかっていない」

メアリーは唇を噛んだ。「サブリナがボニー・チャーリーだなんて、誰も認めていません。ばかげた話ですわ、大佐」

「そんなにばかげているか？　妙な偶然だな、きみたちがスコットランド出身で、あの追いはぎもまたスコットランド人だというのは。やつはかなり小柄で、子分は途方もなく大きい。さっき妹さんに親しげに話しかけていたあの巨漢ふたりのように。そして」大佐は決定的な証拠を口にした。「やつらは妹さんをチャーリーと呼んでいた」

メアリーはしばし黙りこんだ。「物的証拠をお持ちではないでしょう、大佐。そんな話は誰も信じません。あなたはばかを見ることになるんです」彼の言葉を信じたくなくて、メアリーは小声で言った。

「わたしが妹さんを官憲に引き渡すと、本気で思っているのか？　わたしはそこまで冷酷ではない。だが、妹さんが強盗をつづけてこのあたりを恐怖に陥れるのを許すわけにもいかない。なんとしても止めなければ」

メアリーは彼の鋭い視線を避けて窓の外に目を移した。どうしたらいいだろう？　この男を敵に回していいのか？　もう少し時間を稼げれば、サブリナは仕事をやめる。そうしたら大佐が真実を知ることは決してないし、手出しもできないはずだ。

「メアリー」フレッチャー大佐は彼女のこわばった背中のところまでやってきて、そっと語りかけた。「わたしに抵抗するな」

大きな手に軽く肩をつかまれて、メアリーはぎくりとした。頭を反らして彼の肩を押し、逃れようとする。「やめてください、大佐、あつかましすぎます。すぐに手を離してください」

「もっとあつかましくなるぞ」彼は不敵に答え、軍服の硬いボタンにあたるまで彼女を引き寄せた。「きみは年老いた兵士にとって、一筋縄ではいかない相手だ。しかしわたしは戦いにおいて、特定の目標を与えられたときがいちばん活躍できる」

それを聞いてメアリーは顔をほてらせた。「わたしはあなたの作戦の目標物になるつもりはありません。それにこの家は、あなたが指揮官づらでやってきて命令を下せる兵舎ではありません」

フレッチャー大佐は声をあげて笑った。「妹さんの反抗心と同じものが、かけらでもきみの中にあるとは思わなかったな。しかし、あの子ほど生意気な女には会ったことがない。きみたちの血がつながっているとは信じがたい。あらゆる点でまったく違っている」メアリーのうなじから赤い巻き毛をつかみあげてささやく。「ひとりは上品で優美、もうひとりは勝ち気で世話焼き」

彼の腕が腰までおりてくるのを感じて、メアリーは狼狽して大佐の目を見つめた。「殿方は元気のいい女がお好きだと思っていましたわ」

「そういう男もいる。しかし、あまりにも多くの戦いに従事した兵士として、いまわたしは穏やかな女を求めている。友となれる女、戦場でなく家庭をともにできる女を。戦いにはうんざりだ。平穏な生活をしたい。妹さんを娶る男には同情するよ。争いに次ぐ争いの日々になるだろうからね。ひとときたりとも心は休まらない。男は常に、彼女がなにを企んでいるのかと考えていなければならない。わたしはごめんだ、相手がいかに美しい女であっても」

大佐は自分を見あげるグレーの瞳、薄くそばかすが散った小さな鼻、柔らかそうな口を見つめた。そしてメアリーにというより自分自身に語りかけた。「わたしはついに自分の砦を見つけたようだ」

日焼けした顔で迫り、口をメアリーの口に軽く触れさせる。次の瞬間、彼はその柔らかな唇をとらえて長いキスをした。無抵抗の体を回して自分のほうを向かせ、しっかり抱きしめる。無垢な唇は彼の口に絡みついた。

「メアリー、きみたちを助けたいんだ」真っ赤に染まったなめらかな頬に唇を押しつけると、大佐は言った。「きみは愛らしい。きみにいろいろなことを教えたい」

「お願い、放して」メアリーは哀願した。「誰かが入ってくるかもしれないわ」彼女がもがくと大佐は抱擁を解いたが、片方の手はしっかり握って放さなかった。メアリーは震える手で髪の乱れを直し、胸元のレースを慎重に伸ばした。それらを、大佐は楽しい気持ちで眺めていた。

「男にキスされたのははじめてなんだね？」すでに答えはわかっていたものの、彼はそう尋ねた。「きみたちを助けさせてくれないか？」

「な、なんの話かわからないわ」メアリーは取り乱し、誰かが来て自分をこの苦境から救い出してくれることを願った。

「永遠にこの問題を避けてはいられないぞ」大佐は真顔になった。「わたしには果たすべき務めがある。わたしは王に仕える家臣なんだ。きみも、きみの家族も傷つけたくないが、妹さんにつづけさせるわけにもいかない」

「なにをつづけるというの、大佐？」サブリナは部屋に入っていった。赤い軍服に身を包んだ長身の将校の前まで行くと、彼がメアリーと手をつないでいるのを見て驚きに打たれた。「この突拍子もない話にまだ固執しているのね。それに」ふたりのつないだ手に嘲るような視線を向けて、意味ありげに言う。「情報を得るのに、どんな策を弄しているわけ？　姉がなにか知っていると思いこんでいて、それを白状させるために誘惑しているの？　でもね」サブリナは笑いながら、メアリーに警告の視線を投げかけた。「姉はあなたの甘い言葉やお世辞に引っかかるほどばかじゃないわよ。すべてうそっぱちだと気がつくわ。そうよね、メアリー」

大佐は唇を歪め、怒りの形相でサブリナをにらんだ。メアリーの打ちひしがれた顔を見て、激しい憤りを感じた。「お見事だ、レディ・サブリナ。きみの戦術は褒めてやる。きみが自分の言葉を信じているかどうかはわからないがね。しかし、きみはわたしの真意を誤解している。少なくともメアリーに関しては。彼女にうそはついていない。きみのせいで、メアリーはもうわたしを信じてくれないかもしれないが」

メアリーは彼の視線を避けて手を抜いた。つかつかと歩いていって、紅茶を持ってこさせようと呼び鈴の紐を引いた。

「もうお茶は言いつけてあるわ」サブリナはメアリーの向かい側の椅子に腰かけた。スミレ色の目で問いかけるように姉を見つめる。

従僕が茶器一式を運んでくるあいだ、三人は無言だった。メアリーはやることがあるのをありがたく思いつつ、カップに紅茶を注いだ。そのとき、大佐が厳然と言った。「きみは尻をぶたれるべきだ、レディ・サブリナ」

メアリーは意味のないことをつぶやいて紅茶をこぼしたが、サブリナを見あげることなく作業をつづけた。妹はきっと憤怒の目でフレッチャー大佐をにらみつけているだろう、と思いながら。

「あなたにそんな勇気はあるの、大佐?」サブリナはさげすみをこめて尋ねた。

「勇気はある。とはいえ、それをするのはわたしではない」彼はほのめかすように言い、一片の同情も覚えていない顔でにやりとした。

「そんなことをしようとする男がいたら、その日が命日になるわ」サブリナは冷酷に笑った。その男が大佐だったらいいのに、と目が語っている。

フレッチャー大佐は首を横に振った。「きみはあまりにも長いあいだ、この家を牛耳ってきたね、レディ・サブリナ。そろそろ男性に介入してもらって、きみたちを導いてもらわなくては」

「誰に?　侯爵?　きっとあいつは喜んでその機会に飛びつくわ。いままでほとんど父親らしいことをしてこなかったのだから」サブリナは腰をおろし、紅茶を受け取って平然とした顔で飲んだ。「そうねえ」彼女は考えこむふりをした。「あいつが世継ぎである息子にはじめて会ったのは、一週間ちょっと前だったわ。それから、わたしたちがその前に会ったのはいつだったかしら？　十年前？　ええ、確かにわたしたちを導くべき男性ね。父の頭には、財布をふくらませるお金のことしかないの。あなたはメアリーに求婚できると思っている？　姉を口説いたんでしょう。でも、仮に真剣な気持ちだとして、本当に姉を買えるだけのお金を持っている？」

フレッチャー大佐は苦々しい顔になった。

「ええ、たじろぐのも無理ないわ。でもわたしたちは実際、そういう不愉快な状況に立たされているの。わたしと姉は、父にとって値打ちのある商品なのよ。わたしたちに目を留めたときから、あいつは自分の娘を財産だと見ている。わたしたちに誰よりも裕福な夫を見つけるつもりよ。大佐のお給料では、とても足りないんじゃないかしら」

「そんなに若いのに、ひどく辛辣だな。きみのことをよく知らなかったとしたら、わたしには理解できなかっただろうし、同情も覚えなかっただろう」

「同情なんていりません」サブリナの声は震えていた。「必要ないわ。あなたに用はない。放っておいてくれない？」

「リナ」メアリーは不安顔でたしなめた。

「まさかこいつを好きになったんじゃないでしょうね？　ばかみたい。こいつに用はないのよ。お姉さんを連れていこうとするわ」

「永遠に幻想の中で生きていくことはできないんだ、レディ・サブリナ。相手がわたしでどれだけ運がよかったか、わからないのか？　わたしを憎もうとするな。信用してくれ。わたしならきみを助けられる、きみたちみんなを」大佐はなだめようとした。

信じたい、とサブリナは思った。だけど、いままでずっと、人を信じられずに生きてきたのだ。それに、カロデン・ムーアで彼に会ったときの記憶がどっと蘇ってきて、まともにものが考えられなくなっていた。でも、そろそろ誰かを信用すべきかもしれない。もしかすると、この人を。サブリナは立ちあがり、こわごわ彼のほうに一歩踏み出した。ところが口を開きかけたとき扉が開き、シムズがマルトン卿とニューリー卿の来訪を告げた。

彼らは興奮の表情で足早に入ってきた。大佐の存在に気づきもせず、サブリナとメアリーに挨拶をする。

「うるわしのレディ・サブリナ」マルトン卿は狡猾な笑みを見せた。「隠しておられたのですね。公爵とあなたがなんて、信じられない。みんなびっくりしましたよ、本当に。すっかり驚いてしまって、ここにいるニューリーも唖然としています。こんなに仰天したことはありません」彼はまくし立てた。

サブリナの顔から血の気が引いた。ぽかんとしているメアリーと顔を見合わせる。最初に口を利いたのはフレッチャー大佐だった。間の悪いときに邪魔が入って、彼は苛立っていた。

「なんの話か教えていただけますか、マルトン？」

マルトン卿は含み笑いをした。「きたるべき結婚が発表されたのだよ、レイントン侯爵のご息女レディ・サブリナ・ヴェリックと、キャマリー公爵ルシアン・ドミニクの。あのずるい男め、ひとことも言ってくれなかった。実のところ、レディ・ブランチ・ディーランドと結婚する予定だと思っていたんだが――」彼は言葉を切って、申し訳なさそうにサブリナを見た。「失礼しました、レディ・サブリナ。過去の恋人の話を持ち出すことはなかったですな。しかし妙な話だというのは、あなたもお認めになるでしょう。かの女性は突然姿を消してしまったそうです。それ以来誰も見かけていません。貧乏兵士と駆け落ちしたと言う者もいます」マルトン卿はわざとらしく声をひそめた。

フレッチャー大佐はサブリナの蒼白な顔を注視した。絶望的な表情からすると、この知らせは事実のようだ。「侯爵のことは、確かにきみが言ったとおりらしい」彼はいかめしい顔になった。「きみの婚約者に会う光栄に浴してはいないが、いずれお近づきになりたいものだ」

「ここで会えてよかった、フレッチャー。ならず者のボニー・チャーリーめをどうするつもりか、訊きたかったのだ。とっくにあの悪党をつかまえていると思ったのだが。スコットランドのろくでなしに狼藉を働かれるのには、もう我慢がならん」マルトンは束の間不機嫌になった。「そうだろう、ニューリー？」

ところがニューリー卿は聞いていなかった。サブリナのハート形の顔をむっつりと見つめていたのだ。美しい顔をよぎるあらゆる表情を見逃すまいとしている。

「ニューリーは心ここにあらずだな」マルトン卿は皮肉っぽく言って、フレッチャー大佐に大きくウィンクをした。「レディ・サブリナに結婚されて悲しむのは、ニューリーひとりではないだろう。レディ・サブリナはロンドンでもたいそう話題になったそうだ」

「ボニー・チャーリーの問題についてはもう危惧されなくてもいいでしょう」フレッチャー大佐は話題を変えた。「間もなく決着がつくという気がしております」

マルトン卿は頬をふくらませ、杖で床をドンとたたいた。「なにか突き止めたのかね？ それはいい。この見さげ果てたやつを、さっさと始末してほしいものだ。きみの動きを報告してくれたまえ、フレッチャー。死刑にはなんとしても立ち会いたい」

フレッチャー大佐は嫌悪の表情を隠しきれなかった。一般市民は、人を殺すことをなんと安易に口にするのか。一日の戦闘で千以上の惨殺死体を見たとしたら、この男はどれだけ熱心に死刑を見たがるだろう。

「お嬢様方は、市に出かけてお疲れのようです。乱闘騒ぎも起きたそうですし。ですので、わたしはそろそろ失礼します」彼がふたりの貴族を目でうながしたので、彼らも従わざるをえなかった。

「婚約のことをもっとお聞きしたかったのですが、レディ・サブリナ」マルトンが言う。

「結婚式はいつのご予定です？ ロンドンで挙げられるのでしょうか？ お話ししたいことは山ほどあるのです。みんな興味津々ですからな。公爵がすぐに結婚しなければキャマリーを得られないことは知っております。いまでもその条件は有効なのでしょうか」答えを求めてサブリナを見たが、蒼白な顔のサブリナからはなんの返答も得られなかったので、彼は愛想よく肩をすくめた。「では失礼します」

「ボニー・チャーリーについてのわたしの計画をお知りになりたければ、急ぎましょう。調べたいことがあるのです」フレッチャー大佐は威厳たっぷりに言ってふたりをせかした。けれども部屋を出る直前、姉妹に言った。「また来る。話し合いのつづきをしよう」

サブリナは石のように身を硬くした。聞こえるのはときを刻む時計の単調な音だけだ。うつむいて顔を隠し、敗北にぐったりと肩を落とす。くぐもった声ですすり泣きながら、椅子に身を沈めて自分の殻に閉じこもった。

メアリーは急いでやってきて妹の横でひざまずき、震える肩を抱いて、心ゆくまで泣かせておいた。サブリナは細い体を震わせて泣き、鬱積した感情を吐き出した。

「どうしたらいいの？　もう少し時間があると思っていたのに。まさかあいつらが、わたしがいないまま発表してしまうなんて、思いもしなかった。またルシアンを見くびってしまったわ。彼がどんなに狡猾か忘れていた」涙に濡れた顔をあげる。「でも、わたしはいや。結婚を無理強いされたくない。耐えられないわ、あんな屈辱的な思いをさせられて。なにか手を打たなくちゃ。報いは受けさせてやる。前の婚約者と同じように、結婚式の直前にあいつを捨ててやる。領地を相続できずに笑いものになるがいい」復讐を思って、彼女はスミレ色の瞳を輝かせた。

メアリーは力なく首を振った。「あの方を止めるのは無理よ。みんなが結婚のことを知っているのに、どうやって止められるの？　あきらめて結婚したらどう、リナ？　それですべて解決するわ。フレッチャー大佐には、わたしたちのことを知られてしまった。あの方に一挙一動を見張られていて、強盗をつづけられる？　逃げ道はないんじゃないかしら」

「承知するものですか」サブリナは頑固に言い張った。決意を固めるとともに、声にもだんだん張りが出てきた。「メアリー、手元にはもうかなりの金額があるの。あと少しだけ手に入れたら、わたしが侯爵のところに持っていく。そうしたら解放してもらえる。それに、ルシアンがわたしを見つけられなければ、結婚しようにも花嫁がいないのよ」

メアリーはぺたんと座りこみ、サブリナの決然とした顔を見つめた。「フレッチャー大佐の言ったとおりだと思うわ。わたしたちは幻想の世界に住んでいたのよ」

「メアリー」サブリナは懇願した。その目には苦痛が浮かんでいる。「いまわたしを見捨てないで。わたしたち、家族よね？」姉を失いたくはないかのように、神経質に唇を噛んだ。

「わたしに背を向けたりしないでしょう？」

「もちろんよ、リナ。どうしてそんなことを考えるの」メアリーは妹を安心させながらも、熱に浮かされたような顔を見て不安に駆られた。

「よかった」サブリナはほほ笑んで姉を抱きしめ、立ちあがった。「計画を立てなくちゃね。さっきの話がでたらめでなければ、もうすぐ侯爵かルシアンが訪ねてくるはずよ。あいつらが来たとき、ここにいるつもりはないわ」

メアリーはおぼつかなげに笑った。「では、わたしがあの人たちを歓迎する役を務めるの？

あまり楽しみじゃないわね。公爵はかなり強引みたいだし、自分を怒らせた相手にはしっかり罰を与える人だもの。あなたの予言どおりロンドンじゅうの笑いものにされて、領地を相続できなかったら、彼は怒り狂うでしょう」メアリーは身を震わせ、彼の顔の傷を思い出しながら自分の柔らかな頬に触れた。「あの傷があると、まるで悪魔みたい。すごく怖いわ」

サブリナが口調をきつくし、食ってかかってきた。「あの傷のどこが悪いのよ。なによ、あれが醜いとか気持ち悪いとか言いたそうに」だが、突然熱心に彼を弁護したことに、サブリナ自身も驚いたようだ。

メアリーはびっくりしてグレーの目を丸くした。「ごめんなさい、気持ち悪いと言うつもりは全然なかったのよ。ただ、あの傷のせいで危険な人に見えるということ。それだけよ、リナ」彼女は穏やかに弁解した。

「謝るのはわたしのほうだわ。お姉さんを困らせてばかりね。でも、なにもかもが無茶苦茶になりそうで、もうどうしていいのかわからないの。今夜ウィルとジョンに会って計画を練るわ。ボニー・チャーリーの格好でここから出ていくことはできないわね。とにかく、あいつらに止められるわけにはいかないの」サブリナはしっかりした足取りで部屋を出ていった。

「〝ああ、女の皮をかぶった虎の心よ〟（シェイクスピア作『ヘンリー六世』より）」小さな声が聞こえた。

メアリーが振り返る。「マーガレットおば様！　ずっとここにいらっしゃったの？」

マーガレットおばは、張り出し窓のそばにある椅子から身を起こした。ビロードのカーテンの後ろでひっそり座っていたのだ。爪先立ちで歩いてくると、きょろきょろして近くにひそんでいる人がいないことを確かめた。

「人ごみは大嫌いなのよ、あなたもでしょ？　不思議ね、マルティは小さなころからちっとも変わっていないわ。そういえば、あの子は昔からぽっちゃりしていて、おしゃべりばかりしていたわね」

マーガレットおばによるマルトン卿の描写を聞いてメアリーはほほ笑んだあと、いま漏れ聞いた話を外でしないよう言い聞かせようとした。

「だけどね、わたしは途方もない秘密を知っているのよ。さっきの話なんて、たいした秘密じゃないわ」おばはきょとんとするメアリーに向かって得意げに言った。タペストリーを胸に押しあてて前後に体を揺らし、口元には自己満足の笑みを浮かべている。「わたしはほんものの秘密を知っているの。だけど話してはいけないのよ、少なくともいまはまだ」

メアリーはおばのところまで歩いていき、肩をつかんで自分に注意を向けさせた。「ねえ、マーガレットおば様、わたしとサブリナが話していたことは忘れてちょうだい。誰にも言わないと約束してくださる？」

マーガレットおばは訳知り顔でうなずいた。青い目をいたずらっぽく輝かせてささやく。「口が裂けても言いませんよ」彼女は静かに部屋を出ていった。同じくらい静かなスパニエルを後ろに従えて。メアリーは目を閉じた。事態はどこまでひどくなるのだろう？

突然、馬のひづめの音がした。こんな夕刻にいったい誰が来たのだろう。まさか、マルトン卿がうわさ話への渇望を満たすために戻ってきたのか？　窓辺まで行って外を見ると、一頭の馬が誰かを乗せてゆっくりと家に向かってくるところだった。大きな赤毛の馬は土埃をあげて私道をやってくる。窓のそばを過ぎたとき騎乗の人物が視界に入り、メアリーは驚愕してあとずさった。見えたのは、傷のある、あの尊大な顔だった。

悪魔に取り憑かれたような錯乱、暗い憂鬱、
そして、とんでもない狂気。
――イングランドの詩人ジョン・ミルトン

11

「サブリナ!」メアリーは叫んで部屋に駆けこんだ。「あの人が来たわ」

サブリナはきょとんとしてあたりを見回した。「誰が?」あくびを手で隠して尋ねる。彼女は、ペチコートとコルセットという姿でベッドに横たわっていた。ストッキングをはいた足を物憂げに振り、メアリーのほてった顔に見入った。

「公爵よ、リナ」メアリーははっきりと言った。

にわかに目から眠気が消え、サブリナは警戒の表情になった。「ここに?」

「ええ。馬に乗って私道をやってこられるのが見えたの。たぶんそろそろ家に入ってきて、あなたに会わせろと言っておられるわ」

サブリナは大きなベッドから飛びおりた。「だけど、あいつにはわたしを見つけられない」

「いや、もう見つけた」扉から冷たい声が響いた。

メアリーはあっと声をあげ、罠につかまった野ウサギのように怯えて振り返った。

サブリナは聞き覚えのある声のほうにゆっくりと顔を向けた。息遣いが荒くなり、薄いレースに覆われた胸が上下する。ルシアンと向き合うと、背筋を伸ばして肩を怒らせ、はねつけるように言った。「お部屋を間違っておられるようですわ、公爵閣下。ごらんのとおり、わたしは着替えの途中ですの」

サブリナが下着姿なのに気づいたメアリーが、あわててガウンを引っつかむ。サブリナはありがたく受け取り、さっとはおった。むき出しの腕は濃い紫色のビロードの袖が隠したものの、腰の部分はレースのボディスを部分的にしか覆っていない。結んでいた髪はほどかれ、いまはなめらかな黒雲のごとく肩から背中に広がっていた。

「いや、間違ってはいないぞ、サブリナ。女はよく着替えの途中に男を寝室に招くものだ。それに、わたしたちは婚約しているのだろう？」ルシアンは小声で言いながら、ずかずか入ってきた。筋肉質の太腿をぴったりした鹿革のブリーチズで包み、ダブルのフロックコートを着ている。膝まである長靴は、細かな砂埃に薄く覆われていた。

「ここにそういう条件はあてはまらないと思うわ。それに、わたしはあなたを招いたりしていないでしょう」

メアリーはふたりを交互にちらちら見やった。恐怖にすくんでしまい、物音ひとつ立てられない。

ルシアンは斜めにかぶった帽子と手袋をぽんと椅子に放って、不安げな様子の姉妹に目を向けた。

「きみの目に浮かんだ恐怖からすると、レディ・メアリー、わたしに関して最悪の話を吹きこまれたらしいな。そんな鬼のような男を義理の弟に持つのは怖いだろう。しかし、きみの妹が付き合っている仲間のことを考えると、相手がもっとたちの悪い男になっていた可能性もある。たとえば追いはぎやスリといった輩だ」

メアリーは乾いた唇をなめたが、気の利いた返事はできなかった。すると、出し抜けにサブリナが口を開いた。

「わたしをなじるのはかまわないわ。でもメアリーはやめて。姉はあなたの陰険な皮肉や意地悪な嘲りには耐えられないし、そんなことを言われる筋合いもないもの」

ルシアンはわずかに首を傾けた。「きみがお姉さんのことをよく知っているのは認める。しかし彼女はきみの姉であるだけでなく、あの侯爵の娘でもある。きみは彼らを正しく理解していないのかな。間違いなくきみたち家族には、ある種の共通した性質がある」

「勝手に人の家に入ってきて侮辱を浴びせるなんて、どういうつもり？　それに、あのばかげた宣言はなんなの？　わたしに結婚する気がないことは知っているくせに」

ルシアンは険しい顔になり、手をあげてサブリナを黙らせた。「わたしたちの芝居に観客はいらないだろう」メアリーのほうを向き、扉を指さす。「妹さんとふたりきりで話し合いたいことがある。出ていってもらえるかな」

サブリナが怒りで鼻息を荒くする。「あつかましいわね、ルシアン。なんのつもり――」

「わたしはなんだってするつもりだ。いまからわたしが言うことで、これ以上お姉さんを恥ずかしがらせたり悩ませたりしたくないなら、ふたりきりになるのに賛成したほうがいいぞ」

サブリナはどうしようか決めかねて、迷った様子でメアリーを見やった。

「シムズと従僕を連れてきて、この人を放り出させるわ！」メアリーは勇敢に宣言した。

ルシアンが不快そうに笑う。「彼らが公爵を放り出して喜ぶとは思えないな。そもそも放り出すことができたとしての話だが。わたしは侯爵からの紹介状をもらってきた。彼が留守のあいだ、この家に関するすべての権限をわたしに与えると書かれている。だから使用人はわたしを放り出さないだろうね」

「すべての権限ですって」サブリナは憤慨した。「そんな手紙になにが書かれていようと、権限なんてくそくらえだわ」

「レディ・メアリー」ルシアンはそっと言い、やさしく、だがしっかりと腕をつかんで彼女を扉のほうに導いた。

「リナ」メアリーは動揺して、肩越しに後ろを見た。

「大丈夫よ、メアリー、この人のことはわたしに任せて。だけど客室は用意させなくていいわ。泊めるつもりはないから」

ルシアンはメアリーを追い出すと扉を閉め、琥珀色の目をきらめかせてサブリナに向き直った。「泊めてくれないのか？」

「ええ、泊めないわ」彼が恐ろしい形相で詰め寄ってきたが、サブリナはきっぱりと答えた。

ルシアンはサブリナのすぐ前で立ち止まり、スミレ色の目を見つめた。「きみはわたしをばかにするのが好きらしい。しかし、わたしは気に入らない。また、計画を勝手に変えられるのも嫌いだ。きみを追いかけ回すのにはうんざりだ。恋人にぞっこん惚れている愚か者でもあるまいし。きみのせいで、わたしはずいぶん迷惑をこうむったぞ、サブリナ」

サブリナは小さく満足の笑みを浮かべた。「よかった。わたしだって、あなたのせいで迷惑をこうむっているのよ」不遜に言い返す。

ふたりはしばらくのあいだ、身じろぎもせず無言でにらみ合っていた。やがてサブリナが沈黙を破った。「あなたと結婚はしないわ、ルシアン」

ルシアンは冷たく笑った。「しない？　もう、お互いの好き嫌いを言っている段階ではない。わたしたちは結婚する。すでに決まったことだ」

サブリナは怒りに任せて足を踏み鳴らした。「ちくしょう、なんでわたしを放っておいてくれないの？」

「気をつけろ、サブリナ。その礼儀作法は――というより礼儀がなっていないところは――まるで追いはぎだぞ」

サブリナはぱっと腕をあげた。彼に反応する間も与えることなく、傷のある頰を思いっきり平手打ちした。静まり返った部屋の中で、雷のように大きな音が響く。

手のつけられない怒りに駆られて、ルシアンも反射的にサブリナを引っぱたいた。勢いでサブリナの顔がのけぞる。色白の頰に彼の指の跡が真っ赤につき、大粒の涙が流れ落ちた。

サブリナは手の甲を震える口にあてて、うつろな目を彼に向けた。叫び声をあげてベッドに突っ伏し、屈辱にまみれた顔を柔らかく冷たい枕に隠して体を震わせる。ビロードのガウンはキルティングの上掛けの上で扇のごとく広がった。

ベッドが沈むのが感じられた。ルシアンがサブリナの横に腰をおろしたのだ。次の瞬間、彼はサブリナを抱きしめ、腫れた頬を唇で愛撫した。

「キスしたいと思っているくせに、きみを傷つけてしまう。許してくれ。いままで女性に手をあげたことなどなかったのに」ささやきかける声には、情熱と後悔がないまぜになっていた。サブリナの口に自らの口を重ねて押しつける。彼女の唇が開くと、ルシアンは深くキスをした。喉の曲線に沿って彼の唇が動いていく。彼の香りがサブリナの五感を満たした。

ルシアンは彼女にのしかかった。豊かな髪に手を差し入れて顔を支え、自分の傷ついた頬を、いま平手打ちした頬にこすりつけた。

「この部屋に入ってきたとき、わたしは最初激怒していた。それでも、神よ許したまえ、きみを殴ったことに言い訳はできない。きみを抱きしめて、その甘い口にキスすることしか望んでいなかったというのに」彼はそうささやくと、ふたたびサブリナの口をとらえて貪るようにキスをした。ガウンの柔らかなビロードの下に手を差し入れ、乳房を包む。

サブリナは口を引きはがして、彼の熱っぽい唇から顔を背けようとした。「また誘惑しようとしても、うまくいかないわよ、ルシアン」自分でもうそだとわかっていながら、彼女はささやいた。

ルシアンは低く笑った。「きみは無頓着なふりをしているが、わたしのキスに抵抗できないはずだ。きみはわたしを求めているんだ、サブリナ」自信たっぷりに言い、サブリナのあたたかな体を引き寄せた。

「いいえ、違うわ。あなたがそれを信じたのはしかたないでしょうね。確かにあの最初の夜、わたしはあなたを誘惑しようとした。でも、あれから事情が変わったの。ひと晩かぎりのことだったのよ、ルシアン。あなたがどんな人間かは知っている。あなたを愛してはいないわ。あなたは卑劣で冷酷、そして身勝手。あなたがどんなゲームをしたいのか知らないけど、手駒になる気はないわ」

ルシアンはサブリナの反抗的な顔を見おろした。その顔はバラ色に染まり、目は涙できらめいている。「なかなか勇ましい演説だった。だが無意味だったな。わたしたちは必ず結婚する。だったら、それを最大限に利用したらどうだ？　きみはほしいだけの金、立派な屋敷を手に入れられる。そして」ちょっと言葉を切り、無遠慮にサブリナを見る。「思いやり深い夫を持てる。たいていの女には望むべくもないものだ。きみをひとりで放っておきはしない。それは約束する」彼はほほ笑み、赤く腫れた唇に軽くキスをした。

「どれくらいのあいだ、わたしを求めてくれるの、ルシアン？　いつまで、わたしはあなたを楽しませていられるの？　だって、わたしはそれだけの存在でしょ。目新しい気晴らし、短期間の遊び相手。あなたがわたしに飽きたあとはどうなるの？」

「すぐに飽きるとは思えない。とはいえ、わたしたちが互いに飽きたときは、きみは自由に愛人を持っていい、目立たず行動してくれるかぎり」ルシアンはサブリナを懐柔するつもりで寛大なところを見せた。

サブリナはすすり泣き、狂ったように彼を押しのけた。「わたしにかまわないで！　あなたはすべてをぶち壊したのよ、ルシアン。あなたなんて大嫌い！」

「違う、きみは――」ルシアンは決然と彼女を引き戻した。そのとき大きな銃声が轟いた。ルシアンはサブリナをかばって覆いかぶさり、ちらりと後ろを見た。すると人影が飛びついてきた。彼の顔めがけてこぶしを振り回す。ルシアンは相手の体をつかんだ。

「サブリナから離れろ！」少年が叫びながら殴りかかってきて、こぶしがルシアンの鼻をかすめた。

ルシアンはあばれる少年の両手首を片方の手でつかんだ。うずくまったサブリナの体から離れて、少年が蹴りあげた足を膝のあいだで受け止める。少年はむなしく抵抗したものの、やがておとなしくなった。

「放せ！」子どもが叫ぶ。

ルシアンは赤い髪を手でつかみ、顔を自分の胸からはがして上を向かせた。眼鏡の奥から怒ったブルーの目がにらみつけてくる。少年のストックタイはくしゃくしゃで、もみ合っているときに片方の靴はどこかに行き、靴下はふくらはぎからずり落ちていた。

ルシアンは怖い顔で少年を見つめ返した。「行儀の悪さからすると、きっとこの坊主も血縁者だな」

サブリナは呆然として、乱れたベッドから起きあがった。リチャードはルシアンの両脚に体を挟まれ、怒りで顔を真っ赤にして、逃れようともがいている。

「リチャードよ」サブリナは弟を解放するようルシアンの説得を試みた。「放してやって。弟なの」ルシアンの手首を引っ張ったが、彼はびくともしない。ガウンの前が開き、荒い息で胸元のレースがひらひらする。彼女は怒りに燃える琥珀色の瞳を見つめた。「この子に怪我をさせたらどうするの？」

「この喧嘩っ早い子どもに怪我をさせたらだと？　射撃の腕が確かだったら、この騎士気取りはわたしたちふたりを殺していたぞ」

「リナを傷つけるはずないさ。おまえはリナにひどいことをしていた。リナを泣かせただろう。リナは、かまわないでって言ったじゃないか」リチャードは理屈にもならないことを並べて自己弁護した。「ぼくがリナを傷つけるもんか」

ドタドタという足音に彼らが顔をあげると、メアリーが部屋に駆けこんできた。シムズと数人の従僕、火かき棒を手にしたホブス、麺棒を持った料理人を引き連れて。みな一様に、驚きの表情でベッドの上の三人をぽかんと見つめた。

最初に進み出たのはメアリーだった。声は恐怖で震えている。「なにがあったの？」蒼白な顔で、血の跡がないかとグレーの目でベッドを見つめた。

サブリナはガウンの前をかき合わせ、目に落ちた髪を払いのけて、大きなベッドを取り囲むうろたえた顔を見あげた。「リチャードが新しい拳銃をルシアンに見せていたの。そうしたら暴発したのよ。幸い、誰にも怪我はなかったわ」こわばった笑みを浮かべる。「心配してくれてありがとう、でもなんともないから」

つまり出ていけということだ。使用人たちはそれを察して、曖昧な表情でのろのろと部屋を出た。

「大広間で銀器を磨いてきます、レディ・サブリナ」シムズはそう言いながら部屋を出た。身をくねらせていたリチャードから手を離した公爵に、警告のまなざしを向けながら。

メアリーは黙ってたたずんでいた。顔にはなんの表情もない。するとルシアンは肩を震わせ、低い笑い声を響かせた。リチャードはさっと彼の手の届かないところまで移動して、メアリーにかばうように抱きしめてもらいながらルシアンの笑顔を眺め、一方サブリナとメアリーは不安そうに互いを見かわした。

「こんなに大笑いしたのは何年ぶりだろう。なんと忠実な使用人たちだ」ルシアンはふたたび笑った。「あの麺棒を持った豊満な鬼婆は誰だ?」彼は胸を震わせた。「ああ、なんという家だ。これほど虐待されたのは生まれてはじめてだ。まずは、怒って毛を逆立てた猫のようになる女に襲われた。それから尻の青い若造に狙撃され、さらには使用人に火かき棒や麺棒を振り回された。さて、次は誰だ? 不潔な雑種犬がうなり声をあげて足首に噛みつくのか? 将来の夫に対して、あまりあたたかい歓迎ではないな」

ルシアンはベッドからおり、三人きょうだいに向かって大きな仕草でお辞儀をして部屋を出た。低い笑い声はまだ三人の耳の中で響いていた。

「いやなやつ」リチャードは憤然としていた。「誰なんだよ、それに、どうしてうちにいるの？」困惑して幼い顔をしかめ、サブリナのスミレ色の目をのぞきこんだ。「どういう意味さ、将来の夫って？」彼はメアリーの腕から抜け出てベッドにのぼり、サブリナの横に座った。その顔には姉への信頼があふれている。

サブリナは考えこみながら赤毛の頭の上に顎を置いた。「すべてを説明できたらいいと思っているのよ、ディッキー。だけど、自分でもなにがなんだかわからないの」

「あの公爵は厄介な人よ、リナ。今回は逃げられないでしょうね」

「公爵！　ほんものの公爵なの、リナ？」リチャードは息をのみ、畏怖の目でサブリナを見つめた。

「ええ、まさしく傲慢な公爵よ」サブリナは素っ気なく答えた。「自分の爵位を最大限に利用しているわ」

「あの人と結婚するの？」

サブリナは目を閉じ、深く息を吸った。「いいえ」小声で、しかしきっぱりと言う。

リチャードはぽかんと口を開け、不安に目を丸くした。「でもリナ、言うことを聞かなかったら殴られるよ。あの傷を見た？　きっと性悪な男だ」彼は男らしく肩を怒らせた。「ぼくがあいつから守ってあげるよ、リナ。結婚したくないなら、ぼくが始末してやる」

サブリナは弟をぎゅっと抱きしめた。「ありがとう、でもいいの。あなたたちふたりに公爵を任せて放っていきたくはないんだけど、自由な身のままで必要なお金を手に入れるためには、わたしはここを出なくちゃいけないの。もしわたしに用があったら、教会の信徒席の下に手紙を置いてちょうだい。石がぐらぐらになっているところがあるでしょう。あの隙間に紙を入れてね。わたしはときどき確かめにいくから。いい？」

「どこに身を隠すつもり？」メアリーは心配そうに尋ねた。この計画を気に入ってはいなかった。「テイラーさんの家に泊めてもらって、ウィルかジョンを連絡役によこせばいいんじゃないの？」

「ルシアンに見つかるかもしれない。彼はふたりをよく知っているもの。あの大柄な体だけでも疑いを招いてしまう。それに、テイラー家から出ていくところを人に見られるかも。わたし自身のときもあれば、ボニー・チャーリーに扮していることもある。いずれにせよ人の噂になるわ」サブリナの説明は現実的だった。「湿地に小屋があるの。あそこで十分よ。だって、長く滞在するつもりはないんだもの。ルシアンは自信家だから、わたしが自分の計画に従わないことなんて想像もできないでしょうね。わたしを捜してこのあたりを捜索する時間の余裕もない。だから、根比べで勝てばいいだけ。そうしたら普通の生活に戻れる。少しの辛抱よ」話しているうちに興奮が募っていく。目は涙できらめいていたが、彼女は心の傷を見せまいと快活さを装った。「またピクニックに行きましょう。今度はリチャードも自分で馬に乗っていくのよ。いっぱい楽しめるわ。こんなことはすぐに忘れてしまう。もうすぐすべてに決着がつくの」

メアリーは目を伏せてサブリナの鋭い視線から表情を隠し、疑念と危惧を顔に出すまいとした。疑念が現実になることには確信があったのだが。

「夕食には招いてもらえないと思っていたよ」メアリーが応接室に入ってくると、ルシアンは無表情で言った。あのあと、彼の前に現れたのは家族の中で彼女が最初だった。

メアリーはお辞儀をして公爵に歩み寄った。真面目な顔で彼の前に立つ。「率直にお話ししたいのですけれど、よろしいでしょうか?」

ルシアンは冷笑した。「もちろんだ。このあたりで真実を耳にできるのは光栄だし、新鮮な空気を吸うように感じられる」

ふたりは向き合った椅子に腰かけ、メアリーがためらいがちに切り出した。「きっと閣下はわたしたち家族を軽蔑していらっしゃるでしょうね。けれど、わたしたちには特殊な事情があるのです」もじもじとレースのハンカチをねじる。ルシアンはすっかりくつろいだ様子で、ブランデーをすすりながら話に聞き入った。

「我が家の秘密をお話しします。どんなに大きな秘密なのか、認識しておられるでしょうか」

彼女はおずおずと尋ねた。

ルシアンがほほ笑む。「追いはぎの素性のことか?　わたし自身で見いだしていなかったとしたら、人から言われても信じなかっただろうね」

「わたしたちが凍えそうに寒くて恐ろしい日にスコットランドを離れたことはご存じでした?　将来も見えず、ちゃんとした計画もなく、ただ生まれた家の記憶しかありませんでした。その家も、もう何年も見ていませんでした。母が亡くなってから、わたしたちはスコットランドで母方の祖父と暮らしていたのです」

ルシアンは興味を引かれていた。「なるほど、それでボニー・チャーリーか」

メアリーは悲しそうにうなずいた。「ええ、わたしたちは半分スコットランド人なんです。サブリナはイングランド側の家族に似ていますけれど、わたしとリチャードにはスコットランドの特徴がはっきり出ています。でも、首長だった祖父からもっとも大きな影響を受けたのはサブリナでした。リチャードは幼かったですし、わたしは」いったん言葉を切って、申し訳なさそうな顔になる。「あの、わたしにはリナみたいな奔放さはありません。あの子と祖父は性格がそっくりでした」

ルシアンがうなずいた。「ハイランドの首長に育てられたか。彼女が無節操な山猫なのも当然だな」

メアリーはうつむいて、膝の上に置いた手を見つめた。「サブリナは祖父の死に立ち会いました。わたしも見ましたけれど、それは夢の中のことです。リナは実際にカロデンにいたのです」

「あの戦いを目撃したのか？　なんということだ」ルシアンはふうっと息を吐いた。「まだ幼かったはずだ」

「その心の傷はいまも残っています。あの子はよく悪夢を見ますし、決して赤い服を着ようとしません」

「悪夢か、なるほど」ルシアンにも心あたりがあった。

「どんな場面だったのか想像できますか？　殺戮、血潮。祖父は山中の小作人の小屋で、サブリナの腕に抱かれて死んだのです」メアリーは涙交じりに小声で話した。「あの子が城に戻ってきたときの顔は忘れられません。血の気が引いて、こわばっていました。手を伸ばしたら指が冷たい陶器に触れるのではと思いました。ほんの数時間で何歳も年を取ったように見えました」

　メアリーは顔をあげ、思いにふけるルシアンの目を見つめたあと、自分を含めて部屋のすべてを指し示しながらまわりを見渡した。「この家にあるものも、領地も、目に入るものはすべてリナのおかげです。ここに来たとき、家がいまと同じ様子だったとお思いですか？　いいえ、それどころか領地全体が荒廃していたのです。小作人は飢え、公有地は大地主に取られていました。とくにマルトン卿とニューリー卿は、この谷間の土地をほとんど買い占めていました。わたしたちの領地の大部分も奪われていました。イングランドにやってきたとき、わたしたちにはほとんどお金がありませんでした。どうやって生きていけばよかったのでしょう？　法外な税金をかけられていて、父の事務弁護士は領地を売る必要に迫られていました。わたしたちがお金を工面しなければなりませんでした。父は大陸に住んでいて、こちらのことはまるっきりおかまいなしでしたから。どんな手段を用いてもお金を手に入れるしかなかったのです。そうやって税金を払い、ヴェリック・ハウスを修繕し、領地を立て直して、生きていけるようにしました。お金に困らないようになったあと、だんだんと村人の援助もはじめました」

メアリーは恥じ入ることなく公爵を見つめた。「わたしたちの行動を正当化しているのではありません。盗みを働く権利があると言っているわけではないのです。でも盗んだ相手は、他人をだまして、その人たちに正当な権利があったものを取りあげた貴族です。それに、盗みはもうやめるつもりでした。ところがリナがあなたにつかまりました。そのあと父が現れてわたしたちを脅迫し、裕福な夫を見つけさせようとしました。すべてが悪い方向に行き出したのです」どうしようもないと言わんばかりに首を振る。「事情が変わってきているのはわかっています。でもサブリナは、絶対にその事実を受け入れないでしょう」

「その事実を、あるいはわたしを受け入れない。きみが言おうとしているのは、そういうことか？　わたしに警告しているのか？」

「わたしたちのことを理解していただきたかっただけです。あなたには、リナにやさしくしてほしいのです。リナがあんなことをしていた事情がわかれば、あの子に対するあなたの態度も変わるかもしれない、と思いました。妹は悪人ではないんです。でも、あなたはあの子のプライドを傷つけました。あの子はそれを許すような人間ではありません。サブリナを自分のものにしたければ、まず公爵閣下があの子に許してもらう必要があります」

「彼女はすでにわたしのものだ」ルシアンは尊大に言い放った。「しかし事情を話してくれたことは感謝する。確かにいろいろと納得がいったし、わたしはそれを踏まえて行動しよう」

メアリーはあきれて首を振った。彼はサブリナと同じくらい傲慢で頑固だ。このふたりがどうやって自分たちの問題を解決できるだろう？　サブリナがまた逃走を図っていることを、彼に警告しておくべきだろうか？　いま決着をつけてしまうほうがいいのではないか？　今日でも来週でも結果は同じだ。どれだけ努力したところで、サブリナが状況を変えるのは不可能だ。ルシアンに話したら、サブリナには決して許してもらえないだろう。けれどもサブリナの身が心配だ。彼女は妹の怒りを買う覚悟を決めた。

「サブリナは家を出ようとしています」そっと言う。

ルシアンは愕然とした。「いつ？」彼はあわてて立ちあがった。

「いますぐに。少なくともあの子はそのつもりです。あなたを追い払うのに十分なお金を手に入れるか、あなたが時間切れになるまで、家から離れている予定です」

「わたしを追い払うだと？」ルシアンはカッとなった。「それはどうかな」

「あの子と結婚するのをあまり待たないほうがいいと思います。いますぐ妹を連れ去ってください。必要なら誘拐してでも、とにかくここから連れ出してください。一刻も早いほうがいいのです」メアリーは懇願した。

「心配いらない、レディ・メアリー。すぐに言うことを聞かせてみせる」彼はそう約束し、きっぱりとした足取りで部屋を出た。メアリーはしばらくのあいだ無言でぼんやりしていたが、マーガレットおばが入ってくると顔をあげた。おばは曖昧な笑みを浮かべ、ゆっくりと長椅子まで歩いてきた。

「サブリナは見つからないわよ」口元にいわくありげな笑みをたたえ、腰をおろして刺繍糸を選り分けはじめた。

ルシアンがずかずかと戻ってきた。頬の傷が引きつれて白くなっている。「ちくしょう、もう行きやがった」口汚く言ったあと、部屋の隅でちょこんと座っているマーガレットに気づいて謝罪した。「失礼しました、ご婦人方」

「おばのレディ・マーガレット・ヴェリックです」メアリーの視線はルシアンに向けられていた。「こちらはキャマリー公爵よ、マーガレットおば様」

マーガレットは顔をあげた。色あせた青紫色の目でぼんやりとルシアンを眺める。「わたしたちには秘密があるのよね、メアリー？　わたしに昔、ちょうどこの人みたいな恋人がいたのは知っていた？」目の焦点は合っていない。「あら、瞳の色が違うみたい」一瞬期待のまなざしでルシアンを見たが、その後刺繍糸の選り分け作業に戻った。

ルシアンは困惑顔になり、レディ・マーガレットの両側で王子のように偉そうに座っている二匹のスパニエルに目をやったあと、メアリーに視線を戻した。「ばかな小娘め、そろそろ分別を身につけたと思っていたのだが。いったいどういうつもりだ？」

「サブリナはとてもプライドが高いのです。なのにあなたは妹を侮辱しました。あの子は決して閣下を許さないでしょう。サブリナはこれまでに手に入れたお金を、すべて父に渡すつもりです」

ルシアンは小さく悪態をついた。「侯爵はいまごろフランスだ」それを聞くと、メアリーはびっくりして顔をあげた。「わたしは侯爵夫妻に、サブリナとの結婚と引き換えに多額の金を渡した。サブリナがいまやろうとしていることは、まったくの無駄だ。よけいな危険に身をさらしているだけだ」ルシアンは怒りに目をぎらつかせ、メアリーの前に立った。「教えてくれ、レディ・メアリー、サブリナはどこだ？」

「知っていたらお教えします」メアリーは率直に言った。「でも隠れ場所は何カ所もあるので、あの子を見つけるのは無理でしょう。あの子が見つけてほしいと思わないかぎり」メアリーは不安の目で公爵を見つめたあと、不承不承に付け加えた。「ほかにも問題があるのです」

ルシアンは物問いたげに眉をあげた。「ほかにも？　これ以上問題を複雑にするようなことがあるとは思いもしなかった」

「ボニー・チャーリーを逮捕するためにロンドンから派遣された、フレッチャー大佐という方がいらっしゃいます」

ルシアンは平気な様子で肩をすくめた。「それはサブリナにとって脅威なのか？　彼女はいままでうまく官憲の手を逃れてきた。この大佐が、ほかの将校より運がいいとも思えないが」

「わたしもそう言えたらいいのですけれど。でも大佐は、サブリナがボニー・チャーリーではないかと疑っておられます」メアリーははっきりと言った。それを聞いて、彼の貴族的な容貌に不安がよぎった。

「なぜサブリナを疑う？　ボニー・チャーリーが女だとは、誰も思わないだろうに」

「不思議な偶然もあるものです。フレッチャー大佐はカロデンにおられたことがあって、わたしたちがスコットランド出身であることをご存じなのです。そして偶然にも、追いはぎもスコットランド人です。大佐はばかではありません。いくつかの断片をつなぎ合わせて、わたしたちの秘密を突き止められたのです」メアリーは怯えた表情になった。「あの方を信用していいのかどうかわかりません」

ルシアンは顔の傷跡を指でなぞった。「推測を裏づける物証があるわけではなく、ただ疑いを抱いているだけなんだな？」

メアリーがうなずくと、ルシアンはにやりとした。「フレッチャー大佐のことは心配しなくていいだろう。彼がこの問題に過度な興味を示した場合は、わたしが対処する。しかしいまは、サブリナを見つけることが先決だ。彼女がさらなる混乱に巻きこまれないうちに」

「少なくとも、あなたが結婚しなければならない期限までは、家に寄りつかないはずです」

「いや、期限は変更になった」ルシアンはきっぱりと言った。「少し猶予をもらった。だから、まだ待つ余裕はある」彼女のことを思ったとき、彼の顔に束の間残忍さがよぎった。「愚かな小娘め、なぜ敗北を認めようとしない？　勝ち目はないのに」

メアリーはルシアンの顔を見て身震いした。この人は恐ろしい敵、無慈悲な勝利者となるだろう。哀れなサブリナ。どうして公爵と出会ったりしたのだろう？　公爵を相手にした戦いで自分がどれほどの苦境に陥っているのか、サブリナはわかっていないようだ――彼はサブリナをつかまえるまであきらめない。メアリーは少しのあいだ逡巡したが、やがて小声で言った。「あの子に伝言を届けることはできます」

ルシアンは笑顔になった。「だと思った。どうすればいい？」彼は期待で目を輝かせた。

メアリーは罪悪感を噛み殺した。「教会に手紙を置いたら、サブリナが持っていきます。でも日曜まではだめです。それより早く教会に行けば不審に思われます」

「きみはいま正しいことをした。それはわかっているか？　つかまるのが早ければ早いほど、彼女は安全なのだ。避けられない運命を受け入れるのを、なぜ先延ばしにする？　サブリナがどれほど必死に逃げようとしても、わたしはあきらめない。気の毒だが、きみたちには客としてわたしの存在に耐えてもらおう」彼は冷ややかに言った。

「休戦も悪くないと思いますわ」メアリーはかすかな笑みを浮かべた。

「同感だ、レディ・メアリー」ルシアンはすかさず応じた。リチャードがゆっくりと部屋に入ってくるのを見て、冗談めかして、しかし琥珀色の目に明瞭な警告を浮かべて言い添えた。「しかし、わたしの滞在中、これ以上銃弾が飛んでくることはないと思っていいかな？」

リチャードは髪の毛の根元まで真っ赤になりながらも、まっすぐにルシアンを見返した。「公爵閣下はお客様ですから、お客様として扱います」おごそかに答える。眼鏡の後ろの目は真剣だった。

ルシアンは心からほほ笑んだ。「承知した、フェイヴァー卿、確かそういう肩書きだったな。正式な紹介はすんでいないが、よければリチャードと呼ばせてくれ。きみはわたしの義理の弟になるのだから。わたしは間もなく、この家族全員に責任を持つようになる。だからルシアンと呼んでほしい」

その笑みに、彼らはみな知らず知らずのうちに引きこまれ、彼の影響下に入っていた。ルシアンは彼らの心をとらえて味方に引きこんだのだ。

リチャードはたちまちルシアンに魅了された。少年が理想とする男らしさが、この傲慢なほどにハンサムで親しげな公爵に体現されているように思われた。いままで、こんなに威厳があって畏敬の念を抱かせる人物に出会ったことはなかったので、リチャードは心酔してうっとりとルシアンを見つめた。

ルシアンは言葉巧みに、機転の速さと打ち解けた態度で彼らを油断させ、サブリナをとらえるまでヴェリック・ハウスに落ち着くことに成功した。


サブリナは静かにあたたかな台所に入っていった。背を向けておいしいシチューを盛りつけている女の耳に、足音は聞こえていない。

「わたしにももらえるかしら、ミセス・テイラー」扉のそばから小声で呼びかける。

ミセス・テイラーは驚愕の表情でぱっと振り返った。大きな木のスプーンを威嚇するように持ちあげて。そのあと、どきどきする胸に手を置いた。「まあ、びっくりしましたよ、レディ・サブリナ。寿命が十年縮まりましたね」サブリナのブーツ、ブリーチズ、斜めにかぶった帽子を眺める。「今夜なにか計画があるとは知りませんでした。ウィルとジョンは〈フエア・メイドン〉亭です。もうすぐ夕食を取りに戻ってくると思いますけど」

「計画があったわけじゃないの」サブリナの声は張りつめている。

ミセス・テイラーはチッチッと舌打ちをした。「どうぞお座りください。シチューをお出ししますよ。いまにも倒れそうじゃありませんか」彼女が椅子を引くと、サブリナはありがたく座りこみ、肘をテーブルに置いた。ミセス・テイラーがシチューの皿と大きなパンをひと切れ、サブリナの目の前に置く。

「お粗末な残り物なんですよ。すみませんね」ミセス・テイラーは恥ずかしそうに言った。

すでに食べはじめていたサブリナは顔をあげ、心をこめて言った。「おいしいわ、まるで神々の霊酒《ネクター》ね。おなかがぺこぺこなの。あなたがつくってくれた料理なら、なんでも大歓迎。あなたも座って食べて」

ミセス・テイラーは顔一杯に笑みを浮かべ、パンを皿の肉汁に浸していそいそ食べはじめた。ふたりは黙々と食べていたが、やがて声と足音が聞こえると、ミセス・テイラーは急いで熱いシチューをふた皿用意した。ウィルとジョンが台所に入ってくる。サブリナが席についてシチューを食べているのを見るや、ふたりは驚いて立ち止まった。

「こんにちは」サブリナは穏やかに挨拶した。

「チャーリー」ウィルが言う。「ここでなにしてるんだ？」サブリナの服装を見て、いぶかしげに付け加える。「今夜はなにも予定してないと思ってたんだけどな」

サブリナは肩をすくめた。「ちょっとややこしいことになっちゃって。しかたがないから、自分の家から逃げてきたのよ」

ウィルとジョンは口を開けた。ふたりとも怒りの煮えたぎった表情になっている。

「あんたの父親が面倒を起こしてるのかい？　だったら、おれたちが懲らしめてやるぜ」

「そうだ」ジョンはこぶしを握った。

「まず食べたら？　そのあいだに事情を話すわ。急ぐことはないのよ。あなたたちが食べ終わっても、あいつはまだうちにいるでしょうから」サブリナは腰をおろしたふたりに話しかけた。「わたしの家に無理やり押しかけたのは、父じゃなくてあの公爵よ」気まずそうに言いよどみ、それからたたみかけた。「あいつ、わたしに結婚を強制しようとしているの」

「あの公爵と結婚するって？」ウィルが唾を飛ばし、ドンと音を立ててエールのジョッキを置く。テイラー家の三人は呆然としてサブリナのほてった顔を見つめた。

「ええ。いまわたしの家にいるの。父からの、身元を保証する紹介状を持って。家の主を気取っていて、存分に楽しんでいるわ」サブリナは辛辣に言った。

「どうしてあいつに見つかったんだい、チャーリー？」ウィルはシチューに手もつけていなかった。

「ロンドンで会ったの。あなたたちに心配をかけたくなかったから、あいつに会ったことは言わずに、お金がいるという話だけをしたの。父はわたしとメアリーに、お金めあてに無理やり結婚させようとしていた。それは本当よ。実は、父がわたしに結婚を強いようとしている相手が、あの公爵なの。父は多額の財産を分与してもらう。公爵は領地を相続するために花嫁を求めている――だからふたりとも、この縁組に賛成しているわけ」

「豚野郎」ジョンの口調には殺意がこもっている。「おれを撃って、あんたをつかまえ、ウィルを監禁しやがった。しかも今度は、無理にあんたと結婚しようとしてる」肘をテーブルにつけ、大きな手のひらで自分の顎をつかんだ。「やつは侯爵におれたちのことを話したのか？　そうやってあんたとの結婚をもくろんでるのか？　脅迫して？」

「あらまあ」ミセス・テイラーは自分用にエールを注ぎ、おいしそうにごくりと飲んだ。

サブリナはかぶりを振った。「そんな手段に訴えるまでもなかったの。必要があればそうしたでしょうけど。父はもともと、わたしたちに裕福な求婚者を魅了させて結婚を強いるつもりだった。リチャードをわたしたちから取りあげ、マーガレットおば様をヴェリック・ハウスから放り出すと脅して。義理の息子としてぶさわしい男に目をつけていたとき、公爵が割りこんで話をつぶしてしまった。遺言書に書かれたばかげた条項のせいで、あいつは領地を相続するために結婚する必要があるの。許嫁に逃げられたので、かわりにわたしを結婚相手に選んだわけ」

「まあ、ひどい」ミセス・テイラーは憤慨した。

「わたしは意に反して強制的に結婚させられるつもりはないわ。とくにキャマリー公爵とは。わたしたちにあんなことをしたやつだもの。わたしに恥をかかせたのよ。あんなやつ、苦しめばいい」サブリナは同情の面持ちの三人を見回した。「だからお金が必要なの。だって、父がお金を手にできれば、わたしはルシアンと結婚しなくてもよくなるから」

ウィルとジョンは無言で顔を見かわした。そしてうなずき、シチューを食べはじめた。

「心配いらねえぜ、チャーリー。おれたちは協力する。誰も、どこかのご立派な公爵も、あんたにいやなことを強制しようとしたら許さねえ」

ミセス・テイラーはなだめるようにサブリナの手を軽くたたいた。「ここにお泊まりになります？」

サブリナは首を振った。「いいえ、ここは安全じゃないわ。というより、安全な場所はもうほとんどないの。フレッチャー大佐が見張っているでしょ。この件が片づくまで、わたしは湿地にいるわ。そう長くはかからないはずよ、公爵にはあまり時間がないから」

「まあ、いけませんわ、病気になられます。それはだめですよ」ミセス・テイラーはいかにも母親らしい気遣いを示した。

「大丈夫よ。小屋の中にいるから」気遣いをありがたく思いつつ、サブリナは彼女に請け合った。

「長くはかからねえぜ、チャーリー、おれたちがなんとかしてやる」ウィルが言う。「くそっ、〈フェア・メイドン〉亭なんて買わなきゃよかった。そうしたら、あんたに金をやれたのに」

サブリナは首を横に振った。「あなたたちの取り分をもらうわけにはいかないわ。お気持ちだけ、ありがたくいただくわね。あなたたちは本当にいちばんの親友よ」立ちあがり、あたたかな台所を見回してため息をつく。「いくつか必要なものを用意してもらえたら行くわ」

「わかりました。犯罪者みたいに夜中にこそこそ出ていかなくちゃいけないのは悔しいですね。どこぞの悪党はヴェリック・ハウスでくつろいでいるというのに」

「おれたちが送るぜ、チャーリー」ウィルは拒否されるのを予期しながらも、きっぱりとした口ぶりで言った。

「だめよ、三人で行動したら目立ってしまう。ひとりのほうが人目につかないわ」サブリナは残念そうに断った。

ミセス・テイラーは食べ物を少しばかり集めて大きな布で包んだ。「あまり長くはもちませんけど」心配そうにサブリナに渡す。

「なあ、あとから毛布を持ってくよ。それに、コーヒーをあたためられる鍋と。どっちみち、焚きつけにする木も集めなきゃなんねえし」ウィルは頑固に言い張った。

サブリナは素直に折れた。「ありがとう。仲間がいると心強いわ」

彼女は闇の中で馬を走らせた。慎重に道を避けて湿地に向かう。小屋に着くと、張り出した木の下に馬を止めた。馬体を撫で、餌にするため近くに積んでいた干し草を置いてやる。小屋に入って夜の水辺の音に耳を澄ませた。カエルがケロケロ鳴きながら水音を立てている。サブリナは厚地の外套にくるまって、がらんとした部屋をぼんやり眺めた。不意に自己憐憫に襲われて唇を噛んだものの、そんな気持ちに屈するなと自分に言い聞かせた。いままでにいやというほど泣いてきたけれど、結局なんの役にも立たなかった――涙は恐怖も苦痛も洗い流せない。屋根の上をなにかがコソコソと走る音が聞こえて、彼女は身を震わせた。やがて馬がいななき、落ち着きなく動きはじめた。水をはねあげて走ってくるもう一頭の馬の足音がする。

ウィルは二枚の厚い毛布、コーヒーポット、それに食料をもう少し持ってきてくれた。さっと薪を集めて隅に積みあげ、小さな暖炉に火をつけた。火はゆっくりと、小屋に染みついた湿気を追い払っていく。ウィルが帰ったあと、サブリナは一枚の毛布にくるまり、もう一枚を頭の下に敷いて、うつらうつらしながら消えかけの揺らめく炎を見つめた。眠りは断続的にしか訪れなかった。何度も悪夢を見て、そのたびに汗びっしょりになって目覚めるのだった。

夜中に一度、悪夢を頭から追い払おうと起きあがり、小さな窓から外を眺めた。突然、黒い人影が柳の大木の後ろを通り過ぎるのが見えて、彼女ははっと息をのんだ。だが月が雲の陰から現れてその人影を照らすと、安堵と満足のため息が出た。小屋の横で静かに歩き回っているのはウィルだった。そのあとサブリナはベッドに戻り、今夜はじめてぐっすりと眠った。

ルシアンは枕をこぶしでたたいたが、腹の虫はおさまらない。あきらめて枕をふたつに折り、頭の下に押しこんだ。深くため息をつき、あおむけになって頭の下で手を組んだ。枕カバーのサテンのなめらかな感触が、別のなめらかで柔らかいものを連想させる。あの女め。祖母を別にすれば、サブリナほど腹立たしい女には会ったことがない。サブリナの気分を推し量るのは難しいし、このかくれんぼにはもう飽きてきた。ルシアンが結婚を申し出たことに、サブリナは感謝すべきなのだ。ここ数年の生活環境を考えれば、もっとひどい運命をたどることもありえたのだから。それにしても、なんと風変わりな家族だろう。スパニエルを連れてうろうろする、うつろな目のおば。怒って銃を乱射する少年。人を見通すような目をした姉。しかも、父親はとても立派な人物とは言いがたい。ただひとりの息子に会いもせず、子どもの養育を放棄し、その結果娘たちを無防備なまま付き添いもない状態で田舎の屋敷に住まわせた。鞭打ちに値する罪だ。サブリナがあんなふうになったのもうなずける。自ら災いを招いてばかりの尊大で強情な無礼者に。しかし、今度こそ無事ではすまない。ルシアンが見つけたら、もう逃げられない。そして、いずれ彼女は見つかる――単に時間の問題だ。期限が迫っていなければ、ルシアンもこの知恵比べの神経戦を楽しめただろう。だが時間を無駄にしている場合ではない。パーシーとケイトの問題、ブランチが犯罪の犠牲になったという推測をレディ・スタッドンに伝えねばならなかったときの不快な思い出に、彼はいまだに心を悩ませていた。とは言うものの、どうやって証明すればいい？　いとこたちは犯罪への関与が露呈しないよう慎重に行動していたので、ルシアンの命を狙った試みと彼らふたりを結びつける証拠は存在しない。それにもちろん、死体が出ないかぎり、ブランチが殺されたことは証明できそうにない。彼は寝返りを打って目を閉じ、眠ろうとした。それでもスミレ色の目は脳裏から離れてくれなかった。

数日後の朝、階段をおりているとき、小さな声がおずおずと話しかけてきた。見ると、階下の大広間に若い娘が立っていた。

「なんだ？」

娘は彼の傷跡に目を据えながら、息を切らせて話した。「果樹園に、公爵閣下と話をしたいという人が来ています。わたしは台所のメイドで、ここで閣下と話しているところを見つかったらシムズにこっぴどく叱られます」

ルシアンは誰が伝言をよこしたのかと尋ねようとしたが、娘は急いでお辞儀をすると姿を消した。しかたなく、ルシアンは外に出て庭の裏に回った。錬鉄製のゲートの向こうには果樹園が広がっている。ゲートを開けるとキィッとうるさくきしんだので、彼は顔をしかめた。ゲートをくぐって果樹園に入っていく。熟した果実の重みで枝はたわんでいる。いぶかしげにまわりを見たが、聞こえるのは頭上の大枝に止まった鳥のさえずりだけだった。

枝のパキパキ折れる音が果樹園の平穏な静寂を破った。音のするほうに行きかけたとき、木の幹の後ろから見覚えのあるふたりの男が出てくるのを見て立ち止まった。

面白くもなさそうににやりと笑い、巨漢と向き合う。「うまく隠れていたな、きみたち」皮肉っぽく褒めたあと、警戒しつつ近づいていった。「ボニー・チャーリーからの伝言でも届けにきたのか？　ああ、なるほど、確かにそのようだな」彼らの握りこぶしを見て、彼はあきらめたように言った。

「あんたは邪魔なんだ、公爵さんよ。で、歓迎されてないんだから出ていけって言いにきたのさ」男のうちのひとりが言う。

「そうか」ルシアンは小声で言い、一歩前に出て両足を広げた。ブーツで柔らかな土を踏みしめる。「関係者はみな、きみたちの行動に賛成しているのか?」

「チャーリーのことを言ってるんなら、そのとおりだ。あんたに消えてほしがってる。あんたはあのレディに乱暴な扱いをした。しかもおれの肩を撃ち、兄貴を縛りあげた。それにはお返しをしなくちゃならねえ」

「また会えてうれしいぜ、公爵」兄と言われた男がにかっと笑った。

「で、わたしを脅して追い払おうというわけか。ついでに何発かお見舞いしてくれるつもりかな?」

兄の笑みが大きくなる。弟にウィンクをしてうなずいた。「なかなかものわかりがいいな、公爵。おれたちは公平な人間だ。都会の無力なめかし屋をふたりがかりで襲うのは嫌いだ。だから、まず弟にやらせる。あんたに貸しがあるからな」

弟がゆっくりと前に出た。威嚇するように大きなこぶしをあげてルシアンのまわりを回る。ルシアンは近づく巨漢を恐れるふうもなく、じっと立っていた。

弟がいきなりあばれ牛のように突進してきた。大きな体で自分より小柄なルシアンにぶつかってくる。けれどもルシアンにかわされて肩から転がり落ち、ドスンと大きな音を立ててあおむけに倒れた。熊のごとくうなりながら立ちあがってふたたび突進してきたが、ルシアンの出した足につまずいた。前のめりになったところに、腹にパンチを受け、息もできない様子で地面にどうっと倒れた。

ルシアンは振り向きざまに兄のこぶしに顎を殴られ、地面にくずおれた。だが急いで横に転がり、兄が持ちあげた足をつかんで、ぐいっとひねってバランスを崩させた。兄がドンと倒れると、ルシアンは馬乗りになって目を殴りつけ、耳のすぐそばで空気を切る大きなこぶしをよけ、今度は鼻にも一発お見舞いした。弟が息を吹き返してうめくのを聞いて、ぱっと立ちあがる。上着のポケットに手を入れて拳銃を取り出し、巨人の兄弟がゆっくり起きあがるのを待って、ふたりに銃口を向けた。

「おやおや、大男ほど派手に倒れるものだな」にやにやしながら言ったが、顎の痛みを感じて顔を歪めた。「きみたちは知っておくべきだったな。わたしはそう簡単に怯えたりしないし、田舎者に脅されて黙っている人間ではない。二回目にわたしを脅したときにひとりが撃ち殺されなかったのは幸運だと思いたまえ。サブリナに言うんだな。きみの計画は失敗に終わり、わたしはこれまで以上に自分の意志を貫く決意を固めた、と。わかったか、大男?」

ふたりは気まずそうに身を屈めた。襲った相手の武勇に対する不承不承の敬意と、悔しさや怒りが交錯した顔で、もごもごと返事をつぶやいた。

「舌が回らなくなったか? お返しはすぐにしてやるとサブリナに伝えろ。待っているがいい」

ルシアンは背を向けて歩き出した。兄の「おい、ちょっと待ってくれ、あんたの誤解なんだ!」という言葉を無視して。

ウィルとジョンは公爵が木々の向こうに消えるのを見つめ、束の間無言で視線をかわした。

「これでいいのかな」

「ああ」ウィルは血だらけの鼻に袖を押しあてた。「予定よりちょっと派手にやりすぎたけど。しかし、チャーリーは気に入らねえだろうな。これで、あいつは本気になってチャーリーを見つけようとする」

「余計なことをしちまったのかな」

「なにを言うんだ。さっさとずらかろうぜ。あいつが戻ってきて、おれらの頭に穴をあけようとする前に」

ふたりは足取り重く歩き出す。

「あんなパンチを繰り出すやつははじめて見たぜ」

「あんなに敏捷に動けるなら、市でレスリングをやりゃいいんだ」

「着飾ったロンドンの紳士にたたきのめされるとはね。人に知られたら、いやというほどからかわれるだろうな」

「考えてたんだけど、チャーリーにはこのことを言わねえほうがいい」

ジョンは大きな頭を上下に振って同意した。「ああ、言うべきじゃねえな」

その午後現れたふたりを、サブリナはうきうきしたように出迎えた。ところが彼らが近づくにつれてあざだらけの顔が見えてきたので、彼女は笑みを引っこめた。

「どうしたの?」

ウィルは肩をすくめた。「宿屋で喧嘩の仲裁に入ってさ。地元のやつらが何人か、口喧嘩してるうちに我を忘れやがって」

「追いはぎをするより〈フェア・メイドン〉亭を経営するほうが危険ね」サブリナはウィルの言い訳を信じて笑った。

サブリナは倒木の幹に腰をおろした。太陽が肩を照らしてあたためる。彼女の顔は青ざめてやつれ、スミレ色の目の下のくまがくっきり見えている。

ジョンはのろのろ歩きながら遠慮がちに言った。「かなり疲れてるみたいだな、チャーリー。うちに来てくれたらいいのに。湿地にいるのは体によくないぜ」

「大丈夫よ、本当に。少し休めば元気になるわ。この問題に片がついたら、ゆっくりできるようになるから」サブリナはほほ笑んだ。「協力してくれる気があるのなら、聞きこんできたことを教えてちょうだい。公爵はまだヴェリック・ハウスにいるの？　それから、父はまだ姿を見せない？」

「あんたの父親のうわさはなにも聞いてない。公爵のほうは、間違いなくまだヴェリック・ハウスだ」ウィルはジョンの警告の表情を無視して不機嫌そうに答えた。「実のところ、あんたの家族とかなり親密になってるぜ」

サブリナは目を細めた。やつれた頬が赤くなる。「どういうこと？」

「あのさ、あんたの弟を連れ出して、銃を撃たせたり馬に乗せたりしてるらしい」

怒りに駆られてサブリナは立ちあがった。「なによ、わたしの家族と親しくするなんて。きっとなにか企んでいるんだわ。わたしが家にいれば対処してやれるのに」

彼女の熱っぽい目とそわそわ動く手を見て、ウィルとジョンはサブリナの頭越しに視線をかわした。ウィルがどうしようもないと言いたげに頭を振る。サブリナは腰に手をあて、ブーツをはいた足を広げて挑むようにすっくと立った。その姿を見て、ウィルは不意に、皮肉にも公爵を思い出した。

「みんな後悔するわよ。わたしをばかにする人間は許さない。ルシアンは、ここに来たことを悔やむわ」

「そろそろ戻るよ。また今夜。この二日ほど、このあたりは恐ろしいほど静かなんだ。今夜あたり、誰かが道を通ってくれりゃいいんだが」

サブリナはため息をついた。「わかったわ。じゃあ今夜ね。パーティが開かれるうわさでも耳にしたら教えてちょうだい。大規模なパーティをあと一、二回襲ったら、十分なお金が集まって、足を洗えるわ」

ふたりが背を向けて帰りかけたとき、サブリナは立ちあがって呼びかけながらあとを追った。近くまで来ると、ふたりの大きな手を片方ずつ取ってぎゅっと握った。「毎晩一緒にいてくれてありがとう。心から感謝しているわ。だけど、もうそんなことしなくていいのよ」

「あんたをこんなところでひとりにしたくねえんだ」ウィルはぶっきらぼうに答えた。「そんなことを考えてたら、どうせ眠れねえ」

「わかった。じゃあ今夜は必ず、ふたり分の食べ物を持ってきてね。ひとりで食事をするのは嫌いなの」サブリナが明るく言う。

「承知した、チャーリー。今夜はジョンが来る」ウィルはサブリナが彼らの来訪を拒まなかったことに安堵した。

サブリナは笑顔で手を振ってふたりを見送った。だが彼らの姿が消えるとともに彼女の笑みも消えた。ひどく気分が悪い。でも元気だったら、どうしようもなく退屈になるだろう。荒れ果てた小屋にいて、ヴェリック・ハウスでなにが起きているのかと思ってやきもきし、事態が自分の手に負えなくなるのをなすすべもなく心配していることしかできないのだから。

寒気がして、彼女はぶるっと震えた。毛布を体に巻きつけて外に出て、あたたかな陽光を浴びながら小屋の壁にもたれた。骨まで冷えた体を日光があたためてくれる。クシュンとくしゃみをすると、まぶしさに目を閉じてうずくまり、曲げた膝の上に痛む頭を置いた。

翌朝になると鼻が詰まり、唾をのみこむたびに喉がひりひり痛んだ。ジョンはどうにかしようとしておろおろしたが、逆にサブリナをうるさがらせただけだった。彼女はつらい気分で黙りこんだ。

ジョンが帰り、かわりにやってきたウィルは、頭や喉の痛みを和らげるための膏薬やお茶をどっさり運んできた。

「ラム酒で十分だったのに」薬や追加の毛布を馬からおろすウィルに、サブリナはほほ笑みかけた。

「おふくろに言われたんだ。この薬草と蜂蜜を煎じて、これを塗るように――」彼は照れくさそうに言いよどんだ。「――あんたの胸に」

「それは自分でできると思うわ」サブリナはかすれた声でささやいたあと、咳をした。ありがたく熱い飲み物を受け取り、ウィルが火を起こした暖炉のそばでゆったりと座る。液体が喉を滑ると、痛みは和らいだ。

「ラム酒も持ってきたぜ。おれには、これがいちばん効く」ウィルは含み笑いをして瓶をテーブルに置き、意味ありげにウィンクした。

彼は椅子にまたがって座り、耳をこすりながら残念そうに大きなため息をつく。「あのさ、今晩ニューリー卿のとこで大きなパーティが開かれるんだ。でもあんたは行ける状態じゃないだろう、チャーリー」

サブリナは毛布にくるまったまま顔をあげた。くしゃみばかりしているので、鼻は真っ赤だ。「行くしかないわ。これが最後になるかもしれないわね、ウィル」彼女は興奮を募らせた。

「どうかな、チャーリー。あんたは病気で熱もある。集まった招待客のど真ん中で気絶したらまずいだろう」

サブリナは鼻を鳴らして息を吸った。彼の懸念を鼻であしらったのか、風邪のために鼻をすすったのか、ウィルにはわからなかった。「わたしのことは心配いらないわ。なにがあっても、今夜はやり遂げる」

「それを恐れてたんだ」ウィルは憂鬱な気分で言った。

「誰が出席する予定？　本当に大規模なパーティなの？」

ウィルはしぶしぶ笑みを浮かべた。「それがおかしな話でさ、チャーリー。あんたと公爵を祝うパーティなんだ。いわば婚約記念パーティってこと」

サブリナは目を丸くして弱々しく笑ったあと咳きこんだ。「だったら、わたしも出席しなくちゃ。なにがあっても休むわけにはいかないわ」そう言ってクスクス笑う。熱っぽい目は期待で明るく輝いた。

その夜遅く、サブリナはテーブルに寄りかかり、おぼつかない手つきで豊かな髪を編みこんでかつらの下に押しこんだ。顔は火のように熱く、頭は痛くて爆発しそうだ。これが最後であることを切に願いつつ覆面をつける。帽子を斜めにかぶり、厚地の外套を着こんだ。ふらふらしながら拳銃をベルトに差したあと、テーブルの端をしっかりとつかんで目を閉じた。なんとか夜じゅう持ちこたえなければ。大事な行事なのだから。今回が最後になりますように、と彼女は祈った。今夜を乗りきらねばならない。目を開けると、部屋はもうぐるぐる回っていなかった。決意を固めて顎をあげ、手袋をはめて小屋を出た。胸を張って柔らかな地面を踏みしめ、ウィルとジョンに会いにいく。長靴の拍車のジャラジャラという音が夜のしじまに響き渡った。


「パーティ?」メアリーは驚いて訊き返した。「冗談でしょう?」

「いや」ルシアンは真面目な顔で答えた。「ニューリーはわたしのためにパーティを開くと決めたらしい。いや、わたしとサブリナのために、と言うべきか」

「わたしたちは出席すべきなの? あなたは出席したいの? サブリナが戻ってくると決め

たときに備えて、わたしたちはここにいなくては」

「だからこそ出席するんだ。サブリナが、自分の婚約パーティに顔を出す機会を逃すだろうか？　とてもそうは思えない。だからわたしも行くつもりだ。拳銃を振り回したがる客がわたしの花嫁を撃つのを防ぐためにも」

「そのとおりだわ、行くでしょうね。あの子のことだもの。行かないはずがないわ」メアリーの顔は悲しげで青ざめていた。

ルシアンが彼女をちらりと見て口を開きかけたとき、メアリーは突然こめかみに指を押しあてた。目が曇り、体が揺れる。気を失いかけているようだ。ルシアンはあわてて駆け寄って抱き止めた。険しい顔に不安を浮かべて、彼女を椅子におろそうとする。

腕をメアリーの体に回したまま屈みこんでいるとき、誰かが応接室に入ってきた。メアリーが男の腕に抱かれていると思いこみ、表情が期待から嫉妬へと変化した。

「なにをしている！」荒々しく言うと、突進してルシアンをメアリーから引きはがした。

ルシアンはぱっと振り返り、自分を手荒く扱った相手と向き合ったけれど、軍服に気づいたとき怒りは消えた。例の大佐に違いない。

フレッチャー大佐はルシアンが目を細めて口元に嘲りの笑いを浮かべるのを見て、身を硬くした。この顔に傷のある紳士は誰だろうと思案しながら、しばし相手とにらみ合う。だが、うめき声を聞くとメアリーに駆け寄った。メアリーが目を開け、見るともなくふたりの後ろに視線を向ける。グレーの瞳が銀色に光るのを、男たちはあっけにとられて見つめていた。

彼女の喉元では血管がどくどくと脈打っていた。手は椅子の肘かけを握りしめていて、指の関節が白くなっている。「見える……霧、何人もの人……叫び声……サブリナが見える……ボニー・チャーリーも。ああ、どうしましょう、サブリナが倒れている……拳銃……公爵の傷のある顔。でも、ぼんやりしている。寒い……リナが助けを求めている……公爵がボニー・チャーリーと争って……重なる……顔が重なって……わけがわからない。サブリナ！」

メアリーは叫びながら、自分の前にある見えないものに向かって両手を差し出した。

憑かれたようなメアリーの顔をぽかんと見つめているうち、ルシアンの全身に震えが走った。フレッチャー大佐は屈みこんでメアリーの両肩をつかみ、激しく揺さぶった。彼女の顔が左右に揺れる。まぶたがぴくぴくする。頭ががっくり垂れた。息は荒く、額には玉の汗が浮いている。

ルシアンはシェリー酒を注いで大佐に渡した。大佐はメアリーの顔を上向かせ、紫色の唇にグラスをあてがった。小さなしずくが口に入り、喉を流れる。あたたかな血がふたたび循環をはじめ、顔に色が戻ってきた。

フレッチャー大佐はメアリーを抱きあげ、公爵に目もくれずに部屋から運び出した。ルシアンは放置されたシェリー酒を取りあげて一気に飲み干し、腰をおろして苛々と待った。

大佐はメアリーの短い上着を脱がせてベッドに寝かせ、コルセットの紐をゆるめた。ゆったりと枕にもたれさせて、冷たい手を取ってそっとマッサージをはじめる。

メアリーは深く息を吸うと目を開けた。心配そうな大佐の顔を見る。彼は自分のあたたかな手でメアリーのむき出しの腕をさすった。胸を覆うのが薄いシュミーズだけであることに気づいて、メアリーは恥ずかしさで真っ赤になった。

「どうして、女というのはまともな呼吸ができなくなるまで体を締めつけるのだろう。きみがいつも青ざめているのも当然だ」大佐は穏やかにメアリーをいましめた。「それに、きみにそんなものは不要だ。もともと腰まわりは細いのだから」彼女の肩から胸に手を滑らせ、そこでしばらくとどまったあと、腰をつかむ。顔をさげて震える唇をとらえてキスをし、またしてもメアリーの息を奪った。

「テレンス」メアリーはささやいた。「いけないわ」彼の唇はメアリーの唇を愛撫しつづけている。メアリーは抵抗を試みたが、やがてあきらめてキスをつづけさせた。レースのコルセットの上からはみ出す乳房のふくらみに口が押しつけられるぞくぞくする感触を楽しむ。メアリーは彼の顔を引き戻し、今度は自ら熱心に唇を重ねた。はじめて示した積極的な反応で彼を驚かせたあと、不意に顔を引いて横を向いた。「お願い、テレンス」

大佐はいやいや体を離して、メアリーが落ち着きを取り戻すのを待った。「さっきのことについて話してくれるかい、メアリー？」彼女をじっと見つめながら尋ねる。

メアリーはしかたないという様子で、赤毛の頭をこくんと垂れた。「あなたに打ち明けたい、テレンス。あなたを信じたい」そっと言い、グレーの目で懇願するように彼を見た。

フレッチャー大佐はメアリーを抱きしめてなだめた。「わたしは決してきみを傷つけないよ、メアリー。信じて、わたしに協力させてくれ」

「秘密を打ち明けさせるために、わたしが好きだというふりをしているだけではないの？」

　彼はメアリーの顎をむんずとつかんであげさせ、彼女のすがるような目を真剣に見つめた。

「きみにうそはつかない、メアリー。初対面の相手を見て、この人とは親しくなれると直感した経験はないか？　はじめてきみに目を留めたとき、わたしの妻になる人だとわかった。意外だったかな？　いや、そうではないだろう。きみも心の奥底で同じことを感じたはずだ。だがわたしは決断の早い人間だ。戦場で生き抜くためには、そういう性質が必要だった。そしてきみを自分のものにすると決断したんだ。侯爵は、きみの妹にしたように、きみにも裕福な求婚者を選ぼうとするだろう。しかし、わたしはぐずぐずしているつもりはない。わたしは初恋の人に求愛している初々しい若者ではなく、年老いた独身者だ。きみが結婚してともに子どもを育てることを夢見ていた、理想的な男でないのは確かだ。もう三十歳を越えている。きみは何歳だ、十八か十九？　年は離れすぎているかもしれない。だがわたしは必ずいい夫になる。全力できみの面倒を見、守り、愛する。わたしは家族がほしい。落ち着ける家が。毎晩骨まで凍えながら野営する生活には、もう疲れてしまった。ベッドをあたため、立派な息子や娘を産んでくれる女性がほしい」

　指でメアリーの唇に触れ、その輪郭をなぞりながら目をのぞきこんだ。「きみはわたしにふさわしい女だろうか、メアリー？　わたしはそう思う。きみに結婚を申しこみたい。お父上も反対なさらないだろう。わたしは伯爵の次男坊で、住み心地のいい領地を持っている。間もなく引退してそこへ行くつもりだ。きっときみも気に入るよ、メアリー」その光景を鮮やかに描写するとき、彼のグレーの目は故郷を思い出して輝いていた。

「ここから北にある、美しい湖に囲まれた谷間だ。湖は月光を反射して輝く。恋人たちのための場所なんだ、メアリー。わたしは恋人を、十分満足するまで愛してやれる。それができないほどの年寄りではない。家は小さいながらも居心地がいい。いま増築中で、もう少しで完成する。秋には——」

「ねえ、やめて、お願い」メアリーはささやいた。「わたしをそんなに苦しめないで」

フレッチャー大佐は口を閉ざして目を細めた。メアリーはまっすぐに見つめる彼の目から顔を背けた。彼の傷ついた表情は見たくなかった。本当にこの人を信じていいのだろうかと考えながら、彼の手をぎゅっと握る。

「求婚してくださったのは光栄よ、テレンス。でも結婚はできない。あなたとも、ほかの誰とも」消え入りそうな声で言う。「わたしはここにいなくてはならないの。こんなことになってしまって、家族はわたしを必要としているわ。家族を置いてあなたと結婚はできない」握ったふたりの手を見おろす。「事態が解決するまで待ってとお願いもできないわ。それはあなたに申し訳ない」

大佐はメアリーの顔から涙をぬぐい取り、そっと唇にキスをした。「待つよ、メアリー。わたしが妻として求めている女性はきみだけだ。きみの決断は理解できる。わたしとしてはうれしくないが。しかし、きみの妹は非常に困難な状況にある」彼は真顔になった。「話をしたい。そう伝えてくれるかい？」

メアリーの唇がわなないた。「あの子はここにいないわ。公爵から逃げたのよ。結婚したくないから。それで、またボニー・チャーリーに変装しているの。やめていたのに。この前まで」メアリーはいっそうきつく大佐の手を握りしめた。なんとか彼にわかってほしかった。「どうしてサブリナがあんなことをしたか、わかってくださるわね？　わたしたちは生きていかなければならなかったの。お金はまったくなかった。サブリナはわたしたちを助けたかっただけ。わかってくれる？」

「ああ、わかるよ。しかし、どうしてこんな危ない橋を渡るんだ？　公爵と結婚すれば万事解決するだろうに」

メアリーは残念そうに首を振った。「サブリナは激情家なの。父と公爵を心底憎んでいるわ。ふたりともあの子を脅したり辱めたりするという大きな過ちを犯した。サブリナは決してどちらも許さないでしょうね。でもなにより悲しいのは、あの子の行動は無意味だということ。公爵はもう父にお金をあげて大陸に追い払ったわ。サブリナが強盗をしていくら稼いでも、そのお金を渡す相手はいないの。あの子は不必要に自分の身を危険にさらしているだけ。心配だわ。妹の心はずたずたになりかかっている。ここに公爵がおられるけれど、それはなんの助けにもなっていない。あの方も相手に譲歩する人ではなさそうだもの」

「ああ、違うね。うわさを聞いたことがあるが、評判によれば、相当扱いにくい人物らしい」

「評判どおりだよ、大佐」ルシアンが部屋の入り口から声をかけた。

メアリーは小さな悲鳴をあげ、フレッチャー大佐の広い胸にすがりついて、傷のある顔を見つめた。公爵は冷たい目でその光景を眺めた。「おめでとうと言うべきかな？」

「そうです」大佐はよそよそしく言い、無頓着な様子の公爵を値踏みするように見つめた。

「お祝いの途中だが、ちょっと邪魔していいかな？」ルシアンは意味ありげにメアリーの深い襟ぐりを見やった。「さっきのことはなんだったんだ？　なにかを予知したのか？」

メアリーは上着を見つけてコルセットの上にはおり、ボタンを留めながら答えた。「ええ、でもはっきりとした情景は見えなかったわ。それが厄介なところなの。断片的にしか見えないから、かえって不安になるばかり。さっき自分がなにを言ったのかも、よく覚えていないのよ」

「サブリナとわたしに関することだったようだ——そしてボニー・チャーリー。サブリナの身になにかが起こるのか？」ルシアンは単刀直入に尋ねた。

「ええ」メアリーはかすかな声で答えた。「でも、時期はわからないわ」

「まあ、今夜はわたしが防ぐ。そして明日になれば、彼女はわたしのものだ」

フレッチャー大佐は立ちあがった。「ボニー・チャーリーの正体を知る人がほかにいるとは思いませんでした。まさか彼女が自分で話したのではないでしょう？」大佐は口をつぐんだふたりを、関心を持って交互に見つめる。

「わたしがどうして知ったかは重要ではない、大佐」ルシアンは軽くあしらった。「重要なのは、将来のキャマリー公爵夫人、きみにとっては将来の義理の妹が、今夜逮捕されたり撃たれたりしないようにすることだ」大佐をうかがい見る。「そんな心配はいらないと思っていいな？」

「わたしは上官の命令に盲従はせず、自分の判断で動く人間です。今夜のパーティに行きます。予期せぬ出来事が起こらないようにするために。そして部下を別の場所にやり、あの近辺にはいないようにしておきます」

「ありがとう、大佐。後悔はさせない。明日以降、きみがボニー・チャーリーに悩まされることはないだろう」ルシアンは尊大なほどに自信たっぷりだった。

「一度レディ・サブリナに、導いてくれる人間が必要だと言ったことがあります。すると彼女は、そんなことのできる人間はいないということを言いました。しかし、いたようですね」大佐は公爵を興味深げに見た。

ルシアンはほほ笑んだ。「その問題については意見が一致するようだ、大佐。ボニー・チャーリーが活動をやめるのは早ければ早いほどいい。だが、レディ・メアリーの予知が気にかかる。今夜のことについての警告だろうか？　今夜サブリナをつかまえようと思えばできるかもしれないが、それはしたくない。彼女は武装しているし、あの巨漢ふたりがなにか愚かなことをしたら死人が出るかもしれない。だから今夜は手出ししない。そして、明日の日曜日に彼女を連れ去る。それまでは、なにごとも起こらないのを願うのみだ」

「そうですね。わたしはサブリナ扮するボニー・チャーリーに、てんてこまいさせられました。隠れ場所がいくつもあるので、わたしたちでは絶対に見つけられそうにありません。それに、メアリーからと装って呼び出されても、彼女は信じないでしょう。とにかく今夜は事故が起こらないようにするしかありません。わたしたちにできるのはそれだけです」

メアリーはふたりの男を交互に見つめた。まったく違っているのに、とても似ている。彼らはサブリナの、そしてヴェリック家全員の将来を決しようとしているのだ。


ルシアンはさりげなく警戒しながら大きな晩餐用テーブルについていた。あのときもこんなパーティだった。ふりだしに戻ったわけだ。皮肉な笑みを浮かべ、彼女がはじめて現れたときとよく似たビロードのカーテンを眺めた。サブリナは今夜来るだろうか――ルシアンがここにいるとわかっていながら？

彼は人さし指で顔の傷をなぞった。そう、来るだろう。彼女はルシアンがそれを期待していることを知っているし、挑戦を拒む人間ではない。前回、疑うことを知らない客だったルシアンは驚くだけだった。いまは以前と同じように周囲を眺めているが、間もなくあのカーテンが開いてボニー・チャーリーが現れるであろうことを知っている。彼はブランデーで顔を赤くして笑っているマルトン卿に目を向け、あの陽気な貴族はさぞ仰天するだろうと思って、口元に小さな笑みを浮かべた。

フレッチャー大佐がテーブルの向かい側から問いかけるような目を向けてきたが、ルシアンは黙って肩をすくめた。時刻はかなり遅い。そろそろ、男性陣が応接室にいる婦人たちのところへ行くころだ。彼はレディ・メアリーが気の毒になった。なにかが起こるとわかっていながら、それがどんなことかわからないまま、女同士のおしゃべりに耐えねばならないのだから。

ルシアンはブランデーをひと口飲んで、一瞬うつむいた。そのとき、ほかの音をかき消すような大きな笑い声が響いた。顔をあげた彼は、思わずあっと声をあげた。笑うニューリー卿の椅子の後ろにそっと立って、集まった客に銃口を向けている、覆面姿のボニー・チャーリーの姿が目に入ったのだ。

ほかの者たちが侵入者を見て次々に黙りこんだ。拳銃に背を向けているニューリーだけが笑いつづけている。やがて彼も部屋を包む沈黙に気がついた。耳のすぐそばで声がすると、彼は飛びあがってグラスを倒した。

「とても面白い。このことはいつか酒を飲みながら友人に話してやりましょう」ボニー・チャーリーはばかにするように言った。

ボニー・チャーリーが尊大な様子で進み出ると同時に、ふたりの男が威嚇するように入ってきた。「おやおや、今夜は旧知の友に再会できましたね。故郷に帰った気分です。この前の夜に大儲けさせてもらったことを思い出します。今日もいい夜になりそうだ」

抑えた怒りでニューリー卿の顔が赤くなる。彼は目をむいて、唾を飛ばしながら言った。

「無礼千万だ」

「さて紳士諸君、わたしがなにを求めているかはご存じですね。何度も同じ注意を繰り返したくはありません」ニューリー卿の指がディナーナイフに触れようとしているのを見て、ボニー・チャーリーは言った。指の動きが止まり、手がゆっくりとテーブルから離れる。背中に銃身が押しつけられるのを感じて、ニューリー卿は体を丸めた。ボニー・チャーリーは満足げにほほ笑んだ。

「慈悲深く、気前よくお願いしますよ、紳士諸君。招かれざる客が屋敷に入りこんであなた方に迷惑をかけるのは、これが最後になるとお約束します」

強盗の言葉を聞いて、客たちはざわめき、てんでに憶測を述べ立てた。

「わたしは欲張りな人間ではありませんし、あなた方はこれまで非常に気前よくしてくださいました。これでわたしも、そろそろ田舎屋敷に引っこんで紳士として生きていけそうです。いずれあなたたちと食事をともにしたり、カード遊びをしたりすることがあるかもしれません。でも、その相手がわたしだとは知るよしもないわけです」ボニー・チャーリーはかすれたささやき声でからかった。

「狼藉だ！」マルトン卿が叫ぶ。「おまえに乾杯するのは、おまえが絞首台からぶらさがるときだけだ」

ボニー・チャーリーは笑い飛ばした。「ああ、なるほど、あまりにあつかましいことを言ってしまいましたね。では、紳士諸君にはほかのものをお願いしましょう」

男のひとりが拳銃をテーブルに向け、もうひとりは彼らのあいだを回って貴重品を集める。そのあいだボニー・チャーリーは侮辱の言葉で彼らの気をそらしていた。ルシアンのところまで行くと男は躊躇し、指示を求めてボニー・チャーリーを見やった。彼女は笑顔で進み出て男にかわった。

ますから」

「失礼します」あざけりをこめて言う。「なにしろ、公爵閣下は今夜の主賓でいらっしゃいますから」

ルシアンのほうに身を屈める。部屋に入ってはじめて、まともに彼の目を見つめた。怒りを浴びせられるのを覚悟しているのだろうか。彼が見つめ返す視線の強さに、たじたじとなっているのでわかる。ボニー・チャーリーは彼の手をつかんでダイヤモンドの指輪を抜き取り、上着の中に手を入れてベストのポケットから懐中時計と財布をつかみ出した。束の間、ふたたびふたりの目が合う。そして客たちが驚きに息をのむ中、ボニー・チャーリーは指で頬の傷跡をなぞった。

「お見事だ」ルシアンは身を起こした彼女にささやきかけた。「しかし、きみに勝ち目はないぞ、チャーリー」

ボニー・チャーリーは目をきらめかせ、唐突にルシアンに背を向けると、テーブルの下座で黙って見つめていたフレッチャー大佐と顔を合わせた。

「これはこれは、イングランド軍の勇猛果敢な隊長殿ではありませんか？　じっくり見てください、これほどボニー・チャーリーに近づける機会はもうありませんよ」笑い声をあげたが、ゴホゴホと咳きこんだ。大佐が指輪を外しはじめると、彼女は手をあげて止めた。「いや、大佐、今夜はもうたくさんいただきました。必死で追跡している追いはぎボニー・チャーリーに銃を突きつけられるだけでも、あなたが受ける罰としては十分でしょう」

ボニー・チャーリーはかすれた声で笑いながらきびすを返し、窓に向かった。ところが出ていこうとしたとたん、背後の騒ぎを聞きつけ、本能的に拳銃をあげて振り返った。そのとき、ルシアンはとなりの紳士から銃を奪い取ろうとしていたところだった。敷物の上に落ちた銃は、耳をつんざくような轟音をあげて暴発した。彼女は危ないところだったと悟ったかのようにうろたえ、ルシアンの琥珀色の目を見て逃げ出した。ふたりの男がすぐあとからつづく。揺れるカーテンを、残された紳士たちはぼんやりと見ていた。

「どういうことだ？」せっかく抜いた拳銃をルシアンに奪われた紳士が叫んだ。怒りの形相で公爵をにらみつける。「どうしてあんなことをなさったのです？　あの豚野郎を殺せたはずなのに」

「そうです、どういうことなんですか、いまのばか騒ぎは？」ニューリー卿の声はほとんど聞き取れないほど小さかった。武装した従僕が押し寄せ、おののく女性たちの声が廊下から聞こえてくる。

ルシアンが答える前に、大佐が口を開いた。威厳ある声が騒音の中で響き渡り、一同はぴたりと黙りこんだ。

「そもそも、あの追いはぎを狙って銃を抜いたことが大間違いだったのです。五挺の拳銃がこちらを狙っていたのですよ。ひとりを狙ってむやみに撃つのは無謀です。そんなことをしたら、彼らは黙って突っ立っていたでしょうか？　まさか。たまたま近くにいた不幸な人に向かって、いっせいに銃弾をお見舞いしていたでしょう。そこまでする値打ちはありますか？　無分別な行動のために、何人ものご婦人を未亡人にしていいのですか？」彼は嘲笑した。「公爵閣下が素早く動いてくださらなかったら、ここにおられるニューリー卿は生きておられなかったでしょう。あるいはちょうど銃口の先にいたマルトン卿も」

「なんてことだ」マルトン卿はごくりと唾をのみこんだ。「そこまでは考えが及びませんでした。やつらはわたしを真っ先に狙ったでしょうか？　あなたは命の恩人です、閣下」彼は荒く息をして、布のナプキンで顔をあおいだ。

メアリーは婦人たちの先頭を切って晩餐室に入った。急いでまわりを見回し、フレッチャー大佐に目を向ける。彼は無言の質問に答えて首を横に振った。メアリーが安堵の息をついて大佐の後ろに立つと、彼は手を握って安心させてくれた。公爵を見たメアリーは、その目に浮かぶ怒りに思わず身を震わせた。彼は、ついさっきボニー・チャーリーが命からがら逃げていった開いた窓を凝視している。頬の傷は不吉に見え、彼の顔に残忍さを与えていた。

公爵は立ちあがった。シナモン色のビロードの上着と金糸で刺繍を施したベストを着た姿は、見るからに完璧な紳士だ。シャツのレースのカフスを大儀そうに引っ張り、ブランデーの残りを飲み干して、メアリーと大佐のほうを見た。

「わたしたちは失礼するよ、ニューリー。レディ・メアリーには刺激が強すぎたようだ。いいかな？」

「もちろんですとも」ニューリー卿はすかさず答えた。「こんな狼藉には憤慨のいたりです。あの悪党が我が屋敷にもたらした無礼と屈辱に関しては、お詫びのしようもありません」戸惑ったように公爵を見る。「しかし不思議ですな、あの強盗はとくに閣下を嫌っているみたいでしたし、あなたを嘲ることを楽しんでいたようです」

「きっとわたしの上着のデザインが気に入らなかったのだろう」ルシアンはなんとか怒りをこらえ、素っ気なく答えた。「おやすみ、紳士諸君」そう言うと、メアリーと大佐を追って部屋を出た。


ウィルとジョンは覆面を脱いでテーブルの上にぽんと落とした。サブリナが座っているテーブルの横に気まずそうに立って、無言で顔を見合わせる。サブリナはざらざらした木の上に肘をつき、両手で頭を抱えていた。ぶるぶる震えながら、肩を揺らして咳をしている。ウィルが顎をしゃくって合図するのを見て、ジョンは暖炉に火を起こした。

「ねえ」サブリナは唐突にささやいた。「あの銃弾がわたしにあたっていたらよかったのにね」

「チャーリー！」生気のない声に驚いて、ジョンは思わず叫んだ。

サブリナは顔をあげ、しょんぼりとふたりを見つめた。「どうしてそう願っちゃいけないの？　それで問題はすべて解決したはずよ。それに、今日のわたしのざまを見てよ。まさしくボニー・チャーリーだわ。ほんもののチャーリーもきっと、あんなふうに公然と反抗されて、憎しみをぶつけられたんでしょうね。銃声を聞いたときは、もう少しで引き金を引いてあのばかを撃つところだった。なにも考えず、反射的にね。わたしは正真正銘の強盗になりかけているんだわ」

「落ち着けよ、チャーリー。すべてうまくいくって。あんたはいまちょっと気分が悪いだけなんだ。明日になれば、もっと気分もよくなるさ」ウィルは慰めようとした。

「よかったわ、これで終わりにできて」サブリナは涙ぐんだ。「これ以上は無理。もう疲れちゃった」

「そうだよ、チャーリー」ウィルはやさしく言い、出ていくようジョンに身振りで示した。「ちょっと休んだほうがいい。ジョンがあたたかいものを用意した。おれたちは外にいるから、用があれば呼んでくれ」

サブリナは残念そうにふたりを見送った。ひとりになりたくない。誰かに抱きしめてほしい。慰めてほしい。自分がみじめだった。それに寒い。家に帰って自分のベッドで眠りたい。今夜ルシアンに会ったことで、忘れたい思い出、ふたりで持てたかもしれない将来の夢が蘇った。小さな炎を見つめていても、ちっともあたたかく感じない。体をあたためようと、目を閉じて毛布に潜った。明日は教会へ行って、メアリーからの手紙がないか見てみよう。もしかしたら、ルシアンはあきらめてくれたかもしれない。さすがの彼も、今夜のことで、サブリナが決して彼に降参しないと思い知っただろう。

翌朝、サブリナはノルマン朝時代からの古い教会へ行った。そこでは、なにもかもが静かで平穏だった。入り口のアーチをくぐり、通路を歩いてボックス型の信者席の横を通り過ぎ、ヴェリック家の席まで行く。すり減ってなめらかになった長椅子に座ると、下に手を伸ばし、床の敷石がゆるくなっているところに触れた。靴の先で石を蹴って横にずらす。

折り畳んだ紙を見つけて、いそいそと取り出した。石をもとの場所に戻すと姿勢を正し、紙を広げた。だが紙にはなにも書かれておらず、サブリナは困惑の表情になった。

「ただの白紙だ」長椅子の端から声が聞こえた。

サブリナは驚いてぱっと顔をあげた。ルシアンがさりげなく立って退路をふさいでいた。満足げに目をきらめかせ、苛立つ彼女の顔を見つめている。サブリナのとよく似た黒いビロードのブリーチズをはき、前を開けたフロックコートからフリルのついたシャツをのぞかせた姿はいかにも尊大だ。片方の手を軽く腰にあて、持ち手が銀の籐のステッキで自分の脚をトントンとたたいていた。

覆面をかぶってくればよかった、とサブリナは思った。顔をよぎっているであろう感情を見られたくない。彼女は体の両脇でこぶしを握りしめながらルシアンを見つめた。「わたしをはめたのね?」震える声で尋ねる。

「そうだ、残念ながら。お遊びは終わりだ。ゆうべ、勝ち目はないと言っただろう。きみの愚かな頭が吹き飛ばされそうになる前に」

「どうしてここがわかったの? メアリーしか――」突如恐ろしい真実に思いいたって、サブリナは絶句した。「メアリー? メアリーが話したの?」

答えを求めてルシアンを見る彼女の顔は一気に青ざめ、スミレ色の目は熱っぽくぎらついた。

「ああ、メアリーはようやく道理を悟って賢明な行動を取ったんだ」サブリナの目の光とやつれた頬の赤みに気づいて、ルシアンの表情が張りつめた。彼女の呼吸はゼイゼイと荒い。

「きみは病気だ。死にたいのか?」サブリナのひどい様子に気づいたとき、彼の頭に血がのぼった。

「そのほうが幸せよ。自分の姉に裏切られるなんて。どうして?」サブリナは束の間ルシアンの存在を忘れた。

「お姉さんはきみを愛していて、きみの身を案じていたからだ。だからこそ正しい判断をして、わたしに教えてくれたんだ。それに、メアリーはきみの無謀な行為が無益であることを知っている。侯爵はすでにわたしから多額の金を受け取って大陸へ旅立ったからな」ルシアンは決定的な打撃を与えた。

サブリナは薄い紙をくしゃくしゃに丸めて下に落とした。「あなたのせいで」彼女は声をあげて笑った。「なにもかもめちゃめちゃよ」

「きみが自分でめちゃめちゃにしているんだ、サブリナ。きみのゆうべの行動を考えたら、あのばか男にきみを撃たせればよかったと思ってしまう」

「ええ。そのほうが時間の節約になるし、面倒を避けられたのに」サブリナは喉を詰まらせた。「でもそうしたら、あなたはまた新たに気乗りのしない花嫁を探す羽目に陥ったのね。ほとんど時間切れだけど」

「そのとおりだ。わたしにはきみが必要なんだ、サブリナ。きみにはしばらくのあいだ、わたしに従ってもらいたい。きみは礼儀作法を学び、育ちのいい若いレディにふさわしい立ち居ふるまいを覚えねばならない。わたしは喜んできみに教育を授けてやろう」いまだに抵抗をつづけるサブリナへの怒りを、ルシアンは必死でこらえた。

「だけど公爵閣下、わたしには、あなたに喜んでもらえるような新しいことは覚えられないわ」サブリナは話しながら、ルシアンに見えないように少し体の向きを変え、ゆっくりと手を拳銃のほうに動かしていった。けれどルシアンにはお見通しだった。彼はサブリナに飛びかかり、腕を打ち払って、さっと拳銃と剣を取りあげた。サブリナの体をぐるりと回転させて自分のほうを向かせる。彼女は弱々しく抵抗したが、とてもかなわなかった。

「あきらめの悪い女だな。きみにわたしを撃てたかな？」彼は疑わしげにささやいた。「それとも銃口を自分に向けるつもりだったのか？」手をサブリナの額にあてたとき不安が募った。「火のように熱いぞ。あのぼんくらの巨人ふたりをつかまえたら、きみが劣悪な環境に身を隠すのを許した罪でたたきのめしてやる」

サブリナは頭を反らしてルシアンを見つめた。その目には強い感情が燃えている。体が重くて息苦しく、口を利くのも億劫だった。

「あなたなんか、大嫌い」それだけ言うと彼女は咳きこんだ。

「その言葉は何度も言われたから、気にもならないね。きみの語彙は貧弱なようだ」ルシアンはぐったりとなったサブリナの体を持ちあげ、教会を出て、外で待つ馬車へと運んだ。

レディ・マルトンは牧師館を出たところで、不思議そうに教会の中庭の向こうに目をやった。キャマリー公爵の馬車が教会の前に止まっている。カナリアのように黄色い帽子の下で、丸い顔が興味深げにきらめいた。公爵が若い男性らしき人物を抱きかかえて教会から出てくるではないか。レディ・マルトンから見えるのは、上下に揺れるブーツをはいた足と、公爵の肩越しにのぞいている鷺の羽根だけだ。もっとよく見ようと目を細め、あわてて藪の後ろに身を隠す。そのとき公爵が顔をあげた。気味悪い顔に恐ろしい表情を浮かべて。

なんと奇妙なことだろう。乗り手のいない馬を後ろに従えてガラガラと走り去る公爵の馬車を見て、レディ・マルトンの胸はわくわくした。なにか変だ。あの鷺の羽根には見覚えがある。なんだっただろう？　以前に鷺の羽根をどこで見たのか思い出して、彼女は小さくあえいだ。キャマリー公爵は悪名高き追いはぎのボニー・チャーリーを抱えて、いったいなにをしようとしていたのか？

その後二週間、サブリナは高熱にうかされ、寒そうに震えるばかりで、ほとんど意識もなかった。ようやく頭が働くようになったとき、覚えていたのは煎じ薬を飲んだことと、ひどいにおいの軟膏を胸に塗られたことだけだった。

ある朝、彼女は目が覚めた。すっかり消耗しているけれど、気分はよく、リラックスしてベッドに横たわっていた。シーツは新しくひんやりとしていてラベンダーの香りがする。開いた窓からバラの香りを含んだそよ風が入りこみ、ベッドのそばの椅子に開いて置かれた本のページをめくった。人の声を聞いて扉のほうに顔を向ける。すると、メアリーが紅茶のトレーを持って入ってきた。彼女は黙って部屋を横切り、本が載った椅子の横のテーブルにトレーを置いた。本をどけて腰をおろし、自分用に紅茶を注いだ。

メアリーの目の下のくまと顔の白さに、サブリナは顔をしかめた。メアリーの格好は驚くほどだらしがない。淡い黄色のドレスにはしわが寄り、裾にはしみがついていて、腰まわりはだぶついている。髪はくしゃくしゃで、ほつれ毛が首に垂れていた。不安そうな疲れた様子で紅茶をすすっている姿は、まるでメアリーらしくない。

「メアリー」サブリナははっきりとした声で呼びかけた。

突然の呼びかけに、メアリーはびっくりして目をあげた。無造作にカップを受け皿に置き、サブリナの顔を見つめる。妹の明るく澄んだスミレ色の目が見返している。

「リナ！」メアリーは涙ながらに叫び声をあげた。受け皿をテーブルにガチャンと置くと、紅茶がカップからこぼれ出た。「意識が戻ったのね！」ベッドに駆け寄り、手をサブリナの冷たい顔にあて、感謝をこめて両頬にキスをした。

サブリナは当惑して姉を見やった。「どうしたの？　そんなに取り乱して」ベッドの端に腰かけて妹をまじまじ見ているメアリーに尋ねる。「お姉さんらしくないわ。そんなに乱れた格好でいるのを見たのははじめてよ。まるで服を着たまま寝ていたみたい」サブリナはからかった。

メアリーが照れたように笑う。「実のところ、そのとおりよ」

仰天したサブリナに、姉はうなずきかける。「ええ、あなたの具合が悪くなってから、わたしは幾晩も服を着たまま寝ていたわ」サブリナの痩せ細った手を、メアリーが握る。「あ

な

なたは死ぬのだと思った。重病だったのよ」

サブリナは意外な面持ちで姉を見あげた。「わたしが？　病気？　うそでしょ」と笑う。

サブリナがきっぱりとした口調で言うと、メアリーは顔を曇らせた。「どんなにひどい容態だったのか、まったく覚えていないの？」

サブリナは黒髪の頭を横に振った。ぼんやりと記憶が戻るにつれ、恐怖がじわじわとあふれ出した。「ピクニックに行ったのは覚えているわ。わたしとお姉さん、リチャード、それにマーガレットおば様で。ローストチキンと酢漬けのサーモンを食べたでしょ。おば様はサーモンがちょっと塩辛すぎると文句をつけていたわね」眉間にしわを寄せて思い出そうとする。メアリーの動揺には気づかず話をつづけた。「あれは昨日だったでしょ？」

サブリナはスミレ色の瞳で困惑したようにメアリーを見つめた。「変だわ。ピクニックのことしか思い出せない。ほかのことは、全部ぼんやりしているの。病気になったのも覚えていないわ。でもそうなんでしょうね、体に力が入らないから」無邪気な顔でメアリーにほほ笑みかけた。「スグリのタルトはまだ残っている？　おなかがぺこぺこよ」

笑っているサブリナは、ずっと幼く見えた。目がきらめき、えくぼが浮かんでいる。

「ええ、台所になにかあると思うわ」メアリーは張りつめた表情で答えた。ふかふかした上掛けをサブリナの肩の上まで引きあげ、無理に笑顔をつくった。「せっかく元気になったんだから、ぶり返さないよう気をつけなくちゃ。寝ていてね、おいしいスープを持ってくるから。できればカスタードも」

「シナモンをかけてね」サブリナは上掛けの下に身を落ち着け、けだるげに伸びをした。

「シナモンをかけて」メアリーは平静を装って部屋を出た。扉を閉じてもたれかかる。膝ががくがくして倒れてしまいそうだ。それでも、すぐに急ぎ足で階段をおり、気遣わしげな表情で応接室に駆けこんだ。

「ルシアン！」彼の姿を見るや、ほっとして叫ぶ。

ルシアンは机の前の椅子からぱっと立ちあがった。メアリーの顔を見たとたん、書きかけの手紙のことは脳裏から消えていた。彼女の肩をつかみ、打ちひしがれたメアリーの顔を恐怖の目で見つめる。

「死んだのか？」抑揚のない口調で尋ねた。

メアリーはごくりと唾をのんだ。なんとか声を出そうとするが、首を横に振ることしかできなかった。

ルシアンは彼女の肩をつかむ手に痛いほど力をこめた。「ああ、メアリー、なにがあったんだ？　じゃあ、サブリナは無事なのか？」暗い目に光が差した。

「熱はさがったわ。意識が戻ったの」

ルシアンはメアリーから手を離し、長椅子の端に座りこんだ。「よかった」

メアリーは唇を噛んだ。この先、どう話をつづけていいのかわからない。黙って突っ立っているうち、それだけではないと察してルシアンが顔をあげた。「どうした？　話してくれ」

メアリーはため息をついて、疲れた様子で指を目に押しあてた。「あの子の病気が、咳や湿地熱（マラリアのこと）だけではなさそうだという話はしたでしょう」

ルシアンはうなずいた。「覚えている」この二週間のことは、まるで昨日のようにはっきりと覚えていた。何度、ベッドの横に座って、高熱にうかされ悪夢を見てしきりに寝返りを打つサブリナをなすすべもなく見ていたことだろう。彼は冷たい布で体を冷やしてやったが、そのたびにサブリナはどうしようもなく震えるばかりだった。彼女はみるみる痩せていった。

「脳炎も併発したみたいなの」メアリーの声がルシアンの追想をさえぎった。

「なんだと？」

「病気になる前のことを、なにも思い出せないみたい」彼女は手をあげて、驚いた彼の大きな声をさえぎった。「あの、自分が誰かはわかっているわ。でも病気になる直前のつらい出来事は思い出せないのよ」いったん言葉を切り、おずおずとつづける。「実際、あなたのことも忘れているんじゃないかしら、ルシアン。ボニー・チャーリーの扮装をしていたことも」

ルシアンの傷跡が脈打つように見えて、メアリーは彼の顔から視線をそらした。

「つらいことや心が痛む出来事を、すべて記憶から締め出してしまったみたい。いまはなんの悩みもないわ——子どもみたいに天真爛漫よ」

ルシアンは膝に肘を置き、両手で顔を覆って、足元のカーペットの模様を見つめた。「そうか」辛辣に笑う。「サブリナは絶対にわたしと結婚したくなかった。そしていま——少なくとも当分のあいだは——その願いがかなうわけだ。わたしを思い出すまでは」

皮肉な笑みを口元にたたえて、彼は顔をあげた。「いや、覚えているのかもしれない。これもまた、わたしを避けるための芝居ではないのか？　きみたちふたりででっちあげたうそっぱちでは？　サブリナはまだお遊びをしているのか、メアリー？」

「いいえ、本当に覚えていないみたい。わたしはサブリナのことを知っている——どうしてわたし相手に芝居をするの？　あの子がどれほどの重病だったのかは、あなたもわかっているでしょう。あなたに抵抗する力もなかったのよ、ルシアン」メアリーはきっぱりと言った。「本当に忘れてしまったのよ。わたしはそう信じているわ」

それから彼女は居心地悪そうにもぞもぞした。グレーの瞳を曇らせ、神経質に咳ばらいをした。「ほかにも問題があるの。黙っていたのは、正直言ってサブリナが命を取り留めるとは思わなかったし、その場合どうでもいいことだったからよ」ルシアンの目をまともに見つめながら声を落とした。「あなたが付き添っているとき以外、わたしはずっとサブリナを看病したわ。わたしたちは仲のいい姉妹で、同じ家に住んでいるから、その……」メアリーは言葉に詰まり、窓の外に目をやった。深く息を吸って早口で言う。「サブリナは身ごもっていると思うの」

メアリーの顔が痛いほど熱くなる。きっと髪の毛と同じくらい真っ赤になっているだろうと思いながらルシアンの反応を見守り、また咳ばらいをした。「もちろん、病気で月のものが遅れている可能性もあるわ。でもわたしにはそう思えないの。あ、あの子はうわごとでいろんなことを言っていた。それで、身ごもっているのかもと思ったの。あなたの子どもと考えていいかしら？　ほかの人の子だとは思えないし」

公爵の琥珀色の目に怒りの炎が燃えあがるのを見て、メアリーの全身に恐怖が走った。彼は立ちあがり、メアリーのほうに足を踏み出した。メアリーはあわてて一歩さがったものの、視線は彼の顔からそらさなかった。

「わたしのだ」彼は傲慢に言った。「ほかの男の子どもではない」

メアリーはふうっと息を吐いて肩を落とした。「どうしていいのかわからない。あの子があなたを覚えていなくて、身ごもっているとしたら――赤ちゃんのことをどう説明すればいいの？」

ルシアンはさっき座っていた椅子から上着を取りあげ、肩に引っかけた。「きみは説明しなくていい」

「どういうこと？　あの子には知らせなくちゃ」

「もちろんだ。しかし必要な説明はわたしがする。なんといっても、わたしは彼女の婚約者――そして子どもの父親だ。どうすればいいのか、わかっているつもりだ」

この数週間ではじめて足取り軽く、彼は扉に向かった。

「つまり？」メアリーは公爵の表情が気に入らなかった。

振り返ったルシアンの唇には小さな笑みが浮かんでいた。「わたしを覚えていないとしたら、わたしへの憎悪も覚えていないのだろう？　わたしが婚約者として現れれば、サブリナは当然、自分がわたしを愛していると思うはずだ。そうじゃないか？　わたしを憎んでいることも、結婚を拒絶したことも思い出さないだろう」

彼の意図がよくわからず、メアリーはぽかんとしてルシアンを眺めた。

「実のところ、事態は非常にいい方向に進んだわけだ。わたしとサブリナは今週中に結婚する――もう期限が迫っているからね。以前危惧していたように宣戦布告されることはない」

ルシアンは傷をさすりながら考えこんだ。「きみの疑いが真実だとしたら、わたしとサブリナはますます結婚しなくてはいけなくなった。それはわかっているね？」

メアリーはしぶしぶうなずいた。「ええ、もちろん。でもサブリナをだましたくないわ。それは正しくないことだし、結局悲劇に終わるかもしれない。お願い、あの子に時間をあげてくださらない？」

ルシアンは肩をすくめた。「あまり時間がないんだ。体力を少し回復する時間はあるだろう――しかし、記憶が戻るまで待つ気はない」

そう言いきると、彼は部屋を出ていった。メアリーはどうすればいいか決めかね、不安の面持ちで部屋の真ん中に立ちすくんでいた。

ひとりの男がサブリナの部屋に入ってきたのは、病から目覚めた翌日の夕方だった。サブリナがどうしても体を拭きたいと言い張ると、メアリーは彼女の長い髪を石鹸で洗って水差しの湯ですすぎ、タオルで乾かして、頭から腰までやさしくときおろしてくれた。

柔らかなローン地の清潔な純白の寝間着に身を包んだサブリナは、ベッドで体を起こして、いまも忘れていなかったことに驚きながら、子どものころ覚えたバラッドを鼻歌で歌っていた。そのとき見知らぬ男性が部屋に入ってきたのだ。あつかましくもベッドの前に立ち、謎めいた表情でサブリナを見おろした。

頬に傷があることを除けば、とても美しい顔立ちだ。サブリナは慎み深く、上掛けを肩まで引きあげた。男性は背が高く、革のブリーチズはぴったり太腿に張りついている。いくつかボタンを開けた革のベストとひだ飾りのついたシャツの胸元からは、金色の胸毛がのぞいている。髪も同じ濃い金色で、耳の後ろで波打っていた。

「こんな格好で申し訳ない。いままで馬に乗っていたのだが、きみが目覚めて紅茶を飲むところだと聞いたので、ご一緒しようと思ってね」彼はようやく口を開いた。招かれるのを待つことなくベッドの端に腰かけ、ブーツをはいたまま脚を組んだ。「自分用のカップも持ってきた」笑顔で言うと、ベッド脇のトレーに置かれたティーポットから紅茶を注いだ。

「どなたですか？」サブリナはいぶかしげに尋ねた。「どうしてわたしの部屋にいらっしゃるの？」

「喉がからからだ」男はいたずらっぽく言って、湯気の立つ紅茶をごくりと飲んだ。「最初の質問の答えとしては、わたしはルシアンだ」うかがうように目を細め、わざと言い足した。「わたしのことを覚えているると期待していたんだけどね、かわいいサブリナ」

サブリナは突然ずきずきしはじめたこめかみを指で押さえた。「ごめんなさい、病気になって、いくつか忘れてしまったことがあるんです。だけど、あなたを知っていたら思い出したはずです。失礼ですけれど、本当にわたしたちは知り合いなのですか？」

「ああ、本当だよ、サブリナ。わたしはきみの婚約者だ」ルシアンはずばりと言った。

サブリナは息をのんだ。スミレ色の目が大きく開かれる。「まさか！　わたしは婚約なんかしていません。していたら、きっと覚えていますわ。あなたは赤の他人です」首を横に振って否定した。

ルシアンはティーカップを置き、サブリナのこぶしをつかんで自分の手でやさしく包みこんだ。「赤の他人のはずがない。わたしたちは恋人同士で、きみの腹にはわたしの子が宿っているのだから」

サブリナは顔を真っ赤にして手を引き抜こうとした。「違うわ」必死になって言い募る。「そうだ」彼がきっぱりと言い、手を上掛けの下に入れて、自分のものだと主張するようにサブリナの腹部に置いた。サブリナはショックを受けて黙りこんだ。「間もなくふくらんでくるだろう」

「だから結婚を？」彼女は屈辱を感じていた。

「違う。いずれにせよ結婚するつもりだった。このことを知る前から決めていた」ルシアンは彼女の腰を撫で、手を背中に回して抱き寄せた。「わたしを信じてくれ、サブリナ。わたしを愛していなければ、結婚しようと思うか？　わたしに体を許すだろうか？」

サブリナは率直な目で彼と向き合い、相手の考えを読もうとした。どうしてうそをつく必要がある？　彼の子どもを身ごもっているとしたら、結婚しないという選択肢はありうるのか？　自分はこの人を愛しているに違いない――いずれ思い出すだろう。でもそれまでは、この人を信じるしかない。それに、この人がベッドの端に座っている光景には違和感がなく、とても自然に感じられる。

サブリナはやさしくほほ笑み、唇を開けて、彼の首に腕を回す。そして疑いのない目で相手を見つめた。

ルシアンは深く息を吸った。腕の中にいる従順な体の感触に欲望が喚起される。おなじみの反抗心も憎しみも、いまはない。怒った野生の猫は喉を鳴らす子猫に変わっていた。

頭をおろし、最初はやさしくキスをした。サブリナが反応するにつれて彼女の唇を開けさせ、体をぴたりと接して情熱をこめてキスを深めていった。

サブリナは唇を引きはがしてルシアンの目を見つめた。ピンク色を帯びた柔らかな唇に笑みを浮かべる。「あなたの言うことは本当だと思うわ。だって、心のどこかで、こんなキスを覚えているもの」

陽気に踊り、飲み、
笑い、騒ぎ、なにも考えない時間。
——イングランドの詩人ジョン・ドライデン

12

「ねえ、ルシアン、見て」サブリナがルシアンに駆け寄ってきた。小枝や木の葉でできた巣を両手で包みこむように持っている。巣の中にはチフチャフの小さな卵が三個入っていた。表面はなめらかで、日の光を浴びてあたたかそうだ。「あそこから落ちたの」彼女は少し離れたところにある木を指さした。

ルシアンに懇願のまなざしを向ける。帽子のシルクのつばが垂れ、彼女の目には影が落ちていた。ほほ笑むと頬にえくぼが出て、ルシアンは思わず柔らかい唇に口づけた。

「で、これをわたしにどうしてほしいんだ?」サブリナが信頼をこめて巣を彼の手に置くと、ルシアンは物憂げに尋ねた。

「戻してきて」

「あの木に登らせたいのか?」彼は笑った。「木登りは半ズボンをはいているときに卒業したよ」

「きっとあなたはかわいらしい男の子だったんでしょうね。でも、思いどおりにならないときは駄々をこねたんじゃないかしら」サブリナはからかいながら、彼を木の下まで連れていった。

「そしてきみは、いまだにおてんばだ」ルシアンは明るく言いながら上着とベストを脱ぎ、シャツの袖を肘までまくりあげた。黙って木を見つめたあと、いったん手近な枝の上に巣を置き、距離を測ってぐいっと体を持ちあげた。サブリナの頭上まで登ったところで下を見て、やれやれと言わんばかりにほほ笑んだ。

「木登りか。次はなにをやらされるのかな。池のスイレンの葉からカエルを救出したり、猫の足元のネズミを助けたりするのか？」

ルシアンは東の間、ぼんやりとサブリナを見おろした——自分の妻を。先週、ノルマン朝時代に建てられた小さな教会で、家族だけが見守る中で結婚式を挙げたのだ。サブリナはまだ病気から完全に回復しておらず、疲れやすかったので、式は短時間で簡単にすませた。サブリナが新しい環境に順応するのは大変だろう。それより自分の家で家族に囲まれて体力の回復を図るほうがいい。そういう配慮から、しばらくヴェリック・ハウスで過ごすことにしていた。家族以外で結婚式に参列したのはひとりだけ。祖母の事務弁護士だ。彼は式が執り行われたことを確認して、キャマリーの権利書をルシアンに渡した。ついにルシアンは無事領地を相続できたのだ。いずれサブリナを連れていくつもりでいる。そこが彼女の家となるのだから。

ふとパーシーとケイトのことが頭に浮かび、彼は顔を曇らせた。あのふたりはさぞルシアンを憎んでいるだろう。サブリナをキャマリーに落ち着かせ次第、彼らと対決しなければ。それからルシアンの視線は、自分に向けられたハート形の顔のあたりをさまよった。あの女は自分のものだ。黒い巻き毛は優美に顔を縁取っている。頬はバラ色で、この二週間ほどのあいだにふっくらとしてきた。彼を見つめる瞳はきらきらしていて、愛に満ちている。紫色のスミレ模様の刺繍が入った白いドレスを着たサブリナは、まるで花そのものに見える。ボディスには石壁の隙間からルシアンが摘んだシナモンバラがたくしこまれている。彼女の肌は、そのバラの小さなピンクのつぼみと同じくらい柔らかい。

この数日のこと、ふたりのあいだに芽生えた新たな愛のことを思ったとき、ざらざらした樹皮をつかむ手に力がこもった。ルシアンは自分自身の新たな面を見いだしていた。眼下にいる美しい娘を深く愛している、穏やかで心やさしい面だ。そして彼女については？　彼は真のサブリナを知った。よく笑い、ルシアンをからかうサブリナ。彼とたわむれ、もっとキスしてとねだるサブリナ。彼女はルシアンを愛するようになっていた。しかし、記憶が戻ったらどうなる？　欺かれたとわかったら、新たに知った愛を忘れて彼に反抗するのか？　ルシアンが私利私欲のために結婚したことは否定できない。だが、予想外のことが起こった……サブリナへの愛に目覚めたのだ。どうしたら、それを彼女にわかってもらえるだろう？

ルシアンは落ちた巣を取りあげてもっと上まで登り、無事太い枝のあいだに戻した。

「気をつけて、ルシアン」サブリナは手をかざして日光をさえぎりながら、揺れる枝を慎重に伝って戻ってくるルシアンを、はらはらして見守った。もう少しで幹に届くというところで、乗っていた枝がボキッと折れ、足が滑った。彼はとっさに近くの枝をつかんだ。

どうすることもできず、サブリナは悲鳴をあげた。ルシアンはいったん枝からぶらさがったが、やがて手が離れ、足元の枝のあいだを突き抜けて地面に落ちた。背の高い草むらでじっと横たわるルシアンのもとにサブリナが駆け寄る。

彼の横にひざまずいて、震える手であおむけにした。すると腕が回され、ぐいっと引き寄せられた。心配して眉根を寄せたサブリナの顔を、ルシアンはにやりと見あげた。白い歯が陽光を反射して輝く。

サブリナは憤慨して息を吐き、彼の胸を押して逃れようとした。ところがルシアンは解放してくれない。だまされたことに腹を立てながらも、彼女は顔をおろしてなめらかな頬を彼の頬にくっつけた。ふざけて耳たぶを噛み、ルシアンが驚いて声をあげると満足げに笑った。

「雌ギツネめ」ルシアンはささやき、彼女と唇を合わせた。そっと体を回転させて自分が上になり、かぐわしい草の中にサブリナを横たわらせる。唇でバラのつぼみに触れ、茎に沿ってあたたかな肌をたどり、なめらかな丸い乳房を味わった。

彼の重みを感じて、サブリナは満ち足りた吐息をついた。彼の首や顔を撫でながら、愛のこもった視線を受け止める。

「わたし、ずっと気分がよくなったわ。もうあの大きなベッドでひとり寝をしなくてもいいんじゃないかしら」彼女は照れくさそうに言った。

ルシアンはサブリナをきつく抱きしめ、長く激しいキスをした。やがてサブリナは息苦しくなって顔を引いた。「もしかして、きみもわたしと同じくらい、ひとり寝をつまらないと思っているのかな?」

サブリナは顔を赤らめて彼を喜ばせた。スミレ色の目をいたずらっぽくきらめかせて、さりげなく言う。「記憶がないから、どうしていいのかわからないの。あなたとベッドをともにしたのはずいぶん前だから、忘れちゃったみたい」

ルシアンは低く笑った。期待で瞳の色が濃くなる。「すぐに心ゆくまで思い出せるさ。たとえ記憶を失っていても、わたしのことははっきりと思い出させてみせる」

「そうね、記憶なんていらないわ」サブリナは得意げに言った。「あなたのことを思い出させるものが、ここにあるんだもの」

ルシアンは笑顔でサブリナの腹にしっかりと手をあてた。「娘かな、それとも息子かな」

サブリナは挑発するように彼を見た。「わたしが産むのは息子しか許さないつもりでしょう。評判の悪い父親に似た尊大な息子」

ルシアンは胸を震わせて笑い、ふざけた顔で見返した。「わたしが尊大だって? きみほど尊大に腰を振って歩く女は見たことがない。気をつけないと、赤ん坊が腹の中で酔ってしまうぞ」

サブリナは楽しそうにクスクス笑った。ルシアンの首に抱きついて、彼が驚くほどの情熱をこめてキスを貪った。

その後、ふたりはゆっくりと家まで戻っていった。手をつなぎ指を絡めて、庭を通り抜け、玄関広間に入っていく。執事のシムズはふたりを見て笑顔になった。若い女主人が明らかに幸せそうだったので、公爵の以前の無礼なふるまいは大目に見ることにしていた。

「応接室に紅茶をお出ししております。お客様がいらっしゃっています」

ルシアンはうなずき、サブリナを連れて部屋に入った。メアリーがマルトン卿夫妻とニューリー卿に紅茶を注いでいる。

「お茶はいかが？」ルシアンを見るなり、メアリーは安堵の表情になった。

「いただくわ」サブリナは即答した。「喉がからから」長椅子のメアリーの横に座り、帽子を脱いで髪を振る。自分が注目の的になっていることには気づきもせず、クリームたっぷりのケーキを選んだ。

「レディ・マルトンが、信じられないようなお話をしておられたところなのよ、ルシアン」メアリーはカップを渡しながら言った。

「ほう、そうか」ルシアンは退屈そうに答えた。視線は、口の端についたクリームをなめ取るサブリナに据えられている。

「そうなの、とってもおかしな話なのよ」メアリーは早口でつづけた。「だって、あなたがあの悪名高いボニー・チャーリーを抱いていたのを見たとおっしゃっているの」

ルシアンは驚きを巧みに隠して笑い飛ばした。「わたしがボニー・チャーリーを抱いていた？」あきれたように繰り返す。「わたしは昔から、恋人にするならスカートをはいた人間

むっとした。

「あの、公爵閣下、妻はそういう意味で言ったわけではないと思うのですが」マルトン卿は手で口を隠して笑った。

レディ・マルトンは紅茶にむせて真っ赤になった。一方ニューリー卿は面白がり、手で口

のほうが好みだったんだが」

「まあ、わたしも妻に、おまえは太陽の下に長くいすぎたんじゃないかと言ったんですがね」

濃厚なクリームをほおばって付け加える。「恥をかくだけだぞ、と言いましたよ」

「自分がなにを見たのかくらい、ちゃんとわかっていますわ。それに、あのときは帽子をかぶっていましたもの」レディ・マルトンは頑固に言い張った。

「いったいなんのことをおっしゃっているのか、さっぱりわかりませんね。それに、なぜわたしの行動をそんなに気になさるのかも。しかし、もしかすると義理の弟のフェイヴァー卿を、その悪名高い強盗と見間違われたのかもしれません。足をくじいたときに抱いていったことがありますから。しかし、あの子がボニー・チャーリーだとは信じられませんね、レディ・マルトン」ルシアンはなめらかに答えた。

「でも鷲の羽根が見えましたし、閣下が馬車に乗りこまれるときプレードがちらっと見えたんですのよ」レディ・マルトンは自分が間違っていたと認めようとはしなかった。

「プレード?」サブリナは無邪気に紅茶を飲みながら不思議そうに訊き返した。「お祖父様の――」軽く言いかけたが、ルシアンにさえぎられた。

「きみ、少し休んだほうがいいんじゃないか？　今日はかなり疲れただろう」ルシアンはそう言ってサブリナの発言を制した。「妻の体調はまだ万全ではありませんから」サブリナに注目している客たちに説明する。

「ええ、実はすごく頭痛がしますの。きっと日にあたりすぎたんですわ。すみませんが失礼します」サブリナは突然ひどい倦怠感を覚えたように、詫びながら立ちあがった。

「もちろんですとも。お疲れが出てはいけません」マルトン卿は若く美しい花嫁に理解を示した。ニューリーのほうはあからさまな欲望を目に浮かべ、黙って見つめている。

ルシアンは部屋を出ていくサブリナを心配そうに見送った。さっさとマルトン夫妻とニューリーが帰ってくれたらいいのに、とじりじりしていた。そうしたらサブリナのところへ行けるのに。彼は紅茶のおかわりを受け取り、とりとめのないおしゃべりに付き合った。彼自身はほとんど会話に参加せず、やがて気まずい沈黙が広がって、客は去っていった。

メアリーはほっとして目を閉じた。「どきどきしたわ」

歩き回っていたルシアンは、足を止めて振り返った。「サブリナを連れて教会を出るところをあの女に見られていたとは、まったく気づかなかった。あまりにもばかばかしい話だということで退けられはしたが。しかし、サブリナがきみたちのお祖父さんのことを言い出したときは、素性がばれるのではと思ってはらはらしたぞ。ボニー・チャーリーという名前を聞いて彼女がどんな反応を示すのかわからなかったが、さっきはぴくりともしなかったな。過去に関することをほのめかしたくなかったから、わたしはいままでなにも言ってこなかったんだ。これでサブリナが動揺しないことを願うばかりだ。ボニー・チャーリーの話を聞いたことがきっかけで、記憶が戻るかもしれない」

「あなたは薄氷を踏んでいるのよ、ルシアン。いずれ大怪我をするわ」

ルシアンは驚いて彼女を見つめた。「なにかを予知したのか？」

「いいえ。だけど、あなたの思いどおりに物事が進んでいないのは明らかよ。そうじゃない、ルシアン？　あなたたちは互いに愛し合うようになった。でも、その愛は不安定な土台の上に築かれたものよ。サブリナが思い出したらどうなるかしら？」メアリーは哀れむようにルシアンを見つめた。

「かまわない。それでもわたしの妻なのだし、彼女にはどうすることもできない。もし記憶が戻ったら、わたしたちが愛し合っていたことも思い出すだろう」ルシアンは強情を張った。「彼女は妻として、我々の子どもの母として、わたしと結びついている。それは切っても切れない強い絆だ」

「でも最初のうち、あの子は怒り狂うわ。裏切られたと思うでしょう。あとになってあなたへの愛を認める可能性はあるけれど、そのときにはもう手遅れかもしれない」

ルシアンはメアリーの分別ある顔を無言で見つめ、傲慢に顎をあげた。「わたしはサブリナを失うつもりはない。彼女はわたしのものだ――ほかの誰にも渡すものか」

「うまくいくことを祈っているわ。あの子にはあなたが必要なのよ、ルシアン。それにしても、あの子は奇妙な状況に陥ったものね。サブリナはすごく頑固で激しやすい子よ。うそをつかれたこと、あなたにだまされたことを知ったらどうするかしら。それならいっそ、永久に忘れたままでいてほしい。そのほうがずっといいわ」

ルシアンが部屋に行ったとき、サブリナはベッドに横たわっていた。こめかみに手を置いて休んでいる。彼が入ってくる気配を感じると目を開けてほほ笑み、両手を差し出した。ルシアンは笑顔で応えて、横に座って彼女を抱きしめた。サブリナは彼に寄りかかって喉に頬をこすりつけた。

「ルシアン」おずおずと言う。「なんだか、いつもぼうっと夢を見ているみたいな感じなの」

「恋人というのは、常に雲の中をふわふわ漂っているものだよ」ルシアンはなめらかに応じた。

「でも、それとは違うの」サブリナは顔をあげて彼を見た。「なにか覚えているはずだという気がするの。大事なことが、心の奥底に引っかかっているみたい。絶対に、なにかがあるのよ。ねえ、どうして思い出せないの、ルシアン？」

「思い出さなくてもいい。きみが知る必要のあることは、すべてわたしが教えてやる。大事なのは過去でなく将来だ」ルシアンがぶっきらぼうに言う。

「でも、ときどき頭の中が真っ白になるの。わたしもマーガレットおば様みたいになってしまうのかしら？」彼女はルシアンの腕をぎゅっと握りながら不安を口にした。

ルシアンは諭すようにそっとサブリナの体を揺らした。「もちろん、そんなことはない。きみは病気だった。それで、ささいなことをいくつか忘れてしまっただけだ」

「あなたのことも？　それはささいとは呼べないでしょう」サブリナが皮肉っぽく反論する。

「そんなことはどうでもいい。わたしはいまここにいて、きみに新たな思い出をつくっているのだから。記憶はいずれ戻るだろう。しかしそのときには、すでに子どもたちのいる家庭ができている。きみの頭は新しい生活のことでいっぱいになっていて、過去などどうでもよくなっているはずだ。わたしを信じてくれ、サブリナ」

「でも、なにかが引っかかっているのよ、ルシアン。思い出したい。なのに、思い出そうとすると頭が痛くなる」

「思い出すなと言っただろう」ルシアンは怒りに駆られ、いまはじめて声を荒らげた。「命令だ。きみはわたしたちの結婚のことを考えていろ。考えるのはそれだけでいい」

「ルシアン」サブリナは非難の口ぶりになった。「いままで、そんな話し方はしなかったのに」

「きみがそんなにしつこく反抗しなかったからだ」ルシアンの口調が横暴になる。「わたしの言うことを聞き、言うとおりにするんだ。いいだろう？」ドレスのレースの下に手を滑らせ、なめらかな肩を撫でて説得を試みる。こめかみにキスをして、頬を柔らかな巻き毛にこすりつけた。

　サブリナは彼の腰にぎゅっと抱きついた。「信じているわ、ルシアン。お願いだから怒らないで。耐えられない。愛しているんですもの。わたしを捨てないで」叫びながら、必死で彼の熱い体にしがみつく。「約束してくれる、ルシアン？」

ルシアンもきつく抱きしめた。「きみは永遠にわたしから離れられないんだ、愛するサブリナ。きみはいずれ、この傷のある顔を見飽きるかもしれない。それでも、わたしは絶対にきみを捨てたりしない」かぐわしい髪に向かってやさしく誓いの言葉を語りかける。

サブリナは彼の腕から逃れ、膝立ちになって彼と向き合った。目をきらめかせ、身を乗り出して、なめらかな頬を彼の傷のある頬にこすりつける。唇でぎざぎざの傷跡をなぞっていき、口に達すると軽くキスをした。

ルシアンは細い腰に腕を回して、彼女の上体を胸に引き寄せた。欲望の炎が彼の中でめらめら燃えあがる。サブリナは彼にしなだれかかった。かぐわしく柔らかな体を感じて、ルシアンの頭はぼうっとなった。濃い紫色の瞳の奥を永遠に見つめていたい。サブリナも同じほどの欲望をこめて見つめ返してきた。

わずかに唇が開く。ルシアンは誘いに応じて唇を重ねた。サブリナの開いた唇が、情熱をこめてなまめかしく動いて彼を魅了する。ふたりは長く深くキスをした。ルシアンは、サブリナを自分のものにしたいという狂おしいまでの欲望に駆られて抱き寄せた。彼女を失うことを思うと胸が苦しくなる。ふたりの幸せを危険にさらすものすべてに恐怖を覚えていた。

サブリナが疼く唇を引きはがす。胸を大きく上下させて深く呼吸した。「子どもを授けてくれてありがとう、ルシアン」彼への愛を顔一杯で表して、そっとささやきかけてきた。

ルシアンは大きくため息をついた。「たとえまだ身ごもっていなかったとしても、すぐに身ごもらせてやっただろうね、いとしいサブリナ」彼の声はかすれている。サブリナの甘い言葉に心を動かされていた。「しかし、いまは休んでおくんだ」いやいやながら言ったものの、誘惑に抵抗できず最後にもう一度キスをし、それからベッドを離れた。

サブリナは枕にもたれた。彼をひとり占めしたいという気持ちをこめて上を見る。「ここにいてくれないの、あなた?」挑発するように伸びをすると、シルクのストッキングに包まれたふくらはぎの上までドレスがずりあがった。

「すぐに、そんな切ない顔をしなくてよくなるよ、すてきなかわいいサブリナ」ルシアンは扉の手前まで言って振り返り、美しい肢体に目をやった。「きみは妖婦だ。だが、誘惑する相手はわたしだけだということを忘れるな。わたしはいまでも十分嫉妬深くなっている。きみがほかの男に目を向けでもしたら、わたしは怒りの炎に包まれるだろう」

サブリナは魅惑的な笑顔を見せた。自分の体を抱くように両腕を回すと、ボディスのレースから胸のふくらみがこぼれた。「あなただけよ、ルシアン」はっきりと言ったあと、眠たそうに目を閉じた。

ルシアンは満足げに笑って出ていった。彼女を操れる自信はあった。サブリナの記憶は戻らない。なぜなら彼女自身が思い出すことを望んでいないからだ。いま彼女はルシアンを愛しているが、過去を思い出したらその気持ちがどう変わるかわからない。とはいえ、たとえ最終的に記憶が戻ったとしても、サブリナを取り巻く状況に変化はない。彼女はすでにルシアンと結婚しており、逃げることはできないのだ。そして逃げたいとも思わないはずだ、と彼は傲慢に考え、彼女を失うかもしれないという思いを頭から追い払った。

「やあ、ルシアン！」開いた扉の前を通り過ぎたルシアンに、リチャードが呼びかけた。ルシアンは立ち止まってリチャードの部屋に入っていった。本が山と積まれている。それに加えて、いまでは乗馬用ブーツが置かれ、光沢ある新しい銃が炉棚の上の壁にかけられ、釣り竿が部屋の隅に立てかけられている。

「ぼくの新しい銃の試し撃ちにいくんだよね？」リチャードがわくわくしたように尋ねた。ルシアンはベッドに置かれた平らな箱に目を向けた。ふたが開き、見事に仕上げられた二挺の拳銃が見えている。

「もちろんだ、リチャード。撃てるようになりたいなら、正しい使い方を覚えたほうがいい。わたしは不注意な人間には我慢ならないし、どんな武器でもぞんざいに扱うことは許さない」

「十分注意するよ。撃ち方を教えてくれるんだね？」少年は希望をこめた瞳でルシアンの長身を見た。憧れとともに、銃を手にしたルシアンを眺めている。

「明日だ」ルシアンが笑顔で言うと、リチャードは喜びの声をあげた。

ルシアンが背を向けて部屋を出ようとしたとき、袖が引っ張られた。見おろすと、少し汚れた小さな手が上着の上等な生地をつかんでいる。彼は少年の真剣な顔を見つめた。眼鏡の向こうの目は青みがかったグレーだった。

「ルシアン」リチャードはおずおずと言い、顔をほてらせて言葉を探した。「もうすぐ、リナを連れて出ていっちゃうの？」

ルシアンがうなずく。「もうすぐだ。サブリナの体力がある程度戻ったら。わたしたちがずっとここに住むわけではないのは知っていただろう？」

「うん」リチャードはささやき声で答えた。

ルシアンは少年の丸い顎に指をかけて顔をあげさせた。「なにを悩んでいるんだ？」

「大佐ももうちょっとしたらメアリーを連れてっちゃうんだよね。ふたりが手をつないで、おかしな顔で見つめ合っていたのを見たことがあるんだ」

リチャードの言葉にルシアンは笑みを漏らした。「それで？」と先をうながす。

「それで、あの、ぼくは大佐が好きだよ。でもルシアンのほうがもっと好きだ」リチャードは率直な目でルシアンの顔を見つめ、ためらいがちにつづけた。「ぼくだけここに残されるのはいやなんだ。一緒にルシアンの家に行っちゃだめ？　一生懸命勉強するし、絶対にルシアンの邪魔をしない。それに、ちょっとしか食べない。お願い、ルシアン。リナと離れたくない。そんなの、さびしすぎるよ」彼は喉を詰まらせ、恥ずかしそうに横を向いた。「頼むだけ頼んでみようと思ったんだ。でも、だめだったらかまわない。二度と変なこと言って迷惑かけないから」

ルシアンは同情をこめて、うなだれた赤毛の頭を見おろした。「まさか、リナがきみを放って出ていくと思っていたんじゃないだろうね？　もう、きみのために選んだ馬をキャマリーに置いているんだ。だからぜひとも来てくれなくては。来ないのは許さないぞ」

リチャードは目を輝かせて顔をあげた。「ぼくの馬？」

「きみの馬だ。もちろん、きみが名前をつけなくてはならない。そして、ちゃんと自分で世話をするんだ」

「うん、もちろんするよ」リチャードは畏怖に打たれたようにため息をついた。「気が変わったりしないよね？　もしもぼくが悪い子で、勉強してなくても？　ミスター・ティーズデイルは、ぼくが怠け――あの、ちょっとやる気がないから、ルシアンに報告するっておっしゃってたんだけど」

ルシアンは笑った。「きみに秘密を教えてやろう。ふたりだけの内緒の話だ」彼は意味ありげに声を落とした。

「誰にも言わないって約束する」リチャードはおごそかな顔で、口外しないことを誓った。

「実は、わたしは何度か勉強をさぼったことがある。あたたかな午後に湖で大きなマスが跳ねていたら、誘惑に勝てないだろう？　しかし、あまりしょっちゅうさぼるんじゃないぞ」彼は釘を刺した。

「わかった。うんと頑張って勉強する」リチャードは大きな笑顔で約束した。

ルシアンは愛情をこめて少年の小さな肩をぽんとたたいた。「いい子だ。明日には拳銃の扱い方を教えてやるから、忘れないように」

リチャードは衝動的にルシアンの腰に抱きつくと、ほてった顔をベストに押しつけた。

「ありがとう、ルシアン」もごもご言うと気まずそうに離れていき、拳銃を手に取った。ルシアンは束の間少年を見つめたあと、部屋を出た。なぜあの子を喜ばせたら、自分もこんなにうれしくなるのだろう。気の毒なリチャード。少年はまさにこれを求めていたのだ――面倒を見てくれ、幼い少年が楽しむべきことを教えてくれる男性を。ルシアンは自らの息子を放置したりせず、ちゃんと導いてやるつもりだ。息子――そう、いい響きだ。サブリナが宿しているのが息子であってほしい。サブリナ自身も子どものように幼いが、それでも彼の子ども――世継ぎ――を産んでくれるのだ。どんな子どもだろう。母親の美しさと気概を思って、彼は誇らしげに考えた。

サブリナの目覚めはさわやかだった。頭痛を引き起こしていた疑念はすっかり消えている。ベッドから出て格子窓を大きく開き、日に照らされた庭の香りを深く吸いこんだ。満足のため息をつくと、軽やかな足取りで部屋の中を歩き回って、鏡の前で立ち止まる。鏡に映った自分の姿を見ると、血色はよく、目は明るく輝いていた。以前ほど痩せ細ってはいない。もうすぐルシアンの故郷であるキャマリーへ行って、そこで彼とともに暮らすのだ。ヴェリック・ハウスが恋しくなるだろう。でもメアリーも間もなく大佐と結婚する。将来的には、当然ここはリチャードの家となるけれど、それまでは弟ともキャマリーで一緒に暮らしたい。これについてはルシアンと話をしなくては。それにもちろん、大好きなマーガレットおば、ホブス、スパニエルたちについても考える必要がある。でも、おばはヴェリック・ハウスを離れたがらないだろう。子どものころもここに住んでいたのだから。まあ、ルシアンに任せておこう。彼がすべてうまく処理してくれる。

巻き毛を撫でつけ、色とりどりのシルクで刺繍したクリーム色のきれいなエプロンを腰に巻いて、階下に向かう。

フレッチャー大佐が炉棚のそばに立ち、ブランデーを飲みながらルシアンと話をしていた。サブリナが入っていくと、彼らはぴたりと黙りこんで振り返り、男同士で視線をかわした。サブリナはルシアンに腕を絡めてふたりにほほ笑みかけた。

「お邪魔だった？」

「そんなことはないよ、サブリナ」大佐はすかさず答えた。彼女の笑顔と、彼女を自分のものだと穏やかに主張するような公爵の表情を見て、心からの笑みを浮かべる。彼は、このふたりにとってすべてがうまくいくことを願っていた――幸運に恵まれたなら、サブリナは自分の違法行為だけを永遠に忘れていられるかもしれない。大佐は戦いのストレスで精神的に崩壊する兵士たちを数多く見てきたが、そのうち何人かは完全に記憶を失っていたのだ。

公爵に愛されて、サブリナは幸せ者だ。公爵はまさにこの少女にとって理想的な男性だ。そう、大佐の目に映るサブリナは、いつまでたっても幼い少女だった。スコットランドで、美しい目に恐怖と憎悪を浮かべて小屋から逃げていく少女。いま、その目に浮かんでいる感情は愛だけだ。

メアリーが入ってくるのを見たとき、大佐の目も和らいだ。穏やかな顔、やさしいグレーの瞳が大佐の笑みに応える。その視線をとらえたサブリナは、からかうように目を細めてルシアンに言った。「昔から、恋人たちの季節は春だと思っていたんだけど」

　フレッチャー大佐は不意を突かれて顔を赤らめたが、そのあとにやりと笑って、頬を染めるメアリーの顔に見入った。

「サブリナ」メアリーは一応抗議するように言ったものの、不愉快に感じているわけではなさそうだった。

「わたしたちというすばらしい手本を見て、彼らもまねをせずにはいられないのさ」ルシアンがふざけて言うと、フレッチャー大佐は声をあげて笑った。

「油断するなよ、ルシアン、わたしたちもすぐに追いつくからな」大佐がなめらかに言う。

「それで、いつになるの？」サブリナが訊いた。

「来月にしようかと思っている、メアリーさえよければ」フレッチャー大佐は期待の表情になった。

　メアリーは恥ずかしそうに笑った。「サブリナがここを離れたら、わたしたちが結婚していけない理由はなくなるわわね。ここにいて看病するつもりだったけど、サブリナがすっかりよくなったら――」

「よくなったわ。わたしたちがここにいるあいだに式を挙げるべきよ。そうしたら準備を手伝ってあげられるもの。そう思わない、ルシアン？」

「もちろんだ。そのほうがこちらも、式のためにまたわざわざ出てこなくてよくなる。わたしだったらすぐに結婚するね」

「そうね、考えておくわ」メアリーはためらいがちに答えた。フレッチャー大佐がいぶかしげな顔を向けたが、彼女はなにも言わなかった。

翌日は激しい雨が降り、一同は家から出られなかった。遠くで響く雷鳴が陶器をカタカタ揺らし、稲光が窓を照らす。

マーガレットおばは刺繍に励んでいた。メアリーとサブリナは並んで座って顔を寄せ合い、いくつかのリストを眺めている。ルシアンは熱心に聞き入るリチャードに拳銃の正しい取り扱い方法を教えていたが、サブリナは言葉の端々をとらえては顔をあげた。

「応接室で拳銃の使い方を教えるのはやめたほうがいいわ」サブリナは立ちあがって凝った肩をほぐし、ルシアンのそばに行った。

「でも、リナ」リチャードは授業が中断することを恐れて心配そうに言った。「ルシアンは約束してくれたんだ」

ルシアンがうなずく。「約束を破ってはいけないだろう?」リチャードに向かってウィンクをした。リチャードは一挺の拳銃を取りあげ、遠くの的を狙うふりをした。

「違うわ、リチャード」サブリナは唐突に言って、もう一挺の拳銃をさっと取り、揺るがぬ手つきで構えた。「握りの部分をしっかり持つの。でも、きつく握りすぎないでね。それから軽く引き金に指をかける。あわてないでね。銃身を支えて――」彼女は当然のように話しはじめたが、自分がなにを言ったかに気づいてはっと口をつぐんだ。顔が青ざめ、ついさっきまで自信たっぷりに銃を持っていた手が震え出した。

リチャードがぽかんとする。メアリーは恐怖に目を見開いた。ルシアンはサブリナの手から銃をもぎ取った。

「なぜなの、ルシアン？　どうしてわたしは銃の扱い方を知っていたの？　いったいどういうわけで、あんなに簡単に銃を握れたの？　銃を持った覚えなんてなかったのに」彼女はうろたえてルシアンを見つめた。

彼は慰めるようにサブリナの肩に腕を回した。「不思議に思うことはない。きっと子どものころに、お祖父さんから教わったんだろう。動転しなくてもいい」上を向いたサブリナの顔を見おろす。「さあ、笑ってくれ。こんな日に暗い顔は見たくない。暗いのは外だけで十分だ」

サブリナはルシアンのあたたかな目に負けてほほ笑んだ。けれどもその夜遅く、眠れずにベッドに横たわっているとき、ふたたび疑念が戻ってきた。

「サブリナ？」部屋の入り口から小さな声がする。

サブリナは体を起こし、闇の中を見つめた。「ルシアンなの？」

「ほかに誰がいる？」ルシアンはベッドに近づいてきた。「さびしがっているんじゃないかと思って」

「もうさびしくないわ、ルシアン」サブリナはそっと答えた。彼の体重でベッドがへこむのを感じて、心臓が早鐘を打ちはじめる。ルシアンは上掛けをはがして下に潜りこみ、サブリナのとなりに横たわって抱きしめた。サブリナは彼の首に顔をうずめて熱い体にすり寄った。

「眠れなかったわ。なにもかもが不安で、あなたにいてほしかったの、ルシアン」彼の喉に向かってささやく。

「もっと前にきみとベッドをともにすべきだった」ルシアンはサブリナの耳を軽く噛んだ。「今日の午後のことで、きみを無駄に悩ませたくない。そろそろ、ほかに考えるべきことを与えたほうがいいと思ってね」

彼はサブリナをきつく胸に抱き寄せて唇をとらえる。彼女も熱心に応えた。手を彼の胸から首の後ろまで滑らせて豊かに波打つ金髪に差しこみ、器用に体を探る手に反応した。

「すべてを忘れさせて、ルシアン、あなた以外のことすべてを」サブリナは大胆に身をくねらせた。「ルシアン、わたしを愛して」

「いとしいサブリナ」ルシアンは彼女の唇から自らの名前を吸い取り、愛の営み以外のあらゆることを彼女に忘れさせた。

大変な災厄が起こった。

——ミゲル・デ・セルバンテス

13

「まだ追加のラム酒は届かないのか？」ナイフやスプーンを磨いていたジョンに、ウィルは尋ねた。

「今日の午後届いたぜ」ジョンは顔もあげずに答えた。「なあ、チャーリーと馬を走らせてたころは楽しかったな」

「ああ、堅気の生活はちっともわくわくしねえ」ウィルは一本のスプーンを取りあげて息を吹きかけ、上着の裾できれいにこすった。

「チャーリーはどうしてるだろう。かなり具合が悪かったみたいだけど」

「かわいそうにな。公爵が言ったみたいに、ほんとに全部忘れちまったんだと思うか？」ウィルは疑わしそうだった。

「ああ、忘れてなかったら、おれたちに会いにきてるはずだ。さびしいよな。おふくろもさびしがってるぜ」

「この前公爵に会って、チャーリーを湿地なんかで寝泊まりさせた罰で縛り首にするぞって脅されただろう。あんとき、おれはあいつを見直した。そんなに悪い人間じゃねえぜ。チャーリーのことが本当に好きなんだと思う」

「そうか？」

「ああ、それに、チャーリーはあいつに惚れてるみたいだ」ウィルはしみじみと言い、クスリと笑った。「そうでなきゃ困る。あいつに言われて、おれたちは略奪したものを全部返したんだぜ。チャーリーが知ったら猛烈に怒るだろうな」

「あいつは戦える男だ」ジョンは尊敬の念をこめて言った。

「あいつがいまおれたちと同じ側にいてくれてよかったよ」ウィルはほっとしていた。「それに、恨みを根に持つ人間じゃなくて」

「大佐はどうなんだ？　レディ・メアリーにすごくやさしくしてるよな」ジョンはうらやましそうだった。「おれたちのことを知ってると思うか？　それにチャーリーのことは？」

ウィルは肩をすくめた。「知ってるとしたら、警備隊を連れておれたちを逮捕しにきてるはずだ。いや、たとえ知ってても、妹を縛り首にしてレディ・メアリーを失うような危険を冒すかな？　しかもチャーリーはいまじゃ公爵夫人だ。おれだったら、奥さんを縛り首にするつもりだって公爵に言いたくはないな」ウィルは顎を撫でて考えこんだ。「うん、おれたちは安全だぜ、ジョン。それに、縛り首になるくらいなら、退屈してるほうがましだと思う」

ジョンはうなずき、かばうように大きな手を太い首にあてた。個室の中でもいちばん広い最高級の部屋を見回す。オークの羽目板の壁とオークの梁、暖炉、その向こうに見える色彩豊かな景色。とても快適な部屋だ。宿屋でただひとつのステンドグラスは、ロンドンから特別に取り寄せたものだ。そこから差しこむ陽光が、虹のようにさまざまな色を浮きあがらせているところは、格別にすばらしかった。

ウィルは仕事をつづけるジョンを残して玄関広間に出た。馬車の乗りつける音を聞いて扉を開き、大きな顔に歓迎の笑みを張りつけて客を待った。男と女が馬車からおりてくる。

「ようこそいらっしゃいました。主人のウィル・テイラーと申します。〈フェア・メイドン〉亭にご滞在中、接待役を務めさせていただきます。お部屋と軽食をご用意いたしましょうか？」彼は紳士に尋ねた。

パーシー・ラスボーンは大男にちらりと目をくれ、ケイトを連れて入っていった。

「部屋をふたつと、いちばんいい個室の食事室を。すぐに案内しろ。それから、薄めていないワインを持ってこい」傲然と接待役のウィルに命令する。

ウィルは怒りで顔を真っ赤にしながらも、しっかりした声で答えた。「うちではワインを水で薄めたりしません。正直でいい宿屋だって評判をいただいてます。ふんわりしたベッド、うまい食事、適正な値段」

痛烈に言い返そうとしたパーシーを、不機嫌な女の声がさえぎった。「ねえ、早く行きましょうよ、パーシー。あなたがこの田舎者と話しているのを聞いていたら疲れちゃったわ」

ウィルは黙って客を部屋まで案内した。階下におりて厨房でジョンを見つけると、二階にいる派手な貴族について愚痴を言った。「倍の値段をふっかけて、牛肉にはたっぷりのコショウを振りかけてやろうぜ。頭からかつらがずり落ちるくらい、くしゃみを連発させてやる」

ジョンはにやりと笑い、分厚く切った牛肉の味見をしながらうなずいた。「ここにかけてやろう」狡猾な笑みを浮かべ、肉にどっさりとコショウを振る。給仕女を見て、肉を指さして命令した。「この肉はいま来た客に出すんだ。間違うなよ、ミッジ」

「あいよ、ジョン」ミッジは楽しそうに笑った。さっきすでに、二階にいる派手な女と遭遇していたのだ。「うちの食事をひと口食べたら、とっとと逃げてくよ」大きな目でウィンクをし、トレーを運んでいった。

ウィルが玄関広間に戻ると、三人の男が入ってきた。彼はすかさず客を値踏みした。薄汚れた格好でうろうろされたら迷惑だ。「なにかご用ですかい？」彼はうさんくさそうに尋ねた。

「あんた誰だい？」ひとりが喧嘩腰で訊いた。

「〈フェア・メイドン〉亭の主人でさ。お部屋がほしいならお泊めしますぜ。あんたたちに料金が払えるとは思えませんがね。用がないなら出てってもらいましょうか」ウィルは怒らんばかりの勢いで言った。

さっき口を利いた男がそわそわして、怖い顔でにらみつける大柄の主人を改めて見やった。頼みこむように汚い手を広げ、薄笑いを浮かべてとりなす。「あのさ、相棒、悪気はないんだ。おれと仲間は、いわば錨をおろす場所を探してるってわけ。ふた晩ほど泊めてもらえるだけの金は持ってる。おれたちの金でも受け取ってくれるかい?」

ウィルは不快感を覚えながらも肩をすくめた。「金は金でさ、誰のポケットから出たもんでも。だけど食事は厨房でしてもらわないと」それで彼らが出ていってくれることを願いながら言う。「大食堂はないんでね」

ところが相手は平気な様子だった。「腹がふくらんで、喉を潤すもんがありゃあ、文句はないさ」

ウィルは顔をしかめた。「深酒をするつもりなら、よそでやってくださいよ。おれたち、おれと弟ってことですが」ジョンがやってきて三人の小男の前に立ちはだかると、彼はにやりとした。「宿屋の敷地で暴れたがる酔っ払いには容赦しませんぜ」

三人は屈強そうな兄弟を前にして弱々しく笑った。「わかった、相棒、おとなしくしてるって。ひとこともしゃべらねえから」男が言うと、あとのふたりもぼさぼさ髪の頭を上下に振ってうなずいた。

「だいたい、こんなとこになんの用なんです? たいした娯楽もない土地ですよ。二日もいて、することなんかないでしょうに」ジョンが不審そうに目を細める。三人は意味ありげに互いを見かわした。

「ドーヴァーまで行く前の足休めさ。ちょっと田舎の空気を吸ったっていいだろう?」男の口調が険しくなる。

「それだけならかまいませんよ」ウィルはごつごつした顎をあげて三人についてくるよう合

図し、階段をのぼって部屋に案内した。

三人の男たちが主人の広い背中の後ろについて廊下を歩いているときに、階下へ食事に向かうパーシーとケイトがすれ違った。パーシーは三人を一瞥すると、サテンのスカートを揺らして歩くケイトのあとを追った。

「さっき廊下ですれ違ったやつらを見たかい？」ケイトを座らせ、ワインで喉を潤したあと、パーシーは尋ねた。

ケイトが嘲りの表情で顔をあげる。「パーシーったら、わたしはすれ違う男性全員に目を向けるわけじゃないわ。それに、わざわざ見るほどの人間がこんなところにいるわけないでしょ。わたしの水準に見合う男が」

パーシーはケイトをにらみつけた。「恥ずかしいことを言うなよ、ケイト。あいつらに色目を使ったかどうか訊いたわけじゃない。ただ、さっきすれ違った三人が、誰あろうジェレミー・ペイスとその手下だってことを言いたかっただけだ」ばかにするように言う。

それを聞いてケイトはにっこり笑った。「ジェレミー・ペイス。すばらしいわ。親愛なるいとこのルシアンを始末するのに雇ったやつらね。もっとよく見ればよかった。人殺しは目を見ればわかるって、よく言うでしょ」

パーシーは鼻で笑った。「というより、ナイフの鋭さとポケットのジャラジャラという音でわかるのさ」

彼は牛肉にかぶりついて噛みきろうとしたが、次の瞬間喉を詰まらせ、顔を真っ赤にした。

それを見てケイトがぽかんとする。パーシーは苦しそうにむせたあと、ようやく肉片を吐き出した。「なんだこりゃ、いったいこの宿屋はなにを出しているんだ？」しわがれ声で言う。涙が頬を伝い落ちた。

ケイトはこわごわ自分の牛肉をつついたが、とくに異常は見つからなかった。端を小さく切ってそっと噛む。変な味はしなかったので、そのままのみこんだ。

「おいしいと思うけど、パーシー。きっと一度にたくさん口に入れすぎたのよ」

「というより、一度にたくさんコショウを振りすぎたんだと思うけどね」パーシーは不平を言いながら皿を横に押しやり、ひりひりする喉を冷やすためワインを流しこんだ。「これについては、ぜひとも主人に文句を言ってやる」怒りに任せてきっぱりと言った。

「忘れないで、あまり目立ってはいけないのよ。だいたい、どうしてわたしは、こんなところまで引っ張ってこられたのかしら」

「心の支えのためだよ、もちろんね」パーシーは皮肉っぽく言った。「きみはいつも、ぼくよりうまく物事に対処できると言っていただろう？　でもきみはやっと、ぼくが邪魔者のルシアンを始末するところに立ち会えるんだよ」

「そうなればいいけど」ケイトはぼんやりと皿の食べ物をつついた。「いままでのところ、うまくいったためしがないでしょう？」

「今回はうまくいく」パーシーの目には悪意があふれている。「ルシアンの寿命も間もなく尽きる」

「そして嘆き悲しむ未亡人が残るの？」ケイトが意味ありげに尋ねた。

パーシーはにやりとしたあと、高笑いした。「違うね、残念ながら。哀れな公爵と公爵夫人は自分たちの結婚を祝っている最中に殺されるんだ。気の毒に。あんなに若くて美しい花嫁が悲劇的な死を遂げるとはね」口調は悲しげだったが、琥珀色の目は期待で輝いていた。

「わたしったら、ときどきあなたのことを見くびってしまうみたいね、パーシー。あなたは悪賢い悪魔よ。どういう計画なの？」ケイトは興味津々の表情になった。

パーシーは首を振った。「まだ実行しないよ。もちろん、どうやって殺すかは計画ずみだ。でも機が熟していない。二階にいる危険な連中がルシアンの動きを見張り、ぼくたちはそれに応じて行動する。ルシアンは負けるんだ、ケイト。完全に負ける」

ケイトの後ろまで歩いていき、やさしく肩に手を置いてもみながら言い聞かせた。「いま考えるべきなのは、ぼくが相続財産をどう使うかだ」

「わ、た、し、たちよ。わたしたちが財産をどう使うか。安心して、わたしがちゃんと考えてあげるから。だけど、お祖母様に会ったら、少しは悲しんでいるというところを見せるのよ。だってルシアンはお気に入りの孫だったんだから」

「不幸のどん底ってところを見せるさ。悲しみにどっぷり浸って打ちひしがれているところをね」

「だめよ、パーシー、大げさにやりすぎないで。あなたとルシアンの仲が悪いのは有名よ。いまになって涙に暮れたら変に思われるわ」

「心配するなって。どんなふうに演じればいいのかくらい、よくわかっているさ。最高の演技をしてやる」パーシーは自信たっぷりだった。

二日後、彼らは依然として〈フェア・メイドン〉亭に滞在していた。一方ウィルとジョンをはじめとした宿の人間は、金を受け取るのと引き換えに文句を言われて無理な要求ばかりされるのにうんざりして、さっさと出ていってほしいと思っていた。

「一日じゅうカード遊びをしてやがる。だいたい、ここになんの用があるんだ？」ジョンはぶつぶつ言いながら、貯蔵庫からもう一本ラム酒を出してきた。「ほら、おまえが持ってけよ。おれはもうこれ以上、あいつらから命令されるのはごめんだね」

ウィルは渋い顔でボトルを受け取って布で埃をぬぐった。「えらく朝早くから飲み出すんだな」淡々と言う。

「誰かが部屋に入るたびに飛びあがってやがる。ふたりともびくびくしてるみたいだ。とくに、きれいな顔をした男のほう。手を洗う水を何度も持ってこさせるんだ。汚れてるわけでもないのにさ。変な野郎だ」

「まあ、これを飲んだら文句も言わなくなるって」ウィルはにやりと笑って歩いていった。扉に近づいたとき、見逃していた廊下の汚れを見つけて、拭き取ろうと足を止めた。扉は完全には閉まっておらず、隙間から声が聞こえてきた。最初ウィルは気にしていなかったが、よく知る名前が口にされたのでおやっと思ってそっとのぞきこんだ。

「それで、顔に傷のあるいとこのルシアンがどんなふうに早死にするのか、教えてくれない？」ケイトがいらいらしたように話している。「誰にも言わないから」

「間もなく故キャマリー公爵になるルシアンは、毎朝の乗馬に出ているとき、薄暗い道で犯罪の犠牲になるのさ。ああいうところには、残忍な追いはぎが待ち伏せするのに格好の隠れ場所がいくらでもあるからね」パーシーは自己満足の笑みを浮かべ、楽しそうに説明した。

「きみも知っているように、この地域には追いはぎが横行している。とくにボニー・チャーリーと名乗るやつ。そいつが、今朝新たな被害者を襲ったように見せかけるのさ」パーシーは得意げに笑った。「公爵夫妻にとって、最後の早朝の乗馬になるわけだ」

ケイトは手を打ち鳴らして、パーシー発案の計画を称賛した。「すてきよ、パーシー。その悲劇が実は計画殺人だったなんて、誰が思うかしら？」

「ああ、ぼくたちが疑われることは絶対にない。犯人の三人組はすぐに植民地への航海に出るから、あいつらのことも心配しなくていい。そして海は、ときとして非常に危険になりうる」

「事件はいつ起こるの？」ケイトは興奮に目をきらめかせた。

「もうすぐだ」パーシーは懐中時計を取り出し、時間を確かめた。「ああ、そろそろだね。ぼくたちが、キャマリーの領地を受け継ぐ唯一の相続人になるんだ」

ケイトの唇に期待の笑みが浮かぶ。頬は興奮できれいな色に染まった。銀色のドレスを着て、銀色がかった金髪と冷たいブルーの目をした彼女は、まるで天使だった。ステンドグラスを通した日光に照らされてさまざまな色に染まった彼女は、とてもあたたかそうな人間に見えた。単なる目の錯覚だったが。

ウィルは石のように身を硬くした。息遣いが荒くなる。見るともなく扉のざらざらした表面を見つめているうち、漏れ聞いた会話が頭の中で意味をなしてきた。彼は愛想笑いを浮かべ、コンコンとノックして部屋に入った。

パーシーは不意に言葉を切って顔をあげた。宿屋の主人がトレーにラム酒のボトルを載せてのしのしと歩いてくる。「なんだ?」パーシーは横柄に言った。「ぼくは邪魔をするなと言わなかったか?」

「ラム酒です、だんな」主人はおもねるように言った。「ご主人様と奥様に、うちの最高のをお持ちしました」

「だったら、さっさと置いて出ていけ」パーシーは偉ぶって命令したものの、媚びるようにお辞儀をして部屋を出る主人の目がきらりと光ったのに気づいたときは少し不審に感じた。

ふたりの客を残して扉を閉めるやいなや、ウィルは敏捷に動き出した。全速力で廊下を走ってジョンを捜しにいく。ジョンは厨房で豊満な給仕女のひとりと冗談を言い合い、誘いをかけようとしているところだった。そこへウィルが息を切らせて駆けこんだ。

兄のほてった顔と憤怒の目を見た瞬間、ジョンはなにか悪いことが起こっているのだと察した。その気たっぷりの給仕女に残念そうな視線を送って、ウィルについて中庭に出る。

「どうしたんだ、ウィル? 腹ん中が煮えくり返ってるみたいだけど」ジョンは心配そうに尋ねた。

「あのふたり、公爵とチャーリーを始末しようとしてやがる」ウィルが怒りを吐き出す。「あいつらがそういう話をしていたのを、この耳で聞いちまった」

「どういうことだ？」ジョンは怒鳴った。「どうしてここでぐずぐずしてるんだ？　部屋に行って、あいつらをとっちめようぜ」

「それは無駄だ。あいつらは殺し屋を雇ったらしい。二日前から泊まっている三人組がいるだろう？」

「あいつらか？　おれたちは人殺しを泊めてたのか？」

ウィルはジョンのこわばった腕をぎゅっとつかんだ。「やつらは今朝、公爵とチャーリーが乗馬に出たところを襲って殺す気だ」激しい怒りにウィルの顔が紫色になる。「しかも三人はボニー・チャーリーとその仲間に化けようとしている。おれたちに殺人の濡れ衣を着せようって腹だ」

ジョンは唖然としたが、しばらくしてようやく口が利けるようになった。「どうしたらいい？　止めないと。あいつらのところに行って、詳しい話を聞き出すか？」手ではすでに、派手な貴族の首を絞めている感触を味わっていた。

「貴族を襲うのか？　となりの部屋には兵士がうじゃうじゃいるってのに？」ウィルは残念そうに首を横に振った。「その必要もないぜ。公爵とチャーリーがどの辺に馬を走らせるのか、大体のことはわかってるんだ。だからおれたちが先にチャーリーたちを見つけて、にせものの追いはぎから守ってやればいい」

「わかった。おれは馬を出してくる。兄貴は銃を用意してくれ。殺人が起こるとすれば、手を下すのはおれたちだ。三人組のほうじゃねえ」

オークのテーブルに置かれたバラの花瓶を眺めていたルシアンは、階段をおりる足音を聞いて振り返った。進み出て、おりてきたサブリナに手を差し出す。サファイア色の乗馬服のスカートはたっぷりとしていて、上着とベストは男物のようなデザインだ。レースで縁取ったストックタイは金のブローチで留められていた。

サブリナは手を上にやって三角帽子をまっすぐに直し、明るく言った。「行きましょうか?」

手袋をはめた手を彼の手に滑らせ、愛情をこめてほほ笑みかけてくる。

「きみがどれほど美しいか、言ったことはあったかな?」ルシアンは彼女を馬のところまで導いた。

「わたしが満足するほど頻繁には言ってくれていないわね」それから気取った口調で付け加える。「でも進歩はしているわよ、あなた」

ルシアンの目がきらりと光った。サブリナに手を貸して馬に乗せ、自分も乗る。身を乗り出すと、ふざけて彼女の頬を軽くつねった。「行こう。きみのかわいい耳が恥ずかしさで真っ赤になるような秘密を、もっと教えてあげよう」ふたりは、生け垣に挟まれた狭く曲がりくねった道に馬を出した。

サブリナの乗った、白い脚の雌馬が先に走り出す。彼女は追いつけるものなら追いついてみろと言いたげにちらりと後ろを見たが、ルシアンの馬はやすやすと横に並んだ。彼は馬の速度を落とさせ、二頭は着実な足取りで進んでいった。

「のんびり行こう。注意するまでもないが、慎重にな。きみのお楽しみを奪いたくはないんだが」

サブリナは顎をあげて目をきらめかせた。「つまらない人ね、ルシアン。お行儀のいい父親になろうというわけね」

ルシアンは東の間渋い顔になった。お目付け役のような役割に不満を覚えたのだ。けれども、楽しそうなスミレ色の瞳、つんと反った鼻、白い歯を見せてほほ笑む唇を目にしたとたん、あの愛らしい笑みが見られるならなんだってかまわないと思った。

太い枝が頭上で絡み合っている谷間まで来ると、ふたりは馬をおり、心地よい沈黙に包まれながら馬を引いて歩いた。サブリナはルシアンの横顔に目をやった。尊大な輪郭を、愛情をこめて見つめる。「愛し――」と言いかけたとき、木陰から突然覆面をした三人の男が飛び出して、彼女は悲鳴をあげた。

ルシアンは悪態をつき、サブリナを自分の背後にやって守りながらレイピアに手をかけた。追いはぎが迫ってくる。彼らの乱暴な叫び声に怯えて、馬が駆け出した。ルシアンは木の後ろに身を隠した。相手は三人、しかも銃で武装している。勝ち目はない。ところが、追いはぎはルシアンたちをもてあそんでいるように見えた。ふたりを囲んで円を描きながら追いつめたかと思うと、ルシアンの剣が届かないところまで後退する。なぜさっさと発砲しないのだろう？

ルシアンはふと、背後のサブリナが身をこわばらせたのに気がついた。ちらりと振り返ると、彼女の顔は恐怖で凍りついている。その視線を追って敵のひとりを見たとき、彼は唖然とした。男は黒いフロックコートを着て、その下からはタータン柄の肩帯が見えている。斜めにかぶった帽子には鷺の羽根が差されていた。近づいてきた男の顔は黒い覆面で隠されている。

三人は、ルシアンとその陰に隠れたサブリナの前まで来て立ち止まった。「おれが誰かわかるか？」ボニー・チャーリーに扮した男が大声を出した。「ボニー・チャーリーだよ。金と宝石をもらいにきた。渡しな」

ルシアンはポケットに手を入れて数枚の硬貨を取り出した。「乗馬をしているだけだから、金も宝石も持っていない」相手を見て、彼は不安を募らせた。この事件にはなにかおかしなところがある。

三人は馬に乗ることに慣れていないらしく、拳銃を持ったまま馬を操るのに苦労している。それに、ボニー・チャーリーのふりをして、朝の乗馬をしている者を襲うというのは、普通の追いはぎがすることではない。危険すぎるし、大きな見返りは期待できないはずだ。

「そうかい、だったら迷惑をかけられたお返しに、あんたと奥さんを殺すしかないな。そうだろ、相棒？」ボニー・チャーリーのにせものは笑いながら狙いをつけて引き金を引いた。

それを予想していたルシアンはサブリナを地面に伏せさせた。銃弾は、ついさっきまでルシアンの頭があったところのすぐ後ろに立つ木に命中した。

残るふたりが発砲して最初の男がもう一挺の拳銃をベルトから取り出す前に、ルシアンはぱっと飛び出した。先頭の馬の手綱を握ってぐいと引っ張る。馬は前足を宙にあげ、乗り手を落とした。悲鳴をあげて地面に倒れた男に、ルシアンは飛びついた。ふたりがごろごろ転がり、土煙をあげて取っ組み合う。残るふたりは銃の狙いをつけられずにいた。この男からもう一挺の拳銃を取りあげられれば、あとのふたりの豚野郎は逃げていくだろう。ルシアンがそう思ったとき、ふたりの男は馬をおりた。ひとりが木のそばで呆然とひざまずいていたサブリナの体を乱暴につかみ、もうひとりは仲間と戦うルシアンを蹴りつけた。ルシアンはブーツの先であばらを蹴られて一瞬たじろぎながらも、敵の顔にパンチをたたきこんだ。

サブリナの悲鳴が聞こえた。彼女をつかまえている男が、腕を背中でねじりあげ、何度か顔を殴りつけたのだ。「降参しろ、でないとこの小娘を殺すぞ」仲間ともつれ合うルシアンに向かって言う。

相手から体を引きはがして立ちあがったルシアンは、サブリナの喉元にナイフが押しあてられているのを見た。サブリナは口の端から血をしたたらせながら、まるで幽霊を見るかのようにルシアンを見つめている。ようやく立ちあがったにせのボニー・チャーリーに腹を膝蹴りされ、ルシアンは体をふたつ折りにした。

追いはぎがルシアンを立たせたとき、馬のひづめの音が聞こえてきた。目をあげた追いはぎは、突進してくるテイラー兄弟を見て青ざめた。ウィルが鞍から飛びおりてひとりを倒すと、拳銃が暴発して頭上の太い枝を撃った。

ジョンはルシアンとにせボニー・チャーリーのあいだに馬で割って入り、男を倒して上から飛び乗った。ルシアンは猛然と、サブリナをつかんでいる男に向かっていく。ルシアンの目に浮かんだ激しい怒りの炎を見た男は、サブリナを彼の腕の中に押しやり、あわてて自分の馬を追いかけていった。

ルシアンはよろよろと倒れこんだサブリナを抱きしめた。ウィルはさっさと敵をやっつけ、逃げていく男を追った。やすやすと相手をつかまえて、力一杯殴りつけて気絶させた。

ルシアンは腕の中でぐったりしているサブリナを見つめた。帽子に隠れて顔が見えない。彼はおそるおそる、彼女の顎に手をかけて顔をあげさせた。サブリナがルシアンの琥珀色の目を見つめる。ついさっきまでの愛のこもった表情は消え、昔のような警戒と反抗に満ちた顔になっていた。

サブリナは困惑で眉根を寄せ、震える手でこめかみを押さえてまわりを見渡した。倒れた三人組、ウィルとジョン、心配そうな顔で見おろしている公爵。

身を硬くして、サブリナはルシアンの腕から逃れる。心にはさまざまな思いや光景があふれ、疑念が押し寄せた。過去の記憶がどっと蘇る。ルシアンに向ける瞳は激しい怒りで暗くなっていた。この数週間の彼の欺瞞に満ちた行動によって、サブリナは彼を愛し、信頼していると思いこまされたのだ。屈辱で身が震える。

ルシアンが指で自分の傷跡をなぞった。信じがたいことに、彼は怯えているように見えた。

「では、思い出したのか」素っ気なく言い、面白くもなさそうに笑った。「あのボニー・チャーリーを見て記憶が戻ったんだな？」

「まさか、永遠にうそやごまかしが通用すると思っていたわけじゃないでしょう？　あなたにとってはすごく好都合だったのね。わたしが記憶を失って、財産を相続するためにあなたが求めていた従順な花嫁になったんだもの」サブリナは情け容赦なく言葉を浴びせた。

顔を見るのも耐えられずに、ルシアンに背を向ける。口の端から血が垂れているのがわかる。頬にはさっき殴られた手の跡がついているだろう。彼女は黙って見ていたウィルとジョンに目をやった。

「ジョン」サブリナは涙をこらえ、とぎれとぎれにささやいた。「馬を、お願い」

ジョンが急ぎ足で歩いていって、木の下で草を食んでいた馬の手綱をつかんで引いてきた。不安そうにまず公爵を、次にサブリナを見る。

サブリナは一歩前に踏み出した。ところがルシアンに腕をつかまれて止められた。「話し合うことがある、サブリナ。きみがわたしの妻だということを忘れるな。それは変えられないぞ。しかも腹に子を宿している。だから、昔の憎しみを思い出したというだけの理由で愚かなことをするんじゃない」ルシアンは琥珀色の目を光らせて警告した。「わたしはこのペテン師を始末してくる。きみはヴェリック・ハウスで待っていろ」

サブリナは顔をあげて腕を引き抜き、馬のところまで走った。ジョンの手を借りて乗り、ルシアンに目もくれることなく馬の向きを変えさせて、さっき幸せな気分でやってきた道を戻っていった。

ルシアンはその後ろ姿を見送った。彼女は誇らしげにぴんと背筋を伸ばしている。ふたりのあいだにできた溝を埋めるには、謝罪や説明の言葉だけでは足りないだろう。痛みにうめく声を聞いて、ルシアンは我に返った。後ろを向いて、ボニー・チャーリーに扮していた男を見る。レイピアを拾って男の前に立った。うめいている男にレイピアを向け、軽く、だがしっかりと先端で胸をつついた。

ジョンがウィルをちらりと見る。ウィルは咳ばらいをして小声で言った。「兵士がすぐに、こいつらをつるしてくれますぜ」

ルシアンが振り向いた。青ざめた顔の中で目はぎらつき、ぎざぎざの傷跡がくっきり浮きあがっている。ウィルとジョンは、恐ろしい視線を受けて居心地悪そうにもじもじした。

「どうしてきみたちは、タイミングよく助けにきてくれたんだ?」ルシアンは静かに訊いた。

「ちょっと遅かったみたいですけどね」ウィルは悔しそうだった。「今朝宿屋で襲撃の計画を耳にしたんです。だけどそのときには、こいつらはもう……」意識を取り戻しかけている男たちを見て、地面にぺっと唾を吐く。「……もう出発してて、閣下とチャーリーも乗馬に出かけておられる時間でした」

「ヴェリック・ハウスの近くで待ち伏せするとしたらここが絶好の場所だろうと思って、大急ぎで来たんです。ところがもう閣下はこいつらと戦っておられました」ジョンが言った。

ルシアンは三人に冷酷な目を向けた。「わたしとサブリナの命を救ってくれたことに、まだ礼を言っていなかったな」ウィルとジョンのほうを見る。「わたしにできることがあれば、なんでも言ってくれ」

彼は起きあがろうとしている三人に注意を戻した。「まず、待ち伏せの計画を聞いたことについて説明してくれ。この三人が話しているのが耳に入ったのか？」足元の男に警戒の目を向けながら、ウィルに尋ねた。ジョンはあとのふたりを乱暴に引き寄せ、首根っ子をつかんでいる。

「いえ、うちの宿屋に泊まってる派手な貴族の話が聞こえたんでさ。今朝男のほうが、一緒に来たレディに話をしてましてね。顔に傷のあるいとこが早死にする、みたいなことを言ってたんです。で、そのいとこをキャマリー公爵と呼びました。だからすぐに、閣下のことだってわかりました」

ルシアンは話に耳を傾けた。風貌からしてその貴族とはパーシーとケイトだと察したが、驚きはしなかった。男を見おろして顔から覆面をはぐ。男は膝立ちになって縮みあがり、ルシアンの顔を見て蒼白になった。

「この男が言ったことは本当か？　答えろ、命が大事なら」ルシアンは冷たく訊いた。

「はい」男は琥珀色の目に宿った殺意を見て縮こまった。

「それで？」ルシアンは男に先をうながした。

「おれたちはあんたと奥さんを殺して、ボニー・チャーリーの仕業に見せかけるつもりでした」ルシアンに剣の先でつつかれ、彼は暗い顔で白状した。

「首を絞めてやる」ウィルがすごみながら一歩前に出ると、男はルシアンの足元で身をすくめた。

「あいつを近づけさせないでくれ！　頼む、お願いだ」男は叫んだ。

ルシアンは男のシャツをつかんで揺さぶった。犬がつかまえたネズミを振り回すように。

「ロンドンでわたしを襲った殺し屋や、都合よく動けなくなっていたわたしの馬車にぶつかってきた荷馬車のことを知らないか？」険しい声で尋ねる。

「いや、違う、それはおれたちじゃない、ほんとですよ、だんな！　おふくろの名誉にかけて誓います」男は哀れな声を出した。

「もともと名誉なんてないだろうに」ジョンが疑わしげに言って、もがくふたりをつかむ手に力をこめた。

「で、おまえは任務を果たしたら宿屋に戻って報酬をもらうことになっていたのか？」ルシアンの口調が穏やかになる。

「そうです、あの貴族のだんなに金をもらって、仲間と一緒に来週植民地へ行くことになってたんでさ」

「ああ、いずれにせよ植民地へ行けるかもしれないぞ。ただし檻に入ってな。さもなくば縛り首になるか、その前に牢獄で衰弱して死ぬかだ。この紳士たちを引き渡してくれ」ルシアンはたっぷりの皮肉をこめてジョンとウィルに言った。「フレッチャー大佐に。きっと大佐はほっとするだろう、悪名高いボニー・チャーリーの逮捕を発表できることになって」

「おい、おれは違うんだ！」追いはぎは、ゆったりと馬に向かうルシアンに叫びかけた。

ルシアンは振り返って、男に尊大な視線を向けた。「なんだって？　そうじゃないなら、どうしてあの追いはぎの格好をしているんだ？　おまえの話を信じてくれる人間はどこにもいないだろうな」

「だけど、おれたちはロンドンから来たフェルサム卿に雇われたんだ。あの人が証言してくれる。ここへ来たのははじめてだ。あの人を捜してくれたら、そう言ってくれるぜ！」男は必死になって言い募った。早くも首を絞められているような気がしているのだろう。

「ああ、おまえの雇い主とはぜひとも話をするつもりだ。絶対にな」ルシアンはそのことを考えて目を細めた。「といっても、やつがおまえを助けられる立場にいるとは考えられないな。たとえ助けたくても。まあ、そもそもそんな気はないと思うが」

ルシアンは馬に乗った。上着は袖が引きちぎられ、泥で汚れている。顔にはすり傷ができていて、唇はどんどん腫れあがっていた。

ウィルは男を立たせて馬のほうに押しやったが、そこで立ち止まらせた。「こいつらは町まで歩かせたほうがいいと思うんだけど、どうだい、ジョン？」自分の馬に乗りながら呼びかける。

「そうだな、ウィル。こいつらに反省する時間をやろう」ジョンはクックッと笑った。

「いま宿屋で待ってる偉ぶった貴族のやつも気の毒にな。あいつと奥方は、生きて怒り心頭でやってきた公爵を見たら、ぶったまげるだろうよ」

「最低の野郎だな、自分のいとこを殺そうとするなんて」

「それに、チャーリーみたいなかわいい娘を」

「早くしろ」ジョンはのろのろ歩く囚人をせかした。「おれたちは暇じゃねえんだ」


ルシアンは宿屋の中庭まで来て、走ってきた馬丁に目もくれることなく馬をおりた。道中、彼の怒りはどんどん募り、いまは沸点に達している。建物に入るときには、頬の傷跡が疼き、腹では怒りの炎がめらめら燃えていた。

目についた最初の扉を開けたが、部屋は無人だった。次の部屋では紅茶を飲んでいた年配の夫婦を驚かせ、かたちばかりの笑みを浮かべて謝罪した。三番目の扉を開けたとき、聞き慣れたパーシーの声がした。

「おい、今度はなんだ？　邪魔をするなと言っただろう」わざわざ顔をあげて侵入者のほうを見ようともせず、パーシーは不機嫌に文句を言った。

「そうか」ルシアンははっきりと言って扉を閉めた。「殺人計画の不幸な結果を知りたくてうずうずしていると思ったんだがね」

予想外の声に仰天して、パーシーは飛びあがった。ケイトは恐怖の悲鳴をあげ、ルシアンのぞっとするほど冷たい目を見て哀れな声を出した。

「ルシアン」パーシーはかすれた声でささやき、落ち着きを取り戻そうとした。「こ、ここでなにをしているんだ？　きみの身になにが起こったんだ？」彼は必死で平静を装った。

「人でなしめ」ルシアンはつぶやくと、彼らにつかつかと歩み寄った。

パーシーは言葉に詰まり、自分のほうに向かってくるルシアンを見て青ざめた。笑みをつくろうとしたが、顔の筋肉は固まっていた。「なあ、ルシアン」そう言って一歩あとずさる。

ルシアンはパーシーの軽く結んだストックタイをつかみ、生地が裂ける音を聞いてほくそえんだ。こぶしを握って振りかぶり、泣きべそをかくパーシーの顔にたたきこんだ。

ケイトが悲鳴をあげ、倒れたパーシーに駆け寄った。折れた鼻から血が噴き出す。ケイトはハンカチを出して震える手で彼の顔に押しつけた。

「立て、パーシー、たまには汚れ仕事を自分でする度胸はないのか？」ルシアンは罵倒した。嫌悪もあらわに、うずくまった男を凝視する。

パーシーもあからさまな憎悪を浮かべてルシアンを見つめ返した。ハンカチを鼻にあてたまま、よろよろと立ちあがる。ケイトはぐらつくパーシーを支えた。「おまえなんて大嫌いだ、ルシアン」パーシーはぺっと唾を吐いた。

「ほう」ルシアンが静かに言う。「ようやく認めたな。もっと早く認めればよかったんだ。そうしたら、わたしもきみも時間を節約できたのに。わたしはきみとケイトを見くびっていたよ」

「口ばかり達者なやつだ。人をばかにしやがって。ぼくは後悔なんてしていないぞ！」パーシーは自制心を失っていた。「雇った殺し屋が成功しなかったことだけが悔やまれる。おまえがどうやってあいつらから逃れられたのかはわからないけど、今度こそ逃げられないぞ」

パーシーは上着のポケットに手を入れ、拳銃を取り出した。ルシアンは飛びかかって拳銃をつかもうとした。ところが怒りと興奮がパーシーに予想外の力を与えていた。ルシアンとパーシーがもつれ合う。拳銃が見えなくなり、ルシアンは手探りで銃を取りあげようとした。

ケイトは部屋の隅に引っこんで、目の前で繰り広げられる死闘を見守っていた。「そいつを殺して、パーシー！」金切り声をあげる。銃口がルシアンの顔に向けられているのを見たときに、彼女は興奮で目を輝かせた。「そいつに風穴をあけて！　いまよ。パーシー、さあ！」

ふたりは転がってテーブルにぶつかった。皿がガチャガチャと音を立てて床に落ちる。ナイフが木の床を滑ってケイトの足元で止まった。気づいたケイトは顔をあげてふたりを見ながら手を下にやってナイフを拾い、指を柄に巻きつけた。鋭い刃を公爵の広い背中に向ける。

そのとき銃声が轟いた。荒い息遣い、床をこする足音がかき消され、部屋の中が静まり返る。ルシアンとパーシーは驚いて息を詰め、互いに相手が崩れ落ちるのを待った。ルシアンは自分とそっくりなパーシーの目を見つめた。相手の熱い息が顔にかかる。ふたりは互いの毛穴が見えるくらい相手を注視していた。

扉が開き、ふたりの兵士が拳銃を抜いて駆けこんできた。部屋の中央で絡み合うふたりの紳士を見たとき、彼らはぴたりと足を止めた。兵士についてきた給仕女が部屋の中をのぞきこみ、甲高い悲鳴をあげたので、固まっていた男たちは動き出した。

ルシアンがパーシーを押しのける。拳銃が床に落ちた。

パーシーは、ルシアンと立ち尽くしている者たちに目をやり、彼らの驚愕した視線を追ってケイトを見た。呆然として、ケイトの横にひざまずく。ケイトの薄黄色のドレスは頬の切り口から流れ出た血に染まっていた。顎からこめかみにかけての皮膚がざっくりと醜く裂けている。

ケイトは目を開け、愕然としたパーシーの顔を見あげた。予想もしなかった鋭い痛みにショックを受け、彼女はただただ当惑していた。

「パーシー?」ささやくと、顔じゅうに痛みが走った。痛みが増すとともに意識もはっきりしてきて、まわりの人々の同情する顔つきに気がついた。驚いてうめき声をあげ、パーシーの目を見る。そのとき、最悪の不安が確かめられた。

驚愕に目を見開き、震える手を頬にあてると、すぐに血みどろの手を引いた。口を開けて声にならない悲鳴をあげる。醜い傷を負ったことを自覚したのだ。

パーシーが体を折ってケイトの膝に頭をうずめ、むせび泣いた。ケイトは、まだもう片方の手に持ったままのナイフをぼうっと見つめている。ルシアンの背中に深く突き刺すはずだったナイフを。

「医者を呼べ、早く」ルシアンは兵士のひとりに命令した。相手が嫌悪の表情で突っ立っているのを見ると、もどかしげに体を押した。「行くんだ。ほかの者は出ていけ。いや、きみはだめだ」そっと出ていこうとしていた給仕女をつかまえる。「水と包帯を持ってこい。それからブランデーをたっぷりと」

「ケイト、ケイト」パーシーの泣き声はドレスのひだに埋もれてくぐもっている。

ケイトの顔全体が火のように熱くなった。赤熱する火かき棒を突き刺されたかのように、痛みは頭蓋にまで達している。かすんだ目で部屋を見渡し、ルシアンを見つけた。彼は無表情でなにも言わずにふたりを見つめていた。

痛みをこらえつつ、ケイトは歪んだ笑みを見せた。口の横の筋肉は銃弾に引き裂かれてべろりと下にめくれ、かつて非の打ちどころなく美しかった顔がすっかり変形している。

「皮肉なものよね、こんな奇妙なかたちで過去の報いを受けるなんて」彼女は痛みをこらえてささやいた。「あなたの勝ちよ、ルシアン。いつだってあなたが勝つのね。ああ、あなたをどれだけ憎んでいたことか。知っていた？　わたしはあなたの顔に傷をつけるのを楽しんだのよ。でも、あなたはそれも乗り越えた。あなたはいまでも、好きなだけ女を手に入れられる。すべてを持っている。いまではキャマリーも。パーシーがブランチを殺したときは、わたしたちが勝ったと思ったわ。だけどお祖母様はお気に入りの孫息子に数週間の猶予を与えた。そしてあなたは新たな花嫁を見つけたというわけ。いつでもわたしたちの一歩先を行っていたのね、ルシアン」

ルシアンの目では同情と嫌悪が交錯している。ケイトはそれを見てさげすむように笑った。

「わたしを哀れまないで。そんなものいらないわ。わたしたちには必要ないの。パーシー、わたしを見て。治るでしょ？」愛情をこめて甘い言葉をかける。

パーシーが顔をあげた。腫れた目をケイトに向けたとき、美しい顔が崩れたのを見て不快感を隠しきれなかった。ケイトは彼の心が離れたのを察してナイフで心臓を刺されたように感じ、目を閉じた。痛みと苦悶の涙が血と交じり合う。

ルシアンは彼らの手当を医師に委ねて部屋を出た。彼らにこれ以上の罰は不要だ。あのふたりは傷心のまま残りの生涯を過ごさねばならない。パーシーはケイトをもうひとりの自分のように思って、その美しさを崇めていた。そしてケイト自身は美しさを自覚した瞬間から、それを利用してきた。彼らはこれからどうやって生きていくのだろう。

ルシアンは悪夢のような事件の記憶を頭から追い払い、ヴェリック・ハウスに馬を向けた。そこではなにが彼を待ち構えているのだろう。ケイトとパーシーも気の毒に。彼らは、自らの悪事が結局取り返しのつかない害をもたらしたことを知らないのだ。

サブリナは思い出した。彼に対する憎悪と不信を――そしてふたりが結婚した理由を。悲しいことだ。ルシアンはいままで知らなかったサブリナの一面を知って好きになり、彼女を熱愛する恋人という役を喜んで演じていたというのに。

彼女が思い出したのは残念だった。それでもルシアンの心の中では、なにも変わりはしない。

「うそだったのね。すべてがうそ」サブリナは怒りの形相でメアリーと向き合った。「しかも自分の姉に裏切られた。どうしてなの、メアリー?」スミレ色の目には深い傷と失望とが浮かんでいる。

メアリーは両手をぎゅっと握り合わせた。サブリナと目を合わせられず、グレーの瞳で部屋のあちこちに視線を漂わせた。「どうすればよかったの？　あなたはすべてを忘れていたのよ、リナ。ルシアンのこともまったく覚えていなかった。不安と危険の歳月も忘れていた。それを無理に思い出させることができる？　あなたは若々しかった——屈託のない少女に戻っていた。それに、なにより大切なことをまた忘れてしまったみたいだけど、あなたはルシアンの子どもを産むのよ」

「どうしてわざわざそんなことを言うの？」サブリナはがっくり肩を落とし、帽子と乗馬用上着を脱いだ。

「すぐに誰の目にも明らかになることだもの」メアリーは穏やかに言ったあと、腫れた唇を押さえているサブリナをもどかしげに見やった。「ねえ、なにがあったのか教えてくれない？　ルシアンがあなたをぶったとは思えないの。どうして急にすべてを思い出したの？」メアリーは当惑していた。「この数週間、ルシアンはとてもやさしかった。それはただの演技だったの？　わたしには理解できないわ」

鏡を見ていたサブリナは振り返った。「ほしいものがあれば、ルシアンはそれを手に入れるためならいくらでも冷酷になれるのよ。そんなこと、まだわからないの？　もちろん彼は愛想よくしていたわ。うまくやったわね。わたしは従順な愛する花嫁だった。ルシアンは財産と妻を同時に手にしたのよ。そんなあいつを信じてしまったなんて。わたしが愛していると言うたびに、きっと彼は心の中でわたしを嘲笑っていたんだわ。絶対に許さない。なにがあっても！　聞いている？　あの追いはぎが彼を殺してくれればよかったのに」

「追いはぎ？　誰かがあなたとルシアンを襲ったの？」メアリーはぽかんとした。

サブリナは声をあげて笑った。面白がるように目をきらめかせる。「ボニー・チャーリーが襲ってきたとき、どんなにびっくり仰天したかわかる？　あの懐かしい姿を見て、わたしの記憶が呼び覚まされたわ。一気にあらゆる記憶が蘇った。そうしたら追いはぎとルシアンが戦いはじめて、そのあとウィルとジョンが奇跡的に現れて、大変な争いになったの」

そのとき突然、以前に予知した光景がメアリーの脳裏に蘇った。サブリナとボニー・チャーリー、危険に陥ったルシアン。では、やはりそれが現実になったのだ。「テイラー兄弟が来たのなら、戦いの結果は訊くまでもないわね」

「もちろんよ。ただし、ウィルとジョンが来る前にルシアンは少し殴られていたけど」サブリナは無感情に言った。

「これからどうなるの？」そう訊きながらも、メアリーは答えを恐れていた。

サブリナはつんと顎をあげた。まさに公爵夫人らしく高慢に。「べつに。なんともならないわ」

メアリーがいぶかしげに妹を見る。「その〝なんともならない〟というのはどういう意味？」

サブリナは面白くもなさそうににやりとした。「公爵は妻を望んでいて、いまそれを手に入れた。わたしはキャマリー公爵夫人としての立場をおおいに楽しむ。この役割を演じるつもりよ、メアリー。なにしろあいつは裕福なんだもの。あいつにわたしを養うだけの財力があることを願うばかりよ。だってわたしは、公爵夫人として贅沢をするつもりだから」スミレ色の瞳は復讐を誓ってきらめいた。

なんと悲しいことよ！
これまで物語や歴史で見聞きしてきた中で、
まことの愛が困難なく進んだことなど、あったためしがない。
――イングランドの劇作家ウィリアム・シェイクスピア

14

サブリナは窓の外に目をやった。視線は草地を越え、池の対岸で杉に囲まれている中世からある教会に向かう。この壮麗な屋敷の女主人になった自らの運命に、彼女は思いを馳せた。キャマリーは客として訪れるにはすばらしい場所ではあるが、サブリナがここに住んで感じるのは屈辱だけだ。はじめてキャマリーを目にしたのは馬車の窓からだった。馬車は栗の木が立ち並ぶ高台の道を通り、きれいに刈りこんだ芝原を抜け、木々の生い茂る坂道を進んだ。やがて霧の中から、立派な玄関を備えた堂々とした屋敷が魔法のように現れた。東翼《ウィング》だけで窓は六十以上ありそうだった。あたたかみのある蜂蜜色の石壁は風景に溶けこみ、世界がはじまったときからこの聖地で静かな威厳をたたえて立っているかのように感じられた。

いま――自ら望んだわけでもないのに――このすべてはサブリナのものになっていた。装飾庭園を散歩するのも自由なら、イチイの生け垣に挟まれた散歩道を通って色鮮やかなスイレンが咲き乱れる池のある掘りさげ庭《サンクン・ガーデン》に行くのも自由だ。

いかにもキャマリー公爵ルシアン・ドミニクにふさわしい地だ。いまなら、彼がここをなんとしても相続したかった気持ちも理解できる。それでもサブリナは、目的を果たすために自分を利用したルシアンを許せずにいた。ルシアンはキャマリーを求めていて、それを手に入れるためには手段を選ばなかったのだ。

サブリナの思いはこの屋敷に向かった。金色と白で塗られた優雅な客間。美しい風景画やドミニク一族の肖像画を飾った細長い回廊。壁画の描かれた大階段。応接室の手描きの壁紙と、それを映す背の高い姿見。漆喰塗りの天井と、タペストリーのかかった壁。確かに美しい屋敷だ。それでも彼女はヴェリック・ハウスが恋しかった。オークの羽目板を張った古ぼけた部屋、梁の低い天井、庭や果樹園の崩れかけた塀、雑然と咲く花々。すべてが恋しい。たまに、ヴェリック・ハウスの生活が夢だったという気がすることがある。実際には存在していなかったものだと。

いま、あの家にはマーガレットおばがホブスとスパニエルとともに住んでいる。メアリーとフレッチャー大佐は昨年末に結婚した。彼は退役して民間人となり、田舎の地主としての役割を楽しみながら領地で静かに暮らしている。リチャードのことを考えたとき、サブリナは笑顔になった。この一年で、弟はびっくりするほど変わっていた。あんなに内気でおとなしかった子どもが、いまや活発ないたずら好きの少年になったのだ。唯一の気がかりは、リチャードが姉への忠誠心とルシアンへの心酔との板挟みになっていることだ。彼にとって、ルシアンは生まれてはじめての父親らしい存在だった。サブリナは弟を悩ませまいとしていたけれど、リチャードとて姉とルシアンの確執に気づかずにはいられなかった。責任はサブリナにある。いまいましいプライドのために、長いあいだ自分の本当の気持ちがわかっていなかったのだ。そして月日がたつにつれ、夫との溝を埋める言葉を見つけるのは難しくなる一方だった。

記憶を取り戻したとき、サブリナは激しい怒りに駆られて、ルシアンに罵詈雑言を浴びせた。そのときは、彼にだまされ、もてあそばれたと思っていた。でも、いま当時を振り返ってみると、自分がいかに多くの過ちを犯したかがわかる。はじめてこの窓辺に座って外を見ていたとき、ルシアンが部屋に入ってきた。彼の言葉を聞いて、サブリナは痛烈に言い返した。あの日のことは鮮明に覚えている。

「わたしを殺す計画でも立てているのか?」ここに座って眉間にしわを寄せているサブリナを見て、ルシアンが声をかけた。

「わたしが手を下さなくても、あなたはいずれ自分で死を招くわ」サブリナは近づいてくる彼に目を向けようともしなかった。

「きみの記憶が戻ったのは残念だった」

サブリナはにやりとして彼を見た。ルシアンは、お気に入りのおもちゃを取りあげられた子どもみたいな表情をしていた。「無事に領地を手にできたんでしょ。それで満足じゃないの?」

「すべてを思いどおりにはできない、ということらしい」ルシアンは無念そうだった。「いまも言ったように、きみがわたしへの嫌悪感を思い出したのは残念だ」

彼は屈みこみ、唇でサブリナのうなじに触れて、しばらくその柔らかさを味わった。「わたしには、きみについていい思い出があるよ、リナ」あたたかな息がサブリナの耳をくすぐる。

サブリナは彼の唇から逃れて立ちあがった。軽蔑をこめて冷たいスミレ色の目で彼を見る。

「残念だわ、あなたが言ったとおり。あらゆるものを手にすることはできないというわけね」

するとルシアンはほほ笑んだ。「努力はするさ」

その言葉に脅迫の意図を感じ取り、サブリナは一瞬目を大きく見開いた。「簡単にはいかないわよ」と警告する。

「きみとの結婚生活が簡単だと思ったことはないよ、サブリナ。威張りくさったきみが、はじめて目の前に現れたときから、面倒なことになるとわかっていた」

「もっと慎重に考えるべきだったわね、ルシアン。あなたは予期していた以上の重荷を背負うことになったのよ」

「確かに。でもわたしは戦いを楽しむ人間だからね」ルシアンはなめらかな口調で応じた。「そういえば、バークレー・スクエアからご招待があった。祖母が慎み深い花嫁に会いたがっているんだ。だから明日の朝ロンドンに向かう。大勢の人の中にいるほうがいいかもしれないな。でないと、わたしはきみを懲らしめたい誘惑に駆られてしまいそうだ」

数日後ロンドンで、サブリナはルシアンの祖母である公爵未亡人に会った。この面会に備えて、彼女は入念に着飾っていた。後ろ身ごろにプリーツが入った、腹のふくらみを隠すゆったりとしたダークブルーのドレス。ボディスには金糸で刺繍が施され、ぴったりした袖には、ペチコートと揃いの白いレースでつくった三重のひだ飾りがついていた。秋が来て涼しくなっていたので、ドレスに合う青いビロードのマントをはおった。そして応接室で、執事が呼びにくるのをそわそわと待ちながら、平然としているルシアンに目をやっていた。トランプを並べている彼の唇にたたえられたかすかな笑みに、彼女は興味を引かれていた。

「トランプ遊びをしている時間はないんじゃないかしら」慣れた手つきでカードを切るルシアンを見て、サブリナは言った。

ルシアンは退屈そうに顔をあげた。「ないと思うかい？」

二十分後、ふたりはまだ応接室にいた。サブリナが悩ましげにため息をつくと、ルシアンは面白そうに目をあげた。「グランメールのちょっとしたゲームには、きみもやがて慣れるだろう、サブリナ。忍耐を学ばなくては」

サブリナは彼をにらみつけた。「あなたってお祖母様似なのね」

ルシアンが笑う。「実を言うと、きみたちふたりがどんなに似ているのかと考えていたところだ。これは興味深い会合になりそうだ」

彼は間違っている。しばらくのちに公爵未亡人と向き合ったとき、サブリナはそう思った。ルシアンの祖母は、想像とは違っていた。指輪だらけの手で長年ルシアンの手綱を握って、いまだに離したがらない鬼婆ではなかった。

「すると、この子が新しいキャマリー公爵夫人ね。そんなに強大な権力のある高い地位につくには、ちょっと小さすぎるみたいだけど」

「ご存じないのですか？　大きさと強さは比例しませんのよ」サブリナは不遜に言い返した。スミレ色の目で挑むように、ルシアンによく似た色あせた琥珀色の目を見つめる。

公爵未亡人はしばらくのあいだ黙りこんだあと、満足げに含み笑いをした。「なるほど。あなたは体の小ささを気の強さで補っているわけね」

彼女は楽しそうに、笑顔のルシアンを見やった。「どうやってこんな子をつかまえたの？　わたしの目に狂いがなければ、この子は入ってきたときからずっと、怖い顔でおまえをにらみつけているじゃない」

「花嫁探しに関して、わたしは追いつめられていました。時間の余裕がなかったので、彼女の評判を台なしにして、わたしと結婚せざるをえないように仕向けたのです」彼は恥じ入りもせず堂々と説明した。一方サブリナは、彼の嘲るような顔を見て、内心怒りをたぎらせていた。

「そんな話が信じられるかしら。といっても、おまえだったらやりかねないね。だけど、お互い口も利かないような仲だったら、世継ぎを得るのは難しいでしょう」

「ああ、ご心配には及びません、グランメール。常に角突き合わせているわけではありませんから」ルシアンの言葉にサブリナは真っ赤になり、しれっとしている彼の横顔をにらみつけた。

公爵未亡人はあきれたようにふたりを交互に見ながらも、喜びに目を輝かせていた。「信用しているわよ、ルシアン。あなたは強情っ張りだけど、絶対にわたしを失望させないものね」サブリナの澄ました顔をうれしそうに見る。「世継ぎを産んでくれるわね？　すぐによ。キャマリーの将来が定まる前に死ぬんじゃないかと心配していたのよ。公爵夫人という立場を誰かに譲りたくてしかたがなかったわ」

「わたしが産むのは娘かもしれません」サブリナはきっぱりとした口調で答えた。

祖母の驚きの表情を見て、ルシアンは笑った。「確かにそうなるでしょうね。サブリナほど強情な女には会ったことがありませんから」

「おまえはこの子にきりきり舞いさせられそうね、ルシアン。この子がいったんおまえにさからったら、おまえは二度と優位に立てない――この子自身がそう望まないかぎり」公爵未亡人は目をきらめかせて忠告した。

「わたしにさからう？」ルシアンはあっけにとられたように言い、皮肉っぽくサブリナを見やった。「妻はそんなこと考えもしないでしょう。そうだろう、サブリナ？」

サブリナはドレスのひだの中でぎゅっとこぶしを握った。「あなたにさからうなんて、ルシアン」甘い笑みを浮かべる。「まあ、そんなこと考えないわ――考えずに実行するだけよ」

ルシアンは降参したように両手をあげた。「おわかりでしょう、グランメール。わたしにはお手あげです」

公爵未亡人は訳知り顔でうなずいた。「いまは腹を立てているみたいだから信じられないでしょうけど、きっといずれはすばらしい結婚生活が送れるようになるわ。本当よ。それにしても、ふたりとも気の強い激情家ね。おまえたちが殺し合わないかと心配だわ。それだけはやめてね。少なくとも男のひ孫ができるまでは」

「ご心配なく、グランメール。サブリナは殺しても死にませんよ。見かけは華奢でおとなしそうですが、上品な物腰にだまされないでください。外見は優美でも、中身は強靭ですから」

公爵未亡人はすっかり楽しそうな笑顔になった。「では、お茶を飲んでいきなさい。それが終わったら帰っていいわ」彼女はベルを鳴らして執事を呼んだ。

ルシアンはサブリナに身を寄せた。「きみは認められたんだ。誇りに思ったほうがいい。グランメールはめったに人をお茶に誘わない。わたしだって、そんな栄光に浴することはほとんどないんだ」とささやく。

「めったにわたしを喜ばせてくれないからでしょ」公爵未亡人が切り返した。「でも今回は喜ばせてくれた。この小娘を妻にして、わたしをひいお祖母さんにしてくれるんだもの」

「光栄です、グランメール」穏やかに答えながらも、ルシアンの目はサブリナの開いた唇に向けられていた。

「おかしなこともあるものね」公爵未亡人は不意に、昨日受け取った手紙のことを思い出したようだ。「パーシーの一家が、真夜中にロンドンを出ていったらしいの。ケイトも一緒に。泥棒みたいにこそこそと。大陸のどこかに姿を消したんですって。変な話だわ」問いかけるようにルシアンを見る。「おまえはなにか知っている？」

ルシアンは無意識に顎をさすりながら、どう答えようかと思案しているようだった。「いいえ。パーシーとはそれほど親しくありませんでしたから。彼がどうしたのかはわかりません。知っているのは、ロンドンの屋敷を含む全財産を売り払ったことだけです。大陸に永住するつもりらしいですね」

「本当に妙だわ。だけどまあ、パーシーとケイトは、おまえがキャマリーを手にした以上、自分たちが相続する望みはなくなったと思ったんでしょう。だから新天地を求めたのかしらね。おまえの運のよさにはかなわないと悟って」

「たぶんそうでしょう、グランメール」

公爵未亡人は杖をトントンと床に打ちつけながら考えこんだ。「だけど、なんとも理解しがたいのは、パーシーの嫁のレディ・アンから届いた別の手紙よ。どうも、あの人が家族を仕切るようになったみたい。あの憶病な女が、ようやく声をあげたのよ。手紙によると、いまではケイトは具合が悪くて部屋にこもっていて、パーシーは毎晩飲んだくれて寝ているんですって。まったくわけがわからないわ」彼女は顔をしかめた。

ルシアンは黙ったまま紅茶を飲み、じっくり時間をかけてケーキの皿からひとつを選んだ。サブリナは彼の傷跡がぴくぴく動いているのに気がついた。これまでの経験から考えるに、彼はなにかに心を悩ませているらしかった。しかしルシアンのほうは、それを口に出すつもりはなさそうだった。彼が顔をあげたとき、そこに表情はなかったのだ。

次にサブリナは、ドレスの試着の最中にルシアンが部屋に入ってきたときのことを思い出した。あのとき部屋には人があふれていた。椅子やテーブルの上にはさまざまな色のシルクやビロードの生地が置かれており、仕立屋がそのいくつかを広げてじっくり眺めていた。髪結いはサブリナの髪をといてきれいな巻き毛をつくり、演奏家は部屋の隅で物悲しい旋律を奏でていた。ダンス教師はサブリナに注意を向けられるのをじりじりと待っていた。朝食時から彼女を取り巻いていた数人の崇拝者は、黒い髪にどのドレスがいちばん似合うかについて意見を述べていた。

サブリナはルシアンがにぎやかな集団に背を向けるのを目にした。広い背中が扉をくぐって部屋を出ていくと、サブリナはうわさ好きの女や従者を気取るしゃれ男に囲まれたまま、ひとり取り残されたように感じた。取り巻き連中のことは、好きでもなんでもなかった。むしろ軽蔑していた。彼らと親しげに付き合っていたのは、単にルシアンへのあてつけだ。なのにルシアンは、サブリナがなにをしても平気な顔で、まったく気にしていない様子だった。それでもたまに、ばか騒ぎに興じるサブリナを、輝く琥珀色の目で見つめていることがある。そんなとき、彼は懸命に自分を抑えているようだった。サブリナはときどき、彼が癇癪を起こしてくれればいいのにと思ってしまう。なんらかの反応を示してほしい。だからこそ、あんなふうにいろいろとルシアンを挑発して反応を引き出していたのだ――あそこまで激しい反応は予想していなかったけれど。

あるとき、ふたりは仮面舞踏会に招かれた。サブリナはうきうきしてギリシャ神話の女神に扮した。両腕はむき出しで、柔らかな布は動くたびに体にまとわりつく。満足の笑みをたたえて応接間に入ったとき、ルシアンの表情が見えた。金色のサンダルから爪先をのぞかせて大胆に目の前に立つサブリナを見て、彼の顔は険しくなった。

「部屋に戻ってくれ、マダム。そんな格好では家から出してやらないぞ」ルシアンが冷たく言い放った。

「だめなの？」サブリナのスミレ色の目がぎらりと光った。

「ああ、だめだ」ルシアンが小声で答えた。彼は黒いビロードのスーツという地味な装いで、仮面舞踏会のために顔の上半分を覆うドミノ仮面をつけただけの格好だった。

「いままで、わたしのすることに反対しなかったのに。どうして？」

「きみはわたしの妻、キャマリー公爵夫人だからだ。体面を汚すようなことは許さない」彼は傲慢に言った。

サブリナの顔が怒りで真っ赤になった。「わかったわ、わたしは絶対に、自分の高い地位を忘れることも、ドミニク家の名を汚してもいけないのね」

ルシアンはしばらく沈黙を守った。その姿はいままでにも増して公爵然としていた。「着替えに十分だけ時間をやろう」それだけ言うと、彼は背を向けた。

サブリナは泣きながら走り出て大階段を駆けのぼり、自室に戻ってぴしゃりと扉を閉めた。気持ちを落ち着けようとしながら、どうしたものかと思いにふけった。ルシアンのために今夜を台なしにされてたまるものか。そのときふとひらめいて、彼女は目をきらめかせ、引き出しを順々に開けて衣装を捜した。

十五分後、ルシアンが先に出発したのではないかと危惧しながら応接室に駆けこむと、彼は暖炉の炎を見つめていた。「行きましょうか?」サブリナは息を切らせて声をかけた。

顔をあげたルシアンは、覆面姿のサブリナを見て息をのんだ。「なるほど、ボニー・チャーリーの最後の登場か?」よどみなく言って、ブリーチズ、ブーツ、腰からさげた剣に視線を走らせる。そして、しぶしぶながら称賛する表情になった。「お見事だ、サブリナ。ブリーチズをはいて仮面舞踏会へ行くがいい。今夜いちばんの注目を浴びるのは間違いない。過去の被害者が出席していなければいいが」

もちろんルシアンの予言どおりだった。その夜、ビロードのブリーチズをはいた小柄な紳士が実はキャマリー公爵夫人だと明らかになったとき、場は大騒ぎになった。

けれどもやがて、サブリナはロンドンの喧騒に退屈しはじめた。妊娠も進んだので、社交界での活動は終わりを迎えた。そのため喜んでロンドンを離れて静かなキャマリーに戻り、子どもの誕生を待つことにした。彼女をひとりで田舎に行かせるとルシアンが決めたとき、サブリナは表情にこそ出さなかったものの、驚き、また傷つきもした。

「きみはわたしの存在を煙たがっているようだ。だからわたしがキャマリーに同行しないほうが、せいせいするだろう」自分の突然の決心にサブリナがどんな反応を示すかと、ルシアンが琥珀色の目を細めて見守っている。しかし、真の感情を隠すことに慣れていたサブリナは、どうでもいいとばかりに肩をすくめた。「あなたの好きにすればいいわ。思いやりには感謝します。珍しく、わたしの気持ちを考えてくれたみたいね」いかにもほっとしたというふうを装って言った。

ルシアンがキャマリーに行かなくて本当によかったのだ。サブリナはそう自分に言い聞かせようとした。なのに長い馬車の道中、彼がロンドンでなにをしているのかと考えないではいられず、うんざりとため息をついた。自分がなにを望んでいるのかわからなかった。プライドと怒りがいまだに欲望を抑制していた。でも本当は、ルシアンを見るたびに胸がどきどきしていたのだ。彼に惹かれていることは認めざるをえない。

キャマリーへ行く途中、サブリナはヴェリック・ハウスに立ち寄った。姉と暮らせる日が来るのを待っていたリチャードを拾うため、そしてメアリーの結婚式に出席するために。姉を見たときはうらやましく感じた。サブリナがロンドンで特別につくらせた、六メートルの裳裾《トレイン》がついた銀色の薄絹のドレスをまとったメアリーは、とびきり美しかった。彼女は赤い髪にオレンジの花をつけ、グレーの目を潤ませて、愛をこめてテレンス・フレッチャーを見つめながら通路を歩いた。ルシアンは結婚式の朝、ふたりを祝福するために立ち寄っただけだと言って突然現れた。そして式が終わると、なんの説明も別れの言葉もなくふっと姿を消した。

ヴェリック・ハウスに滞在中、サブリナはキャマリーの温室から届けさせたかご一杯のオレンジとレモンを持ってミセス・テイラーを訪問した。でも、狭いコテージに座ってミセス・テイラーと談笑したときのことを思い出すと、悲しくなった。サブリナの立場はすっかり変わっていたのだ。彼女を客に迎えて、ミセス・テイラーは緊張し、サブリナの身分を考えてそわそわしていた。それでもジョンとウィルは以前のままだった。いつものように親しい友人として冗談を言い、しきりにロンドンの話を聞きたがった。

リチャードを連れてヴェリック・ハウスをあとにするとき、思い出がどっと心に押し寄せて、彼女は涙をこらえた。

それからの数カ月はキャマリーで静かに過ごした。冬は寒く、胎児の成長とともに腹がどんどんふくらんできたので、ほとんど家にこもりきりだった。ルシアンはめったに顔を出さなかった。たまに来たときはサブリナに目もくれず、リチャードとばかり過ごしていた。きっと妻の不格好な体にうんざりしていたのだろう。

クリスマスになるとメアリーとテレンスがやってきた。マーガレットおば、ホブス、そしてスパニエルを連れて。サブリナの驚いたことに、ルシアンはいかにもドミニク家の当主らしく愛想のよさを発揮して親切に客をもてなし、みなをすっかりくつろいだ気分にさせていた。

互いのあいだになんの誤解もなければ、ふたりはどんな生活を送っていただろう――ふと気がつくと、サブリナはそんなことを考えてしまう。彼女が記憶を失っていたときのように、ルシアンが心からサブリナを愛し、気遣ってくれていたなら。だが当時のルシアンにとって、あれはただのゲームだった。求めていた領地と子どもを得たいま、彼はもはやサブリナになんの興味も抱いていないのだ。

ようやく長い冬が終わり、雲が晴れて青空がのぞくようになると、出産が近づいてきた。かなり前から赤ん坊が動くのを感じていた。すばらしい感覚だった。はじめて胎動があったときは驚きにあえいだ。そっと腹に手を置くとふたたび動きが感じられ、彼女は顔をあげ、目を輝かせてルシアンを見た。そのとき彼は熱っぽいまなざしをサブリナに向けていたけれど、すぐにその表情を隠して、いぶかしげな視線を送ってきただけだった。

リーア・クレア・ドミニクが生まれたのは早朝だった。いきなり外界に放り出されて驚いた赤ん坊の元気な泣き声を聞くと、メアリーは安堵してほほ笑み、子どもをサブリナの腕に抱かせた。

「そうか」ルシアンは妻と娘を見おろしてぽつりと言った。「女の子を産むとは、やはりきみはわたしにさからうんだな、サブリナ」

サブリナは疲れた顔で彼を見あげた。けれど彼の目の輝きを見ると、返事をする気力がわいた。「これからもね」

五月には、普通に動けるようになっていた。でも、ロンドンへ行きたいとはまったく思わなかった。リーアが生まれる前に送っていたような生活に、もう興味はなかった。

公爵未亡人はひ孫が男の子でなかったことに落胆しつつも、赤ん坊に会うため珍しくキャマリーを訪れた。山のようなプレゼントを渡し、腕に幼子を抱きさえした。リーアがスミレ色の目で見つめながらキャッキャッと笑ったときには、老婆の顔から不満が消えた。それでも帰っていくときは、「次は男の子を頼んだわよ」と念を押した。

そのときサブリナはルシアンの視線を避けてほほ笑んだ。〝次〟がないとは言いたくなかったのだ。

ふたりの亀裂を決定的にした出来事は、サブリナが起こしたものではなかった。ルシアンは娘の誕生を祝って舞踏会を開くことにした。キャマリーでこうした行事が行われるのは、ずいぶん久しぶりのことだった。一日じゅう引きも切らずに客が押しかけ、応接室もあたたかな陽光の差す庭も人であふれた。ロンドンで知り合ったサブリナの友人も多かったが、大半はルシアンの友人だった。サー・ジェレミー・ウィンターズ夫妻など好感を持てる人物も少しはいたものの、大多数は遊び好きな連中で、サブリナはそんな人間にキャマリーにいてほしくなかった。リーアとルシアンとともに過ごしたかった。ルシアンはリーアの誕生以来、かなりの時間をキャマリーで過ごすようになっていたのだ。

客の中にグランストン公爵を見つけたときは仰天した。しかし、彼のような立場の人間を招かないのは失礼にあたるのだろう。ルシアンが彼との結婚を妨害してくれたことを、サブリナはいまではありがたく思っていた。彼は相も変わらず不快な男で、意外なことにずっと彼女につきまとっていた。サブリナはしばしば薄い色の目が自分を追っていることに気づき、彼が好色な表情を隠そうともしないのを見て身震いした。ある夜、グランストン公爵はいつものごとく飲みすぎ、夜中の二時過ぎには手がつけられないほどあばれて、がっしりした従僕ふたりに連れ出された。だから翌朝、馬に乗って領地内の森に入っていったとき、近寄ってきた彼を見てサブリナはたいそう驚いた。彼の乗った馬に進路をさえぎられたので、しかたなく馬の歩調をゆるめた。

「おはようございます」肉づきのいい顔に浮かんだいやらしい笑みを無視して、しっかりした声で挨拶し、いぶかしげに尋ねた。「なにかご用でしょうか？」

「いやはや、サブリナ」公爵はなだめるような口ぶりで馬を寄せてきた。「そう呼んでもいいだろう？　なにしろ、もう少しで夫婦になるところだったのだから。いつものようにルシアンに一歩先行されてしまったが。それとも、キスを先行されたと言うべきかな？」彼は意味ありげにサブリナの唇を見ながら声を立てて笑った。

「失礼します、ほかのお客様のお相手もしなければなりませんので」サブリナは高慢に顎をあげた。

「いや、サブリナ、わたしの相手をする時間くらいあるだろう。わたしはいちばん地位の高い客だぞ。だから愛想よくしてもらおう。肘鉄砲を食らわせるのは失敬だ」

「すぐにどいてくださらなかったら、肘鉄砲どころではすみませんわ」サブリナは冷たく警告した。「あまりしつこくなさったら、夫が許しませんわよ」

　グランストン公爵は無礼に笑い飛ばした。「ルシアンか？　あいつもどこかでよろしくやっているはずだ。きみの居場所など気にしないさ。レディ・サラのお相手で忙しいからね。あのふたりを庭園で見てから、まだ十五分もたっていない。だから」彼はウィンクをして声を落とした。「この小さな森にはわたしたちふたりだけだ。そうだろう？　きみと親しくなれなかったのを、ずっと悔やんでいたんだ。きみとルシアンが結婚したときは絶望に陥った。

しかし、ルシアンはきみをここに残してひとりでロンドンに残り、昔のような娯楽にふけり出した。だから、わたしたちがある種の合意に達することができるのではないかという、新たな希望が生まれたのだよ」

サブリナは生まれてこの方、これほどひどい屈辱を感じたことはなかった。「どいてよ」スミレ色の目を怒りでぎらつかせ、荒々しく言う。

「きみは美しい。こんなにきれいな女は見たことがない」グランストン公爵はつぶやきながら馬を近づけてきて、サブリナの馬を木のほうにぐいぐい押しやった。サブリナは馬を後退させようとしたけれど、公爵からは逃げられず、つかまって抱きしめられた。熱い口を寄せてキスしようとする公爵に抵抗を試みたものの、気持ちの悪い唇を押しつけられてしまい、嫌悪に身を震わせた。怒りに駆られた彼女は、力任せに公爵を押しのけた。突然強い力で押されて驚いた公爵はバランスを崩し、鞍から滑り落ちた。とげのあるキイチゴの茂みに突っこみ、痛みにうめいた。サブリナは馬を走らせて藪を駆け抜け、森を出た。グランストン公爵の罵声が後ろから草原に響き渡った。

サブリナが屋敷に戻ると、ルシアンはレディ・サラと笑い合っていた。レディ・サラはもてなし役を引き受け、数人の客に紅茶を注いでいた。サブリナは無言できびすを返し、二階へと逃げていった。

妻のくしゃくしゃの帽子やぎらついた目に気づいたルシアンが、不満げなレディ・サラを残して中座し、サブリナを追いかけてきたようだ。サブリナが怒りに任せて帽子をベッドに投げつけ、上着を脱ごうとしているとき、ルシアンが入ってきた。

「なんの騒ぎだ？」上着を無造作にベッドに向かって放り投げるサブリナを、ルシアンは見つめた。上着はベッドをそれて床に落ちた。「きみは地獄の番犬に追われているかのように応接室に飛びこんできて、わたしをにらみつけたあと、足を踏み鳴らして出ていったんだぞ」

サブリナは彼に向き直った。唇がわなわな震えている。「たったいま、自分の屋敷でひどい侮辱を受けたのよ。そして応接室に入ったら、あなたが愛人と楽しそうに笑っていた。わたしがこんな立場に置かれたのも、あなたのせいだわ。みんな思っているのよ。あなただって妻の前であからさまに浮気しているんだから、わたしを口説くのも自由だろうって」

ルシアンは怒りに唇を引き結んだ。「きみがなにをごちゃごちゃ言っているのか、さっぱりわからないね。妻と同じ屋根の下に愛人を泊まらせたりするものか」彼は当然のように言った。「愛人には家を買ってやるのが普通だ」

サブリナの顔が蒼白になった。「だったら、さっさと愛人のところに行きなさいよ。早く行きたくてたまらないんでしょ！」

ルシアンは怒りにまみれた妻の顔をにらみつけた。「時間がたてば、わたしたちの関係も変わると思っていた。子どもが生まれたら、きみも少しは穏やかになると期待していた。しかし、意固地なところは変わらないな。こんな生活をつづけるのは無意味だという気がしてきた。きみはいつまでたっても成長しないらしい」

扉に向かう彼の後ろ姿を、サブリナはじっと見つめた。行かないでと言いたかった。なのに、振り向いたルシアンはこう言った。「きみの助言に従うとしよう。環境を変えれば気分もよくなるだろう。きみのふくれっつらや不機嫌さに付き合うのには、もううんざりだ。わたしが求めているのはおとなの女性だ。幼い小娘ではない」

サブリナは閉じた扉を眺めた。希望は失せ、胸は張り裂けた。あれほど冷たく無情なルシアンの声は聞いたことがなかった。どうしていいかわからず、彼女はすすり泣きながら崩れ落ちた。

それが一週間前のこと。いま、サブリナはひとりでキャマリーにいる。ルシアンは自らの言葉どおり、客たちとともにロンドンへ行ってしまった。サブリナは乳房に吸いつくリーアを愛情のこもった目で見おろし、ふわふわと柔らかな頭にキスをした。胸に抱く赤ん坊の感触は、なんとも言えずすばらしい。リーアは小さな手で、母の肩に落ちた髪をぎゅっと握っていた。

「サブリナ」マーガレットおばが忍び足で入ってきてささやいた。ヴェリック・ハウスからお供してきたスパニエルを後ろに従えている。

サブリナははっとして顔をあげた。記憶が戻ってからの追想にふけっていて、なにも聞こえていなかったのだ。「マーガレットおば様、今日は早起きなのね。昨日いらっしゃったばかりだから、ゆっくり寝ているのかと思っていたわ。おば様は旅が嫌いなんでしょう」

「どうしても来なくちゃいけなかったの。完成したのよ」マーガレットは姪に期待の目を向けた。「いまこそあなたに言わなくては」

「なんの話？」興味はなかったものの、サブリナは礼儀上、身を乗り出して尋ねた。

「秘密よ、もちろん」マーガレットおばが声をあげる。「あなたも秘密を知るのよ、いますぐにね。見せてあげるわ」

サブリナはおばの興奮した顔を意外そうに見やった。これほど生き生きしているおばを見たのははじめてだ。「どんな秘密なの？」

「あら、人のいるところでは言えないわ」乳を吸う赤ん坊を意味ありげに見て、きっぱりと言う。「誰にも盗み聞きされるわけにはいかないの」

おばがそわそわと両手をもみ合わせるのを見て、サブリナは顔をしかめた。紫がかったブルーの目は抑えた興奮で輝いている。下を見ると、リーアは丸顔にかすかな笑みを浮かべて眠っていた。

「リーアをベッドに寝かせてくるわ。それから話しましょう」やさしく語りかける。「すぐに戻るわね」普段は穏やかなマーガレットおばの顔に苛立ちがよぎるのを見て、サブリナはなだめるように言った。

応接室に戻ると、マーガレットおばは椅子の端に腰かけていた。分厚いタペストリーを胸に押しあて、期待で顔を輝かせている。「遅かったわね。一時間もかかったんじゃない」実際には、サブリナが部屋を出てせいぜい十五分くらいだったのだが。

「ごめんなさい。さて、どんな秘密を教えてくださるの？」

マーガレットおばは、いわくありげにほほ笑んだ。「ずっと長いあいだ胸にしまっていて、誰にも言わなかった秘密。絶対に話してはいけなかったの。アンガスに約束させられたから。なにがあっても約束を破らなかったわ」彼女は澄まして言った。

サブリナは愕然として、長椅子のおばのとなりに腰をおろした。「つまり、お祖父様がおば様に秘密を話したということ？」疑わしそうに訊く。

「ええ、そうよ。アンガスはとっても心配していたの。どうしてなのか思い出せないけれど。訊かなくちゃいけないわね。でも、このごろ全然会わないわ」マーガレットは頭が混乱してきたようだった。「あの人、どこに行ったのかしら」

サブリナはおばの手をぽんぽんとたたいた。早く本題に戻ってほしくてやきもきしていたけれど、おばをせかしてもしかたがないことは知っている。「お祖父様は元気よ。さあ、話をつづけてちょうだい。お祖父様はなんとおっしゃったの？」

ふたたびマーガレットの目の焦点が合った。彼女はタペストリーをしっかり握っている。きょろきょろ見回してほかに人がいないのを確かめると、畳んだタペストリーをふたりの膝の上に広げた。

無数の細かな縫い目が描き出す色彩豊かな光景に、サブリナはうっとりと見入った。「まあ、きれい」丹念に刺繍されたタペストリーに触れてため息をつく。

「よく見てちょうだい。ただの風景ではないのよ」マーガレットの顔には秘密めかした笑みが浮かんでいる。

タペストリーをじっくり見たサブリナは、そこに縫いこまれた景色に気づいてぽかんと口を開けた。「まあ、あのお城だわ。それに湖。ハイランドの地図になっているのね」感心して言ったあと、城のまわりにいる五人の人物を見て唖然とした。同じ五人が、青いシルクの刺繍で表された湖に浮かぶ小船にも乗っている。「わたしたちのスコットランドからの逃避行を描いたのね」さらにじっくり観察すると、あの運命の日の出来事が順に描かれていて、サブリナは目を丸くした。そのとき突然、何年も前に瀕死の祖父がうわごとのように言った言葉が脳裏に蘇った。

「糸、金の糸」そうつぶやいたとき、マーガレットおばの骨張った指が白と金の糸で刺繍された小さな教会を指さすのを見てびくりとした。

教会、にせもの。祖父はそう言っていた。さらに見ていくと金色の筋が見えた。湖の端から灰色の岩のあいだを通り、黒いところに消えたあと、その向こうに金のかたまりとなってふたたび現れていた。

「まあ、そんな」サブリナは興奮と驚きで大声をあげた。「埋められた財宝だわ。お祖父様の金貨、お城やクランに伝わる貴重な宝物」サブリナは両手で顔を覆い、悔しさと絶望に首を振りつづけた。「ずっとあったのね。ずっと、宝はそこにあったんだわ。ヴェリック・ハウスで暮らして、わたしが生活のためにしかたなく盗みを働いていたあいだ、おば様は宝物のありかを知っていたのね。ああ、マーガレットおば様、どうして教えてくれなかったの?」

サブリナが顔をあげると、おばもスパニエルも姿を消していた。六年のあいだ抱えていた秘密を吐き出して、彼女はすでに興味を失ってしまったのだ。

すべては無意味だった。サブリナはうんざりと考えた。でもマーガレットおばを責めることはできないし、怒りも感じていなかった。おばは祖父から言われたことをしただけだ。祖父は秘密をマーガレットの器用な指にゆだねたのだ。何世代にもわたって受け継がれるタペストリーに縫いこまれていれば、秘密はなにがあっても安全に守られ、忘れられずにすむ。祖父はそう考えたのだろう。

そしてマーガレットおばは、祖父の言葉を文字どおりに受け止めた。話していれば家族の生活が楽になっただろうなどとは思いもせずに。祖父が描いた地図を手本にして刺繍したに違いない。

サブリナは悲しい顔でタペストリーを見おろした。この秘密をもっと早く知っていれば、なにもかもが違っていたはずだ。涙で視界が曇り、色とりどりの糸がぼやけて見えた。

「サブリナ?」応接室に入ってきたリチャードは、長椅子に座った姉がタペストリーを胸に押しあてて声を出さずに泣いているのを見て、不安そうに尋ねた。「どうかしたの?」

姉の横に座って、ぎこちなく肩に手を回す。「ルシアンが行っちゃったから?」サブリナが泣いている理由を推測して、彼は尋ねた。

サブリナは顔をあげ、手の甲で顔を拭いた。「いいえ。ここにあなたが受け継ぐべき財産があるの。たぶん、あなたは大金持ちよ」

神経質な笑いを漏らす。

「ぼくが、金持ち?」リチャードは半信半疑だった。「だから泣いているの?」

「違うわ。ちょっと昔のことを思い出しちゃっただけ。それで悲しくなったのよ」

「それ、マーガレットおば様のタペストリーだよね？」リチャードはサブリナが握りしめているものの正体を見て取った。タペストリーには涙のしみがついている。

「そうよ」サブリナはタペストリーを丁寧に四角く畳んだ。

「おば様が怒るよ、それを見られたら。だって、絶対に誰にもさわらせてくれないだろう」

「完成したのよ、リチャード。たぶんおば様は、もうタペストリーのことなんて覚えておられないんじゃないかしら。何年ものあいだ、あなたのために預かってこられたの。あなたが受け継ぐ財産なのよ、ディッキー」

リチャードは眉をひそめた。「タペストリーが？」無表情になって、布に目をやる。「どうしてタペストリーをもらえるの？　これをどうしたらいいの？」

「これは財産のほんの一部。いちばん重要な部分ではあるけれど」サブリナは慎重に切り出した。「これが、お祖父様が埋めた宝物を見つけるための鍵だから。お祖父様はすべてをあなたに遺したのよ。ただひとりの男の世継ぎであるあなたに。宝物をイングランドに奪われないために、山中に埋めたの。その場所がここに描かれているのよ。マーガレットおば様の刺繍に」

リチャードの目が大きく開いた。「ぼくのもの？　お祖父様が宝物をぼくに遺してくれたの？　ほんとに宝物があるなんて、思ってもいなかった。ずっと、サブリナがつくったおとぎ話だと思っていたんだ」

彼は興奮して飛びはねた。「やった、サブリナ、ぼくは金持ちなんだ！」

「リチャード、こっちに来てちょうだい」サブリナは部屋じゅうを跳ね回る弟を呼んだ。

「あなたをがっかりさせたくないんだけど」彼がふたたび腰をおろすと、サブリナはやさしく言った。「本当かどうかはわからないのよ。絶対に宝物がそこにあるという保証はないわ。おば様はああいう人でしょ。マーガレットおば様の妄想かもしれない。それに、もう何年もたっているから、誰かが見つけたということも考えられる。イングランド軍は徹底的に捜したでしょうし」

リチャードは落胆を隠しきれなかった。それでもサブリナをまねてつんと顎をあげ、自信をこめて言った。「そこにあるよ。ぼくにはわかるんだ。ぼくの宝なんだよ、サブリナ。それがあれば、ぼくたちはヴェリック・ハウスに帰って、前みたいに暮らしていける。ルシアンが来てすべてをむちゃくちゃにする前の生活に戻れるんだ。あいつがまたサブリナを不幸にするのは、ぼくが許さない。これからはあいつと暮らさなくてもいい。会わなくてもいいんだ」リチャードは気を高ぶらせた。「ぼくとリナとリーアで、ここを出よう。昔みたいに楽しく暮らそうよ」

弟の忠誠心に感動して、サブリナはリチャードを抱きしめた。「ああ、リチャード。わたしもそうしたいわ。でも手遅れなの。いまとなっては、それはただの夢よ。だけど、わたしとリーアのことを思いやってくれたのはうれしいわ」

「手遅れじゃないよ、リナ」リチャードは頑固に言い張った。

「いつかスコットランドに行って宝探しをしましょう。でも、無駄足になるかもしれないわよ」

リチャードはきちんと畳んでサブリナの膝に置かれたタペストリーを見つめた。そのとき、彼の青い目は決意で輝いていた。

翌朝、サブリナが朝食を取っていると、執事が食事室に入ってきた。気まずそうに咳をしてサブリナの横に立つ。彼女はいぶかしげに顔をあげた。「なに、メイソン？」

「お食事中のところをお邪魔して申し訳ございませんが、馬丁が緊急のお知らせがあると申しております」

「緊急？　だったら通してちょうだい」

「ただちに連れてまいります」執事はほっとした様子で馬丁を呼びにいった。

サブリナは不安な思いで紅茶をすすった。礼儀正しいメイソンが食事の最中に馬丁を連れてくるほどの緊急事態とは、いったいなんだろう。メイソンが男を伴ってやってきたので、彼女は目をあげた。男はもじもじして、恥ずかしそうに顔を真っ赤にしている。彼が数人いる馬丁頭のひとりだと気づいたサブリナは、励ますようにほほ笑みかけた。「なにか困ったことがあるのなら、話してくれる？」

黙りこんだ男をメイソンが肘でつつく。足元を見つめていた馬丁は顔をあげ、びくびくした様子で咳ばらいをした。「あの、奥様、おれはなんでもべらべら触れ回る人間じゃないんですけど、お坊ちゃんのことはお耳に入れておいたほうがいいと思いまして」

リチャードの話だと悟って、サブリナの目つきが鋭くなった。「ええ、ぜひ教えてちょうだい。フェイヴァー卿はなにをしでかしたの？　またあなたの靴を水浸しにしたり、あなたの帽子を射撃の的に使ったりしたんじゃないでしょうね？」

　馬丁は不安そうにもじもじした。「違うんです。お坊ちゃんは夜明け前にこっそり屋敷を抜け出して、馬に乗って出ていかれたんです。足音も立てずに。おれはお坊ちゃんの後ろ姿を見ました。それは、あの――」頬を赤くしてもごもご言う。「起き出したのがちょっと遅かったもんで」

「わかったわ。あの子、普段なら行き先を言わずに出ていったりしないんだけど、きっと一刻も早く出発したかったのね。たぶん池の向こうで釣りをしているか、森のどこかで狩りをしているんでしょう」そう言いながら、サブリナはなぜこれがそんなに緊急なのだろうといぶかっていた。

「それが奥様、普通ならおれもそう思って、あわててお知らせにきたりしないんです。だけどさっき、〈フライング・ホース〉亭の馬丁が、お坊ちゃんの馬を連れてきたんです」

「なんですって？　リチャードは馬から投げ出されたの？　怪我をしているの？」サブリナは恐怖の表情になり、あわてて立ちあがった。

「違います。馬丁はお坊ちゃんから、馬をここに連れてくるようにって言われたんです。フェイヴァー卿はもう馬を使われないからと」

「使わない？　それで、リチャードは〈フライング・ホース〉亭でなにをしていたの？」馬丁の答えを聞いたとき、サブリナは突然寒気に襲われた。

「北へ向かう乗合馬車に乗られたそうです。お坊ちゃんがお出かけになるご予定を奥様がご存じないかもしれないと思いまして、こうしてお知らせにまいりました」ぎこちなく締めくくった馬丁は、サブリナの顔から血の気が引くのを見ておののいた。

「ああ、リチャード」部屋の衣装箱に入れたタペストリーがなくなっていることは、確かめるまでもなくわかっていた。リチャードは自分の宝物を取りにいこうとしているのだ。

「ありがとう」サブリナは礼を言った。「すぐに知らせにきてくれてよかったわ。では、馬車を用意してくれるかしら。わたしは一時間以内に出発するから」


メアリーは上掛けの下に潜りこみ、シーツの冷たさを感じて爪先を丸めた。不満顔で、自分の横の空間を見る。テレンスが早くベッドに来てあたためてくれたらいいのに。彼はいま、書斎で帳簿に目を凝らしている。懸命に領地の切り盛りを学ぼうとしているのだ。将校の職を辞した彼は、小作人をまとめ、領地を改革することに全神経を注いでいる。長くこの地を不在にしているあいだに留守を任せていた管理人は、いいかげんな仕事しかしていなかった。けれどもいまはテレンスが責任者だ。彼は無秩序な軍隊に規律をもたらす将校のごとく、領地の経営を立て直そうとしている。

自らの人生のことを思ったとき、メアリーは幸せで満ち足りた笑顔になった。テレンスの花嫁としてここグリーン・ウィロウズに住むようになって八カ月。子どもの誕生が待ちきれない。彼女はひそかに父親似の息子を望んでいるけれど、テレンスは娘がほしいと公言している。自分は女好きだから、と言って。リーアのようなかわいい女の子を想像したあと、メアリーは首を振った。この世に、あの赤ん坊ほどかわいい子どもはいない。金色の巻き毛、スミレ色の瞳、花のような美しさ。リーアが両親に幸せをもたらしてくれればいいのだが。メアリーはときどき、サブリナとルシアンは永遠に幸せになれないのではないかと絶望に陥ってしまう。結婚してから、あのふたりの仲は険悪になる一方だ。メアリー自身の結婚とはまったく違っている――それもしかたがない。メアリーとテレンスは、サブリナとルシアンとはまったく違うのだから。彼らはあまりにもプライドが高く傲慢で、どちらも相手に譲歩して歩み寄ろうとしない。悲しいことだ。彼らが愛し合っていることをメアリーは知っている。けれど、そろそろ溝を埋める努力をしないと、手遅れになってしまう。苦々しい思い出ばかりが積み重なれば、ふたたび愛し合うことは不可能になるだろう。最近ロンドンからはさまざまなうわさが聞こえてくる。メアリーは信じたくなかったけれど、ルシアンがその気のある女に愛を求めているという話はもっともらしく思える。でも、サブリナに愛人がいることは信じたくない。きっと、すべてはうそなのだ。

メアリーは寝返りを打ってあおむけになり、思いを無理やり別のことに向けた。マーガレットおばがもうすぐ訪ねてくる予定になっている。いまはサブリナのところに滞在しているが、来週にはこちらに来るはずだ。メアリーはグリーン・ウィロウズとキャマリーを心の中で比較した。ふたつの屋敷はまったく異なっている。壮麗なキャマリーに比べると、グリーン・ウィロウズはちっぽけに思える。この屋敷にはキャマリーのような立派な階段も絵を描いた天井も豪華な部屋もない。でも、イチイの垣根に挟まれた私道の先に立つ家には赤レンガ、縦仕切りの入った窓、切妻屋根があって、見るからに住み心地がいい。すてきな螺旋階段、オークの羽目板張りの食事室、メアリーの好きな黄色やブルーに塗られた応接室と客間。子ども部屋の改装はつい最近終わったところだ。玩具箱にはおもちゃの兵隊が入っている。彼女は満足の笑みを浮かべて眠りに落ちていった。息子を腕に抱く日のことを夢に見ながら。

メアリーが目覚めたのは、大広間に置かれた大時計が十二時を打ったときだった。ぱっと体を起こすと、寝間着は汗びっしょりになっていた。顔もじっとり汗ばんでいる。彼女は恐怖の悲鳴をあげて部屋から駆け出し、あわてて足をもつれさせながら階段をおりていった。

テレンスは書斎で机に置かれた帳簿とにらめっこしていた。羽根ペンでカリカリと紙をこすって数字を書き入れる。するとメアリーが息を切らせて走りこんできた。彼は驚いて顔をあげた。青ざめた顔を見ると悪態をつき、急いで駆け寄った。

「なにがあったんだ?」メアリーを抱きあげて椅子まで運びながら、心配そうに尋ねる。

「おなかの子どもか?」突然彼は恐怖に打たれた。

メアリーはかぶりを振った。テレンスは安堵に深く息をつき、グラスにブランデーを注いだ。冷たい指にグラスを握らせ、紫色の唇まで運んでやる。メアリーが飲み干すと、彼は手を握って血のめぐりをよくしようとごしごしこすった。「メアリー。なにがあったのか教えてくれ。怖いことがあったんだろう。さあ、話してくれ。どうしたんだ?」

メアリーのグレーの目は大きく見開かれ、瞳は色濃くなっていて、縞瑪瑙《オニキス》を思わせた。血の気のない顔は骨が浮き出て見え、テレンスは白くなった頭蓋骨を連想した。

「あれこれと考えていたの。サブリナのことがとても気にかかっていたけれど、そんな思いはなんとか頭から追い出そうとしたわ」メアリーは身を震わせた。

テレンスがうなずく。「あのふたりのことは、わたしたちではどうにもできないんだよ。彼らは自分たちで解決策を見つけなくてはならない。しかし、ふたりとも意地っ張りだ。きみには心配してほしく――」

「テレンス、そういうことじゃないの」メアリーは絶望的な口調で彼をさえぎった。驚くほどの強い力でテレンスの手を握る。「いままでになかったくらい、強く〝死〟を感じたの。墓地から吹く冷たい風に頬を撫でられたみたいに」

「メアリー」テレンスはささやいた。「そんなことを考えるのはやめろ。病気になるぞ」

ぼんやりと彼を見るメアリーは、まるで他人のようだった。「バグパイプの音が聞こえた。月が湖を照らしていた。とても悲しげで、寒々として、静かだったわ。まるで時間が止まってしまったみたい。それから人が見えたの。最初、顔はぼんやりしていた。だけど霧が晴れたら、小船が湖に浮かんでいた」

ふたたび目の焦点が合う。励ましの表情を浮かべたテレンスに向かって、彼女は理解を求めて言った。「小船に乗っていたのはサブリナだったわ。横にはリチャードもいた。でも、なにか変だったの」

「さあ、メアリー」テレンスは妻の手を軽くたたき、なだめるように言った。「自分でも言っているじゃないか、心配していたんだって。ただの夢だよ」

メアリーは怒って手を引き抜いた。「子ども扱いしないで、テレンス。夢なんかじゃないわ。予知したのよ。なにか恐ろしいことが起こるって」涙をこらえて小声で言う。「サブリナの身に悪いことが降りかかるの。お願い、テレンス、信じてちょうだい。わたしは生まれてからずっとこういう予知をしてきた。それが信じられるものかどうか、ちゃんとわかるの。放っておけないわ。お願いだから信じて。わたしは本当のことを言っているのよ」

テレンスは半信半疑のまま、こぶしを握って目を見開いた妻を眺めた。「わたしにどうしてほしいんだ？　きみが話してくれた曖昧な光景のことしかわからない」

メアリーは身を乗り出した。ブランデーが効いてきて、血色はよくなっている。「キャマリーに行かなくては。サブリナとリチャードをスコットランドに行かせないようにするのよ」

「スコットランドだって！　サブリナたちがそんなところまで行くと思っているのか？　いったいなんのために？　メアリー、よく聞いてくれ。それはおかしい。サブリナがリーアを置いてスコットランドへ行くわけはない。しかもリチャードを連れて」テレンスはメアリーに道理を説こうと声をあげた。

「あなたはわかっていないのよ。目の前に証拠を突きつけられなかったら信じないのね」メアリーはいまはじめて、テレンスに対して苛立ちと怒りを感じた。「なにか手を打たないと予知は現実のものになる。間違いないわ」

メアリーはすっくと立ちあがった。ふくらんだ腹が薄い寝間着越しにはっきりと見える。

彼女はテレンスと向き合ってきっぱりと言った。「こんな悲劇を起こさせたくないの。キャマリーへ行ってサブリナに警告するわ――手遅れでなければ」身を硬くして、テレンスの横をすり抜けていこうとする。

「メアリー」テレンスはささやいて、妻をしっかり抱きしめた。「わたしのメアリー、怒らないでくれ。わたしはきみを安全に自分のそばに置いておくことしか願っていない、身勝手な愚か者だ。きみの言うとおりだ。目に見えないものはなかなか信じられない」メアリーの顔をあげ、グレーの瞳にほほ笑みかける。「一緒に行こう、メアリー。さあ、涙を拭いて、メイドに荷造りをさせるんだ。あたたかい服をたくさん持っていくんだぞ。きみに風邪を引かせたくない」

メアリーは満面の笑みを浮かべた。信頼しきった目でテレンスを見る。唇にキスをすると、さらにきつく抱きしめようとする彼の腕からさっと抜け出た。

ふたりは夜を徹して進んだ。早朝に一度、馬を替え簡単な朝食を取るために休憩した。メアリーは食べるのを拒んだけれど、紅茶はありがたく受け取った。ものの数分もすると、メアリーはしきりに早く行こうとせがみ、ふたりはまた旅をつづけた。夜が明け、空が白むのを、メアリーは馬車の窓から眺めた。田園風景が通り過ぎていく。彼女はなにを見るともなく、もっとなんらかの予知ができないかと自らの内面に意識を向けていた。

昼前になって、ようやく馬車はキャマリーの入り口にたどり着いた。黙って広い玄関広間に入り、階段に向かう。そのとき執事が上からおりてきた。夫を従えて急ぎ足でのぼってくた。

「レディ・メアリー」気まずそうに言う。「あいにく――」

「サブリナはどこ？　ここにいないんでしょう？」メアリーは血相を変えて執事に詰め寄った。

メイソンはぴしっと背筋を伸ばした。「奥様はお出かけです」

「ああ、そんな」メアリーはかすかな声で言った。すかさずテレンスが、よろよろとなった彼女の腰をつかんで支えた。

「さあ、ちょっと座ったほうがいい。紅茶とトーストを」執事に怒鳴りかける。唖然としていた執事は立ち直って命令に従った。

メアリーはダマスク織りの椅子にもたれ、深呼吸して気持ちを落ち着けようとした。テレンスはそのそばでやきもきしている。扉が開き、執事が食事のトレーを持った従僕を引き連れて入ってきた。「公爵はどこ？　わたしたちが来て、すぐに会いたがっていると伝えてちょうだい」

「残念ながら、公爵閣下はいまこの家にいらっしゃいません」

メアリーはなすすべもなく不安の表情でテレンスに目をやった。「フェイヴァー卿も行ってしまったの？」答えを恐れてためらいがちに尋ねる。

「あの、実のところ、そのとおりです」レディ・メアリーの苦悩を察して、メイソンの態度からよそよそしさが消えた。なにしろこの女性は公爵夫人の姉なのだ。「わけがわからないのです。坊ちゃまは昨日どこかへ行ってしまわれました。それを知ると、奥様はひどくお悩みになり、馬車をお申しつけになりました。フェイヴァー卿は乗合馬車を使われたようですが、どこへ向かわれたかはわかりません。しかし、奥様は行き先に心あたりがおありのようでした」彼は当惑していた。「正直に申しあげまして、わたしどもは途方に暮れております。奥様はなんのご指示も残していかれませんでしたので」権威ある相手に重荷をゆだねられて、執事はほっとしたようだった。

「リーアは？」メアリーはふと赤ん坊のことを思い出した。

執事はほほ笑んだ。「お嬢様はお元気です。子ども部屋で乳母と子守りがお世話しております」

「よかった。ちょっと上へ行って、あの子を見てくるわね」メアリーはテレンスに言ってゆっくりと立ちあがった。疲れが見えはじめている。

「わかった。きみも少し休んだらどうだ。いま、わたしたちにできることはないからね」テレンスは妻にそう言ったあと、紙とペンを持ってくるよう執事に命じた。「手紙を送りたい。公爵はいまロンドンだね？」

「さようでございます」メイソンのいかめしい顔に不安がよぎった。

メアリーはそっと子ども部屋に入っていった。子守りはゆりかごの横に座って縫い物をしている。メアリーを見ると、公爵夫人の姉だと気づいて安堵の笑みを浮かべた。メアリーはゆりかごのそばまで来て、眠っているかわいい赤ん坊を見おろした。金色の巻き毛が小さな頭を覆っている。頬はピンク色で健康そうだ。メアリーは人さし指を出して、かわいい爪のついた小さくきれいな指に触れた。

「すごく華奢でかわいらしいわ」とつぶやく。

「たくさんの赤ちゃんを世話してきましたけど、こんなにかわいい子はいませんでしたよ」

メアリーは子守りを見つめた。親しげな表情には好感が持てた。「この子は大切なの。よく世話をしてあげてね。サブリナにとって、かけがえのない子どもだから」

「奥様は昨日の朝ここに来られました。泣き腫らしたみたいな真っ赤な目をしておられました。かわいいリーアちゃんを置いていきたくないご様子で」子守りは悲しげに言った。

「何日くらい留守にする予定か言っていた?」

子守りはかぶりを振った。「お嬢様をしっかり世話するようにとおっしゃっただけです」

メアリーは吐息をついた。最後に一度、眠っている赤ん坊を見て身を乗り出し、柔らかな頬に軽くキスをした。

先ほどの部屋に戻ると、テレンスは食事をしていた。メアリーは湯気のあがる淹れ立ての紅茶を受け取った。

「リーアを見てきた?」彼は質問したが、妻の柔和な表情を見れば答えは明らかだった。

「ええ。世界でいちばんかわいい子どもだわ。まるで小さな天使。わたしはすごく甘いおばさんになりそうよ」

「わたしたちの子どもが生まれるのを楽しみにしているよ、メアリー」テレンスがそっと言う。

メアリーは彼の愛を一身に感じてほほ笑んだ。「そうね。わたしもよ。わたしたちにとって――わたしにとって――うちの子が世界でいちばん大切になるわ。だって、あなたの子どもだもの」

テレンスは妻の手を握りしめた。その後はふたりともなにも言わなかった。やがてメアリーは彼の肩に頭をもたせかけ、息遣いが深く規則的になった。彼は満足の笑みをたたえて顎を赤い巻き毛のてっぺんに置き、自分もまぶたを閉じた――ほんの少しのあいだ、目を休めるつもりで。

夜になってもルシアンはやってこなかった。テレンスが午前中に書いて出した手紙は、午後にはロンドンに着いていたはずだったが。テレンスはメアリーを説き伏せてベッドに行かせ、時計が十二時を打つと自分もあきらめて部屋にさがった。

大きな声にテレンスが目覚めたのは、まだ夜明け前だった。眠りの浅い彼はろうそくをつけ、ベッドで体を起こした。そのとき寝室の扉が大きく開いてキャマリー公爵がずかずか入ってきた。不安と疲労のしわが入った顔で、テレンスと寝ぼけまなこのメアリーを見おろす。いきなり入ってきたことを、ちっとも悪いと思っていない表情だった。

「どういうことだ？」ルシアンはベストのポケットからテレンスの手紙を取り出し、怒りもあらわにふたりの前に突きつけた。「それに、ここはどうなっているんだ？　サブリナの部屋に行ってみたが、無人だった。妻はどこだ？　まさかリーアを置いて家出するとは思えないが」

メアリーは公爵の憔悴した様子を見てあっけにとられていた。金髪は何度もかきむしったかのようにくしゃくしゃだ。顔はすっかり痩せ細り、そのため傷跡がくっきりと見えていた。

「サブリナの身が危険なの」テレンスの警告するような視線を意にも介さず、メアリーは口走った。「あの子とリチャードはここを出てスコットランドに行ったのよ」

「スコットランド？」ルシアンは呆然としてベッドの端に座りこみ、肩を落とした。「なんのために？」

メアリーは肩をすくめた。「わからない。わたしにわかるのは、ふたりの身がひどく危険だということだけ」

ルシアンは無言でメアリーとテレンスを見た。そして心を決めて立ちあがった。「教えてくれてありがとう。もちろん、わたしはこれからふたりを追う」

「きみは地理に不案内だろう。わたしは道を知っている」テレンスはベッドからおりた。

「一緒に行くよ。わたしは役に立つ」

ルシアンはうなずいた。「感謝する、テレンス。昔きみはあそこでサブリナに会ったんだったな。きみの言葉になら、サブリナは耳を傾けるかもしれない」彼は唇を歪めて冷笑した。

「最高の馬に鞍をつけさせて、朝いちばんで出発しよう。馬車に乗るより馬を走らせたほうが速い。元兵士のきみなら、数日野営したり、数時間鞍に座っていたりするのは平気だろう」

彼は扉に向かって歩き出したが、そこで振り向いた。「お邪魔して申し訳なかった」軽く会釈して部屋を出る。

テレンスは思案顔で、閉じた扉を見つめた。もう一度ベッドに戻ると、メアリーを抱きしめてささやいた。「あの男もかなり苦しんでいるようだ」

月影の横でわたしを呼び、彼方の湿原を指さしているのは、
いったいどんな幽霊なのか?
――イングランドの詩人アレキサンダー・ホープ

15

サブリナがリチャードに追いついたのは、ちょうどスコットランドとの境界線を越えたあたりだった。彼女が宿屋に乗りつけたとき、鋲打ちされた大型の黒い乗合馬車が六、七人の乗客をおろしていた。客の中にリチャードの姿はなく、サブリナはがっかりして乗合馬車を見送った。ところが背を向けようとした瞬間、馬車の屋根にちらりと動くものが見えた。山と積まれた荷物のあいだから赤毛の頭がぴょこんと現れたのだ。リチャードは屋根の上を逃げ回ったが、狭い御者台の横まで馬で乗りつけた見張り番につかまっておろされた。

サブリナは自分の馬車をおりて、リチャードのあとから宿屋に入っていった。人であふれ返る広い部屋を見回すと、弟は隅っこでぽつねんと立っていた。ぱちぱち音を立てる暖炉の前の長テーブルに並んだ食事を物ほしそうに眺めている。これを食べられるのは、金を払った客だけだ。

鴨の蒸し焼き、ミートパイ、卵、タルトを載せたトレーが、よだれの出そうないい香りを

漂わせて彼の前を通り過ぎていく。リチャードはポケットに手を突っこんで数枚の硬貨を取り出した。だが硬貨を数えるとがっくり肩を落とし、無念そうにポケットに戻した。

サブリナは静かにリチャードに歩み寄った。客の話し声がうるさくて、スカートの衣擦れの音はかき消されている。「リチャード」彼女はそっと語りかけた。

赤毛の頭がぱっと上を向くと、眼鏡の奥の目が丸くなった。リチャードは幽霊を見たかのように姉を見つめた。「リナ?」息をのみ、彼女の安堵の笑みを見てしっかりと抱きつく。「ああ、リナ。いつでも困ったときに助けにきてくれるんだね。いまここにいてくれたらいいのにって、心からお願いしていたところなんだ」うれしそうにサブリナの肩に顔をうずめ、声を詰まらせた。

「おなかがすいているんでしょ?」サブリナが尋ねると、リチャードは顔を引いた。下唇のわななきを抑えようとしている。

「あの焼きプディングなら、馬車一杯分でも食べられるよ」サブリナが助けにきてくれたことにほっとしたリチャードは、さっきまでの落胆も忘れて陽気に言った。

サブリナは個室を頼み、弟が三皿目のリンゴとオレンジのプディングを食べるのをほほ笑ましく見つめた。彼は目を輝かせ、うれしそうにプディングを口に運んでいる。サブリナは自分の皿を脇に押しやってワインを飲みながら、どう言えばいいかと思案した。リチャードを見つけたときは安堵のあまり、心配させられたことへの怒りを口にできなかったのだ。

「わたしに黙って出ていくなんて、ばかなことをしてくれたものね。あなたが夜中にこっそり家を出て北へ向かう馬車に乗ったと馬丁から聞いたとき、わたしがどう思ったかわかる？」静かな口調の中にも、不快感がはっきり表れている。「わたしがどんなに心配するか、考えもしなかったの？　どうせ許してもらえないとわかっていたから、黙って家出したんでしょう」

リチャードはうなだれて叱責の言葉を聞いていた。悔しそうに顔をほてらせている。ようやく目をあげたとき、大粒の涙二滴がぽとりと落ちた。「なにも考えていなかったんだ、リナ。みんなのためだったんだよ。お願いだから怒らないで」立ちあがってサブリナの横まで来て、そわそわと袖のレースを引っ張った。

サブリナは弟の腰に腕を回してぎゅっと抱きしめた。「叱ってごめんなさい。でも、あなたがいなくなったときのわたしの気持ちを、どうしてもわかってほしかったの。行動するときは、ほかの人のことも考えなくちゃいけないのよ、ディッキー」

「考えたさ。みんなのために宝物を取りにいこうとしたんだ」彼はあわよくば許してもらおうという期待をこめて弁解したあと、顔を曇らせた。「リナはルシアンに冷たいよね。夫なのに」

サブリナはきまり悪さに顔を赤らめた。「それはまた別の話よ」

「なにが違うのかわからない。ときどき思うんだ、前みたいにリナとルシアンがまた仲よくなって、みんなで楽しく過ごせたらなあって。もう、お互い傷つけ合うのはやめてほしいんだ」リチャードは不可解なおとなの心理を思いながら、切なげに姉を見つめた。

サブリナは唇を噛んだ。「わたしだって、そうなればいいと思っているわ。だけどルシアンはそれを望んでいないのよ、ディッキー。わたしも最初は望んでいなかった」

「でも、いまは仲直りしたいの？」希望をこめて彼が尋ねる。

サブリナが悲しげにほほ笑んだ。「どうなってほしいのか、自分でもよくわからない。それに、たとえ望んだとしても無理だと思うわ。さて」彼女はさっと話題を変えた。「今夜はここに泊まって、明日の朝キャマリーに戻りましょうね」

リチャードは姉の腕を振りほどいた。怒った子犬のように、グルグルうなり声をあげそうな様子だ。「いやだ！　ぼくは帰らないよ、リナ。せっかくここまで来たんだ。このまま先に進んで宝物を探そうよ。お願い。宝が見つかったら、ぼくたちは大金持ちになって、キャマリーを出ていけるんだ」

そしてサブリナは、自分を愛してくれない男に頼らなくてもよくなる。別れてしまえば、彼になにも求めずにすむ。リーアは自分が連れていく。男の世継ぎではないのだから、ルシアンは気にしないはずだ。彼がリーアをかわいがっているのは確かだけれど。

このまま先に進んで祖父の宝物を探してみようか？　なんといっても、宝はリチャードが受け継ぐべき財産だ。彼が自活できるようになれば、戻ってきた侯爵に脅迫されるのではという心配もなくなる。いまリーアを放っておくのは気が咎めるけれど、そんなに長くはかからないだろう。キャマリーにいるかぎりあの子は安全だし、ちゃんと世話をしてもらえる。

「わかったわ、リチャード。先に進みましょう」彼女の声は、リチャードの喜びの叫びにかき消された。

　ようやくスコットランドのハイランドにたどり着いたのは二週間後。ふたりは疲労困憊し、家を恋しく思うようになっていた。道は狭く、ところどころ川の氾濫のために通れなくなっていたので、旅は遅々として進まなかった。出発当初、リチャードは先のことを考えてわくわくしていた。けれども時間がたち、揺れる馬車の中でじっと座っているだけの日々がつづくうち、彼の興奮は徐々に覚めていった。

　サブリナは無言で、過ぎゆく田園風景を眺めた。思いも寄らなかったことだが、ハイランドに来てみると、自分はよそ者だという気がしてならなかった。もうここに居場所はない。リチャードにとってはまったくの異国同然だろう。当時彼はまだ幼かったので、はっきり覚えていないはずだ。

　彼らはティミーアという小さな村に入り、一軒しかない宿屋に泊まった。客室が数部屋あるだけで、食事をするための個室もないところだ。主人はうさんくさそうな顔をしながらも彼らを迎え入れた。イングランド人は嫌いでも、金は好きだったのだ。サブリナはこんな無愛想な宿に御者と馬丁を泊めることにためらいを覚えた。彼らの不満げな表情には気づいている。しかし、彼らはキャマリー公爵に雇われた身であり、自分の立場をわきまえている。

——そして夫人を見捨てて帰ったら公爵にどんなに叱られるかを知っている。

　その夜部屋に落ち着いたとき、サブリナは気落ちしたリチャードを元気づけようとした。

「明日は朝早く出発して、馬で山に入るわ。お城はこの北の峡谷にあるの。半島みたいに湖に突き出たところよ。タペストリーを見て、このあたりだけの小さな地図を描きましょう。そのほうが持ち運びしやすいし、見やすいから」彼女は現実的な提案をした。それに、今夜やることができたのがうれしかった。

「もう待ちきれないよ、リナ」リチャードは胸を躍らせた。明日の冒険を思って、夢見るような目になっている。

翌朝、宿の主人は好奇心を募らせつつも、黙って彼らにシェトランドポニーを貸した。そして、毛深いポニーに乗って松の木が点在する遠くの斜面のほうに消えていくサブリナとリチャードを見送った。

丘の頂上に着くと、ふたりは無言で眼下を眺めた。カロデン・ムーアには枯れた茶色いヒースが広がっている。山々の向こうに、北海に面するマリー湾からスコットランド北部を斜めに横切る大峡谷グレート・グレンが見えた。サブリナはつらい過去を思い出して目に涙をため、ムーアに背を向けて馬を進ませた。穴だらけの危険な沼地を避けて進む。何本もの小さな川が縦横に流れているため、道は湿気を帯びてぬかるんでいる。リチャードはポニーをサブリナのすぐ後ろにつけて、峡谷に通じる狭い道に入っていった。森の中ではずっと、岩山から流れ落ちる滝の音が聞こえていた。ごつごつした谷間の岩は、長年にわたる自然の作用で浸食されている。木の生い茂る峡谷に深く分け入るとき、サブリナはぶるっと身を震わせた。山頂にかかる靄に不安な目を向ける。靄はときに突然谷間を覆い、不用心な人間を濃い霧で包んでしまうのだ。

サブリナはたびたびポニーを止まらせて、谷間に漂うかすかな音に耳を澄ませた。

「なんの音、リナ?」サブリナが二度目に止まったとき、リチャードもポニーを止めて耳を傾けた。

サブリナは神経質な笑いを漏らした。「きっと頭がおかしくなったのね。バグパイプの音みたいに聞こえたのよ」

「バグパイプって、法律で禁止されてるんだよね?」

「ええ、わたしもそう思っていたわ」

松やオークの茂る森には、太陽の光も届かない。サブリナは骨まで凍えるような寒気を感じ、髪や顔を覆うフードのついたビロードのマントを着てきてよかったと思った。

「気持ち悪いよ」リチャードは怖がっていた。

サブリナはちらりと後ろを振り返り、弟を元気づけようと笑みを投げかけた。少年の小さな体はダッフルコートに包まれている。ごわごわのウールは、雪山から吹きつける冷たい風から彼をあたたかく守っていた。

「ほんとに、この谷で間違いないの?」狭く曲がりくねった道に沿ってごうごう流れる川の水音に負けまいと、リチャードは声を張りあげた。

サブリナは疑念を隠して叫び返した。「大丈夫、すぐに着くわ。もう少し行ったところよ」

それから小さな声で付け加える。「たぶんね」

露出した岩のところで角を曲がると、ふたりは馬を止めた。銀色に光る湖が目の前に広がっている。湖岸には廃墟と化した城が立っていた。

「ああ、リナ」リチャードは畏怖と失望の入り交じったため息をついた。「お城は壊されてるよ。宝も見つけられたのかな?」

サブリナはポニーをうながして岩だらけの下り坂を進み、水辺まで行った。瞬きもせず廃墟を見つめる。リチャードの質問も耳に入っていなかった。

「どうしてこんなことをするの? なぜ壊してしまったの?」それからふたりは、波が穏やかに打ち寄せる岸沿いを進んでいった。城の前まで来ると馬をおり、崩れた壁に向かって歩いた。かつての見張り塔は破壊され、崩れた石の破片が昔の中庭に散らばっている。城の石づくりの階段は骨組みだけが残っていて、大広間の屋根は崩れていた。サブリナはリチャードがそっと出してきた手を握り、暗い顔であたりを見回した。「あれは前世のことだったのね」悲しげに言う。廃墟にこだまする祖父の声が聞こえるような気がしていた。

「ここを出てきた日のことを覚えているよ。あの階段を駆けおりたんだ」リチャードも、雑草がはびこり、カモメに乗っ取られた城の残骸を呆然と見つめた。カモメは自分たちの巣に侵入した人間に向かって耳障りな鳴き声をあげている。

リチャードは昨夜描いた地図を取り出して目を凝らした。「洞窟はあそこだと思うよ」対岸のあたりを指さす。「でも、どうやって行くの? 道は描いてないよ」

サブリナは地図に目をやり、顔をあげて対岸を見た。「見つけにくい道なのよ。行きましょう」と弟をうながす。廃墟の真ん中で突っ立っているのが、急に居心地悪く感じられたのだ。「霧が山からおりてくる前に戻らないと」

リチャードは確かな足取りで進む姉について岸辺を進み、湖に張り出す大きな岩のあいだを抜けて坂をのぼった。道はでこぼこだ。雑草は生えておらず、いまでもクランの人々がここを通っているかのように思われた。

やがてサブリナは立ち止まり、失望の声をあげた。道が岸で終わってしまい、これ以上進めなくなったのだ。「忘れていたわ。この道は湖の途中までしか通じていないの。向こう岸には渡れないわ、ディッキー。船がないもの」

ふたりは黙って湖面に映った自分たちの姿を見つめた。するとリチャードがはっと息をのんだ。口を開けたが、言葉は出てこない。別の人影が湖面に映ったのだ。サブリナはごくりと唾をのみこんで振り返った。そっと背後に忍び寄ってくる薄気味悪い人間を、目を丸くして見つめる。リチャードは泣きべそをかいて姉にぴたりと身を寄せた。

人影が近づき、ふたりをじっと見た。目は血走り、顔はひげもじゃで、髪はべっとり脂ぎって肩に垂れている。そして帽子には一本の鷲の羽根。

タータンを身にまとい、革の小袋《スポーラン》を腰からさげている。ふくらはぎを膝まで覆うタータン柄の長靴下、穴飾り《ブローグズ》のついた靴。タータンの布を肩にかけ、片方の手には不気味に光る両刃の剣《クレイモア》を、もう片方には大型拳銃を持っていた。

サブリナはリチャードをぎゅっと抱きしめ、体の震えを止めようとしながら、この無法者と向き合った。キルトをはき、武装して、肩からバグパイプをかけている姿を、あっけにとられて見つめる。こんな服装も、バグパイプの演奏も、法律によって禁止されているのだ。さっきバグパイプを吹いていたのはこの男に違いない。

「サブリナ」怯えきったリチャードは、痛いほど強く姉の指を握ってささやいた。

ならず者の視線はマントに包まれたサブリナから、その横でびくびくしているリチャードに移った。霧がおりて薄暗くなった中で相手をよく見ようと、眉間にしわを寄せ、目を細める。リチャードの赤毛は湿気で濡れていた。眼鏡が光を反射しているためグレーを帯びたように見える目で、少年は男を見つめ返した。

ハイランダーはおずおずと足を踏み出した。すると突然、恐ろしい顔にうれしそうな大きな笑みが浮かんだ。「アンガス様?」驚きもあらわに言う。「まさかあなた様だとは。ご帰還をずっと待っておりましたぞ。あなた様が城から連れていかれて、わしはどうしていいかわかりませんでした。バグパイプの音が聞こえたんでしょう、アンガス様?」彼は希望をこめて尋ねた。「あなた様のために演奏しながら谷間を歩いておりましたぞ」

サブリナは安堵の息をついた。ならず者の正体がわかって、ようやく呼吸が楽になる。この六年で彼はすっかり変わってしまい、まるで別人に見えていたのだ。「ユアン。ユアン・マッケルデンでしょう?」ためらいながら訊く。

男はリチャードの顔から目を離し、射貫くようにサブリナを見つめた。ひげだらけの顔には戸惑いが浮かんでいた。

「わたしは領主の孫娘よ」六年前に言ったのと同じ言葉だった。

ユアン・マッケルデンの目がきらりと光った。「お嬢さん？」

「そうよ。わたしのことを覚えている？」サブリナはたたみかけるように言った。「この子は弟のリチャードよ。領主の孫息子」

ハイランダーは疑わしげな顔で近づいてきた。「孫息子？」目に涙をためて訊き返す。「領主様ではない。領主様はお亡くなりになったんですね？　わしに会うために、幽霊になって墓場から出てきてくださったと思ったのに。毎晩バグパイプを演奏すると約束したんだ」彼はぶつぶつと言って、リチャードの顔に目を戻した。

サブリナは不安そうにほほ笑み、深まりゆく霧を眺めた。「もう帰らなくちゃ。霧でなにも見えなくなってしまうわ。明日また来るわね」リチャードをせかして歩き出そうとする。

ところがユアンが前に立ちはだかった。「こんな中を遠くまで行くのは無理です」霧は彼らのまわりで渦巻いていた。

ふたりの怯えた顔を見て、彼は安心させるように言った。「怖がることはありません。安全な場所を知っています。どうぞこちらへ」ついてくるよう手振りで示す。

「だけど、ポニーはどうするの？　お城に置いてきちゃったよ」とリチャード。

ユアンは肩をすくめた。「従者《ギリー》ですか？　ああ、それなら心配いらんでしょう」

ふたりは霧の中、岩だらけの山腹の道をユアンについて歩いた。彼が立ち止まったとき、また湖水のチャプチャプという音がそばから聞こえてきた。

「小船で湖を渡ります」ユアンは隠していた船を出して、浜辺を引っ張ってきた。小石がガリガリと船底を引っかく音が静寂の中に響く。

サブリナはいぶかしげにまわりを見回した。「それはやめましょう。お城から離れないほうがいいと思うわ。霧が晴れたら峡谷を戻るの。夕方までにはティミーアに帰れそうだから」

ユアンもまわりを見た。「こうするしかないんです。どこへも行けません。この霧からは、どんな人間も逃れられません」ふたりが小船に乗れるよう、彼はすっと脇にどいた。

サブリナは弟の青白い顔を見たあと、肩をすくめて乗りこんだ。リチャードとユアンがあとにつづく。ユアンは船を漕ぎ出した。船は気味悪いほど静かな霧の中を進んでいく。彼らの顔は霧雨でぐっしょり濡れた。

「どうして船の進む方向がわかるの？」船はあらゆるものを覆い尽くすような深い霧に包まれている。

「ご心配なく。わしにはちゃんとわかるんです」

サブリナは彼の言葉を信じた。船底がこすれたかと思うと、船はつるつるした大岩に囲まれた水辺に乗りあげたのだ。ユアンはふたりを従えて船からおり、自信に満ちた足取りで急勾配の坂道をのぼった。山腹には洞窟があって、三人は暗い穴の奥深くに入っていった。すると広い空洞に行き着いた。岩壁に取りつけられたたいまつがあたりを照らし、かぐわしい松のにおいが漂っている。

サブリナとリチャードはぽかんとまわりを見た。羊や牛がさかさにつりさげられ、獣皮が壁や床に広げられている。何枚ものブレードや毛布のかかった簡素なベッドもあった。空洞の中はあたたかく、サブリナはマントのフードをおろして、リチャードとともに中央の焚き火にあたった。

ユアン・マッケルデンはあわただしく動き回って毛布を集め、焚き火のそばに積みあげた。「座ってください。わしは体のあたたまる食べ物を用意します」サブリナはにっこり笑って感謝の意を伝え、リチャードを引き寄せた。

リチャードは上着を着たまま体を丸めて、キルト姿の男を用心深く見つめた。「ここは気味が悪いよ、リナ」すすで黒くなった壁や薄暗い隅を見て、彼はささやいた。

サブリナは唇を噛み、つくり笑いを浮かべて明るく言った。「大丈夫よ、リチャード。霧の中で迷子になるよりましでしょう。ユアンは昔からお祖父様に仕えていたんだから、信用できるわ」

「ぼくを変な顔で見ていたよ」

「あなたがお祖父様によく似ているからよ。同じ赤毛だし、たぶん鼻も同じようなかぎ鼻になるわ。まだまだこれからだけど」深刻な顔のリチャードを笑わせようと軽く言ったけれど、彼は小さくにやりとしただけだったので、サブリナはあきらめてため息をついた。

ユアンは立派に接待役を務めた。彼がこまごまと世話を焼いてくれたおかげで、ふたりは山中の洞窟でなく城の大広間でもてなしてもらっているように感じた。木の器に入れた熱々の濃いスープ、大麦パン、湖で釣ってきたばかりのマスがふるまわれた。

「おいしかったわ、ユアン」サブリナは空の皿を置いた。焚き火の前にいるとあたたかく、気分はすっかりくつろいでいた。

ユアンの目がうれしそうに輝く。「いや、わしはまるで世話焼きのばあさんですな。料理は男の仕事じゃありませんが、ほかに誰もやってくれませんのでね」

「あら、どんなおばあさんでも、あなたほど腕はよくないわよ」サブリナはそう言ってリチャードをつついた。

「ごちそうさまでした。とってもおいしかったです」リチャードが丁重に礼を言った。

ユアンは背の低い体を誇らしげにすっくと伸ばした。「お仕えできて光栄です、アンガス様」謙虚な口調になる。

リチャードは困ったように目を丸くして姉を見た。「でも、ぼくは――」

「彼はとても喜んでいるわ、ユアン」サブリナが割りこんで、狂気を帯びた表情の男に言った。

「ありがたき幸せ。ではそこの毛布をかぶって、火のそばでゆっくりお休みください」ユアンはさっさと皿を片づけ、木の葉や乾燥した花を床に敷きつめた上に毛布を広げた。

リチャードはサブリナを見やった。帰ろうと目で訴える。

「そろそろ霧も晴れたんじゃないかしら。本当に、もう行かなくちゃ。おもてなしには感謝しているわ」

ユアンは焚き火のための薪を腕一杯に抱えたまま、けげんそうな表情で振り返った。「なにをばかなことを。まだ晴れてません。ここに泊まってください」きっぱりと言い、反論するならしてみろと言わんばかりににらみつけてきた。

サブリナはリチャードを見て肩をすくめ、申し出を受け入れた。この霧の中、ユアンの案内なしでは城に戻るのも峡谷から出るのも難しそうだ。しかたなく、ここで一夜を過ごすことにした。木の葉と毛布のベッドは思いのほか寝心地がいい。サブリナはすり寄ってきたリチャードの肩に腕を回して力づけた。

「いったいどういう人なの？」リチャードが問う。

石壁の前で揺らめく炎を見ながら、サブリナは小声で答えた。「クランのバグパイプ奏者よ。それに、わたしの命の恩人。あの日、イングランド軍から逃げる道を教えてくれたの。彼がいなかったら、わたしはいま生きていないでしょうね。だから彼を傷つけたくないのよ、ディッキー。親切にしてくれた恩があるから。この谷で六年間、ひとりっきりで生きてきたのね。ときどき頭が混乱するのも無理ないわ。かわいそうな人」

リチャードはしばらく黙りこんでいたが、やがて声をひそめて尋ねた。「あの人、宝物のことは知ってるかな？」

サブリナは暗闇の中でかぶりを振った。「わからない。でも、知っているかも。ずっとお祖父様のそばにいたんだもの」

「地図のこと、話してみたほうがいいと思う？　その洞窟の場所がわかるかもしれない。もしかして、この近くかな？」リチャードの気分が高揚した。

「そうね。明日訊いてみましょう。さ、もう寝なさい。隠された宝物を探すのなら、いまは体を休めておかないと」

サブリナは腕で顔を覆い、キャマリーを恋しがる気持ちを押し殺そうとした。リーアに会いたい。乳房に吸いつく、柔らかくてあたたかな体が懐かしい。ハイランドがどれほどさびしく時代遅れの場所か、すっかり忘れていた。キャマリーとは別世界だ。彼女はこみあげる涙を必死でこらえ、素早く瞬きをした。家に帰りたい。キャマリーに戻って子どもを抱きたい。ルシアンとの口論も懐かしい。

どうしてこんなに戦慄を感じるのだろう。不意に、二度とハイランドを出られない、二度とキャマリーに戻ってリーアに会えないという思いに襲われたのだ。

ルシアンはすでに、彼女が家を出たことを知っているはずだ。彼は心配してくれるだろうか。ふたりの身を案じてくれるだろうか。いまどこにいて、なにをしているのだろう。

ルシアンは馬をうながして小川を渡らせた。馬は黒い長靴に水をはねあげ、川面には泥が浮きあがる。彼は灰色の空を仰ぎ、自分の横で黙りこんでいる男に目を向けた。「いまいましい土地だな、ここに太陽が輝くことはないのか？」嘲りをこめて言う。

テレンス・フレッチャーは疲れた様子で笑った。「わたしがここに配属されているあいだは、一度もなかったな。晴れた日もあると言う者はいたが、実際それを体験した人間にはお目にかかったことがない」

ルシアンはゆっくりと肩をほぐした。「ふたりは城へ行ったのかな?」

「断言はできないが、たぶんそうだ」テレンスは重々しく言った。「そうであってほしい」

「どうしてリチャードはスコットランドに行こうと思い立ったんだ?」ルシアンは同じ質問をもう百回も繰り返している。しかし答えはまったくわからなかった。

「なにか城に関係した理由があるんだろう。ここまで、何カ所もの宿を訪ねてきみの馬車を追ってきた。きっとティミーアに向かっているんだ。城はその向こうの山中にあるからな。そこに向かったに違いない。わたしたちは、彼らより一日くらいしか後れを取っていないはずだ。川の氾濫で足止めを食らわなかったら、とっくに追いついていただろう。あれで三日は遅れてしまった」テレンスは愚痴っぽく言った。「わたしは年寄りになってきたようだ。道のりは昔より遠く、丘は高く、背中は痛く感じられる」

ルシアンは共感してほほ笑んだ。「ハイドパークでちょっと馬を走らせるくらいでは、何百キロもの乗馬に耐えられる体力は養えないからね」

これまではたいてい、泊まる宿を見つけることができていた。しかし今夜は人里離れた谷間にいるので、曇った空の下で野営せざるをえなかった。割りあてられた、おいしいとは言いがたい食料を貪るように食べながら、ルシアンは野営の経験豊富な元大佐の存在に感謝した。テレンスはあたかも出征中であるかのように、食事や行程をきちんと計画してくれている。

「ここにいるあいだ、わたしはいつも不思議なほど場違いに感じていた」焚き火の向こうから、テレンスが唐突に言った。「イングランドに戻れという命令を受けたときの安堵は、よく覚えている。ハイランドを通るときはいつも、別の時代に入っていくように感じたものだ。言葉すら違っている」

「はじめてサブリナに会ったときのことを教えてくれ」ルシアンは毛布を肩まで引きあげて、冷たい夜気から身を守った。

「人生には驚くべき偶然というものがあるんだね。何年かあとに、あの少女の姉と結婚して、未知の危険からあの子を救うためにまたここに戻ってくるとは、夢にも思わなかった」

「メアリーの話だと、サブリナはカロデンの戦いを目撃したそうだが」

「わたしから見れば、サブリナはいつまでもあの幼い少女だ。あのとき、スミレ色の目は怒りに燃え、頬は染まり、唇はわなないていた」テレンスは静かに思い出を語った。「そして自分の体重と同じくらいありそうな重い銃で、わたしに狙いをつけて撃った」

「いまのサブリナと同じだな。子どものころから、ほとんど変わっていないわけだ」ルシアンは淡々と言った。

「彼女は絶対に従順にはならないよ、ルシアン。感情の起伏が激しく気の強い娘だ。常に人に反抗する。しかし、だからこそ愛しているんだろう?」闇の中でルシアンの顔は見えなかったが、図星を指されて彼がはっと息をのむ音は聞こえた。「そうじゃないのか? きみは強情っ張りだから、その気持ちを認められないんだな」

「強情じゃない。ただ、自分の気持ちがよくわからないんだ。ずっと前にあの雌ギツネに恋をした。ところがそれを自覚する前に、人生最大の過ちを犯してしまった。うそをついて結婚したんだ。結婚したのはキャマリーを相続するためだったが、その後突然彼女を愛しているることに気がついた――記憶が戻ったあとにわたしがそう言っていたら、サブリナは信じてくれただろうか？　たぶん信じなかっただろう。彼女は怒り狂っていたし、ばかにされたと思いこんでプライドをひどく傷つけられていた。だから、誰になにを言われても耳を貸さなかっただろう。とくにわたしの話には」ルシアンは自嘲した。

「だが、サブリナはきみを愛している。きみたちが結婚した当時、わたしはふたりが一緒にいるところを何度も目にした。とても幸せそうだった」

「それは、ふたりの関係にひびを入れるような過去の誤解やつらい思い出がない、まったくの白紙からはじめていたからだ。あのとき、わたしは本当にサブリナを愛するようになった。その前から彼女を求めてはいた。しかし、それがもっと強く、もっと深い気持ちに変わったんだ」ルシアンは弱々しく白状した。「そんな気持ちを感じたのは生まれてはじめてだった。たぶん経験がないせいで、サブリナの扱いを間違ったのだろう」

「ちょっと待ってくれ、もうすぐ結婚して一年じゃないか。そのあいだ、一度も真の気持ちを打ち明けなかったのか？　きみはサブリナに対して冷たかった。ひとりで放っておかれたから、彼女は面倒なことを引き起こしたんだぞ」

「サブリナに、冷静になって傷ついたプライドを癒やすための時間を与えたかった。彼女が昔のいやな思いを忘れることを願っていた。リーアが生まれたとき、やり直せると思ったんだ。ところが、仲直りをする機会がないまま、ずるずると月日ばかりがたっていった。わたしは臆病者ではなかったはずだ――それまでは。なのに、サブリナと正面から向き合えなかった。彼女が完全に背を向けてしまうのが怖かった。そして緊張に負け、癇癪を起こして家を出てしまった。だから、サブリナがわたしを必要としているとき、そばにいてやれなかった」

「自分を責めるな、ルシアン。こんなことが起こるなんて、誰にも予想できなかったさ」

「メアリーは予知した」

「それでも、やはりこういうことになったんだ。もっと詳しいことがわかればいいんだがな」

翌朝、三時間ほど進むと、前方に小さな村が見えてきた。「ティミーアだ」テレンスの目は期待で輝いた。遠くに山並みときらめく湖が見える。

テレンスはルシアンを見やった。口はきつく結ばれ、肩はこわばっている。めっきり体重が減り、やつれて飢えた表情で、村に通じる道に馬を走らせていた。

ふたりは同時に公爵家の馬車を発見した。馬丁は長い旅でついた汚れをこすり落とそうとしている。馬のひづめの音が聞こえたので、彼らは作業の手を休めて顔をあげた。公爵だと気づくと驚きと喜びの叫び声をあげ、駆け寄って、ルシアンとテレンスが乗ってきた馬を受け取った。

「お会いできてよかったです」御者はもう少し落ち着いてはいたが、それでも早足で公爵を出迎えに現れた。

「ジョージ。かなりの長旅をしてきたようだな」

「そのとおりです。しかし言わせていただけますなら、馬車はいい状態です」

「よし、妻もそれを聞いて喜ぶだろう。ちゃんと馬の世話をしてくれ。かなり無理をさせただろうからな」ルシアンは宿屋に向かって歩きはじめた。

「あ、閣下」ジョージが走り寄ってきた。

ルシアンは振り向いて、いぶかしげに御者を見た。「どうした？」

「あの、奥様のことですが」

「なんだ？」ジョージは早口で言った。

ルシアンの顔が曇る。「なんだ？　宿屋にいるんだろう？　まさか病気ではないだろうな」

彼は勢いこんで尋ねた。

「それが、実を申しますと、奥様はここにおられません」

ルシアンはテレンスのほうを見た。テレンスは馬丁の話に耳を傾けている。そわそわと唇をなめるジョージに、ルシアンは訊いた。「どこにいるんだ？」

「奥様と坊ちゃまは、昨日の朝お出かけになって、まだ戻ってらっしゃいません。たぶんどこかで霧につかまって、動けなくなっておられるんでしょう。大変申し訳ございません。わたしどもも一緒に行くと申したんですが、奥様はお断りになって、ここで待つようにとおっしゃいました。さっきもこのあたりを捜しましたが、奥様も坊ちゃまもお姿は見えませんでした」

「ご苦労だった、ジョージ。おまえはできるかぎりのことをしてくれた」

それだけ言うとルシアンは振り返り、断固たる足取りで宿屋に向かった。テレンスがすぐ後ろからつづく。戸口で出迎えた主人は、今日もまた客がふたりやってきたことへの驚きを隠せなかった。普通なら一年にひとりかふたりしか来ないのだ。

「キャマリー公爵夫人が泊まっているだろう。彼女の部屋を見たい。それから、わたしと友人のために、別にふた部屋用意しろ」むっつりした主人にルシアンが命じる。

「それはできませんね。ご婦人の部屋を見せろだなんて、あんた、いったい誰です？」

「夫のキャマリー公爵だ。だから部屋を見る権利がある」

主人は顔に傷がある男の鋭い視線を受けて、居心地悪そうにもぞもぞした。「わかりました。ふた部屋お望みですね。それから、なにかお食べになりますか？」

「ここにあるものならなんでもいい。妻の部屋はどこだ？」

「右側のいちばん手前です」

ルシアンとテレンスは狭い廊下を進み、最初の部屋に入った。なにか変わったものがないかと見回す。ベッドの端に置かれた旅行鞄に、ルシアンは見覚えがあった。サブリナのものだ。その横にある小型の鞄はリチャードのものに違いない。部屋はきちんと片づけられ、ベッドは整えられている。サブリナの所持品はなにも外に出ていなかった。

ルシアンは苛々と息を吐いた。「なにを探していいのかもわからない。馬を休めたら、また出かけよう。ふたりを見つけなければ。主人は城の場所を知っているだろうか？」

「馬は無理だな。この地域では、大通りを離れたら馬は役に立たないし危険だ。必要なのはシェトランドポニーだね」テレンスは自らの経験に基づいて助言し、部屋を見回して考えこんだ。「旅行鞄の中を見てみよう。大事なものをその辺に放り出しはしないだろう」

ルシアンはサブリナの鞄の前に膝立ちになり、ふたを開けようとした。けれど、どうしても開かない。

「これを」テレンスがナイフを渡した。

ルシアンは刃を鍵穴に滑りこませて、力を加えながら回していった。するとカチンと音がした。彼はほっと息をつき、鍵をこじ開けてふたを持ちあげた。一瞬黙りこみ、サブリナのドレスを見る。優美なシュミーズにしばらく手を置いたあと、ひとつひとつのものを持ちあげてみた。しかし、手がかりになりそうなものは見つからない。畳んだペチコート数枚とハンカチを積みあげ、さらに中を調べる。あきらめて出したものを戻そうとしたとき、テレンスが身を屈めてタペストリーを取り出し、広げてみた。「なんだろう」とつぶやいたあと、あわてて言う。「おい、これは」

驚いて目をあげたルシアンは、急いで立ちあがった。「どうした？」

「見てみろ。これが、サブリナとリチャードがここまで来た理由だ」テレンスは興奮してタペストリーをルシアンの前で広げた。

ルシアンが目を凝らす。「地図みたいだな。城、湖、教会――」言葉を切って目を細め、小さな人物と金糸で縫われた道を見つめた。「なんてことだ、これは埋もれた宝の地図じゃないか」

「そうだ。死んだ領主は、六年前にイングランドから守るために宝を埋めたんだろう。賢い男だ。確かに我が軍は略奪を行った。彼の城も不幸な目に遭った。しかし金塊は見つからなかったんだ。それが埋められていたとは。どこからこんな地図が出てきたのだろう。それもいま、六年後になって」

ルシアンはタペストリーを見つめてぎゅっと握った。血が通わなくなって指の関節が白くなる。「メアリーの予知には湖が登場した。そしてリチャードとサブリナが小船に乗っていた。そうだな?」彼の声には恐怖があふれていた。

テレンスは不安げにうなずいた。「ふたりは昨日戻ってこなかった。城は廃墟になっている。どこで夜を過ごしたんだろう」

ルシアンはタペストリーを畳んでわきに挟んだ。「主人と話をしてみよう。なにか知っているかもしれない」

食事室の長テーブルには食事がウィスキーやエールとともに並べられていた。

「ここはわたしにやらせてほしい」食事室に入って席につくと、テレンスが言った。「勢いこんで問いつめたら、相手はかえって黙りこむ。脅しても無駄だ。わたしに任せてくれるか?」

ルシアンはじれったそうに主人をちらりと見てうなずいた。「わかった。しかし、あまり時間をかけないようにしてくれ」ウィスキーをグラスに注いで傾ける。体を震わせたり顔をしかめたりすることもなく、強い酒をぐいっとあおった。ふたりはしばらく無言で食べつづけた。テレンスが行動を起こすのをやきもきして待っているあいだ、意外にも食べ物はルシアンの喉を通った。

食べ終わるとテレンスは主人を呼び寄せた。ルシアンが驚いたことに、テレンスは相手に酒を勧めた。宿屋を発つ前に主人に酒をおごる慣習があるとはいえ、主人は一瞬きょとんとした。少しためらったあと席につき、ウィスキーのグラスを受け取った。「公爵夫人と弟は昨日乗馬に出たまま戻らなかったらしいね」テレンスが言う。

主人は小さく肩をすくめた。「お客様がどこにいらっしゃるかなんて、いちいち気にしてられませんよ」

テレンスは軽く唇を結んで、口を開きかけたルシアンに警告のまなざしを送った。「ふたりにポニーを貸したのかね？」

「はい」

「どちらの方角に向かったかわかるかな？」テレンスは辛抱強く質問をつづけた。

「わかりませんね」主人は狡猾な笑みを浮かべて立ちあがりかけた。ところが、テレンスの次の質問を聞くとぴたりと動きを止めた。

「知っていたか？　公爵夫人は亡くなった城主の孫娘で、弟はたったひとりの世継ぎである孫息子なんだが」

主人は座り直した。顔には狼狽が浮かんでいる。「ああ、わしはなんてうかつだったんだ。あの坊ちゃんは領主様に似ていると思ったんですよ。赤毛はクランの特徴ですからね。それに、孫娘さんはきょうだいふたりに似てないって話も思い出しました。闇夜みたいな真っ黒な髪をした活発な娘さんだと」

「ふたりは城へ行ったのか？」これでもう少し詳しいことが聞けると期待して、テレンスは尋ねた。

「きっとそうでしょう。谷間に向かっていかれました」主人は無念そうに頭を振った。「警告すべきでした。だけど、あの方たちがどなたなのか知らなかったんで」

「なにについての警告だ？」これ以上黙っていられず、ルシアンは訊いた。「霧が出ることか？」

主人はかぶりを振った。「霧も厄介ですけど、本当に怖いのは谷間に出る幽霊です」

ルシアンとテレンスはぽかんとして顔を見合わせた。「幽霊？」テレンスが疑わしげに言う。

「はい。イングランドの兵士も信じませんでした。だけど、谷に入っていって、戻ってきた人はふたりだけです。しかも正気を失ってました。あそこへ行って、悪魔に取り憑かれずに生きて帰った人間はいないんです」

「おはようございます」朝になると、ユアンは卵を調理しながらリチャードとサブリナに挨拶をした。湯気の立つハーブティーをカップに注いでそれぞれに渡し、うれしそうな笑顔になる。「蜂の巣から取った蜜が入ってます。甘いのはお好きですか？」

リチャードはひと口飲んでうなずいた。「すごくおいしいよ」やきもきしている男に称賛の言葉を投げかけた。

「よかった」

「霧は晴れたかしら？」サブリナは期待をこめて尋ねた。

「いえ、まだです」ユアンは卵料理にかかっていて、顔もあげなかった。

「いつ晴れそう？」

「わかりません」彼は素っ気なく答えると、ふわふわの炒り卵を冷たい羊肉の横に添えた。

リチャードはユアンに見つめられながらがつがつと食べたけれど、サブリナは少ししか口に入らなかった。「この谷のことはよく知っているんでしょう、ユアン？」

「はい、ずっと住んでますから」

うなずいたサブリナに応えて、リチャードは上着のポケットから地図を取り出した。「ユアン、この洞窟がどこかわかる？」

ユアンは地図を取りあげてちらりと見た。「どこでこんなものを手に入れたんです？」そわそわと答えを待つふたりに、いぶかしげな目を向ける。

「マーガレットおば様がつくったんだよ。というか、おば様がタペストリーに刺繍で地図を描いて、それをぼくたちが写したんだ。おば様はお祖父様に言われて地図をつくって、ぼくとサブリナにくれたんだ。宝物の地図だよ」リチャードは高揚していた。「どこに埋めてあるか知っている？」

「それは秘密です」ユアンは声をひそめた。「誰にも教えられません」

「領主の孫息子として、弟には知る権利があるわ。そう思わない？」

「ああ、なるほど」ユアンはクレイモアを取って軽々と持ちあげた。「では宝物をお見せしましょう。だけど、誰にも言ってはいけませんよ。命をかけて守ると領主様に誓ったのです」

サブリナとリチャードは立ちあがった。ところがユアンは洞窟の出口には向かわず、逆に奥のほうに歩き出した。壁のたいまつを一本取ると目の前に掲げ、暗い穴の隅に向かう。するとたいまつの明かりに照らされて、それまで見えていなかった狭い通路が現れた。リチャードはサブリナの冷たい手を握り、ユアンについて入っていった。つるつると滑りやすい石の通路を慎重に歩いて、奥へ奥へと進んでいく。壁からは水がぽたぽたとしたたり落ちていた。前方でたいまつを持つキルト姿のユアンの影が、大きく壁に映って揺らめき、なんとも不気味だった。

通路の先には大きな木の扉があって、三人は立ち止まった。ユアンがスポーランから鍵を出して穴に差しこむ。狭いトンネルに、鍵穴を回すギイッという音が大きく響いた。

ユアンは扉を押し開け、先頭を切って闇の中に踏みこんで、ついてくるようふたりに手で示した。遠くの隅を目指してどんどん進むユアンの後ろから、ふたりは用心しつつ歩いていった。すると突然、リチャードがあいている手でサブリナの腕をつかみ、興奮して金切り声をあげた。「見て！」

弟の指さすほうに目をやったサブリナは、ユアンが掲げるたいまつの下にある大きな箱を見て息をのんだ。箱にはきらめく財宝がぎっしり詰まっていた。まさに隠された宝物だ。ふたは開いており、金貨や宝石があふれそうになっている。まわりには分厚い金の額縁に入った絵、花瓶、貴重な美術品などが積まれていた。

リチャードは駆け寄って箱の中をのぞきこんだ。ギニー金貨の詰まった大きな金杯がある。彼は真珠のネックレスを取りあげてサブリナに見せた。大粒の真珠はたいまつに照らされて不吉な輝きを放った。

「宝物だよ、リナ。宝物を見つけたんだ！」サブリナがやってくると、少年は叫びながらぴょんぴょん飛びはねた。

ユアンは持っていたたいまつを箱の横の壁に差しこみ、ほかのたいまつを灯していった。サブリナとリチャードは宝物に見入った。リチャードは入るかぎりの金貨をポケットに詰めこみ、自分のものとなった宝をうっとりと眺めた。

ユアンが音もなくふたりの横に来た。口元にかすかな笑みを浮かべている。サブリナも喜びたかったけれど、焦点の合わない目で彼女たちと宝物を見ているユアンの表情に不安を覚えていた。

じっとたたずむサブリナの横で、リチャードは顔を上気させて踊り回った。「遠慮しないで、リナ。いくらでも好きなだけ――」彼は唐突に口をつぐんだ。手に持っていた金貨が床に落ちて転がる。さっきは暗くて見えなかった反対側の壁を、少年は唖然として見ていた。

いやな予感を覚えつつ、サブリナはリチャードの指さすほうを向いた。驚きの悲鳴が狭い部屋に響き渡る。壁にはいくつもの頭蓋骨が鎖でつりさげられていた。ふたりは宝物の前で身をすくめた。リチャードがサブリナの胸に顔をうずめ、彼女は弱々しく弟に寄りかかる。恐怖に凍りついたふたりの横で、ユアンはクックッと笑った。

「ばかなやつらめ。谷にやってきたのが間違いだったんだ。あいつらは宝物を盗もうとした。そんなことは誰にも許さない」いま、ユアンはふたりの正面にいた。しっかりと両足を開いて立ち、クレイモアを掲げている。彼が腕をあげて力一杯振りおろしたら、ふたりのうちどちらかの頭はまっぷたつに割れるだろう。

サブリナは横にいるリチャードをしっかりと抱きしめた。少しでも動けば死を招くことは、本能的にわかっていた。

ユアンが残念そうに頭を振る。「あんたらはここに来ちゃいけなかった。秘密を知られた以上、帰すわけにはいかん。あんたらにもあいつらみたいに、壁にぶらさがって宝物を見張っててもらおう」にやっと笑ってサブリナとリチャードに話しかける。揺らめく明かりを受けて、狂った目がぎらりと光った。

「わたしたちに危害を加えないで」サブリナは震える声で語りかけた。「わたしたちは領主の孫よ。お祖父様がものすごく怒るわ」

ユアンが顔をしかめる。「アンガス様がお怒りになる？　わしは、自分のすべきことをちゃんと心得てる。イングランドのやつらから宝物を守るんだ」もごもごと言い、光る目でふたりを見た。「おまえたちが領主様の孫だなんて信じられん。領主様はイングランド人が嫌いだった。おまえたちはイングランドの犬だ。わしらの宝を盗みにきたんだ。そんなしゃれたブリーチズをはいて、なにがほんもののハイランダーだ。キルトはどこへやった？」彼はリチャードに詰め寄った。

サブリナはリチャードの顔をあげさせて光のほうに向け、必死で言い募った。「よく見なさい、ユアン・マッケルデン。見て、赤毛、鼻、それに目。アンガスよ。アンガスが墓場から蘇って、あなたに会いにきたのよ」リチャードを自分の前に押し出すとともに、そうっと宝箱のほうに体を動かした。箱には重い金のゴブレットや皿が入っている。なにか武器になるものがあるはずだ。

ユアンは不思議そうにリチャードの顔を見おろした。「墓場から蘇りなさった？　領主様が？　わし、マッケルデンに会うだけのために？」彼はつぶやいて、ほんの一瞬剣をおろした。

サブリナは重いゴブレットの脚を握り、渾身の力を振り絞って横からユアンの顔に打ちつけた。ゴンという鈍い音とともにゴブレットが命中し、ユアンが膝から崩れ落ちる。

サブリナはリチャードの手をつかんで部屋から走り出した。背後では光に照らされた頭蓋骨が気味悪く薄笑いしている。ふたりは真っ暗な狭い通路を、石に足を滑らせながら駆けていった。一度リチャードは足を取られて転び、したたかに膝を打った。だがサブリナがすかさず引っ張って立たせた。焦りながら、走る速度をあげていく。もとの広い空洞まで来たときには安堵のため息をついたが、サブリナは足を休ませることなくリチャードをせかして走りつづけた。怒りの叫び声が背後から響いてきて、彼女の心臓は恐怖で飛びはねた。カロデンの戦場でもあんな声を聞いた記憶がある。血に飢えた叫びだ。

ようやくトンネルを抜けて山腹に出たとき、サブリナは驚いて足を止めた。ユアンはうそをついていたのだ――霧は晴れていた。空は澄み、遠くの木々のあいだからは銀色に光る湖の岸辺が見える。

ふたりは坂道を走りおりた。恐怖に駆られて足を速め、怯えたウサギのようにあわてふためきながら森を抜け、露出した岩の角を曲がって湖畔にたどり着いた。

「これからどうするの?」いまにも狂ったハイランダーが襲いかかってくるのではないだろうかと、リチャードはびくびくして後ろを振り返った。

「手を貸して、ディッキー」サブリナは岸に置かれた小船を引っ張った。リチャードもうなりながら懸命に引き、小船はようやく水に浮かんだ。ふたりは船に飛び乗って、ゆっくり岸から離れていった。ところがサブリナは木々のあいだからきらりと光るものを目にした。ユアン・マッケルデンのクレイモアだ。岸の近くにブレードがちらりと見える。

ふたりは死にものぐるいで船を漕いで対岸に向かった。バシャバシャと大きな水音がする。リチャードの悲鳴を聞いてサブリナが顔をあげると、もう一艘の小船が岸を離れるのが見えた。キルト姿の人間が、彼らを追ってなめらかに船を漕いでいる。

「力を合わせましょう、リチャード。一緒にがんばるのよ」サブリナは声をあげた。怒りと恐怖の涙が流れ落ちる。小船の動きはぎこちない。ところが突然、対岸に向かってぐんぐん速く動きはじめた。見覚えのある城の廃墟が視界に入ってくる。

「流れに乗ったのよ！」サブリナの中に新たな希望が芽生えた。岸に近づくにつれて二艘の船の距離があいていく。いきなり石がガリガリと船底を引っかいて、ふたりは床に投げ出された。リチャードが船から這い出てサブリナに手を差し出した。ふたりは岩だらけの岸辺を走って城の廃墟に向かった。あそこなら隠れられるかもしれない。昨日通った狭い道を通り、息を切らせて城の敷地に飛びこむ。岸辺の木々のあいだに身を隠すのは無理だし、谷に戻るのも難しそうだ。

サブリナは息を整えながら、大きな花崗岩のあいだから湖に目を向けた。人影は見えない。湖岸で揺れる二艘の小船が見えたけれど、ユアン・マッケルデンの姿はどこにもなかった。

ふたりはぴたりと寄り添って、階段の下に身を隠した。人間が入りこんだことに抗議するカモメの鳴き声に、サブリナは悪態をついた。ここに隠れていることがばれてしまう。

「リナ」リチャードがささやいた。「ごめん」横でうずくまった彼の目から涙がしたたり落ちる。顔からはすっかり血の気が引いていた。

サブリナは弟の震える肩を腕で包みこんだ。「いいのよ、ディッキー。あなたのせいじゃないわ」

リチャードはすすりあげた。涙をこらえようと大きく息を吸っている。サブリナは彼の体を前後にやさしく揺すって落ち着かせようとした。そのとき石を踏む足音が聞こえて、彼女は凍りついた。うずくまったリチャードの体がどうしようもなく震えるのが感じられる。

すぐ後ろから聞こえた恐ろしい叫び声に、サブリナははっとした。やがて、耳の中で血管が脈打つドクドクという音しか聞こえなくなった。顔をあげたとき、彼女は純粋な恐怖の悲鳴をあげた。ユアンが崩れかけた壁の上でクレイモアを振り回している。彼は血に飢えて目をぎらつかせ、絶叫しながらふたりの背後に飛びおりた。クレイモアを振りあげ、ふたりに向かって走り出した。サブリナはリチャードを引っ張って自分の背後に隠した。冷たい剣の刃が食いこむのを覚悟して身構える。そのとき、大きな銃声が響いた。ユアンは驚愕の表情でその場にへたりこんだ。大きな音を立てて、クレイモアが割れた石の上に落ちる。彼が前のめりに倒れると、肩にかけていたプレードが腕とクレイモアを覆った。

サブリナは死んだ男を愕然と見つめた。ひざまずいたままの彼女とリチャードのところに走ってくる足音は耳に入っていなかった。

「サブリナ、いとしいサブリナ」ルシアンがかすれた声で言って、彼女をひしと抱きしめた。彼女が本当にそこにいることを確かめるかのように。

サブリナは彼の傷のある顔を見つめた。スミレ色の瞳にはショックと驚きが浮かんでいる。「ルシアン?」必死で彼にしがみついた。「来てくれたの?」困惑して横を向くと、テレンスがやさしくリチャードを胸に抱いていた。

ルシアンに目を戻す。愛する彼の顔を隅々まで見つめた。「来てくれた。来てくれたのね、わたしを助けに。ああ、ルシアン、もう二度と離れたくないわ。お願い、わたしを見捨てないで」涙ながらに言って夫の肩に顔をうずめ、大昔にクランのバグパイプ奏者だった哀れなユアン・マッケルデンの無残な死体から目を背けた。

サブリナは恥ずかしそうにほほ笑んだ。ここはティミーアの宿屋だ。ルシアンは彼女のベッドの端に腰かけていた。リチャードは別の部屋で眠っている。彼はさっき無表情で食事をし、ルシアンとテレンスに部屋まで連れていかれて素直にベッドに入っていた。朝の出来事を思い出して、サブリナはため息をついた。恐怖のあまり、目の下にはくまができている。

「今朝のことは忘れろ、サブリナ」ルシアンは彼女の膝から紅茶のトレーを取って近くのテーブルに置いた。「きっとユアンは、ずっと前から頭がおかしくなっていたんだろう。やっと苦しみから解放されたんだ」

「六年前、ユアンは命を助けてくれたのよ。なのに今度はわたしの命を奪おうとしたなんて」サブリナは悲しげに言った。「こんなところには、もういたくないわ。なんとしてもハイランドに帰りたいと思ったときもあったけれど、いまはただキャマリーに戻りたい。リーアのところに」

「わたしのところには？」ルシアンはそっと尋ねた。「わたしのところに戻りたいと思っているかい？」

サブリナは琥珀色の瞳を見つめた。生まれてはじめて、謙虚な気持ちになっていた。「ぜひ戻りたいわ。あなたがわたしを求めてくれるなら。愛されていないことは知っているの。

いられるのなら」

「でも」彼女はためらい、苦しげに唾をのみこんだ。「それでもかまわない、あなたと一緒に

「ああ、サブリナ、いとしい人」ルシアンはサブリナを胸に引き寄せ、耳元で言った。「ヴエリック・ハウスの草むらでキスしたときから、ずっときみを愛していたよ」

サブリナが驚きの声をあげると、彼は笑った。「わたしは大ばかだった。たとえ財産が絡んでいなくてもきみと結婚しただろうと言っても、きみは耳を貸さないと思ったんだ」

サブリナはスミレ色の目を丸くして、ルシアンの話に聞き入った。

「きみに重圧をかけず、わたしをまた愛してくれるようになるまで待つことにした。ところがきみは頑固でプライドが高く、わたしは短気だったから、お互い素直になれなかった」ルシアンは彼女の顎に手をかけ、自分のほうを向かせた。「愛しているよ、サブリナ。きみなしでは生きていけない。許してくれるかい？」真顔で訊く。じっと彼女の目を見て返事を待った。

サブリナは彼の首に抱きついて目を合わせた。スミレ色の瞳には心の底からの感情が浮かんでいた。「会いたかったわ、ルシアン。戻ってきてほしかった。キャマリーに戻ったら、なんとしてでもあなたに愛してもらえるようにしようと考えていたの。プライドなんてどうでもいい。あなたがいなければ生きている値打ちもないわ、ルシアン」そっと彼と唇を合わせてささやく。「愛しているわ。一緒にいてくれるなら、今度は喜んで息子を産んであげる」

ルシアンは笑ってサブリナを抱きしめた。柔らかな体の感触が心地いい。「今日、確かに

ハイランドでは太陽が輝いているようだ。リチャードは宝物を見つけたし、わたしも……」

いったん言葉を切り、長々とキスをした。「わたしも自分の宝物を見つけた」

本作は、時代的背景から、現在では差別用語とも受け取れる言葉をそのまま使用しております。ご了承ください。

訳者あとがき

モダン・ロマンスの旗手として一九七〇～八〇年代に活躍しながら、たった七作の長編を著しただけで筆を折ってしまった幻の作家、ローリー・マクベイン。彼女のデビュー作『悪魔に嫁いだ花嫁（Devil's Desire）』の次に発表された作品をご紹介します。

物語はいきなり血生臭い場面からはじまります。一七四六年の〝カロデンの戦い〟として知られる、スコットランドによる大英帝国への反乱における最終決戦。ここで致命的敗退を喫したハイランド軍の中に、ヒロインであるサブリナ・ヴェリックの祖父も含まれていました。当時十二歳だった彼女は血で血を洗う争いを目撃し、祖父の死をまのあたりにして、心に大きな傷を受けます。

イングランド人を父に持つサブリナは、残された姉、弟、おばとともにハイランドをあとにし、イングランドに避難しました。向かったのは、かつて両親と暮らしていた田舎の屋敷。しかし彼らを守ってくれる者は誰もいませんでした。母は五年前に他界し、父はわが子の養育を放棄して家を出ていたのです。

ハイランド人の祖父に似て勇敢で気の強いサブリナは、生き延びるために必死で働き、家族を養ってきました。そして、あのいまわしい戦いのときから五年の歳月が経過しました。

キャマリー公爵ルシアン・ドミニクは、意に染まない結婚を目前にしていました。いっこうに身を固めようとしない孫息子に業を煮やした祖母から、〝自分の勧める女性と結婚しないかぎり、先祖伝来の領地であるキャマリーをルシアンのいとこに譲る〟と脅されたからです。キャマリーの地を愛するルシアンは、しぶしぶ祖母が選んだ女性と婚約しました。

そんなとき彼は、とんでもない状況で、勝気な黒髪の娘と出会います。公爵である自分を愚弄した娘に、彼は復讐を誓い、なんとしても捜し出そうとするのですが――。

譲歩を嫌う傲慢なふたりは激しく意志をぶつけ合い、物語は二転三転します。最後に折れるのは、果たしてどちらでしょうか。


この物語において重要な役割を演じるのは、追いはぎ〝ボニー・チャーリー〟です。本書の中でも言及されていますが、これは若僭《ヤング・プリテンダー》王と呼ばれるチャールズ・スチュアートの愛称〝ボニー・プリンス・チャーリー〟に由来しています。

少し歴史をさかのぼりましょう。元来スコットランドとイングランドは別々の独立国で、国境を接する両国はしばしば衝突を繰り返してきました。しかし一六〇三年にイングランドを治めていた女王エリザベス一世が子どものいないまま死去すると、縁つづきであったスコットランド国王ジェームズ六世がイングランドの国王も兼ねることとなり、ジェームズ一世として王位につきました。世に言う〝同君連合〟のはじまりです。

一六八八年に名誉革命が起き、当時の国王ジェームズ二世（スコットランドのジェームズ七世）は王位を奪われてフランスに亡命します。しかしそれを快く思わず、ジェームズの復権を求めて立ちあがる人々がいました。彼らはジェームズのラテン語名 Jacobus から「ジャコバイト（Jacobite）」と呼ばれるようになりました。そのジャコバイトの中心勢力が、スコットランド北部のハイランダーたちです。

一七〇七年にスコットランドとイングランドが併合して大英帝国となると、ジャコバイトのイングランドへの反感はさらに募りました。一七一四年にドイツから来たジョージ一世が即位してハノーヴァー朝が成立したのをきっかけに、スチュアート朝ジェームズ二世の息子ジェームズ（自称ジェームズ三世）を王位につけろという機運が高まり、翌年大きな反乱が起こりました。しかし政府軍が勝利をおさめ、スコットランドに上陸したジェームズはフランスへと逃げ帰ります。

ジェームズ亡きあと、ジャコバイトが支持したのは息子のチャールズです。彼は人気が高く、愛らしい風貌から〝いとしのチャーリー王子《ボニー・プリンス・チャーリー》〟として慕われていました。

一七四五年、チャールズはフランスを出てスコットランドに入り、ハイランダーたちを招集して蜂起します。戦いは数カ月つづきましたが、ついに一七四六年四月十六日、反乱軍はカロデン・ムーアにおける戦いに大敗して、チャールズは遁走しました。本書の冒頭部分で描写されているとおりカロデンの戦場は悲惨な様相を呈し、ハイランダーの死体の山が築かれたと言われています。

この戦いによってジャコバイトの反乱には終止符が打たれました。こののち、政府はハイランドへの締めつけを強め、キルトやタータン、バグパイプ、さらにはスコットランドで話されていたゲール語まで使用を禁じました。そうして中世よりつづいたハイランドの氏族《クラン》制度は瓦解したのです。

さて、ローリー・マクベインの未邦訳作品も残り四作となりました。うち『Chance the Winds of Fortune』と『Dark Before the Rising Sun』は、本書からはじまる〈ドミニク〉三部作の第二作・第三作で、サブリナとルシアン、そして娘リーアのその後が描かれています。いつか日本のみな様にご紹介できる機会があることを、訳者としても願ってやみません。

二〇一三年二月　　草鹿　佐恵子

マグノリアロマンス／既刊本のお知らせ

悪魔に嫁いだ花嫁

ローリー・マクベイン 著／草鹿佐恵子訳

きみに対して
悪魔のような欲望を抱いている。

両親と兄を亡くしたエリシアは、伯母の家に引き取られることになった。そんな彼女を待っていたのは、使用人以下の生活だ。伯母はエリシアの両親に三十年も不当な恨みを抱きつづけ、復讐の機会をうかがっていたのだ。こき使われたあげく、復讐のために好色で年老いた地主と結婚させられそうになり、エリシアは伯母の屋敷から逃げてロンドンに行くことにした。しかし、ロンドンへの道中に、悪魔と呼ばれる金色の瞳を持つ侯爵への復讐の道具として、またもや冷酷に利用されてしまう。エリシアを待っているのは、悪魔との結婚という道だけで……。

定価930円（税込）　　マグノリアロマンス

マグノリアロマンス／既刊本のお知らせ

ハイランドの美しき花嫁

マヤ・バンクス 著／出水　純 訳

定価／960円(税込)

結婚は床入りが終わって
初めて有効になるんだ。

修道院で暮らすメイリンの大腿部には、前国王の紋章の焼き印が押されていた。それは、彼の庶子であるあかしで、彼女と結婚した者は広大な領地と多額の持参金を得ることができるのだ。ゆえに、心ない者が夫になれば、財産を得たあとにメイリンを不要とし、殺すかもしれない。だからこそ、彼女は身を隠さねばならなかった。しかし、残酷なキャメロン族長の部下に見つかり、メイリンは花嫁としてさらわれてしまい——。

ハイランダーの天使

マヤ・バンクス 著／出水　純 訳

定価／900円(税込)

こんなに美しい女は
天使としか思えない。

マケイブの族長の弟アラリックは、マクドナルドの族長の娘との結婚が決まっていた。彼女に正式に結婚を申し込むためにマクドナルドに向かったアラリックの一行は、何者かの襲撃に遭う。なんとか襲撃者たちから逃がれたものの、アラリックは脇腹に深い傷を負い、意識を失った。そんな彼を助けたのは、自分の属していた氏族から追い出され、ひとり領地の外れで暮らすキーリーで……。

ハイランドの姫戦士

マヤ・バンクス 著／出水　純 訳

定価／870円(税込)

妻に必要なのは厳しいしつけだ。

族長の娘であるリオナは、政略結婚しなければならなくなった。男の服を着て剣術にいそしむ勇ましさを持つ反面、自分の前でひざまずいて永遠の愛と忠誠を誓い、妻を姫戦士として自慢してくれるような夫を彼女は望んでいた。なのに、結婚相手のシーレンは、かつて愛した女に裏切られたせいで他人に心を許さなくなった冷淡な男だった。愛を公言する素晴らしい男と友人が結婚しただけに、リオナはむなしさを覚えて……。

美しき盗賊と傲慢な公爵

2013年06月09日　初版発行

著　者　ローリー・マクベイン
訳　者　草鹿佐恵子
（翻訳協力：株式会社トランネット）
装　丁　杉本欣右
発行人　長嶋正博
発　行　株式会社オークラ出版
〒153-0051　東京都目黒区上目黒1-18-6　NMビル
営　業　TEL：03-3792-2411　FAX：03-3793-7048
編　集　TEL：03-3793-4939　FAX：03-5722-7626
郵便振替　00170-7-581612（加入者名：オークランド）
印　刷　図書印刷株式会社

定価はカバーに表示してあります。
乱丁・落丁はお取り替えいたします。当社営業部までお送りください。

ISBN978-4-7755-2040-6